Gabriele Seynsche
Café Carl

Cover und Satz: Urs van der Leyn, Basel
Gesamtherstellung: Vestagraphics, Vosselaar

www.dielmann-verlag.de
sowie auf der Seite
www.cafe-carl.de

ISBN 978 3 86638 157 5

Gabriele
Seynsche

CAFÉ CARL

Lauter ganz normal Verrückte

Roman

axel dielmann – verlag
Kommanditgesellschaft in Frankfurt am Main

1. Teil

1. **EIGENTLICH WAR ALLES WIE IMMER, ALS WAL**burga Gräfin von Wanecke, genannt Wally, an einem grauen Novembertag des Jahres 1998 gegen kurz nach zwei mit raumfüllender Vehemenz ins Café Carl stürmte. »Charlie«, rief sie, noch ehe sie die Eingangstür ganz aufgestoßen hatte. »Es ist etwas Grau–en–haf–tes passiert.« Carl, wie immer freitagnachmittags in das Kreuzworträtsel der FAZ vertieft, blickte gelassen auf. Er kannte Wally sehr gut und sehr lange, kannte ihre Katastrophen, ihre Euphorien, ihren lebensbejahenden Pragmatismus und ihre Stehaufmännchenmentalität. Dass sie heute Hiobsbotschaften vor sich hertrug, wunderte ihn nicht, hatte er doch am Morgen in der FAZ-Rubrik *Der Sternenhimmel* gelesen, Saturn wäre im Anmarsch. Und seit der kurzen Unterhaltung mit Alwa Möwes war er ein wenig beunruhigt. Wenn Alwa recht behielte, würde sicher auch bei seinen Gästen demnächst der ein oder andere Konflikt zu Tage treten. Bei Wally schien dies bereits zuzutreffen.

Alwa Möwes – Spitzname »die Möwe« – war Rechtsanwältin und kehrte fast täglich morgens vor ihren Gerichtsterminen bei ihm ein, um einen Espresso zu trinken. Da Alwa sich sehr gut mit ernsthaft betriebener (ihre Formulierung) Astrologie auskannte, hatte sie ihn aufgeklärt: Saturn, der Bringer der alten Zeiten, so hatte sie gesagt, mache den Menschen das Leben schwer, denn er stelle vor Prüfungen, konfrontiere mit allem, was nicht echt sei, und trenne, was nicht zusammengehöre. Andererseits führe er aber auch zusammen, was zusammengehöre; auch wenn dies seine Zeit brauchen könnte, denn der Saturn bewege sich scheinbar sehr langsam. Er brauche für seine Umlaufbahn um die Sonne immerhin neunundzwanzig Jahre.

Wally von Wanecke, eine schlanke, muskulöse Frau mit rötlichbraunem, kinnlangem Haar und meist grauen Augen, die abhängig von Stimmung und Kleidung manchmal ins schwache Grün changierten, ließ sich ächzend auf die Bank fallen und stopfte sich zwei Kissen in den Rücken.

»Wie immer?«, fragte Carl, schob die FAZ zur Seite und griff zur Jägermeisterflasche.

»Ja bitte, Charlie. Wenn ich ihn jemals gebraucht habe, dann heute.«

Carl trug das Glas mit der tiefbraunen Flüssigkeit an Wallys Tisch und setzte sich zu ihr. »Na, dann schieß mal los!«

»Der Lappen ist weg«, japste Wally. »Es ist ein Desaster.«

»Der Lappen?« Carl hob fragend die Augenbrauen.

»Mein Führerschein, Charlie.«

»Ach so, dein Führerschein«, wiederholte Carl.

»Ja, mein Führerschein. Eingezogen. Konfisziert. Von dieser verdammten grünweißen Fraktion. Weißt du, was das für mich bedeutet?«

»Ich kann's mir in etwa vorstellen«, sagte Carl. »Was ist passiert?«

Wally stürzte den Jägermeister hinunter, der sie, wie sie gern betonte, bei halbem Preis doppelt so schnell belebte wie Champagner. »Gib mir noch einen, bitte!«

»Noch einen doppelten?«

»Klar. Der Lappen ist ja eh weg. Und mehr als weg geht nicht.« Carl stand auf und füllte ihr Glas erneut. »Ich kann's dir jetzt nicht erzählen, Charlie«, sagte Wally, als er zum Tisch zurückkam. »Das würde zu lange dauern. Ich habe noch Termine, und draußen wartet mein Fahrer. Aber die Story ist filmreif, das kann ich dir sagen.«

»Dein Fahrer wartet draußen?«, fragte Carl verblüfft.

»Ja, meine Güte, glaubst du, ich könnte meinen Job zu Fuß erledigen? Also wie gesagt …«, das Glas war leer, »… überhaupt keine Zeit. Vielleicht komme ich nachher noch mal kurz. Muss jetzt nach Oberreifenberg. Da steht ein durchgedrehtes Pferd auf der Koppel. Und du weißt ja, gerade bei Pferden …!« Weg war sie, die Wally von Wahnsinn, wie er sie insgeheim, aber durchaus liebevoll nannte. Die dunkelbraune Holztür schlug mit sattem Plong hinter ihr in den Rahmen, der Glaseinsatz vibrierte scheppernd. Carl räumte kopfschüttelnd die Gläser vom Tisch und begab sich wieder hinter den Tresen zu seinem Kreuzworträtsel. »Ach, sein Wettern ist wie üblich: hochbeglückend, tiefbetrüblich …« Im zweiten Teil des zu findenden, langen Wortes tummelten sich in loser Reihenfolge drei »O«. Zusammen mit einem auch bereits vorhandenen »L« kam also ohne Zweifel irgendein »ologe« raus. Natürlich, er hätte längst dahinterkommen können: Meteorologe. Tief befriedigt füllte er die Kästchen, als das silberhelle Lachen von Patricia Müller erklang. Die steuerte auf den Tresen zu und hatte – wie immer – einen (neuen) gut aussehenden Mann im Schlepptau. »Zwei Rauenthaler mit Eis und Zitrone, Carl«, sagte sie im Vorbeigehen. Dann nahm sie mit dem Mann am Tisch neben dem Piano Platz. Dort saß sie immer. Sie bestellte auch immer zwei Rauenthaler mit Eis und Zitrone, und seltsamerweise hatte noch nie einer ihrer Begleiter dagegen protestiert oder einen anderen Wunsch geäußert. Von Patricia Müller wusste man nicht viel mehr als das, was man sehen konnte. Sie war sehr grazil ohne klein zu sein. Bildhübsch auf eine sehr aparte, einprägsame Art. Sie hatte einen sehr hellen, makellosen Teint und gemeingefährlich grüne Augen, aufgrund derer Jürgen und Jürgen, die unzertrennlichen Schwulen, sie auch *die Froschkönigin* nannten, wenn sie nicht mit leiser Häme von ihr als von dem *Fräulein Müller* sprachen. Sie kleidete sich auffallend elegant und teuer. Und sie trug einen immer perfekt frisierten und trotzdem zufällig wirkenden schwarzen Lockenkopf, der die Aura nur mühsam gebändigter Energie unterstrich. Patricia Müller war nicht nur entzückend anzusehen, sie benahm sich auch entzückend. So liebenswürdig, höflich und gut erzogen, dass man unwillkürlich Unheil vermutete und sich zugleich dadurch ins Unrecht gesetzt fühlte.

»Das Fräulein Müller hat Kohle ohne Ende«, hatten Jürgen und Jürgen gemunkelt. »Geerbt von einer adeligen Großtante, die leider starb, bevor sie ihre Nichte adoptieren konnte. Was ihr ganzes Unglück ist. Also die Kohle natürlich nicht, aber wenn sie nicht den richtigen Mann findet, muss sie auf ewig als Bürgerliche durch die Welt rennen. Stellt euch das vor! Das arme Fräulein Müller.« Dann hatten sie mit affektiertem Schulterzucken ihr synchrones, ein wenig boshaftes Lachen gelacht.

Carl nahm eine Zitrone aus der Obstschale und blickte kurz auf. Patricia Müller warf gerade mit einer flatternden Bewegung ihre dicht mit Ringen geschmückten Hände in die Luft.

»Sie sollte sich die Finger operativ verlängern lassen, dann könnte sie noch mehr von ihrem kostbaren Erbe zur Schau stellen«, eine Bemerkung von Jürgen dem Kleineren fiel ihm ein. Carl musste grinsen, während er eine Zitrone zurechtschnitt. »Auf keinen Fall zu groß, aber auch nicht zu klein«, hatte ihn Patricia Müller anfänglich mehrmals ermahnt. Er ließ die Zitronenschnitze zu den Eiswürfeln in die Weingläser gleiten. Dann brachte er die Gläser zum Tisch. »Zum Wohl«, sagte er. »Danke, Carl«, erwiderte Patricia Müller höflich nickend und wendete gleich darauf das reizende Köpfchen wieder ihrem Begleiter zu. Carl wurde von einem anderen Gast herangewinkt. Er kassierte, und der ältere Herr nahm seinen Hut von einem der geschwungenen Garderobenhaken, bevor er mit schleppenden Schritten das Café verließ.

Carl widmete sich wieder dem Rätsel. »Sein Graf steht oft auf seiner Krone.« Das »D« vorne hatte er schon. Ah – ja – klar: ein Deichgraf. Er musste wieder an Wally denken. Vielleicht konnte sie etwas für Patricia Müller tun. Wally hatte den Titel, aber ihr fehlte Geld. Patricia Müller hatte Geld, und ihr fehlte der Titel. Ich sollte Wally einen Tipp geben, dachte er schmunzelnd. Passte dieser Gedanke doch zum dem, was ihm besondere Freude machte: sinnstiftende Kontakte zwischen seinen Gästen herzustellen.

Carl war zweiundsechzig. Er hatte ein markantes Gesicht mit prägnanten Linien (Wally hatte einmal gesagt, sein Gesicht erinnere sie an Mick Jagger, und den finde sie ausgesprochen erotisch) und sanften braunen Augen. Er war gut eins achtzig groß. Sein Körper wirkte drahtig und durchtrainiert, obwohl er nie Sport getrieben hatte. »Das Leben an sich ist Bewegung genug«, sagte er manchmal. Auf sein Leben hatte dies auch zugetroffen; zumindest, bis er sich vor zwölf Jahren in Frankfurt niederließ. Er war zusammen mit zwei älteren Geschwistern in Schleswig-Holstein in bescheidenen Verhältnissen aufgewachsen. Sein Vater galt seit dem Krieg als vermisst; seine Mutter, jetzt fünfundachtzig und immer noch rüstig, hatte ihren Mann nie für tot erklären lassen wollen. Zu ihrem Entsetzen hatte Carl mit sechzehn die Schule verlassen und war zur See gefahren. Er wollte die Welt kennenlernen. Nachdem er einige Jahre auf verschiedenen Schiffen als dies und das gearbeitet und die halbe Welt bereist hatte, war er auf Drängen seiner Mutter zurückgekehrt. Hatte sein Abitur nachgemacht, ein Jurastudium in Marburg begonnen und nach vier Semestern wieder aufgehört und stattdessen eine Vertretung für Nachtspeicheröfen in Süddeutschland übernommen.

Diese Arbeit langweilte ihn bald, und so ergriff er ein Jahr später die sich bietende Gelegenheit, Kapitän auf einer privaten 22-Meter-Segeljacht zu werden. Mit diesem Schiff, der *Amaretto*, kreuzte er sechs Jahre lang im Sommer durchs Mittelmeer und im Winter durch die Karibik. Sechs Jahre lang überquerte er zweimal im Jahr den Atlantik. Im Frühjahr gen Osten. Im Herbst gen Westen. Mit wechselnden Köchinnen, die ihm alle ohne Ausnahme gern zu Willen waren. Im siebten Jahr bot ihm ein zahlender Gast, den er mit seiner umsichtigen Gelassenheit während eines drei Tage dauernden Sturms irgendwo zwischen der Karibik und den Bermudas tief beeindruckt hatte, einen Job als Manager seiner Ranch in Kanada an. Carl war fasziniert von dem naturverbundenen Leben und der unberührten Hochebene zwischen Coast Mountains und Rocky Mountains und so wanderte er trotz Protests seiner Mutter nach Kanada aus. Nach fünf Jahren hatte er die Einbürgerungsformalitäten hinter sich gebracht und genug Geld zur Seite gelegt, um sich selbst ein Stück Land in der Nähe des Chilko Lake zu kaufen. Er baute ein stattliches Holzhaus am Hang, sieben kleinere in der Talsenke und ein besonders schönes Cabin am Flussufer. Dieses Anwesen bewirtschaftete er zusammen mit Mike und Alice, einem kanadischen Ehepaar, als Gästeranch. Er heiratete Josie, eine Spanierin, die ihm der Himmel geschickt hatte, und hätte eigentlich für den Rest seines Lebens glücklich sein können, wenn Josie ihn nicht vier Jahre später wegen eines überirdisch schönen Amerikaners indianischer Abstammung verlassen hätte. An diesem Verlust wäre Carl fast zerbrochen, denn er liebte Josie sehr. Er verpachtete scin Land an Alice und Mike und ließ sich einige Jahre durch die Gastronomie von Vancouver (Tellerwäscher, Beikoch, Hauptkoch, Kellner, Barkeeper) und zahlreiche Liebschaften treiben. Mit fünfzig war er reich an Erfahrungen nach Deutschland zurückgekehrt. Noch bevor er sich darüber klar werden konnte, was er von nun an mit seinem Leben anfangen wollte, hatte das Schicksal ihm die Entscheidung abgenommen. Durch einen Zufall war ihm zu Ohren gekommen, ein alteingesessenes Café in Frankfurt suche einen neuen Besitzer, und Carl hatte spontan zugegriffen. Seine Persönlichkeit und die besondere Atmosphäre, die er damit schuf, hatten aus dem ehemaligen Café Cörner schon bald das Café Carl gemacht, obwohl die Leuchtschrift draußen immer noch auf dem alten Namen beharrte. Carl wurde von den Frankfurtern geliebt. Und er liebte Frankfurt. Für ihn war diese Stadt, wenn auch mit brutaler Ehrlichkeit, krassen Gegensätzen von Arm und Reich, ein reizvoller Platz zum Leben. Das Café speiste sein Bedürfnis nach Begegnungen, sicherte ihm aber die Freiheit, selbst entscheiden zu können, wie weit er sich auf seine Gäste einließ. Jetzt knackte er an dem langen Wort von 1. waagerecht herum. »Solch' Treue hat wohl ihre Haken und Ösen.« Er tippte auf »Anhänglichkeit«.

2. WALBURGA HENRIETTE AMALIA GRÄFIN VON WANecke – ihr vollständiger Name, auf dessen Vergabe ihre Mutter Josefa unendlich stolz war, soll wenigstens ein Mal erwähnt werden – saß derweil neben Theodore Kabbelau und ließ sich nach Oberreifenberg fahren. »Das war mein erster entscheidender Fehler«, würde sie später sagen. »Ich hätte von Anfang an – selbst in meinem popeligen Golf – die Positionen klarmachen und mich nach hinten setzen müssen. Weil ich mich neben ihn setzte, habe ich mich quasi (eine ihrer Lieblingsvokabeln) mit ihm auf eine Stufe gestellt und ein Maß an Vertraulichkeit zugelassen, das einfach naiv war.« Nun, sie saß neben ihm und rauchte, das hatte sie zuvor mit einem Strich auf ihrer Zigarettenschachtel vermerkt, die siebzehnte Zigarette des Tages. »Tagsüber zwanzig – maximal. Abends noch mal zehn. Macht dreißig pro Tag. Keine mehr, keine weniger. Normalerweise …«, klärte sie, aus den Nasenlöchern dampfend, den staunenden Herrn Kabbelau auf.

Herr Kabbelau staunte schon seit der vergangenen Nacht, genau seit dem Augenblick, in dem die Gräfin ziemlich angeschickert gegen halb zwei am Hauptbahnhof ein Polizeifahrzeug gegen sein Taxi getauscht hatte. Auf der Fahrt nach Heddernheim hatte er erfahren, wie es zum Verlust ihres Führerscheins gekommen war. Eine hochkomplizierte Geschichte, aufgrund derer Wally am Boden zerstört war. »Wie soll ich jetzt meinen Job ausüben?«, hatte sie ihn verzweifelt gefragt. »Meine Patienten wohnen nicht in der Stadt.

Bis auf die kleineren quasi. Die Hunde und Katzen. Aber meistens muss ich in den Taunus oder die Wetterau, ja, manchmal sogar bis in den Vogelsberg oder in die Rhön. Kühe und Pferde sind leider äußerst selten in Frankfurt direkt ansässig.«

Theodore Kabbelau, ein spontaner Mensch, hatte sofort seine Hilfe angeboten. »Ich kann Sie fahren«, sagte er. »Ist ja mein Job. Und ob ich nun meine Fahrgäste durch Frankfurt kutschiere oder Sie durch den Taunus, ist mir ziemlich egal.«

Wally hatte sofort zugegriffen. Herr Kabbelau erschien ihr wie von Gott gesandt. Nicht, dass sie unbedingt an Gott glaubte, aber sie glaubte an höhere Mächte und kosmisch-karmische Verstrickungen und hielt jedwede Art von Zufall für ausgeschlossen. Wally und Herr Kabbelau waren sich noch vor dem Haus in Heddernheim einig geworden. Sie hatten einen monatlichen Pauschalpreis ausgehandelt und vereinbart, Herr Kabbelau solle schon am selben Morgen um acht Uhr dreißig seinen gräflichen Chauffeurdienst antreten. Theodore Kabbelau war pünktlich mit seinem Taxi vorgefahren und hatte sich ans Steuer von Wallys Golf gesetzt. Seitdem redete Wally, während er sie zu ihren verschiedenen Terminen kutschierte, ununterbrochen auf ihn ein. Und so wusste Theodore Kabbelau inzwischen, dass sie ein vor der letzten Examensprüfung abgebrochenes Studium der Tiermedizin und eine fertige Heilpraktikerausbildung mithilfe eines Fernkurses zu dem jetzt von ihr ausgeübten und seltenen Beruf des Tierheilpraktikers vereint hatte. »Veterinärhomoöpathie«, das »Ö« kriegte Wally nur selten an die richtige Stelle, »ist voll im Trend«, hatte sie zu ihm gesagt. »Noch verdiene ich nicht übermäßig, aber das kommt.« Auch in Wallys Leben kannte er sich bereits sehr gut aus. Er wusste von ihren drei Kindern. Aus ihrer ersten, einzigen, sehr frühen und kurzen Ehe war die inzwischen neunzehnjährige Della hervorgegangen; ein eigensinniges, schwer zu bändigendes Mädchen, das ständig für (meistens schlechte) Überraschungen gut war. Es folgten der zehnjährige Max, den Wally als ihr persönliches Wunder bezeichnete, und die fünfjährige Lilli, ein raffiniertes kleines Weibchen, das alle in der Familie um den Finger wickelte. Alle drei Kinder hatten verschiedene Väter. Mit Dave, dem Vater von Lilli, lebte Wally jedoch seit deren Geburt zusammen. Theodore Kabbelau wusste auch, dass sie dreiundvierzig war und Teile ihrer Kindheit und Jugend in Spanien und Frankreich verbracht hatte. Dass ihr schon lange von ihrer Mutter geschiedener Vater das Familienvermögen mit üblen Spekulationen und fragwürdigen Weibern beinahe vollständig vernichtet hatte. Und dass sie allergrößten Wert darauf legte, finanziell unabhängig zu sein. Was im Prinzip nicht nötig wäre, denn Dave sei ausgesprochen großzügig. Aber Wally hatte in allen Lebenslagen ein großes Bedürfnis nach Selbstständigkeit und Unabhängigkeit, was erklärte, warum der Verlust des Führerscheins ihr so heftig zu schaffen machte und noch länger machen würde.

Seit ein paar Stunden wurde Wally also von Theodore Kabbelau gefahren. In ihrem popeligen Golf. Auf dem verhängnisvollen Beifahrersitz sitzend. Rauchend und parlierend.

Carl klappte mit einem Seufzer des Bedauerns das FAZ-Magazin zu und warf es in den Papierkorb. Er hatte das Rätsel gelöst. Wie immer.

Patricia Müller und ihr Begleiter waren beim zweiten Rauenthaler mit Eis und Zitrone und in eine lebhafte Unterhaltung vertieft. Auch der Neue schien von Patricia Müller fasziniert zu sein. Ein Phänomen, diese Frau, dachte Carl.

Frau Ernert, die seit vierzig Jahren über dem Café im ersten Stock wohnte – Beletage, wie sie gern betonte –, hatte eine große Tasse Tee vor sich stehen und las in einer Illustrierten.

Eine Gruppe von Schülerinnen und Schülern saß gackernd und gickelnd am runden Tisch. Carl beobachtete sie eine Weile mit väterlicher Milde, nahm dann sein schwarzledernes Notizbuch zur Hand, schraubte seinen Füllhalter auf und notierte:

1. Wally und Patricia Müller (Carl malte einen Smiley hinter diesen ersten Punkt)
2. Wally und Alwa (Führerschein)
3. Steuerberater
4. Großmarkthalle
5. Aushilfe für Sonntag

Seit vielen Jahren notierte Carl alles, was ihn bewegte und was zu erledigen war, in solchen Büchern. Dies war das zweiundzwanzigste. Die anderen einundzwanzig standen säuberlich aufgereiht oben in einem Regal in seinem Wohnzimmer. Er legte das Buch wieder zur Seite und machte sich einen Espresso. Bin gespannt, ob Wally heute wirklich noch einmal auftaucht, dachte er.

Wally stand zur selben Zeit unter Zugzwang. Lingus, ein großer, kraftvoller Hengst, tänzelte in einiger Entfernung nervös auf der Koppel und reckte fluchtbereit den Kopf. »Er ist komplett verstört«, klagte seine Besitzerin. »So eine Scheiße! Ich war drei Tage nicht da und jetzt das. Was sollen wir bloß tun? Das Tier lässt keinen in seine Nähe. Mein Gott, es hat mich ein Vermögen gekostet, nicht gerechnet seine Ausbildung, die ganzen Arzthonorare und alles. Lingus … Lingus!«

»So kommen wir nicht weiter«, sagte Wally. »Lassen Sie mich das machen, dafür bin ich schließlich hier.«

»Ich weiß nicht«, entgegnete die Besitzerin. »Mich kennt er ja wenigstens …«

»Mich auch«, sagte Wally energisch. »Ich war schon oft genug bei ihm.« Zögernd blieb die Besitzerin zurück. Wally schickte in Gedanken ein kurzes Stoßgebet zum Himmel. Bitte sei gnädig. Bitte lass mich beweisen, dass ich wirklich etwas von Pferden verstehe, dachte sie. Mit behutsamen Bewegungen tastete sie sich vor. Lingus blickte wachsam zu ihr herüber, zeigte aber keine Fluchtsignale. »Ja, Lingus. Brav, Lingus«, sagte Wally beruhigend. Der Hengst scharrte mit einem Vorderhuf und schnaubte leise. Jetzt keinen Fehler machen! »Ja, Lingus. Ich bin dein Freund. Sei ein guter Hengst!« Wally streckte dem Pferd ihre Hände entgegen. »Komm, Lingus! Gaaaanz ruhig.« Lingus schüttelte den Kopf und blickte angestrengt an ihr vorbei. »Bitte, Lingus!« Wally hielt den Atem an, und dann kam der Hengst mit zögernden kleinen Schritten auf sie zu. In zwei Metern Entfernung blieb er stehen. Jetzt konnte sie sehen, was dem Tier zu schaffen machte: Sein Halfter saß, und das konnte nur das Ergebnis eines gewalttätigen Angriffs sein – hatte jemand versucht, das teure Pferd zu stehlen? – quer auf seinem Kopf. Ein Riemen hatte sich tief ins rechte Ohr geschnitten. Es blutete. Kein Wunder, dass Lingus scheut, er muss ja entsetzliche Schmerzen haben, dachte Wally. Aber wenn ich jetzt nach seinem Halfter fasse, ist er auf und davon. Sie murmelte dem Pferd noch ein paar beruhigende Worte zu, drehte sich um und ging zurück zu der Besitzerin. »Sieht nicht gut aus«, sagte sie. »Lingus ist verletzt und hat offensichtlich starke Schmerzen. Das Halfter hat sein rechtes Ohr quasi zerschnitten. Ich fürchte, da hilft nur eins: Ich komme morgen früh wieder und betäube Lingus, damit ich das Halfter abnehmen kann.«

»Gottogott«, jammerte die Besitzerin. »Wie konnte das geschehen? Und wieso betäuben Sie ihn nicht gleich? Wieso erst morgen?«

»Weil Lingus nach der Narkose mindestens sechs Stunden Betreuung braucht. Sie wollen sicher nicht die Nacht mit ihm auf der Weide verbringen, oder?« Die Besitzerin willigte unter klagenden kleinen Seufzern ein. Wally ging zurück zu Theodore Kabbelau, der am Gatter auf sie wartete. »Zurück nach Frankfurt, Herr Kabbelau«, sagte sie und warf ihren Koffer auf die Rückbank. »Für heute ist Feierabend. Wir könnten aber noch einen Wein bei Carl trinken, wenn Sie mögen.« Auf dem Weg nach Frankfurt erfuhr Herr Kabbelau, Wally habe soeben einen großen persönlichen Triumph erlebt: Das verstörte Pferd hatte sie an sich herangelassen. Sie. Nicht die Besitzerin. »Ich weiß, ich habe die Fähigkeit zum Pferdeflüsterer. Na ja – gut – ich will nicht übertreiben, aber auf jeden Fall habe ich ein Händchen für Pferde. Und es wäre mein ganzes Glück, wenn ich mir mit dieser Begabung einen Namen machen könnte. Echt, Herr Kabbelau.«

Herr Kabbelau verstand zwar nicht genau, wovon Wally sprach, aber er nickte wohlwollend. Was er bisher von der Gräfin und ihrem Leben erfahren hatte, erschien ihm äußerst eigenwillig. Der Adel – das war seine vorläufige Zwischenbilanz.

Patricia Müller bezahlte gerade die Rechnung für sich und ihren Begleiter, als Wally mit Herrn Kabbelau zur Tür hereinkam. Sie steuerte energisch auf den ersten kleinen Tisch links neben dem Eingang zu, an dem sie immer saß, wenn sie wie meistens »auf dem Sprung war«. Samstagmittags bevorzugte sie den großen runden Tisch. Dort hielt sie meist in Begleitung ihrer Kinder und verschiedener Freundinnen Hof. Theodore Kabbelau folgte ihr unsicher grinsend.

»Bin sofort bei euch«, sagte Carl. Er brachte Patricia Müller und ihren heutigen Verehrer zur Tür.

»Wer war denn *das*?«, fragte Wally, als Carl an ihren Tisch trat.

»Patricia Müller. Mit der wollte ich dich –«

»Ich meine nicht die Frau.« Wally schnitt ihm mit einer abfällig wedelnden Handbewegung das Wort ab.

»Der Mann? Keine Ahnung.«

»Sehr ergiebige Auskunft. Na ja – egal. Für mich ein Glas Rotwein. Für Sie auch, Herr Kabbelau?«

Theodore Kabbelau schüttelte den Kopf. »Einen Apfelsaft, bitte. Ich trinke keinen Alkohol.«

»Herr Kabbelau, Sie überraschen mich. Wieso denn nicht?«

»Ich trinke grundsätzlich nicht«, sagte Theodore Kabbelau in entschiedenem Ton. Wally hielt es für besser, die Sache zunächst einmal auf sich beruhen zu lassen. »Na ja – egal« (ihre zweite Lieblingsvokabel), »also einen Wein und einen Apfelsaft, Charlie.« Sie kramte eine neue Zigarettenschachtel aus den Tiefen ihrer Handtasche und riss ungeduldig das Cellophanpapier herunter. »So«, Wally steckte eine Zigarette an und inhalierte tief, »für heute ist Feierabend.« Sie machte den ersten Strich auf die neue Packung, streckte die Beine aus und griff mit zufriedenem Ausatmen nach dem Weinglas.

»Aber eine Zigarette würde ich nehmen«, vermeldete Theodore Kabbelau mit leiser Stimme.

»Ach Gott, ja? Doch ein Laster? Wie ungeheuer wohltuend!« Wally reichte ihm die Zigarettenschachtel. »Ja«, sagte Herr Kabbelau noch leiser. »Ab und zu mal. Ganz selten.«

»Komm, setz dich, Charlie«, Wally klopfte auffordernd auf einen Stuhl. »Ich werde dir jetzt meine Führerscheingeschichte erzählen.« Carl setzte sich zu ihnen. Wally machte Carl und Theodore Kabbelau miteinander bekannt. Und dann hörte Herr Kabbelau aufs Neue staunend die dritte Version von Wallys Führerscheinverlust.

3. **MIT DER ERSTEN (UND AUSFÜHRLICHSTEN) VER**sion hatte Wally Herrn Kabbelau gestern Nacht in seinem Taxi beglückt. Wally, das schien die in sich stimmige Grundlage *aller* Versionen zu sein, hatte ihren Lebensgefährten Dave am späten Abend vom Flughafen abgeholt oder hatte ihn abholen wollen.

Dave MacFirley, Architekt und Kunstmaler, kam nach vier Wochen von einer griechischen Insel zurück, wo er für einen befreundeten Hotelier in der riesigen Empfangshalle einer kurz vor der Eröffnung stehenden Ferienanlage ein Deckengemälde angefertigt hatte. Wally war während Daves Abwesenheit unter emotionalen Stress geraten. Die vier Wochen waren ihr extrem lang vorgekommen, und Daves Verhalten hatte schlimmste Befürchtungen in ihr ausgelöst. Er hatte sich, entgegen seiner sonstigen Gewohnheiten, nicht täglich telefonisch bei ihr gemeldet. Außerdem hatte er in einem der wenigen Telefonate von den beeindruckenden Körpern einer Gruppe von Triathletinnen geschwärmt, die vor Ort trainierte. Besonders von dem göttinengleichen Körper einer Claudia, die er dann auch gebeten hatte, für sein Gemälde Modell zu stehen. Wally war zutiefst beunruhigt. Dave war ein attraktiver Mann. Und Maler fühlten sich oft zu ihren Modellen hingezogen. Dafür gab es im gesamten Genre Beispiele genug.

Wally konnte an Daves Ankunftstag vor Nervosität nicht arbeiten. Stattdessen wütete sie den ganzen Vormittag im Haus herum bis ihr alle Knochen wehtaten. Am Nachmittag dann besuchte sie ihre Freundin Cinie, von der sie sich zu einem Glas Rotwein überreden ließ, obwohl sie sich vorgenommen hatte, Dave bei ihrem Wiedersehen vollkommen nüchtern gegenüberzutreten. »Rotwein ist gut für dich«, erklärte Cinie. »Rotwein sediert. Und du zappelst hier herum wie ein Fisch auf dem Trockenen. Du willst doch Haltung zeigen, wenn du Dave wiedersiehst.« Da die sedierende Wirkung ausblieb, schenkte Cinie nach. Schließlich standen zwei leere Flaschen auf dem Küchentisch, und Wally fuhr heim, um sich schön zu machen. Sie musste dem göttinnengleichen Körper dieser triathletischen Claudia etwas entgegensetzen. Obwohl sie sich deshalb beim Duschen, Schminken und Anziehen unendlich viel Zeit ließ, hatte Wally – inzwischen wieder nüchtern, wie sie fand – immer noch zwei Stunden bis zur planmäßigen Landung von Daves Flieger zu überbrücken. Also kehrte sie auf dem Weg zum Flughafen auf ein Glas Champagner in Jimmy's Bar ein. »Die Zeit totschlagen …«, sagte sie dann auch zu dem Mann, der neben ihr am Tresen saß. »Heute ist mir zum ersten Mal der fast perfide Hintersinn dieser Redewendung aufgegangen.«

Der Mann, ein korpulenter, unattraktiver Zeitgenosse, blickte sie erstaunt an. »Ich verstehe nicht«, murmelte er schüchtern.

»Also, mein Lieber. Stellen Sie sich das doch bitteschön einmal bildlich vor: Sie schlagen die Zeit tot. Womit denn? Mit einem Vorschlaghammer?«

Wieder versenkte der Mann seinen Blick im Bierglas. Dann lachte er unvermittelt auf. »Ach, jetzt verstehe ich – ja, das ist wirklich ein origineller Gedanke.«

So originell wie du bist, könntest du dich gleich hier begraben lassen, dachte Wally. Sie wandte sich an den Herrn zu ihrer Linken, der dieses Interesse mit der Bestellung eines weiteren Glases Champagner belohnte. Nach insgesamt drei Gläsern Champagner setzte Wally sich ins Auto und fuhr zum Flughafen. Dort steuerte sie den erstbesten Parkplatz an und marschierte, weil immer noch zu früh, zur nächsten Bar, wo sie einen weiteren Champagner orderte.

Bis hierhin war die Geschichte einigermaßen klar. Was dann geschah, verwirrte nicht nur Herrn Kabbelau, sondern auch Wally selbst. Sie hörte, wie ihre Autonummer ausgerufen und der Fahrer aufgefordert wurde, das Fahrzeug umgehend zu entfernen. Sie rannte komplett konfus nach draußen, weil zwei Sekunden später auch die Landung von Daves Maschine bekannt gegeben wurde. Beim Umparken musste sie einen anderen Wagen leicht (vielleicht auch schwerer) touchiert haben. Das zumindest behauptete sein Besitzer. Oder war es nur ein unbeteiligter Zeuge gewesen, der sich in etwas eingemischt hatte, was ihn nichts anging? Na ja – egal. Wally wurde jedenfalls auch von diesem Parkplatz vertrieben und von irgendjemandem aufgefordert, hinter ihm herzufahren. In dem Glauben, dieser gütige Mensch wolle ihr einen neuen Parkplatz zuweisen, war Wally vertrauensvoll hinter ihm her ins Parkhaus und die sieben Etagen der Einfahrtsschnecke hinuntergefahren. Oder war es hinaufgegangen? Um diese Frage zu klären, wäre ein Ortstermin erforderlich gewesen. Auf jeden Fall wurde sie gestellt, von wem, wusste sie nicht, konnte sich jedenfalls nicht erinnern, und trotz ihres entschiedenen Protests der Polizei übergeben. Auf dem Polizeirevier bat sie, die Toilette aufsuchen zu dürfen. Dort kam sie auf die glorreiche Idee, den Inhalt ihres Flachmanns (Jägermeister) auszutrinken. »Ich glaube, ich habe gerade einen Fehler gemacht«, erklärte sie den Polizisten und fuchtelte demonstrativ mit dem Flachmann, in der Hoffnung, der Alkoholgehalt in ihrem Blut wäre so hinreichend begründet. Es folgte erst die Prozedur des Blasens, dann die Überführung in die Gerichtsmedizin und die Blutabnahme durch einen unfreundlichen Arzt mit düsterer, leider nicht interpretierbarer Miene. Danach brachten die leicht genervten Polizisten sie zum Bahnhof, wo Wally den Wagen von Theodore Kabbelau bestieg, der sie nach Hause brachte und sich dabei sogleich als Fahrer anbot. So in etwa hätte es gewesen sein können.

Die zweite Version hörte Theodore Kabbelau schon am nächsten Morgen, auf seiner ersten Fahrt in gräflichen Diensten. Kaum hatte Wally sich neben ihn gesetzt, steckte sie sich auch schon eine Zigarette an, nahm ihr Handy und telefonierte mit Cinie. Der erzählte sie dann, ihr Bruder Hans-Henning hätte sie zum Flughafen gefahren. Und da sich die Ankunft von Daves Flugzeug genau mit dem den falsch geparkten Wagen betreffenden Lautsprecheraufruf überschnitten hatte, wäre sie nach draußen gestürmt, während Hans-Henning sich um Dave und sein Gepäck kümmerte. Sie sei demnach also gar nicht alkoholisiert gefahren. Sie hätte am Flughafen lediglich den Wagen von dem verbotenen Parkplatz, zufälligerweise einer Feuerwehrzufahrt, entfernen und dann, in der zweiten Reihe im Wagen sitzend, auf Dave und Hans-Henning warten wollen. Beim Ausparken hätte sie leider und ohne es zu bemerken ein anderes Auto leicht, möglicherweise auch schwerer touchiert, dabei den hilfsbereiten Mitmenschen getroffen, der ihr einen legalen Parkplatz zuweisen wollte, und wäre diesem gottergeben ins Parkhaus gefolgt. Sie sei ja vor Aufregung wegen Daves Ankunft – wie Cinie ja selbst gesehen hätte – in einem Zustand gewesen, der erklärte, warum sie nicht, wie es sonst ihre Art sei, ruhig und überlegt geblieben war. Und die Wirkung von Cinies schönem Rotwein sei schließlich schon unter der Dusche verflogen. Von hier an war diese zweite Version insofern gleich geblieben, als sie zum Polizeirevier mitgenommen worden war. Allerdings habe sie auf der Toilette zwar ihren Flachmann aus der Tasche genommen, dessen Inhalt jedoch in die Toilettenschüssel geschüttet. Trotzdem aber behauptet, sie habe soeben vor Aufregung den Fehler gemacht, ihn auszutrinken. Ein genialer Schachzug, wie Wally Cinie mehrfach klarzumachen versuchte.

In der Version, die Carl erfuhr, hörte sich die Geschichte wieder anders an. Es blieb unklar, welche Rolle Hans-Henning eigentlich dabei gespielt hatte. Und es fehlten sowohl der Besuch in Jimmy's Bar, als auch das beim Umparken beschädigte Fahrzeug. Herr Kabbelau war verwirrt. Carl war besorgt.

4. WAS CARL URSPRÜNGLICH ALS CAFÉ ÜBERNOMmen hatte, war im Laufe der Jahre zum Restaurant avanciert. Denn irgendwann hatte Carl entdeckt, wie einfach es war, aus schlichten Grundrezepten und qualitativ hochwertigen Zutaten, mit etwas Fantasie und einer Prise Mut, die köstlichsten Gerichte zu zaubern. Kochen entwickelte sich zu seiner Leidenschaft. Schon während der Woche war sein Lokal deshalb immer gut besucht, aber an den Wochenenden erfreute es sich besonders großer Beliebtheit. Sowohl samstags als auch sonntags herrschte vom Frühstück bis in den späten Abend Hochbetrieb. Die Speisekarte war klein aber erlesen. Es gab immer eine frische Suppe, einen kräftigen Eintopf und ein für Frankfurt typisches Gericht; dieses aber von ungewöhnlicher Qualität. Mit den sonst unter Bezeichnungen *Leiterchen* oder *Schäufelchen* angebotenen Gerichten hatten sie nicht mehr als den Namen gemein. Daneben servierte Carl Kurzgebratenes (das Fleisch bezog er von einem Biobauern aus der Rhön), hausgemachte Pasta mit ungewöhnlichen Soßen und immer auch etwas Ausgefallenes. Seine Paella zum Beispiel, die er, aber das wusste außer ihm nur Wally, immer dann zubereitete, wenn er besonders intensiv an Josie dachte oder von ihr geträumt hatte, war weit über Frankfurt hinaus berühmt. Genauso wie das Chicken Curry und verschiedene thailändische und vietnamesische Spezialitäten.

Der Gastraum des Cafés hatte eine harmonische, annähernd quadratische Grundfläche. Die dunklen alten Holzdielen hatte Carl im Zuge einer Komplettrenovierung vor einigen Jahren aufarbeiten lassen. Das Holz wurde regelmäßig gewachst und schimmerte warm. Die Front zur Straße bestand aus zwei großen Schaufenstern mit Fensterbänken aus dem gleichen Holz wie der Boden, die stabil und tief genug waren, um darauf zu sitzen. Die Fenster konnten mit Jalousien geschlossen werden, was allerdings nur selten geschah. Seitlich befand sich die schwere Eingangstür mit einem Glaseinsatz. Gleich neben der Eingangstür die Garderobe.

Über die rechte Seite des Raums zog sich der Tresen, der mehr als die Hälfte der Wand einnahm. Er war zum Café hin mit grauem Schiefer verkleidet. Die Rückwand des Regals für die Gläser bestand aus einem großer Spiegel. Er war im mittleren Teil für die Durchreiche zur Küche ausgeschnitten. Obwohl die Küche klein war, ließ sich gut in ihr arbeiten, denn Carl hatte sie nach und nach mit professionellen Gastronomie-Geräten und Küchenmöbeln ausgestattet. Alle Kochutensilien waren in Griffnähe. In der angrenzenden Speisekammer lagerten die Vorräte, dort stand auch ein weiterer, sehr großer Vorratskühlschrank.

An der linken Wand des Cafés lief über ihre gesamte Länge eine breite Bank mit losen Rückenkissen in überwiegend zarten aber vereinzelt auch sehr kräftigen Grüntönen. Ab und zu lag ein graues, weißes oder pinkfarbenes Kissen dazwischen. Die Tische, die meisten waren quadratisch, aber es gab auch zwei runde, wurden jeden Morgen mit frischen weißen Tischtüchern und kleinen Blumenbouquets in dickwandigen Glasgefäßen dekoriert.

Vis à vis der Straßenfront blickte man durch drei bis zum Boden reichende Fenster, von denen sich das mittlere als Terrassentür zur Seite schieben ließ, auf einen dicht bewachsenen, gepflasterten Innenhof. Die leicht verwitterten Teakholztische und -stühle blieben auch im Winter draußen. Sobald das Wetter es zuließ, stellte Carl weiße Marktschirme auf und verteilte dazu passende Kissen aus Nessel. In den Abendstunden wurde der Hof von vier alten Schiffslampen beleuchtet, die ihn in ein diffuses Licht tauchten und noch verwunschener wirken ließen als er ohnehin schon war.

In der Nische zwischen den Fenstern zum Hof und dem Tresen stand ein schwarzlackiertes Klavier, das nur selten benutzt wurde. Gleich daneben befanden sich die Türen zur Küche und zum Treppenhaus. Im vorderen Bereich des Cafés führte eine geschwungene Treppe nach unten zu den Waschräumen. Bilder oder Fotografien gab es nicht, dafür bestand die gesamte Wand hinter der Sitzbank aus einem Grafitty, das Dave, der Lebensgefährte von

Wally, vor einigen Jahren für Carl angefertigt hatte. Nach einem Foto, das Jana, eine gute Bekannte von Carl, in der italienischen Schweiz aufgenommen und für das Carl sich spontan begeistert hatte. Er sah in ihm ein Symbol für sein eigenes Leben, eine Metapher für Liebe im Allgemeinen, für Lebensgeschichten und Lebensspuren, und er fand auch die raue Haptik des Untergrunds, die an die Rinde einer Platane erinnerte (von denen es in Frankfurt reichlich gab) sehr stimmig. Dave hatte die Rindenstruktur mit Hilfe einer besonderen Mal- und Spachteltechnik kunstvoll eingefangen.

Wenn er einmal weniger zu tun hatte, stand Carl gern hinter dem Tresen und ließ seinen Blick von links nach rechts und wieder zurück wandern. Er liebte, was er sah. Liebte den Kontrast zwischen dem pulsierenden Leben auf der Straße auf der einen und seiner kleinen Oase auf der anderen Seite.

Natürlich liebte er auch den Gastraum; besonders, wenn der gut besucht war. Und er liebte seine Gäste. Das Café Carl war offen für alles und alle. Es zog Menschen jeden Alters und der verschiedensten Herkunft und Lebenshaltung an. Man konnte auch sagen: Das Café spiegelte sich in Carl, genauso wie Carl sich in seinem Café spiegelte.

Carl stand samstags sehr früh auf, trank in Ruhe einen starken Kaffee und verschwand dann für Stunden in der Küche. Er bereitete alle Speisen selbst zu. Erst um elf, und auch nur an den Wochenenden, kam Isolde. Sie übernahm die Küche, wenn Carl mit allen Vorbereitungen fertig war. Isolde war eine kleine Frau mittleren Alters. Flink, umsichtig und absolut zuverlässig. Allerdings sehr wortkarg. Ab zwölf Uhr kümmerte Carl sich am Tresen um den Ausschank und unterstützte Moritz, einen sympathischen jungen Kellner, der bis dahin die Frühstücksgäste allein bedient hatte. Moritz war Carl im Laufe der vier Jahre, die er nun schon zum Café gehörte, regelrecht ans Herz gewachsen. Und Moritz erwiderte diese Zuneigung.

Stammkunden wussten: Wenn Carl am Samstagmittag aus der Küche kam und sich ein halbes Glas Rotwein einschenkte, konnte die Tafel eröffnet werden. Wer nicht früh genug da war, nicht vorbestellt oder einen Stammplatz erworben hatte, musste wieder gehen oder später wiederkommen, was viele mit erstaunlicher

Ausdauer bis zu zwei-, dreimal taten. Spätestens um halb eins war das Café voller Menschen, die sich, manchmal auch über die Tische hinweg, angeregt unterhielten, obwohl sie sich bis dato gar nicht kannten. So waren hier schon einige neue Verbindungen entstanden; auch die von Jürgen und Jürgen, um nur eine zu nennen.

Heute allerdings war irgendetwas anders, das spürte Carl, als er den ersten Schluck Wein zu sich nahm. Irgendetwas außer angeregten Gesprächen und Gelächter schwirrte durch die Luft. Er nahm eine merkwürdige Spannung wahr. Vielleicht tatsächlich der Saturn, dachte er exakt eine Sekunde bevor die gewöhnlich so freundliche Alwa Möwes mit grimmig verschlossenem Gesicht zur Tür herein marschierte. Sie grüßte ihn kurz angebunden, warf einen schnellen Blick durch den Raum und ließ sich am einzigen noch freien Vierertisch nieder. »Einen Weißen«, sagte sie ruppig, als er an ihren Tisch trat. »Und den Eintopf. Bin sehr in Eile.« Carl gab die Bestellung an Isolde und Moritz weiter und betrachtete seine Gäste. In der Mitte am großen runden Tisch saß rauchend und gestikulierend Wally mit ihren drei Kindern: Lilli, Max und Della. Della hatte auch heute wieder eine Aufmachung gewählt, die provokanter nicht sein könnte, aber von allen Anwesenden geflissentlich ignoriert wurde. Zwei weitere, Carl unbekannte Frauen saßen bei Wally. Und Herr Kabbelau, dessen geknickter Körper Unbehagen signalisierte.

Am Zweiertisch links saß Frau Ernert mit ihrem unverheirateten Sohn, einem schmalen, linkischen Mann schwer zu schätzenden Alters. Vermutlich um die fünfzig. Er traf seine Mutter hier von Zeit zu Zeit. Wobei er in unregelmäßigen Abständen ein anderer Mensch zu sein schien. Meistens verhielt er sich extrem zurückhaltend, fast unterwürfig. Aber manchmal, sehr selten – und das schien an einer in Schüben auftretenden Krankheit zu liegen, denn jedes Mal, wenn es geschah, zog er das rechte Bein ein wenig nach – war er wie ausgewechselt. Dann sprach er lebhaft mit seiner Mutter, lachte, war voller Vitalität, und seine Haltung war straff und selbstbewusst.

Am Zweiertisch neben dem Klavier saß Patricia Müller mit dem obligatorischen Rauenthaler, aber, zu Carls Verwunderung, ohne Begleiter. Der, welcher auch immer es heute ist, wird sicher jeden Moment eintreffen, dachte er. Patricia Müller ohne Begleiter war für ihn nicht vorstellbar. Am Tisch gegenüber saßen Jürgen und

Jürgen mit zwei sympathisch wirkenden Frauen um die dreißig. Sie waren in ein angeregtes (und lautes) Gespräch mit vielen »Neeeiiin!« (Jürgen der Kleinere) und »Ist das denn die Mööööglichkeit!« (Jürgen der Größere) vertieft. Auch alle anderen Tische waren belegt. Es wurde also eng, als die Tür aufging und ein bekannter Literaturkritiker nebst Gattin und zwei wichtig aussehenden Herren das Lokal betrat. Der Literaturkritiker blickte sich gebieterisch um und steuerte dann auf Carl zu. »Haben Sie etwa keinen Platz für uns, Carl?«, fragte er mit rollendem »R« und eigenwilligen Zischlauten. Carl blickte zu Alwa und sah, wie Moritz ihr soeben den Eintopf servierte. »Einen Moment«, sagte er. »Vielleicht kann ich etwas arrangieren.« Er ging zu Patricia Müller, erfuhr dort, dass diese tatsächlich heute allein bliebe, ging dann zu Alwa und fragte sie höflich, ob sie den Eintopf am Tisch von Frau Müller verzehren könne. Alwa willigte ein. »Ist okay, Carl. Bin ja eh gleich wieder weg«, sagte sie, wobei ihr Gesicht jedoch noch eine Spur grimmiger wurde. Sie erhob sich und wechselte den Platz. Moritz folgte ihr mit Glas, Brotkorb und Suppentopf. Dann wedelte er mit der Serviette die Brotkrümel vom frei gewordenen Tisch, rückte Blumenvase und Aschenbecher zurecht und winkte die vier Wartenden mit einer bühnenreifen Mischung aus Demut und Überheblichkeit zu sich. Sie setzten sich nach vielfältigem Stühlerücken und Plätzetauschen. Alwa allerdings löffelte spröde und stocksteif ihren Eintopf in Gesellschaft von Patricia Müller.

Von Wallys Tisch wehten ein paar Gesprächsfetzen zu Carl herüber. »Umm«, machte Wally mit einem Mund voll Zigarettenqualm. »Und dann hat dieser Idiot am Flughafen doch wahrhaftig die Polizei gerufen. Und ich war derartig durch den Wind, ich wäre quasi …« Der Rest ging im lauten, schulterzuckenden Lachen von Jürgen und Jürgen am Nebentisch unter. Isoldes Kopf erschien in der Durchreiche: »Ein bisschen viel auf einmal gerade, Carl. Kannst du mir kurz helfen?« Carl ging zu ihr in die Küche.

Als er zehn Minuten später wieder nach vorne kam, hatten Jürgen und Jürgen ihren Vierertisch an den runden Tisch von Wally geschoben. Ein Arrangement, das Carls ästhetisches Empfinden störte; wobei – so dachte er schmunzelnd – sich die verrückten Tische wegen der Menschen, die sich nun um sie gruppierten, tatsächlich zu einem *ver-rückten* Tisch vereinten. Alle, auch die beiden sympathischen Frauen, schienen sich prächtig zu unterhalten. Max und Lilli wuselten herum, trabten in endloser Folge die Treppe zur Toilette hinab und hinauf, rannten zur Tür, verschwanden kurz, kamen wieder hereingestürmt und dekorierten die weißen Tischtücher mit Steinen, Blättern und mickrigen Blümchen. Carl seufzte. Er mochte Kinder, aber Wallys Brut war manchmal ziemlich anstrengend. »Na ja – egal«, hörte er Wally sagen. »Wie auch immer. Des Lebbe gedd weiddä, auch wenn dä Labbe weg is.«

»Wally, meine Liebe«, zwitscherte Jürgen der Kleinere. »Das ist ja eine Katastrooophe! In *deinem* Job!«

»Jetzt gebt mal ein bisschen Ruhe hier, ihr Monster«, rief Wally – vergeblich – ihren Kindern zu und steckte sich die nächste Zigarette an.

Das silberhelle Lachen von Patricia Müller erklang, und Carl hob erstaunt den Kopf. Patricia Müller und Alwa, die gar nicht mehr grimmig aussah, schienen Gefallen aneinander gefunden zu haben.

Drei Stunden später war es ein wenig ruhiger geworden. Wally und Anhang waren Richtung Nordweststadt ins Kindertheater aufgebrochen. Jürgen und Jürgen hatten sich angeschlossen. »Hänsel und Greeetel«, hatten sie wie aus einem Munde geflötet. »Nein, wie entzückend! Da kommen wir doch mit.« Carl hoffte für sie, die Vorstellung wäre nicht – wie meistens – ausverkauft. Frau Ernert und ihr Sohn hatten sich in die Beletage zurückgezogen. Sie machten sicher ein Mittagsschläfchen. Auch der Literaturkritiker und seine Gesellschaft waren gegangen.

Alwa Möwes und Patricia Müller tranken Wein. Alwa hatte jetzt ebenfalls Eis und Zitrone im Glas und war bester Laune. Hatte sie nicht anfänglich etwas von schrecklicher Eile gesagt?

Carls Gedanken wanderten, zum dritten Mal heute, zu Josie. Er fegte diese Erinnerung jedoch schnell wieder aus seinem Kopf. »Zwei Rauenthaler …«, sagte Moritz, »… mit Eis und Zitrone«, komplettierte Carl und nahm die Weinflasche aus dem Kühlschrank. Nachdem er die beiden Gläser für Moritz bereitgestellt hatte, ging Carl in die Küche. Isolde hatte bereits aufgeräumt und band sich gerade die Schürze ab. »So«, sagte sie. »Ich hoffe, ihr kommt heute Abend und morgen ohne mich klar, Carl. Ich fahre ja gleich zu meinen Eltern nach Dortmund und bin erst nächstes Wochenende wieder da.« Carl nickte. »Ich wünsche dir eine gute Zeit, Isolde«, sagte er und brachte sie zur Tür. Dann ging er an den Tresen zurück und begann, die Gläser zu polieren.

»Die Erbtante ist natürlich nur ein Ablenkungsmanöver«, vertraute Patricia Müller unterdessen Alwa Möwes an. »Zwar hatte ich eine adelige Großtante, aber meine Erbschaft beschränkte sich auf ein paar Stücke Tafelsilber und etwas Familienschmuck. Wie diesen Ring hier zum Beispiel.« Sie streifte einen breiten, mit Saphiren und Brillanten besetzten Goldreif vom Finger. »Das Dilemma ist aber«, fuhr sie fort, während Alwa den Ring begutachtete, »das alles war hochgradig illegal, und ich kann deshalb nicht gegen dieses *Schwein* –«, ihre Stimme erhob sich kurz und senkte sich wieder zum leisen Raunen, »– vorgehen. Ich würde mich ja selbst mit hineinreiten, verstehen Sie? Deshalb brauche ich einen guten Anwalt. Einen, der mit allen Wassern gewaschen ist.« Carl blickte erstaunt auf. Hatte er soeben ein unflätiges Wort aus dem Mund der gut erzogenen Patricia Müller gehört? Das Schrillen des Telefons riss ihn aus seinen Überlegungen.

Alwa gab Patricia Müller den Ring zurück. »Sie können ihn behalten, wenn er Ihnen gefällt«, sagte Patricia Müller. »Als Anzahlung auf Ihr Honorar. Besonders flüssig bin ich nämlich im Moment nicht. Aber das sollen Sie ja ändern. Meinen Sie, Sie schaffen das? Gibt es eine Möglichkeit, den Mann richtig vorzuführen?«

Alwa zog ihren Kalender aus der Tasche. »Wir sollten einen Termin vereinbaren«, sagte sie. »Dann können wir alles in Ruhe besprechen. Mir ist das hier in der Öffentlichkeit ein bisschen zu heikel. Ich schlage vor, wir treffen uns nächste Woche bei mir zu Hause. Da sind wir wirklich ungestört.« Alwa schlug den Kalender auf. »Am Mittwochnachmittag würde es bei mir gut passen. Bis dahin kann ich auch schon mal ein bisschen über die Sache nachdenken. Und Ihr Ring … Nun, er ist sehr schön. Aber ich möchte ihn nicht haben. Meine Honorierung können wir auch am Mittwoch klären.« Patricia Müller stülpte den Goldreif auf den kleinen Finger ihrer rechten Hand zurück.

Carl legte den Telefonhörer auf die Station, kreidebleich. Er stützte sich auf den Tresen und stöhnte leise. Dann griff er hinter sich ins Regal nach einer Whiskyflasche. »Lass mich das machen«, sagte Moritz und nahm ihm die Flasche aus der zitternden Hand. »Was ist los?«, setzte er besorgt hinzu. »Schlechte Nachrichten?«

»Wie man's nimmt«, entgegnete Carl und leerte sein Glas mit einem Zug. »Ich geh kurz nach oben. Wenn das Telefon wieder schellt, stell bitte sofort durch. Egal, wer dran ist. Und wenn du den Laden allein nicht schaffst, sag mir Bescheid. Ich bin dann gleich wieder da.«

»Kein Problem, Carl. Scheint ja einigermaßen ruhig zu sein heute Abend. Das schaffe ich schon«, versicherte Moritz.

Carls Herz klopfte laut, als er mit weichen Knien die zwei Treppen zu seiner Wohnung hinaufstieg. Er ließ sich aufs Sofa fallen und knetete mit der linken Hand die Knöchel seiner rechten, während er das Telefonat rekapitulierte. Zwischen Rauschen und Knacken war eine dunkle, rauchige Stimme an sein Ohr gedrungen. »Carlos«, sagte die Stimme. »Carlos, sind Sie es?« Carl spürte eine Hitzewelle durch seinen Körper jagen. Es gab nur einen einzigen Menschen, der ihn jemals Carlos genannt hatte: Josie!

»Carlos –?«, die Stimme wurde drängend. »Hier ist Pago.«

»Pago? Sie? Wieso?«, fragte Carl heiser vor Aufregung.

»Carlos. *Thank God*. Ich habe Sie gefunden!« Ein raues Lachen erklang.

»Pago – was ist geschehen? Ist etwas mit Josie?«

»Deshalb rufe ich an. Josie ist –«, lautes Knattern zerhackte Pagos Antwort.

»Ich kann Sie nicht verstehen, Pago«, rief Carl verzweifelt.

»Carlos? Josie hat –« Mit einem schrillen Pfeifen stürzte die Verbindung ab. Carl lauschte dem gleichförmigen Tut-tut-tut-tut-tut bis es sich förmlich in sein Rückenmark gefressen hatte. Wieder stöhnte er leise und schloss die Augen. *Josie*. Er sah sie vor sich. Sah ihr schönes Gesicht mit dem dunklen Teint, den strahlenden blauen Augen und der ausgeprägten Nase. Erinnerte sich an die Vitalität und den Duft ihrer schwarzen Haare. Fühlte ihre kräftigen Hände. Hörte ihre Stimme und ihr mitreißendes Lachen. Ob sie heute noch so aussah wie in seiner Erinnerung? Sie war sechsunddreißig gewesen, als sie ihn verlassen hatte. Vor sechzehn Jahren! Und jetzt dieser Anruf. War sie krank? Verunglückt? Tot? Er griff zum Telefon und wählte Wallys Nummer. Nach kurzem Klingeln meldete sich Dave. »Dave«, sagte Carl und versuchte, das Beben in seiner Stimme zu verbergen. »Ist Wally zurück?«

»Moment, Carl … Ich glaube, sie kommt gerade mit den Kindern zur Tür herein. Bleib dran!« Carl wartete nervös, dann hörte er Wallys Stimme. »Bin furchtbar im Stress, Charlie. Muss die Kids ins Bett bringen. Kann ich in ein paar Minuten zurückrufen?«

»Entschuldige, Wally, tut mir leid zu stören. Aber ich *muss* mit dir reden.«

»Mein Gott, Charlie! Was ist denn los? Ist jemand gestorben?« Er hörte, wie Wallys Feuerzeug klackte, und gleich darauf ein tiefes, zufriedenes Ausatmen.

»Kann sein. Kann nicht sein. Ich bin ganz durcheinander.«

»Was ist passiert? Mein Gott, nun rede doch!«

»Ich hatte eben einen Anruf. Ich glaube von Übersee. Die Verbindung war so hundsmiserabel schlecht. Es war Pago …«

Es entstand eine Pause, die von saugenden Geräuschen begleitet wurde. »Pago«, sagte Wally endlich. »Du meinst Pago, den Indianer von *deiner Josie*?«

»Ja.«

»Das gibt's nicht!« Wally räusperte sich. »Und was wollte er?«, fragte sie vorsichtig.

»Ich weiß es nicht. Das Gespräch ist abgerissen. Und ich kann jetzt auch nicht lange sprechen. Ich hoffe, er ruft wieder an. Deshalb will ich die Leitung frei halten. Aber es ist so seltsam. Ich habe heute immer wieder an Josie denken müssen; weiß auch nicht, warum. Wahrscheinlich habe ich von ihr geträumt. Ich wollte heute Morgen sogar Paella machen, hatte aber nicht alle notwendigen Zutaten in der Küche. Und dann, kurz nachdem ihr gegangen seid, schellte plötzlich das Telefon – was für ein Zufall …«

»Zufall?«, Wallys Stimme nahm einen strengen Tonfall an. »Ich hab dir schon mal erklärt, es gibt keine Zufälle! Wie das Wort schon sagt: Wenn dir etwas zufällt, hörst du, Charlie, *zu-fällt*, dann soll das so sein, sonst würde es dir ja nicht zufallen. Aber jetzt erzähle, was Pago gesagt hat!«

»Nichts, woraus ich etwas ableiten könnte. Er sagte nur: Josie ist … Josie hat …, und dann war das Gespräch auch schon weg.«

»Hm. Das kann quasi alles bedeuten. Aber du hast recht: Er wird wieder anrufen. Oder sie selbst. Mach dir keine unnötigen Gedanken. Geh nach oben und leg dich ein wenig hin. Nein, widersprich mir nicht. Ich versorge die Kinder und komme. In einer Stunde bin ich da.«

»Ich bin schon oben«, sagte Carl kläglich.

»Gut. Bewach das Telefon und rühr dich nicht vom Fleck. Und mach schon mal eine Flasche Rotwein auf. Bis gleich!« Sie hatte eingehängt. Carl war erleichtert. Wally war eine Chaotin, ja, aber sie vereinte zwei Eigenschaften in sich, die lebensrettend sein konnten: Sie war absolut zuverlässig, und sie war eine Gesprächspartnerin, der immer wieder verblüffend klare Analysen gelangen. Und die umso klarer, je komplizierter die Situation. Trotz seiner Verwirrung, die fast an Verzweiflung grenzte, freute er sich auf sie.

Im Café waren alle Tische wieder besetzt. Und Moritz' Lage wurde problematisch. Ausschank, Service *und* Küche waren zu viel für ihn. Moritz wollte Carl aber auch nicht stören. Er hatte einen besorgniserregend angeschlagenen Eindruck gemacht. Also versuchte Moritz, das Unmögliche möglich zu machen und bekam unerwartete Hilfe. Als er drei Teller mit Rumpsteak, Bratkartoffeln und Spiegelei aus der Küche balancierte, stand Patricia Müller hinter dem Tresen. Sie füllte ein Tablett mit Getränken, während Alwa am runden Tisch Bestellungen entgegennahm. »He«, Moritz grinste Patricia Müller ebenso erstaunt wie charmant an. »Das finde ich aber echt stark!«

»Ist uns ein Vergnügen«, erwiderte Patricia Müller mit einem liebenswürdigen Lächeln. »Machen Sie mal die Küche, Moritz. Um das andere kümmern wir uns. Kein Problem. Was ist mit Carl? Geht es ihm nicht gut?«

»Ich weiß nicht«, erwiderte Moritz. »Er hatte einen Anruf, der ihn offenbar sehr verstört hat. Hoffentlich ist nichts mit seiner Mutter, die ist ja nicht mehr die Jüngste. Also – wenn es Ihnen wirklich nichts ausmacht, mir zu helfen, bis der größte Trubel vorbei ist, bin ich Ihnen wirklich dankbar.« Patricia Müller nickte.

Eine knappe Stunde später war aus der improvisierten Belegschaft ein eingespieltes Team geworden. Die Gäste wirkten heiter und zufrieden. Alwa und Patricia fühlten sich durch ihren Erfolg beschwingt. Als eine kurze Pause im Service eintrat, legte Patricia ihre Hand auf Alwas Arm und fragte: »Wollen wir uns duzen?«

»Na klar, ich heiße Alwa.«

»Und ich Patricia. Darauf müssen wir anstoßen. Magst du noch einen Wein?« Alwa nickte. »Zum Wohl, Alwa«, sagte Patricia, nachdem sie zwei Gläser gefüllt hatte. »Auf gute Zusammenarbeit – nicht nur jetzt, sondern überhaupt.«

Die beiden Frauen lächelten sich an. Unterschiedlicher hätten sie nicht sein können. Während Patricia Müller mit ihrer teuren Eleganz, den vollen schwarzen Locken und der unverhohlenen Energie alle Blicke sofort auf sich zog, wirkte Alwa Möwes eher verhalten, fast ein bisschen durchsichtig. Sie trug immer dezente Farben (blasses Beige, blasses Grau, gelblich-blasses Weiß). Ihre feinen kinnlangen Haare waren ebenfalls fast weiß, wie auch ihre Augenbrauen und Wimpern. Trotzdem beherrschten ihre großen, wasserhellen, sehr wachen Augen ihr schmales Gesicht. Alwas ganzes Wesen und ihre Körpersprache drückten Vorsicht und Zurückhaltung aus. Ihre Schönheit erkannte man erst bei näherem Hinsehen. Carl hatte einmal zu Wally gesagt: »Die Möwe ist was ganz Besonderes. Die hat Gesichter. Und zwar so viele, dass man immer wieder eine neue Frau hinter diesen vermeintlich farblosen Gesichtszügen entdeckt. Sehr faszinierend.«

Moritz dachte: Black and White, Tag und Nacht, Schneeweißchen und Rosenrot und trotzdem irgendwie eine Einheit. Hätte er mit Wally über diese Beobachtung gesprochen, hätte er etwa folgende Antwort erhalten: »Was du als Widerspruch erlebst, ist ein Gesetz des Lebens, Moritz. Schon mal was von Dualität und Polarität gehört? Tag und Nacht, Gut und Böse, Warm und Kalt et cetera, et cetera bedingen sich gegenseitig. Sind quasi die jeweiligen Endpole derselben Sache. Und gleichgültig. Hör bitte genau hin, was das Wort sagt: *gleich-gültig*. Und im Übrigen heißt es nicht umsonst: Gegensätze ziehen sich an. Die ziehen sich an, weil sie zusammengehören. So einfach ist das. Jedenfalls hier im irdischen Leben. Wie das im Jenseits aussieht, ist eine andere Sache.« Aber Wally stand nicht zur Verfügung, um Moritz an ihrem Erfahrungsschatz teilhaben zu lassen, sie wusste auch nichts über die Anbahnung zwischen Patricia Müller und Alwa Möwes, denn Wally saß oben bei Carl, den sie zur Begrüßung erst einmal fest in die Arme genommen hatte. Carl ließ sich dankbar in ihre tröstende Wärme sinken. Eine Karaffe mit Rotwein, den er gleich nach dem Telefongespräch dekantiert hatte, stand neben zwei großen dünnwandigen Gläsern auf dem Tisch. Wally ergriff die Karaffe und füllte die beiden Gläser mit unbekümmertem Plätschern bis kurz unter den Rand. Das tat Carl weh, aber er verkniff sich jeden Kommentar. Jetzt war nicht der Moment, Wally über das Zelebrieren eines 1991er Château d'Armailhac zu belehren. Jetzt wollte er mit ihrer Hilfe seine aufgewühlten Gefühle ordnen. Sie prosteten sich zu. Wally steckte sich eine Zigarette an, zog die Stiefeletten von den Füßen und kuschelte sich in die Sofaecke.

»So«, sagte sie. »Dann schieß mal los!«

»Was soll ich sagen?«, erwiderte Carl mit hilflosem Schulterzucken.

»Pago hat also nicht wieder angerufen.«

»Nein. Ich sitze hier seit zwei Stunden und fühle mich wie paralysiert.«

»Ist doch logisch. Aber nun lass uns Klarheit in diese Sache bringen. Der Anruf kam also von Übersee, glaubst du?« Carl nickte zustimmend.

»Wie klang Pagos Stimme?«

Carl rieb sich unschlüssig die Wange. »Normal, würde ich sagen.«

»Keine Anzeichen von Aufregung oder Kummer?«

Carl starrte einen Augenblick in sein Glas. Dann schüttelte er den Kopf. »Nein, eigentlich nicht. Er hat sogar kurz gelacht. Obwohl … Es ging alles so schnell. Und es kam so überraschend. Und ich war mit einem Schlag dermaßen aufgeregt. Als Pago *Carlos* zu mir sagte, lief in Sekundenbruchteilen ein ganzer Film in mir ab. Josie ist der einzige Mensch, der mich Carlos genannt hat.« Wieder schüttelte er den Kopf.

»Wieso *hat*, Charlie? Sprich nicht so, als gäbe es sie nicht mehr! Mein Gefühl sagt mir, dass mit Josie alles in Ordnung ist.«

»Aber es muss etwas passiert sein, wenn Pago mich anruft … Ausgerechnet Pago!«

»Natürlich ist etwas passiert. Aber vielleicht ja auch was Positives. Hach, ich wünschte wirklich, er würde jetzt in diesem Moment noch einmal anrufen! Na ja – egal, lass uns nachdenken. Hast du einen Anhaltspunkt? Von wo könnte er angerufen haben? Hast du eine Adresse oder Telefonnummer von ihm?«

»Nein. Absolut nichts. Als Josie mich verließ, habe ich ihr gesagt, ich wolle nie wieder etwas mit ihr zu tun haben. Ich war so verletzt. Aber das ist sechzehn Jahre her, Wally. Sechzehn Jahre! Ich weiß noch nicht einmal, ob sie in Kanada geblieben sind. Und so wie die Verbindung klang, hätte der Anruf auch von Australien oder aus der Südsee kommen können. Da war diese stratosphärische Verzögerung, und wenn ich sprach, hörte ich das, was ich sagte, gleich noch einmal als Echo.« Carl schüttelte den Kopf. »Ich habe Angst.«

»Natürlich hast du Angst. Aber Spekulieren bringt jetzt nichts. Wir wissen nicht, was in den sechzehn Jahren geschehen ist. Wir wissen gar nichts. Wir wissen nur irgendwas ist im Busch und du bist aufgeregt, was ich sehr gut verstehen kann. Schließlich war sie deine große Liebe, und du hast ihr die ganze Zeit die Treue gehalten.«

»Die Treue gehalten? Ich habe weiß Gott genug Frauen nach ihr gehabt.«

»Ach, Charlie«, sagte Wally mit weichem Vorwurf in der Stimme und schnipste ihre Zigarettenasche haarscharf am Aschenbecher vorbei.

Es war halb elf. Alle Gäste waren gegangen. Moritz, Alwa und Patricia saßen am runden Tisch und hatten die Beine hochgelegt. »Ob ich noch mal raufgehen soll, um nach Carl zu sehen?«, sagte Moritz nachdenklich. »Nein«, entgegnete Alwa energisch. »Offensichtlich braucht er seine Ruhe, sonst wäre er ja wieder heruntergekommen. Du solltest ihn aber kurz anklingeln und ihm sagen, dass alles in Ordnung ist. Und –«, sie warf Patricia einen fragenden Blick zu, »– wenn er sich nicht wohlfühlt – wir drei könnten doch auch morgen das Mittagsgeschäft übernehmen, oder, Patricia?«

»Klar«, sagte Patricia. »Hat doch richtig Spaß gemacht.«

Wally und Carl zuckten zusammen, als das Telefon surrte. Carl stöhnte. »Das wird Pago sein.« Er riss den Hörer ans Ohr. »Hallo? – Ach, du bist es, Moritz! – Wie? – Patricia Müller? – Die Möwe? – Aber das geht doch nicht. – Nein, nein, es ist nichts Ernstes, aber einen Tag Ruhe könnte ich tatsächlich brauchen. – Wie? – Ja – gut – danke, Moritz – und bitte stell das Telefon nach oben um.« Seufzend legte er den Hörer neben sich. Wally griff nach seiner Hand und blickte ihn fragend an.

»Alwa Möwes und Patricia Müller wollen Moritz morgen beim Mittagsgeschäft zur Hand gehen, damit ich einen Tag Pause machen kann«, sagte Carl. »Sie haben ihn eben schon tatkräftig unterstützt.«

»Alwa Möwes? Das ist doch die Rechtsanwältin, oder? Und Patricia Müller? Ist das nicht die Lady, die am Freitag mit diesem aufsehenerregenden Mann das Café verlassen hat? Donnerwetter, das hätte ich der nicht zugetraut!«

»Ja, Moritz sagte, die beiden hätten spontan mit angepackt. Er war ganz begeistert. Mit beiden Frauen will ich dich übrigens bekannt machen, das hatte ich mir schon gestern notiert.«

»In einem deiner geheimnisvollen schwarzen Bücher?« Wallys Blick wanderte über das Bücherregal. »Manchmal juckt es mich richtig, da hineinzuschauen. Obwohl du quasi alles von mir weißt, ist das, was ich von *dir* weiß, ziemlich dürftig. Besonders, was Josie betrifft. Komm, Charlie. Jetzt erzählst du mir endlich einmal ausführlich, wie das damals mit ihr war. Und warum du nie aufgehört hast, sie zu lieben und ihr die Treue zu halten. Trotz oder sollte ich sagen: *wegen* deiner unzähligen Affären? Ich gehe jedenfalls nicht, bevor Pago wieder angerufen hat. Und wenn es die ganze Nacht dauert. Dave weiß, dass ich bei dir bin. Auto fahren muss ich, kann ich, darf ich nicht. Und dein Wein ist köstlich. Also, was ist? Magst du?«

5. JOSIE WAR SOZUSAGEN VOM HIMMEL GEFALLEN.

Mitten hinein in die Abgeschiedenheit der Hochebene zwischen den Coast Mountains und den Rocky Mountains. Mitten hinein in Carls ruhiges und ausgeglichenes Leben.

Es war Ende Juni. Carl und Jack Fest, dem ein Camp am Fraser River gehörte, standen am Rand des geschotterten *Air Strips* und beobachteten aufmerksam den Anflug einer von Calgary kommenden DC3. Jack erwartete neue Gäste, und Carl wollte eine deutsche Familie, die drei Wochen auf seiner Ranch verbracht hatte, nach Vancouver begleiten. Die Familie würde von dort nach Deutschland zurückfliegen. Er selbst hatte in Vancouver geschäftliche Angelegenheiten zu regeln. Die Landung einer DC3 auf einer Schotterpiste ohne Tower, Markierungen oder Einweisung durch Fluglotsen grenzte für Carl an ein Wunder. Bei der einmotorigen Cessna, die den *Air Strip* einmal in der Woche anflog, sah es unspektakulär aus, wenn sie aus dem Himmel stieß und leichtfüßig die Piste heruntertanzte. Bei der DC3 hingegen wirkte das gefährlich, eher wie eine Notlandung. Aber alles ging gut. Die Maschine rollte nach einem harten Aufsetzen auf sie zu. Als sie zum Stillstand gekommen war, öffnete sich die Tür und die Treppe wurde herabgelassen. Hinter einem Steward in Uniform stiegen fünf Männer mit unzähligen Gepäckstücken beladen die Treppe herunter. Ihnen folgte mit etwas Abstand eine aparte, schwarzhaarige Frau. Sie trug ein schwarzes Wollkleid, braune Männerstiefel mit knöchelhohem Schaft, eine graue Strickjacke über dem Arm und einen kleinen Lederrucksack auf dem Rücken. Sie blickte einen Moment lang zögernd um sich, dann straffte sie sich und steuerte auf Carl zu.

»Hallooo«, sagte sie mit dunkler Stimme. »Sie sind Carl?«

Carl blickte in tiefblaue Augen und nickte einfältig. Er fühlte, wie sein Penis sich aufrichtete. »Wunderbar!« Sie reichte ihm eine kleine kräftige Hand. »Ich bin Josie.«

»Sie wollen zu mir?«, fragte Carl.

»Ja.«

»Aber ich habe niemanden erwartet.«

»Ich weiß. Es ist dem *Radio Operator* heute Morgen nicht gelungen, eine Funkverbindung zu Ihrer Ranch herzustellen.«

»Ähem«, Carl räusperte sich verlegen. »Ich fürchte, das gibt ein Problem. Ich bin auf dem Weg nach Vancouver. Wollen Sie Urlaub bei uns machen?«

»Urlaub machen?« Josie lachte. »Man könnte es so nennen.« Wieder lachte sie.

Carl spürte ein Kribbeln im Solarplexus.

Die Stimme des Piloten riss ihn aus seiner Verwirrung. »Das Risiko kann ich nicht eingehen«, sagte er. »Die Landung war gerade noch machbar. Aber ich kann nicht mit fünf Passagieren und dem ganzen Gepäck starten. Die Piste ist zu kurz.« Er schüttelte den Kopf, stieg die Treppe hinauf und verschwand. Carls Gäste blickten ihm nach. Dann stürmten sie auf Carl ein. »Will er uns etwa hier stehen lassen? Wir müssen unseren Flug nach Deutschland kriegen.« Bevor Carl antworten konnte, erschien der Pilot wieder. In der linken Hand trug er eine Personenwaage, in der rechten eine Axt. »Sie müssen alle Passagiere wiegen, Albert, und auch die Gepäckstücke«, sagte er und drückte dem Steward die Waage in die Hand. Dann ging er mit schnellen und sehr entschlossenen Schritten die Piste hinunter.

»Was macht *der* denn jetzt?«, fragte Jack.

Carl schüttelte den Kopf. »Ich habe keine Ahnung.«

Für ein paar Minuten wurden sie durch Albert abgelenkt, der zuerst die Gepäckstücke, dann sowohl die vier Familienmitglieder als auch Carl wog und die Ergebnisse notierte. Carl stieg von der Waage und begann zu lachen. »Gibt's doch nicht«, sagte er. »Jetzt seht euch das an!« Am Ende des *Air Strips* flogen Bäumchen und Büsche durch die Luft. »Er will offenbar die Piste verlängern.«

Eine halbe Stunde verging. Das deutsche Ehepaar lief nervös auf und ab und sah immer wieder auf die Uhr. Die beiden Söhne begannen eine halbherzige Rangelei. Jacks Gäste warteten ungeduldig am Pick-up. Nur Josie wirkte gelassen. Sie saß auf einem Baumstamm und hielt ihr Gesicht in die Sonne. Carl sprach leise mit Jack Fest. »Kein Problem«, sagte Jack. »Natürlich kann ich deinen Gast an deiner Ranch absetzen. Falls ihr überhaupt noch wegkommt. Wenn der Mann noch lange dahinten rodet, wird er auch allein nicht mehr starten können, weil es dunkel ist.«

Endlich kam der Pilot zurück. Er wirkte erschöpft. Sein weißes Uniformhemd war verschmutzt und durchgeschwitzt. Nachdenklich studierte er das Ergebnis der Gewichtserfassung. »Gut«, sagte er schließlich. »Vier Personen. Mehr nicht.«

»In Ordnung«, hörte Carl sich sagen. »Ich bleibe hier.« Er trat vor und reichte seinen Gästen die Hand. »Auf Wiedersehen. Alles

Gute. Ich hoffe, Sie kommen wieder. Nächstes Jahr habe ich weitere Pferde. Und auch die Cabins werden noch ein bisschen komfortabler sein.«

Die Familie bestieg das Flugzeug. Die Motoren sprangen an, kurz darauf wendete die Maschine und rollte langsam zum Ende der frisch geschlagenen Piste. Dort wendete sie erneut. Das Geräusch der Motoren schwoll an, das Flugzeug beschleunigte und hob sich etwa hundertfünfzig Meter von Carl entfernt träge in die Luft. Josie hatte sich neben Carl gestellt. Sie schob ihre Hand unter seinen Arm und blickte ihn mit einem warmen Lächeln an. »Wäre gar nicht nötig gewesen, die Piste zu verlängern. Aber gut, dass der Pilot so gewissenhaft war. Andernfalls wären Sie jetzt mitgeflogen, und das hätte ich sehr bedauert.« Carl fühlte, wie sein Penis erneut reagierte.

»Ehrlich, Wally«, sagte Carl und nahm einen Schluck von seinem Wein. »Es ist mir in meinem ganzen Leben nur einmal passiert, dass mich der bloße Anblick einer Frau dermaßen erregt hat. Ich war in derselben Sekunde in Josie verliebt, in der ich sie sah.«

»Und Josie? Wieso ist sie an dem Tag angekommen? Was wollte sie?«

»Das habe ich nie wirklich ergründen können. Immer wenn ich sie darauf ansprach, hat sie gelacht und gesagt, ich solle nicht so viel fragen. Es gäbe Dinge im Leben, die müsse man nehmen, wie sie sind, sonst verflöge ihr Zauber.«

»Hach«, sagte Wally und griff nach der Zigarettenschachtel. »Ich bewundere Frauen, denen es gelingt, ein Geheimnis um sich zu wahren. Ich trage ja ständig mein Herz auf der Zunge. Aber wie sagte schon unser guter alter Goethe: Jeder muss nach dem Gesetz leben, nach dem er angetreten ist. Na ja – egal. Aber ich liebe die Aufregung, dieses Kitzeln, das sich durch bewusste Zurückhaltung einstellt. Ich wünschte, ich hätte wenigstens einen Hauch von dieser Fähigkeit, dann könnte ich Dave ein bisschen besser in Atem halten. Aber nun erzähle weiter! Das Flugzeug war also weg. Und du standst mit Josie in der Wildnis, und dein Schwanz zuckte.«

»Ja, Wally. Aber sag bitte nicht Schwanz. Das ist so abwertend.«

»Meine Güte, Charlie! Du bist doch nicht etwa prüde?«

»Das hat nichts mit Prüderie zu tun. Nur – zwischen Josie und mir war der Sex anders. Durchaus leidenschaftlich, sehr leidenschaftlich sogar, aber auch irgendwie … ja, ich will es so bezeichnen: religiös.« Wally schoss das Blut in die Wangen. Sie saugte hastig an ihrer Zigarette. »Okay, okay«, sagte sie. »Wie soll ich das Teil nennen? Glied? Penis? Phallus?«

»Josie sagte Levistico …«, erwiderte Carl mit verträumtem Gesichtsausdruck.

»Levistico?«

»Das ist Spanisch und bedeutet Liebstöckel.« Wally verschluckte sich am Qualm ihrer Zigarette. »Aha«, sagte sie, als sie sich wieder unter Kontrolle hatte.

»Mir war das wirklich unangenehm«, fuhr Carl fort. »Ich hatte das Gefühl, Josie wusste um meinen Zustand und amüsierte sich heimlich über mich. Eine Frau mit so großer Sensitivität und Intuition ist mir nie wieder begegnet. Die hatte wirklich das Dritte Auge.«

»Das Dritte Auge … Das hätte ich auch gern. Nicht umsonst renne ich jede Woche zu Günni.« Carl blickte sie fragend an. »Du weißt schon. Günter, mein Therapeut. Der Mann, der dem Sohn deiner Beletage-Dame so ähnlich sieht. Ich hab dir doch mal erzählt, wie ich dem, als ich ihn zum ersten Mal mit seiner Frau Mama bei dir habe sitzen sehen, spontan um den Hals gefallen bin. Und der Gute war ein blutübergossenes Häufchen Scham und murmelte: Sie müssen mich verwechseln, meine Dame. Seitdem sieht mich seine Mutter immer ganz skeptisch an. Na ja – egal. Mehr als eine Semi-Erleuchtung habe ich trotz jahrelanger Analyse und drei Jahren Günni bisher nicht zustande gebracht. Wie alt warst du damals eigentlich?«

»Zweiundvierzig, Wally. Ich war ein zweiundvierzigjähriger Mann und hatte eine Spontan-Erektion, die ich nicht unter Kontrolle bekam.«

»Ach, ich wünschte, das würde Dave auch mal passieren!« Wally seufzte und drückte die Zigarette aus. »Na ja – egal«, fuhr sie fort. »Es geht jetzt nicht um mein Liebesleben, sondern um deins. Also Liebe auf den ersten Blick. Wie aufregend! Erzähle weiter!« Wally kuschelte sich tiefer ins Sofa und blickte Carl erwartungsvoll an.

»Josie und ich gingen zu meinem Landrover, und während ich

fuhr, kommentierte sie mit ihrem zauberhaften, spanisch eingefärbten Deutsch die Landschaft. Eine Landschaft, die wirklich von ungeheurer Schönheit und Erhabenheit ist. Wenn ich daran denke, werde ich ganz wehmütig.«

»Dann fahr doch hin! Von dort ist es bestimmt viel leichter, Josies Spuren zu verfolgen.«

Carl seufzte. »Nun wollen wir erst einmal abwarten, ob Pago sich noch einmal meldet. Das wird er tun. Das *muss* er tun. So ein verunglücktes Telefonat lässt man nicht im Raum stehen.«

»Du hast recht. Vielleicht hat sich die ganze Sache ja morgen bereits geklärt. Ich bleibe jedenfalls heute Nacht hier. Ich lass dich in dieser grässlichen Ungewissheit keinesfalls allein. Gib mir das Telefon! Dave kann auch mal das Frühstück für die Kinder machen. Und danach kann er sie zu meiner Mutter bringen und mich hier abholen.« Carl reichte Wally das Telefon. Nach einer kurzen, von Wally sehr bestimmt geführten Diskussion hatten sie vereinbart, sich am nächsten Tag gegen halb zwölf im Café zu treffen. »Dann können wir hier zu Mittag essen und anschließend mal wieder … du bist fällig, Baby«, waren ihre letzten Worte, bevor sie auflegte. Worte, die für Carls Empfinden wie eine Drohung klangen. Er überlegte kurz, ob er Wally diesen Eindruck mitteilen sollte, entschied sich aber dagegen. »Ach, Charlie«, sagte Wally nach einem kurzen Moment des Schweigens und schüttelte eine Zigarette aus der Schachtel. »Du hast mich mit deiner Liebesgeschichte ganz kirre gemacht. Quasi erotomanisiert. War denn nun deine Beziehung zu Josie zu Anfang mehr sexuell betont, oder war es wirklich Liebe auf den ersten Blick?«

»Seltsame Frage. Und doch vielleicht berechtigt … Ja, es war zunächst eine überwältigende sexuelle Anziehung zwischen uns. Aber ich war eben auch auf der Stelle verliebt. Und dann hatten wir eine hocherotische Liebesbeziehung.«

Wally inhalierte tief. »Und? Seid ihr gleich übereinander hergefallen, als ihr die Ranch erreicht hattet?«

»Ich hole noch einen Wein«, sagte Carl und griff nach der Karaffe. »Oder möchtest du Kaffee?«

»Ich werde mir doch diesen glückseligen Zustand nicht mit Kaffee verderben! Du kannst dir gar nicht vorstellen, wie ungeheuer erleichternd es ist, keinen Führerschein zu haben und endlich mal mit gutem Gewissen trinken zu können.« Carl verschwand in der Küche.

6. ALWA UND PATRICIA VERABSCHIEDETEN SICH auf der Straße von Moritz. Moritz wollte noch ins *Nachtleben* an der Konstablerwache. Er machte sich auf den Weg zur U-Bahn. Patricia legte ihren Arm um Alwas Taille. »Ich bringe dich heim«, sagte sie. »Hab zwar ein paar Gläser Wein getrunken, aber gut verteilt über den Tag. Komm, mein Wagen steht gleich um die Ecke.«

Als sie in der Dorfelder Straße ankamen, brach Patricia in Entzücken aus. So etwas Süßes habe sie ja noch nie in Frankfurt gesehen. Mal ganz davon abgesehen, dass sie von Frankfurt sowieso nur ganz bestimmte Viertel kenne. Aber das hier sei ja ein richtiges kleines Dorf, ein (sie benutzte genau diese Worte) komplett in sich geschlossener Lebensraum. Sie kurvte dreimal im Schritttempo um den Platz herum und wollte sich gar nicht mehr beruhigen.

»Patricia, du nervst«, sagte Alwa endlich. »Jetzt halt endlich an! Dein dröhnender Motor ist nicht gerade ein Genuss für die Anwohner.«

Patricia hielt und stellte den Motor ab. »Was ist das eigentlich für eine Marke?«, fragte Alwa, während sie sich aus dem Auto schälte.

»Ein dämlicher Z3. Und der dröhnt nicht. Er schnurrt wie ein Kätzchen, wie mein Mann zu sagen pflegt«, entgegnete Patricia mit einem undefinierbaren Lächeln und schlug mit der flachen Hand auf das Lederlenkrad, als klopfte sie den Hals eines Pferdes. »Gehört zu der Geschichte, die ich dir am Mittwoch höchst offiziell berichten werde. Gefällt er dir?«

»Nun ja … Ich kenne mich mit Autos nicht besonders aus. Er ist sicher bemerkenswert. Aber jetzt muss ich ins Bett. Ich sehe dich morgen bei Carl.«

»Soll ich dich abholen?«

»Nein, nicht nötig. Wir treffen uns im Café. Gute Nacht.«

»Gute Nahacht«, sang Patricia und schnurrte davon. Alwa ging kopfschüttelnd ins Haus. Was war Patricia bloß für eine Frau? Einerseits war sie ausgesprochen nett und unkompliziert. Andererseits irgendwie undurchsichtig. Einerseits wirkte sie offen, sogar herzlich. Andererseits machten die Informationen über ihren Mann und die Geschäfte, in die sie mit ihm verstrickt war, Alwa misstrauisch. Dazu dieser Wagen (sicher sehr teuer): schwarz mit roten Ledersitzen, unbequem bis zum Gehtnichtmehr. Der ganze (sicher sehr teure) Schmuck. Die elegante (unbestritten sehr teure) Kleidung. Und dann diese Mischung aus Naivität und Raffinesse, Angeberei und Understatement.

Alwa beschloss zum einen, sehr wachsam zu sein, und zum anderen, noch heute Abend eine gezielte Übung zur Aktivierung ihrer inneren Stimme zu machen. Denn bei Patricia Müller, das musste sie sich zu ihrer Bestürzung eingestehen, hatte ihre Intuition, der sie normalerweise absolut vertrauen konnte, bis jetzt komplett versagt. Die Einerseits-andererseits-Frau. Das war ihr heutiges, für sie sehr unbefriedigendes Fazit.

7. **GEGEN VIER UHR MORGENS NICKTE WALLY AUF** Carls Sofa von einem Moment auf den anderen mit einem kleinen Seufzer ein. Carl holte eine Kaschmirdecke und deckte sie behutsam zu. Er betrachtete ihr Gesicht. Die steilen Zornesfurchen auf der Stirn waren wie weggebügelt, die scharfen Linien links und rechts von Mund und Nase weich geworden. Carl war gerührt. Und dankbar. Endlich hatte er Wally in die ganze Geschichte eingeweiht. Das würde ihrer Freundschaft weiteren Tiefgang geben. Er lächelte Wally an und hatte den Eindruck, sie lächelte zurück. Ich gehe jetzt ins Bett, ohne mir die Zähne zu putzen, beschloss er übermütig und machte sich auf den Weg ins Schlafzimmer. Er, der allergrößten Wert darauf legte, sein Gebiss zu pflegen. Nein, nein, er hatte kein Gebiss, im Gegenteil: Er hatte noch alle Zähne. Und darauf war er stolz. Wem die eigenen Zähne fehlten, davon war er überzeugt, der hatte seine ureigene Vitalität verloren. Urplötzlich fiel ihm die alte Indianerfrau drüben in British Columbia ein, die ihn mit kräftigen weißen Zähnen angeblitzt hatte, als sie ihm ein halbes Jahr nach Josies Verschwinden die Zukunft voraussagte. »Sie brauchen Geduld«, hatte sie gesagt. »Viel Geduld. Das Glück wird Ihnen wieder begegnen, wenn Ihr letztes Lebensdrittel beginnt.«

Er *war* im letzten Lebensdrittel. Kam das Glück? War das die Botschaft von Pagos Anruf?

Carl zog die Bettdecke über seinen Körper, nahm den eiförmigen Rosenquarz vom Nachttisch und ließ seine Gedanken in die furchtbare Zeit nach Josies Fortgehen zurückwandern. Mit Josie war auch seine Lebendigkeit fortgegangen. Vier Monate lang hatte er seine gesamte Energie dazu gebraucht, überhaupt am Leben zu sein. Morgens aufzustehen war ein Akt, der so viel Kraft verzehrte, dass für den Tag nichts mehr übrig war. Wochenlang hatte er am Fluss gesessen und in das eilig fließende, leise murmelnde Wasser gestarrt, bis er Visionen bekam und fürchtete – manchmal auch hoffte – irrsinnig zu werden. Wären Alice und Mike nicht gewesen, die sich rührend um ihn und die Ranch gekümmert hatten ... Heute war er überzeugt, er wäre ohne sie tatsächlich wahnsinnig geworden. Oder einfach eingegangen. Dort am Flussufer. Alice hatte ihn regelrecht zwangsernährt. Mike hatte ihn täglich aufgefordert, wieder mitzuarbeiten. Nach einem halben Jahr der Trauer und inneren Starre hatte er sich schließlich so weit gefangen, dass er wieder leben konnte. Doch die Ranch, die er so geliebt hatte, war ohne Josie wertlos geworden. Er empfand sie als fordernden Moloch, der ihn quälte. Deshalb hatte er sie Alice und Mike ohne Sentimentalitäten überlassen. Ich muss sie anrufen, dachte er. Er schaute auf die Uhr. Es war fast Morgen. Also Nacht auf der Lincoln Creek Ranch. Ob die beiden endlich eine normale Telefonverbindung hatten? Ewig lange hatten sie darauf bestanden, mit ihrem Funktelefon zurechtzukommen und schwer erreichbar zu sein. Wer zu uns will, hatte Alice gesagt, der soll es wirklich wollen. Carl hatte sich seit mindestens drei Jahren nicht mehr mit den beiden in Verbindung gesetzt, und er spürte Schamesröte in seine Wangen kriechen. Er drehte sich auf die Seite. In zwei Stunden stehe ich auf, versuchte er sich zu beruhigen, dann werde ich die Auslandsauskunft anrufen. Sicher hat auch auf der Ranch die moderne Technik inzwischen Einzug gehalten.

8. **WALLY STAND MIT IHREM HENGST ASCO HOCH** oben im Taunus auf dem kleinen Feldberg unterhalb des düsteren grauen Turms. Sie trug ein schwarzes Wollkleid, das an ein Kettenhemd erinnerte, und Reitstiefel. Sehr zu ihrem Kummer lugte, egal wie sie ihr Kleid auch zurechtzupfte, immer eine ihrer Brustwarzen durch die Maschen. Wieso trug sie keine Unterwäsche? Wieso hatte sie beim Reiten ein Kleid an? Es war dämmerig, aber sie wusste nicht, ob es Morgen oder Abend war. Wie war sie hierhergekommen? Und vor allem: warum? Sie hatte das Gefühl, etwas von lebenswichtiger Bedeutung erledigen zu müssen. »Komm, Asco«, sagte sie und schwang sich auf das Pferd. Der Hengst setzte sich in Bewegung, fiel in Trab, wurde schneller und jagte zu Tal. Plötzlich baute sich eine undurchdringliche Mauer aus Bäumen vor ihnen auf. Das Pferd scheute und stieg auf die Hinterhand. Wally krallte sich in seiner Mähne fest. Schrilles Kreischen und Krächzen setzte ein. Riesige Raben fielen aus den Bäumen. Zwanzig … zweiundzwanzig … fünfundzwanzig, zählte Wally. Während sie fieberhaft überlegte, was diese Zahl ihr sagen wollte, lösten die Raben sich auf, und an ihrer Stelle standen fünfundzwanzig Nonnen. »Beeile dich«, riefen sie. »Du musst sie retten!« Wally trieb Asco wieder an. Er stürmte zwischen Bäumen und Felsen hindurch, und sie erreichten einen Bach, dessen Wasser blutrot war. Wally folgte seinem Ufer unter schrecklichen Vorahnungen laufaufwärts. Längliche Pflanzen, die wie Penisse aussahen, schossen vor ihr aus dem Boden, etwa zwei Meter hoch. Und dann sah Wally eine Frau im Wasser liegen. Aus einer Wunde an ihrem Bauch floss in pulsierenden Stößen dunkles Blut und schwemmte dabei seltsame kleine Wesen aus. Es waren winzige Kinder, erkannte Wally, aber sie hatten Hörner und Hufe. Wally sprang vom Pferd. Sie verhedderte sich in ihrem Kleid und fiel auf die Knie. »Ich muss sie retten«, rief sie voller Verzweiflung und fuhr hoch.

Carl hielt ihr eine Kaffeeschale entgegen. Wally strich sich mit den Händen übers Gesicht. »Ich hatte einen ganz üblen Traum, Charlie. Wieviel Uhr ist es?«

»Kurz nach elf.«

Wally sprang entsetzt vom Sofa. »Ach herrje! Dave wird gleich hier sein.«

»Ich habe dir Handtuch und Zahnbürste ins Bad gelegt«, sagte Carl.

Wally nahm einen Schluck Kaffee, küsste ihn auf die Nasenspitze und sagte: »Du bist ein Schatz! Wenn ich dich nicht schon als Freund hätte, würde ich dich als Ersatzvater adoptieren. Aber jetzt muss ich mich herrichten. Dave hasst es, wenn ich schlampig aussehe.« Sie verschwand im Bad. »Hat Pago heute Nacht noch einmal angerufen?«, rief sie laut. »Nein? Schade. Meine Güte, das war wirklich ein Albtraum! Ich bin komplett gerädert. Aber jetzt springe ich unter die Dusche.«

Eine Viertelstunde lang hörte Carl das Wasser rauschen und eine äußerst eigenwillige Interpretation von »Dein ist mein ganzes Herz …«

9. ALLE WAREN PÜNKTLICH IM CAFÉ CARL EINGEtroffen. Alwa, wieder von Kopf bis Fuß in hellem Beige, wirkte entspannt, aber merkwürdig distanziert, fand Patricia. Patricia hingegen, in einem schlichten nachtblauen Kleid, das nach zweieinhalbtausend Mark roch, sah angestrengt und traurig aus, fand wiederum Alwa. Moritz gähnte ausgiebig und schwärmte vom *Nachtleben*. Er hatte ein tolles Mädchen kennengelernt, das angekündigt hatte, heute im Café vorbeizuschauen.

»Gleiche Arbeitsteilung wie gestern?«, fragte Alwa und schob die Ärmel ihrer Strickjacke hoch. Die beiden anderen nickten.

»Ja, ging doch prima«, sagte Patricia. »Du im Service, ich im Ausschank.«

»Und ich verschwinde hinter den Kulissen«, sagte Moritz. »Aber wenn ein Mädchen hier auftaucht, ein blondes, schlankes, junges und *sehr schönes* Mädchen …, dann sagt mir Bescheid. Sie heißt Rita.« Mit übermütigem Hüftschwung machte er sich auf den Weg in die Küche. Kurz darauf hörten Alwa und Patricia ihn singen: »*Lovely Rita, metermaid* …«

»Der ist verknallt«, konstatierte Patricia trocken. Alwa nickte. Hätte sie gewusst, dass exakt zum selben Zeitpunkt Wally singend unter Carls Dusche stand, hätte sie hier einen unbedingten Zusammenhang vermutet. Doch sie wusste es nicht. Sie wusste aber, dass Patricia heute viel zu viel Make-up aufgelegt hatte.

Die Tür ging auf, und Dave MacFirley trat ein. »Carl noch nicht unten?«, fragte er schroff. Patricia straffte sich, zauberte ein reizendes Lächeln aufs Gesicht und schüttelte bedauernd den Kopf. »Sie müssen mit uns vorliebnehmen. Einen schönen guten Tag auch.« Der Mann ist klasse, dachte sie.

»Sorry«, sagte Dave und deutete eine Verbeugung an. »Ich wollte nicht unhöflich sein.« Er nickte auch in Alwas Richtung. »Dann gehe ich mal hinauf.«

»Soll ich Sie anmelden?« Wieder lächelte Patricia und machte eine überaus graziöse Bewegung Richtung Telefon. Alwa biss sich auf die Unterlippe.

»Wie Sie meinen«, entgegnete Dave und verließ das Café durch die Tür zum Treppenhaus.

»Kennst du den?«, fragte Patricia. Sie blickte Alwa erwartungsvoll an.

»Das ist der Mann von der Tierärztin. Walburga von Wanecke heißt sie, glaube ich. Die war auch am Samstagmittag hier. Saß mit ein paar Leuten am runden Tisch. So eine große Frau mit einem interessanten Gesicht und rotbraunen Haaren. Und drei Kindern. Sie ist eng mit Carl befreundet.«

»*Walburga von Wanecke*?« Patricia wirkte entgeistert.

»Ja. Kennst du sie?«

Patricia stieß verächtlich die Luft durch die Nase. »Nein«, sagte sie bestimmt.

»*Love is in the air* …«, schallte es aus der Küche. Kann ja alles nicht wahr sein, dachte Alwa.

Wieder ging die Tür auf. Ein junger Mann mit blondem Zopf betrat das Café. Er setzte sich an den Tisch neben dem Piano.

»Jung, blond, schön … Ob er Rita heißt?«, flüsterte Patricia in Alwas Ohr.

»Patricia!«, entgegnete Alwa mit gespielter Entrüstung. Sie ging die Bestellung aufnehmen. Der junge Mann studierte die Speisekarte. »Ich nehme das Pad Thai«, sagte er aufblickend. Er fuhr zusammen. »Und ein stilles Wasser«, setzte er mit belegter Stimme hinzu.

»Oh, das tut mir leid«, erwiderte Alwa. »Das Pad Thai ist aus. Ich habe vergessen, es von der Karte zu streichen.«

»Schade.« Der junge Mann räusperte sich. »Dann nehme ich das Rumpsteak.«

»Gern«, sagte Alwa. Sie sah ihm einen Moment lang in die Augen, dann drehte sie sich abrupt um.

Dave saß oben mit Carl und Wally beim Milchkaffee. »Alles in Ordnung?«, fragte er Carl. Bevor Carl antworten konnte, ergriff Wally das Wort. »Ich werde dir alles beim Essen erzählen, Dave. Sofern dir das recht ist, Charlie. Es ist dir doch recht?«

Carl nickte. »Klar, Wally. Aber gewisse Details könntest du auch –«

»– weglassen«, ergänzte Wally. »Sag mal, Darling«, sie wandte sich an Dave. »Verwendest du bei deinen Kochexperimenten eigentlich auch manchmal Liebstöckel?«

»Liebstöckel?«, fragte Dave, »was ist das?«

»Gute Frage.« Wally stand auf, ging zum Bücherregal und zog nach kurzem Suchen einen Band des Großen Brockhaus heraus. Sie blätterte hastig hin und her. »Aha, hier: Liebstöckel. *Levisticum officinale*, Ba–de–kraut ...« Sie schüttelte den Kopf. »Doldenblütler. Bis zwei Meter hoch –«, jetzt japste sie nach Luft. »Tiefgrüne, glänzende Blätter, die als Küchengewürz dienen. Im Volksglauben gilt das Liebstöckel als Liebespflanze. Da schau her!« Beifallheischend blickte sie die beiden Männer an und klappte das Buch zu.

Carl grinste. Dave war irritiert. »Was sollte *das* jetzt?«, fragte er.

»Ach, nichts Besonderes. Carl hat mir heute Nacht erzählt, wie Josie ihn in den Gebrauch des Liebstöckels eingeweiht hat. Du solltest das auch mal probieren.«

Carls Gesicht verschloss sich wieder. Er nahm das Telefon in die Hand, horchte auf das Freizeichen und legte es auf den Tisch zurück.

»Wieso meldet sich dieser Pago nicht?«, sagte er grimmig.

»Pago?«, fragte Dave erstaunt. Wally stand auf und zog ihn aus dem Sessel. »Komm, wir gehen nach unten. Ich habe schrecklich geträumt und fühle mich komplett ausgehungert. Und du, Charlie, legst dich noch einmal hin und bewachst das Telefon!«

»Oui, mon général«, sagte Carl. »Und danke, Wally«, fügte er leise hinzu, als die beiden zur Wohnungstür gingen. Er schob die Kissen unter seinem Kopf zurecht und schloss die Augen.

Josie und er waren nicht, wie Wally gehofft hatte, auf der Stelle übereinander hergefallen, nachdem sie die Ranch erreichten. Josie, die bis dahin so selbstbewusst aufgetreten war, wirkte plötzlich scheu und zurückhaltend. Carl lotste sie zum Haupthaus, wo ihnen Alice mit einem erstaunten »Carl? Wieso bist du nicht in Vancouver?« entgegenkam.

»Es gab Probleme mit dem Flugzeug. Aber dafür habe ich einen Gast mitgebracht. Josie, das ist Alice. Alice, das ist Josie.« Alice reichte Josie höflich, aber auffallend distanziert die Hand. Carl war erstaunt. Alice offene Herzlichkeit gab normalerweise jedem neuen Gast das Gefühl, ein lang vermisster Freund zu sein.

»Josie ist mit der DC3 aus Calgary gekommen. Sie will Urlaub bei uns machen«, erklärte er vermittelnd. »Ist das Cabin unten am Fluss schon wieder hergerichtet?«

»Natürlich ist es hergerichtet. Meinst du, ich lege meine Hände in den Schoß, wenn du nicht da bist?«

»He, he, he, Alice«, Carl legte den Arm um ihre Schultern. »So empfindlich kenne ich dich ja gar nicht.«

»Ist schon in Ordnung. Bring Josies Gepäck ins Cabin. Ich zeige ihr in der Zwischenzeit alles, was es zu zeigen gibt. Wie lange werden Sie bleiben?« Sie wandte sich an Josie.

»Ich weiß nicht. Ist das wichtig?«

»Wichtig, wichtig«, Alice schüttelte ungehalten den Kopf. »Natürlich ist es wichtig. Wir sind ausgebucht. Das Cabin am Fluss ist nur diese Woche frei. Danach ist es wieder vermietet.«

»Gut«, sagte Josie fest. Sie reckte das Kinn in die Luft. »Dann bleibe ich eine Woche.«

Josie bezog das Cabin, kam zu den Mahlzeiten ins Haupthaus, verhielt sich aber äußerst wortkarg und verschwand anschließend gleich wieder. Carl hatte den Eindruck, sie ginge ihm bewusst aus dem Weg. Kurz vor Ablauf der vereinbarten Woche sprach er Josie auf ihre Pläne an. »Ich würde gern noch bleiben«, entgegnete sie.

Carl konferierte mit Alice. »Ich wüsste gerne, was die Frau hier eigentlich will«, sagte Alice. Sie blätterte unwirsch im Buchungsordner. »Ich persönlich wäre froh, wenn sie abreiste. Sie hat etwas an sich, was mir nicht geheuer ist. Aber gut, wenn sie meint … wenn du meinst … Es lässt sich arrangieren.«

Carl gab Alice recht. Von Josie ging etwas Beunruhigendes aus. Das empfand er genauso. Und er ärgerte sich. Schließlich war sie auf ihn zugekommen und hatte ihn aus seiner gewohnten Ruhe gerissen. Sie hatte seinen Solarplexus und andere Organe zum Hüpfen gebracht. Er ärgerte sich auch, dass er sie für seine Reaktion verantwortlich machte. Er fühlte sich sogar ein wenig hintergangen; als hätte Josie ihm ein Versprechen gegeben, das sie nicht einlöste.

Carl flog mit gemischten Gefühlen nach Vancouver. Würde Josie noch da sein, wenn er zurückkam? Er wusste nicht, ob er es wünschen oder befürchten sollte.

Als er fünf Tage später aus seinem Landrover stieg, traute er seinen Augen nicht. Josie turnte auf dem Dach des neuen Kühlhauses herum. Sie trug ein Sweatshirt und eine viel zu große Arbeitshose von Mike, die sie mit einem Strick in der Taille zusammengerafft hatte. Carl beobachtete verblüfft, wie Mike bereitwillig Kommandos von ihr entgegen nahm: »Ich brauche noch ein paar Holzsplinte, Mike! Mike, reich mir doch mal die Nägel!«

Alice kam mit einem Tablett aus dem Haus und steuerte auf das Kühlhaus zu. »Meine Lieben, hier kommt die Kaffeepause«, rief sie. Carl beobachtete, wie Mike, Alice und Josie sich auf einen Holzstoß setzten. Sie wirkten wie eine Einheit. Carl fühlte sich merkwürdig ausgeschlossen. Er spürte kleine Eifersuchtsstiche, als er zu ihnen trat.

»Josie bleibt noch eine Weile, wenn du nichts dagegen hast«, erklärte Alice und legte dabei den Arm um Josie. »Was sollte ich dagegen haben?«, murmelte Carl.

Auf dem Weg zum Haupthaus musste er lächeln, denn er fühlte, wie eine leise Freude ihn ergriff.

Die zweite und dritte Woche von Josies Aufenthalt vergingen. Josie half Alice in der Küche und beim Saubermachen der Cabins; sie half Mike auch weiterhin bei den Reparaturen; sie mistete den Stall aus und fütterte die Pferde. Sie war auch oft in Carls Nähe, aber die Vertrautheit ihrer ersten Begegnung schien nie existiert zu haben. Carl kam zu dem Ergebnis, er sei auf dem *Air Strip* vor drei Wochen einer Halluzination erlegen.

Nach fünf Wochen war Josie für Carl nicht mehr von der Ranch wegzudenken. Hatte es jemals eine Ranch ohne sie gegeben? Er zweifelte daran.

Es war inzwischen August geworden, und die Temperatur war auf über dreißig Grad gestiegen. Ein außergewöhnlicher *Indian Summer* kündigte sich an. Carl hatte schon die ersten Lachse gesichtet, die – entschieden zu früh – auf ihrem Weg zum Laichen waren. Die Indianer im Reservat, die mit Genehmigung der Regierung während dieser Zeit pro Kopf zweihundert Lachse angeln durften, hatten bereits ihre Zelte aufgeschlagen und ihre Räuchervorrichtungen aufgebaut.

Carl war unruhig.

Eines Abends, die ersten Sterne zeigten sich, obwohl der Himmel noch hell war, machte er einen Spaziergang zum Fluss hinunter. Er hatte Josie zuletzt in einem fröhlichen Gespräch mit Alice in der Küche gehört und war überrascht, als er sie im seichten Wasser des Ufers entdeckte. Sie war nackt. Erschrocken wollte er sich abwenden. Aber er tat es nicht. Stattdessen duckte er sich hinter einen Strauch und betrachtete sie. Josie lag auf dem Rücken. Sie hatte den Kopf auf einen Stein gelegt. Ihre Augen waren geschlossen. Ab und zu schöpfte sie mit einer Hand Wasser aus dem Fluss und ließ es sich über die Brust rinnen. Carl konnte den Blick nicht losreissen. Josie erschien ihm wundervoll. Kraftvoll. Unglaublich begehrenswert. Beschissener Voyeur, schimpfte er sich, du darfst diese Frau auf keinen Fall weiter beobachten. Ihre Intimität auf so feige Weise missbrauchen. Während er überlegte, wie er sich davonschleichen konnte, drehte Josie sich zur Seite, erhob sich auf die Knie, zeigte ihm ihr festes, rundes Hinterteil und watete die Böschung hinauf. Er blickte ihr nach bis sie in ihrem Cabin verschwunden war.

Ich wäre besser davongelaufen, dachte er eine Woche später beschämt. Er lag neben ihr und betrachtete ihren mit unzähligen Narben bedeckten Körper.

»Josie … ich … «, sagte er leise.

»Es ist okay, Carlos«, erwiderte Josie. »Es ist alles in Ordnung.«

Carl richtete sich auf. »Ich habe dich heimlich beobachtet, als du …«

»Schschsch …« Josie legte ihm einen Finger auf den Mund. »Ich wusste, dass du da warst.« Carl zog sie in seine Arme. »War es ein Unfall?«, fragte er leise.

»Nein, kein Unfall. Aber nicht jetzt. Kannst du mich bitte ganz fest halten?«

Carl verstärkte den Druck seiner Umarmung. »Ich liebe dich«, sagte er.

»Ich liebe dich auch, Carlos. Als ich aus dem Flugzeug stieg, war es mir schon klar. Ich habe mich im selben Moment in dich verliebt, in dem ich dich sah.«

»Und warum bist du mir wochenlang ausgewichen?«

»Das Leben hat mich gelehrt, meinen Gefühlen zu misstrauen. Ich wollte wahrhaftig sein. Und endlich mal authentisch.« Josie begann zu weinen. Aber in ihr Weinen mischte sich ein befreites Lachen.

10. **»EHRLICH, DAVE«, SAGTE WALLY. »DAS IST EINE** Geschichte … », sie schüttelte den Kopf. Dann nahm sie einen Schluck Wein, steckte sich eine Zigarette an und erzählte.

Von der DC3, die in der Wildnis gelandet war. Von Josies Erscheinen. Dem Piloten, der mit der Axt die Startbahn verlängert hatte. Carls zuckendem Glied. Als sie dieses Wort benutzte, blickte Dave verdutzt auf, und sie lachte in sich hinein. Dave würde sich noch wundern. Sie erzählte von Josies seltsamer Zurückhaltung und Carls Verwirrung. »Na ja – egal«, sagte sie. »Bis hier war es ja eine fast normale Liebesgeschichte. Eben eine Liebe auf den ersten Blick. Mir ist es ja auch nicht anders ergangen, als ich dich kennenlernte. Obwohl du es mir zu Anfang wirklich nicht leicht gemacht hast. Ich habe dich sechs Wochen bearbeiten müssen, bis du zum ersten Mal mit mir ins Bett gegangen bist. Aber du hast es nicht bereut, Darling, gell?« Dave reagierte nicht. »Egal«, fuhr Wally fort. »Jetzt pass auf: Nun kommt's.«

Als Josie geboren wurde, so erzählte Wally, brach für ihren Vater, den angesehenen Señor de Caladás, die Welt auf einen Schlag und – so konnte man wohl sagen – auf ewig zusammen. Josie war nicht der nach zwei Töchtern sehnlichst erwartete Stammhalter. Nein, dieses Mädchen war noch dazu eine Missgeburt! Oder wie sonst hätte man dieses Geschöpf bezeichnen sollen, aus dessen Körper, etwa an der Stelle, wo andere Menschen eine Blinddarmnarbe tragen, wenn sie denn eine tragen, ein spitzer kleiner Penis und ein winzig kleiner Hodensack herauswuchsen? Aber damit nicht genug. Dieser Penis pisste (in diesem Fall passte einfach kein feineres Wort) dem Vater noch dazu mit einem zielsicheren Strahl mitten ins Gesicht, als dieser sein Kind im Krankenhaus zum ersten Mal betrachtete. Der gedemütigte Vater, von Abscheu geschüttelt, rief: »Hier kann nur der Tod helfen.« Er rannte blind vor Tränen (und Urin) aus dem Zimmer und stürzte wenige Sekunden später in den leider nur provisorisch abgesicherten Schacht einer in Bau befindlichen Liftanlage. »So grausam das ist, Dave«, fügte Wally hier ein, »aber für Josie war sein Tod bestimmt ein Segen. Mit dem Vater wäre sie mit Sicherheit zum seelischen Krüppel mutiert.«

Dave sagte nichts. Er griff nach Wallys Zigarettenschachtel und steckte sich eine Zigarette an. Was insofern auf seinen inneren Zustand hinwies, als Wally ihn in ihren gemeinsamen Jahren bisher genau sechs Mal eine Zigarette hatte rauchen sehen. Wally war verunsichert, erzählte aber dennoch weiter.

Señor de Caladás war also tot. Seine Witwe entschied sich, nachdem sie den Rat diverser Ärzte und Spezialisten eingeholt hatte, das überflüssige kleine Gemächte und dessen Verbindung zur Blase operativ entfernen zu lassen. Die zurückgebliebene Narbe wirkte, weil sie rundlich und leicht aufgeworfen war, wie ein zweiter Bauchnabel. Señora de Caladás zog sich mit ihren drei Töchtern von Madrid nach Chipiona in den Schoß ihrer Großfamilie zurück.

Die ersten Jahre verlief Josies Leben anscheinend normal. Das kleine Mädchen war vom Schicksal ihres Vaters erschüttert, sie beschloss, ein Junge zu werden und trug nur unter Protest die niedlichen Kleider, die man ihm aufzwang. Mit vier Jahren verkündete Josie, sie wolle Torero werden. Ein Berufswunsch, der von der Familie milde belächelt und betätschelt wurde. Josie wuchs heran und kam mit sechs Jahren in eine überwiegend von Nonnen geführte

Internatsschule in Sevilla, wo sie zunächst einigermaßen unauffällig blieb. Abgesehen von der Tatsache, dass sie jede Gelegenheit ergriff, sich mit Jungen zu raufen und immer wieder versuchte, im Stehen zu urinieren. Mit zwölf bekam sie ihre erste Menstruation. So glaubte man jedenfalls. Als die Blutung jedoch immer stärker wurde, brachten die Nonnen Josie ins Krankenhaus. Bei der für nötig befundenen Bauchoperation fand man zum allgemeinen Entsetzen neben ihrer unterentwickelten Gebärmutter einen versteinerten männerfaustgroßen Kinderkopf, der sofort unter Anrufung aller Heiligen im hintersten Winkel des Krankenhaushofes verbrannt wurde. Und nun begann Josies Leidensgeschichte. Alle paar Monate meldete sich der nicht ausgetragene Zwillingsbruder in ihrem Leib. Mal waren es ein paar Zähnchen, die an ihrem Hals entfernt wurden; mal ein Handknochen in der Hüfte; mal ein Kieferstückchen zwischen den Rippen; dann wiederum eine Niere, die wie eine Trockenpflaume aussah. Insgesamt brachte Josie im Laufe ihrer ersten vierundzwanzig Lebensjahre fünfundzwanzig Eingriffe hinter sich. Dann war endlich Schluss. Der Bruder hatte sich von da an nie wieder gemeldet. Was der auf diese Weise ausgetriebene männliche Zwilling für ihren Hormonhaushalt bedeuten würde, vermochte keiner der Spezialisten, die sich im Laufe von mehr als zwei Jahrzehnten mit dem Phänomen Josie beschäftigt hatten, zu sagen.

Hier unterbrach Wally ihren Bericht und sah Dave erwartungsvoll an. Dave kaute auf einem Zahnstocher. Er starrte an ihr vorbei zur Tür. Ein bedrohliches Vakuum entstand. Jetzt war Wally ernstlich beunruhigt. »Also«, fuhr sie trotzdem fort, »meiner Meinung nach war das ein Vietnamesischer Zwilling auf Raten quasi, obwohl –«

»*Shut up*, Walburga!«, fiel Dave ihr ins Wort. Der Zahnstocher zerbrach und landete im Aschenbecher. Dave winkte Alwa zu sich. »Ich hätte gern einen Whisky, einen doppelten bitte.«

»Dave«, sagte Wally. »Du musst noch Auto fahren, vergiss das nicht!« Dave hob die Augenbrauen. Unsicher wich Wally seinem Blick aus und sah sich im Café um. Abgesehen von einem jungen Mann am Tisch neben dem Piano, waren sie und Dave die einzigen Gäste. »Ist ja erstaunlich wenig los heute«, murmelte sie. Dann blickte sie auf die Uhr und rief: »Meine Güte, es ist ja auch schon kurz vor drei! Ich habe gar nicht mitbekommen, wie die Zeit verflogen ist.«

»Du hast auch sonst nicht viel mitbekommen«, erwiderte Dave in dem arroganten Ton, den Wally so hasste. Nervös griff sie nach der Zigarettenschachtel.

»Im Übrigen heißt es siamesisch«, erklärte Dave.

»Was?«

»Es heißt *Siamesische* Zwillinge.«

»Habe ich doch gesagt.«

»Du sagtest vietnamesisch.«

Himmelherrgott, fragte Wally sich, wieso ist Dave so unausstehlich?

Als Alwa den Whisky für Dave brachte, öffnete sich die Tür zum Treppenhaus, und Carl kam herein. »Charlie!« Wally wedelte mit beiden Armen. »Gibt's was Neues? Hat Pago sich gemeldet?« Carl schüttelte den Kopf und setzte sich mit einem erschöpften Schnaufen zu ihnen. »Würdest du mir bitte auch einen Whisky bringen?« Er lächelte Alwa liebenswürdig an. »Ach, wisst ihr was?«, fügte er hinzu. »Wir setzen uns alle an den runden Tisch – auch du und Patricia Müller und Moritz – ich gebe einen aus.«

Alwa warf einen kurzen Blick hinüber zu dem jungen Mann. Er hatte sie, dessen war sie sich bewusst, seit seiner ersten Bestellung nicht mehr aus den Augen gelassen. Sie ging zum Tresen. »So«, sagte sie zu Moritz und Patricia. »Jetzt kommt der gemütliche Teil des Tages. Carl hat uns auf einen Drink eingeladen. Kümmert ihr euch darum? Ich kassiere derweil bei *Lovely Rita*.«

»Ich kann mich selbst verarschen«, murmelte Moritz.

»Darf ich kassieren? Wir schließen jetzt«, sagte Alwa zu dem jungen Mann.

»Arbeiten Sie immer hier?«, erwiderte er, und zum ersten Mal hörte Alwa den Hauch eines ausländischen Akzents bei ihm.

»Nein. Nur heute.«

»Und was machen Sie sonst?«

»Einen Job, bei dem ich qua meines Amtes von den meisten Leuten genauso hartnäckig angestarrt werde wie von Ihnen.«

»Sorry«, entgegnete der junge Mann. »Ich wollte Ihnen nicht zu nahe treten, aber ich weiß, wir kennen uns von irgendwoher.«

»Originell«, sagte Alwa. »Ein Rumpsteak und sechs Wasser. Dann bekomme ich genau fünfzig Mark von Ihnen.« Sie erhielt einen

Fünfzigmarkschein mit einem Fünfmarkstück obendrauf. Das Trinkgeld war ihr peinlich, aber sie ließ es in die Geldbörse gleiten. »Danke«, sagte sie schwungvoll. »Und auf Wiedersehen!«

»Ja, aber wie?«, fragte der junge Mann. »Ich möchte Sie sehr gerne wiedersehen. Kann ich Ihre Telefonnummer haben?« Er stand auf und deutete eine Verbeugung an. »Ich bin Sebastian. Sebastian Palmer.«

»Schön. Ein schöner Name. Und noch einen schönen Tag.« Alwa ließ ihn stehen und setzte sich zu den anderen. Patricia beugte sich vor und sagte: »Ich glaube, Alwa, du hast eine Eroberung gemacht.« Sie lachte kapriziös. »Was man wohl von unserem guten Moritz nicht sagen kann. Prost, Moritz, mach dir nichts draus! Die Welt ist voll von schönen jungen Mädchen.« Moritz' Lächeln wirkte gequält.

»Was haben Sie denn mit Ihrem Gesicht gemacht?« Diese Frage war von Wally an Patricia gerichtet. Patricia fuhr zusammen. »Wieso? Stimmt etwas nicht mit meinem Gesicht?«

»Vom medizinischen Standpunkt gesehen würde ich sagen, Sie tragen ein großflächiges Hämatom mit sich herum.«

»*Shut up*, Walburga«, sagte Dave laut.

Eine peinliche Pause entstand.

»Schön, dass wir jetzt alle hier zusammensitzen«, versuchte Carl zu vermitteln. »Ich hatte euch längst miteinander bekannt machen wollen. Wally, das ist Alwa Möwes, die Rechtsanwältin, die dir sicherlich bei deiner Führerscheinangelegenheit helfen kann.«

Alwa reichte Wally die Hand.

»Das ist Walburga Gräfin von Wanecke. Korrekt, Wally?«

»Ich hätte es nicht besser machen können.« Wally verzog die Mundwinkel.

»Und das ist Dave. Wallys Lebensgefährte und Vater ihrer kleinen Tochter Lilli.«

Dave nickte.

»Und das ist Patricia Müller. Was sie macht, soll sie euch selber sagen. Und den Moritz kennt ihr ja alle.«

»Gibt nicht viel über mich zu sagen«, sagte Patricia Müller grienend. »Ich bin bloß eine langweilige Ehe- und Hausfrau.«

»Ach, vielleicht doch«, setzte Carl hinzu und wandte sich wieder an Wally. »Patricia Müller hat, besser: hatte eine adelige Großtante. Vielleicht seid ihr ja um ein paar Ecken herum miteinander verwandt. Das seid ihr Adeligen doch mehr oder weniger alle.«

»Interessant«, sagte Wally mäßig beeindruckt. »Und wie hieß die Großtante?«

»Lucie von Löwenstein.«

»Klingt imposant, sagt mir aber im Moment nichts.« Wally drehte sich zu Alwa um. »Aber was meinen Führerschein angeht – vielleicht können Sie mir tatsächlich helfen. Die Sache ist ziemlich verzwickt.«

»Kein Problem. Rufen Sie mich morgen in der Kanzlei an, dann machen wir einen Termin aus.« Alwa holte eine Visitenkarte aus ihrer Handtasche.

»Aber nicht am Mittwochnachmittag«, sagte Patricia schnippisch. »Da bin ich nämlich dran.«

Ich weiß nicht, ob das wirklich so eine gute Idee war, diese Menschen zusammenzubringen, dachte Carl, die Atmosphäre ist ja hochbrisant. Möchte wissen, warum. Vielleicht doch der Saturn? »Okay, meine Lieben«, sagte er. »Möchtet ihr noch etwas trinken? Ich mach sonst für heute Schluss.«

Allgemeines Kopfschütteln und ablehnendes Gemurmel. Aufstehen. Stühlerücken. Händeschütteln. Langsam schob sich die Gruppe zum Ausgang. Carl hielt die Tür auf. »Und danke. Ihr habt mir alle sehr geholfen.«

Wally drehte sich auf der Türschwelle noch einmal um. »Wenn du etwas hörst, ruf mich sofort an!« Das klang wie ein Befehl. Carl seufzte. »Mach ich, Wally.« Es war Sonntagnachmittag. Und er war allein.

11. WIEDER WURDE ALWA VON PATRICIA IM Z3 NACH Hause gebracht. Soll ich sie auf ihre geschwollene Backe ansprechen, überlegte Alwa, die nach Wallys Bemerkung endlich begriffen hatte, warum Patricia heute so auffallend stark geschminkt war. Sie entschied sich, es nicht zu tun. War vermutlich ein Teil der

Geschichte, die Patricia ihr am Mittwochnachmittag erzählen würde. Sie wollte aber auch nicht oberflächlich oder uninteressiert erscheinen. »Geht's dir gut?«, fragte sie deshalb so neutral wie möglich.

»Wunderbar«, entgegnete Patricia. »Wenn das eine Anspielung auf das großflächige Hämatom sein soll, ja, ich habe gestern eine gescheuert bekommen.«

Alwa schwieg einen Moment. »Magst du mir erzählen, wieso und von wem?«

»Nee, jetzt nicht. Machen wir am Mittwoch, sofern uns Frau Gräfin keinen Strich durch die Rechnung macht.«

»Was hast du bloß gegen die, Patricia? Du springst ja auf sie an wie auf ein rotes Tuch. Die ist doch in Ordnung.«

»Ich finde sie scheißarrogant. Wie sie auf meine Tante reagiert hat! *Klingt imposant, sagt mir aber im Moment nichts*. Die ist doch nicht ganz dicht! Natürlich sagt ihr das was. Und dann tut sie auch noch so, als sei von Löwenstein weniger wert als von Wanecke. Als eine Frau Müller bin ich für die nicht existent.«

»Patricia«, stellte Alwa fest. »Ich glaube, da hast du einen Komplex sitzen. Könnte das sein?«

»Was alles sein könnte ... Ich zum Beispiel könnte auch mit einem Adelstitel durch die Welt laufen, wenn ich mich nicht auf die eher unauffällige Seite geschlagen hätte. Ich meine, Müller ist als Tarnname einfach perfekt, das musst du zugeben.«

»Der Moritz tat mir schon irgendwie Leid«, versuchte Alwa abzulenken.

»Mir auch. Aber das ist sein Problem. Ich tue auch keinem Leid. Und ich habe wirklich Probleme.«

»Zweifellos.«

Den Rest der Fahrt legten die beiden Frauen schweigend zurück. Als Patricia vor Alwas Haus hielt, sagte sie: »Wir können es auch lassen, wenn du keinen Bock hast. Ich werde sicher einen anderen Anwalt finden. Gibt ja genug davon.«

»Wie sagte dieser Dave so nett? *Shut up*, Patricia! Nur weil du gestern eine Ohrfeige bekommen hast, sollten wir uns doch nicht streiten.«

»*Nur* ist gut. Aber du hast recht. Ich habe mich selbst in den Schlamassel hineingeritten und muss sehen, wie ich da wieder herauskomme. Ich wollte dich nicht kränken, Alwa. Es ist sicher nur der Frust über *meine* Kränkung. Und die brennt mir heftig auf der Wange, das darfst du mir glauben. Nimm mir meine Gereiztheit nicht übel. Ich komme am Mittwoch um zwei zu dir, okay?«

»Okay«, sagte Alwa mit weicher Stimme. »Ich wünsche dir noch einen schönen Restsonntag. Ciao.« Sie ging ins Haus. Als sie die Wohnungstür aufschloss, glaubte sie das Telefon zu hören. Sie beeilte sich sehr, kam aber trotzdem zu spät. Die Leitung schwieg. Sie wollte ihren Anrufbeantworter abhören und stellte fest, sie hatte am Morgen vergessen, ihn einzuschalten. Ein unverzeihliches Versäumnis. Sie wartete dringend auf einen Anruf, irgendeine Nachricht von Manuel; sie sehnte sich seit etwa sechs Wochen Tag und Nacht danach. Vor sechs Wochen hatte ihr Manuels Gesicht aus einer Anzeige für Haarpflegeprodukte entgegengelacht. Und sie hatte noch am selben Tag alle Hebel in Bewegung gesetzt, um herauszufinden, wo er jetzt lebte, was er jetzt tat. Mit Erfolg.

Manuel – ihre große Liebe, ihr Mann (er war es, auch wenn sie nie verheiratet gewesen waren), den sie seit sechs Jahren nicht mehr gesehen hatte, hatte versprochen, sich zu melden. Er steckte mitten in der Scheidung. Diese Information legte sich wie Balsam auf Alwas Seele. Mitten im Krieg um seine beiden kleinen Kinder, was ihr relativ egal war. Mitten in einem aufwendigen Filmprojekt, was sie freute. Und mitten im Auszug aus der ehelichen Wohnung, was sie regelrecht euphorisierte. Wenn sie alles richtig verstanden hatte, müsste er jetzt in Los Angeles sein. Aber auch dort gab es Telefone. Andererseits war drüben jetzt tiefe Nacht. Was nicht ist, kann ja noch werden, tröstete sie sich. Das Gespräch mit Manuel, den sie tief in ihrem Herzen vergraben hatte, hatte alle ihre – seit Jahren hartnäckig verdrängten – Bedürfnisse nach Liebe, Zärtlichkeit und Sexualität schlagartig wieder zum Leben erweckt.

Sie zog die Schuhe aus und massierte ihre Füße. Dann ging sie ins Bad und ließ Wasser in die Wanne laufen. Sie schüttete ein paar Tropfen Calendula-Öl dazu, zündete ein Heer von Kerzen an, legte das Telefon auf den Badewannenrand und streifte ihre Kleider ab. Um jeden Selbstbetrug unmöglich zu machen, schaltete sie das grelle Deckenlicht ein, was sie normalerweise tunlichst vermied, und betrachtete ihre Figur im Spiegel. Sie war sehr schlank, aber nicht dünn, sondern kräftig durchtrainiert. Ihre kleinen, gut geformten Brüste saßen genau da, wo sie hingehörten. Sie hatten sich – dafür war sie dem Herrgott dankbar – seit ihrem zwanzigsten Lebensjahr nicht verändert. Ihr Bauch war flach und fest, die Oberschenkel beschrieben einen straffen Bogen von ihren schmalen Hüften zu den Knien hinunter. Sie drehte sich um und begutachtete ihre Rückseite. Sie kniff sich in den Po, schob das Fleisch ihrer Oberschenkel zusammen: keine Spur von Cellulite. Sie schlenkerte ihre Beine. Nichts wabbelte. Sie machte das Licht wieder aus und ließ sich zufrieden in die Wanne gleiten. Ihr Körper war in Ordnung. Aber wie lange noch? Sie war immerhin schon zweiundvierzig. Aber sie wollte schön sein, schön bleiben, denn irgendwann, vielleicht sogar schon bald würde sie Manuel wiedersehen. »Ach, Manuel«, seufzte sie laut, holte tief Luft und tauchte unter. Wie immer machte sie dabei den Test, wie lange sie unter Wasser bleiben konnte. Sie zählte bis neunundneunzig und tauchte triumphierend wieder auf. Ein Rekord. Und zweimal die Neun. Die Quersumme von neunundneunzig war achtzehn, was wiederum neun ergab. Die Neun war ihre absolute Glückszahl. Manuel war in ihr Leben gekommen, als sie neun gewesen war, und sie hatte sich trotz ihres zarten Alters unsterblich in ihn verliebt. Er hatte am neunten Februar Geburtstag. An ihrem achtzehnten Geburtstag, Quersumme ebenfalls neun, hatte sie – endlich – das erste Mal mit ihm geschlafen. Neun Jahre war sie episodisch mit ihm zusammen gewesen.

Sie griff nach dem Luffahandschuh, stand auf und schrubbte sich, bis ihre Haut glühte. Dann stieg sie aus der Wanne, trocknete sich ab und ölte ihren Körper ein.

Das Telefon schellte. Mit glitschigen Fingern griff sie danach, und prompt rutschte es ihr aus der Hand. Hastig hob sie es wieder auf, drückte den Annahmeknopf, wünschte, hoffte, betete, es wäre Manuel, und sagte mit allem ihr zur Verfügung stehenden Schmelz: »Hallooo?«

»Alwa? Hier ist Carl. Ich fürchte, ich habe einen Fehler gemacht … aber ich –«

»Ach, Carl«, sagte Alwa enttäuscht. Im selben Augenblick ging die Türklingel. »Moment, es hat gerade geschellt. Und ich bin nackt. Ich lege dich kurz ab und zieh mir was über.« Auf bloßen

Füßen, den Bademantel mit der einen Hand zusammenraffend, in der anderen das Telefon, lief sie zur Tür und betätigte den Drücker. »So, Carl, bin wieder da«, sagte sie ungeduldig. »Was kann ich für dich tun?«

»Ich ließ mich überrumpeln und habe dem jungen Mann deinen Namen gesagt. Und jetzt fürchte ich, das war dir vielleicht gar nicht recht. Sorry!«

»Welchem jungen Mann?«, fragte sie.

»Dem, der heute im Café saß und –«

»Zu spät, Carl«, sagte Alwa scharf und beendete das Gespräch abrupt.

12. DIE BEIDEN KINDER WAREN VON WALLY INS BETT gebracht geworden. Della hatte sich – bizarr geschminkt und in monströser Verkleidung (pinkfarbenes Schlauchkleid, breiter schwarzer Ledergürtel mit peitschenartigen Fransen, stachelbewehrte Ledermanschetten an beiden Handgelenken) – für die Nacht abgemeldet: Sie wolle in die Disco und dann bei Ines schlafen. Dass sie sich auf einmal herabließ, ihre Mutter über ihre Pläne zu informieren, wertete Wally als einen Fortschritt in ihren erzieherischen Bemühungen, die bei Della bisher weitgehend ins Leere gelaufen waren. Wally ließ sich erschöpft neben Dave auf das Sofa fallen. Sie goss sich ein Glas Rotwein ein und zündete eine Zigarette an. »Wo hat das Mädchen das bloß her?«, seufzte sie.

»Was?«, Dave raschelte laut mit der Zeitung.

»Diesen Hang zum Drama. Also von mir ganz bestimmt nicht.« Sie hob die Beine in die Luft und betrachtete ihre speckige Wildlederhose.

»Von mir auch nicht.« Das klang schroff.

»Dave«, sagte Wally. Sie lehnte sich in die Ecke des Sofas und sah ihn forschend an. »Was ist eigentlich los? Du bist schlecht gelaunt, abweisend, echt brüskierend. Habe ich irgendetwas falsch gemacht?« Sie bekam keine Antwort.

»Hey, ich habe dich etwas gefragt …«

Dave legte die Zeitung aus der Hand. »Es geht mir auf die Nerven.«

»Was?«

»Wie du dich in alles einmischst. Wie du Schlüsse ziehst. Wie du dich in den Vordergrund drängst.«

»Wo und wie habe ich mich heute eingemischt oder in den Vordergrund gedrängt, wenn ich fragen darf?«

»Was geht es dich zum Beispiel an, wenn jemand eine geschwollene Backe hat?«

»Ach hör doch auf, Dave! Du warst schon vorher unleidlich. Schon lange bevor ich diese Frau Müller auf ihr Hämatom angesprochen habe.«

»Eben.«

»Was heißt *eben*?«

»Eben heißt, dass du meine Signale nicht zur Kenntnis nimmst.«

»Deine Signale! Findest du das nicht ein bisschen anmaßend?« Erregt schenkte Wally sich nach. »Ich weiß gar nicht, was du willst. Ich habe mir die Nacht mit Carl um die Ohren geschlagen, mit ihm auf den Anruf von Pago gewartet und ihn getröstet. Ich habe mir seine ganze Geschichte angehört und –«

Sie wurde von Dave unterbrochen: »– sie haarklein weitergetratscht.«

»Seit wann ist das Tratschen, wenn ich dir was erzähle?«

»Carl hatte dich ausdrücklich gebeten, diskret zu sein.«

»Das war ich.«

»Und wieso weiß ich dann von Josies beiden Bauchnabel, Bauchnäbel – *I don't know this damned german plural*?«

»Das ist doch eine witzige Geschichte.«

»Ich finde es alles andere als witzig, wie du die Intimitäten eines anderen Menschen in die Welt posaunst.«

Wally sackte in sich zusammen. Sie war ehrlich betroffen. »Ich habe es doch nur *dir* erzählt!«

»Ja, und morgen weiß es ganz Frankfurt. Du kannst nichts für dich behalten. Du kannst nicht nachdenken, bevor du redest. Ständig willst du dich wichtigmachen. Du willst immer alle bekehren mit deinen dauernd wechselnden Erkenntnissen, Erleuchtungen und Theorien.«

»Was hat das eine mit dem anderen zu tun?«

»Eine Menge. Es geht ums Prinzip. Dieser ominöse Kabbelau weiß mit Sicherheit auch schon viel zu viel von uns. Und das ist nicht gut. Gar nicht gut.«

»Aha, jetzt geht es also um Herrn Kabbelau! Was ist denn nun an dem verkehrt?«

»Er gefällt mir nicht. Und das, was du mir so *by the way* von ihm erzählt hast, gefällt mir auch nicht. Der Mann hat offensichtlich Verbindungen zum Milieu. Ich glaube, du wärst gut beraten, wenn du dich nicht zu sehr auf ihn einlassen würdest.«

»Okay, Dave. Ich gebe zu: Er ist ein bisschen seltsam. Aber er ist meine Rettung. Wie soll ich ohne ihn denn meinen Job machen? Und es war bei Gott kein Zufall, dass er mir noch in derselben Nacht zugeführt wurde, in der ich den Führerschein verloren habe. Ich glaube an solche Zeichen.«

»Dann glaub zur Abwechslung auch mal an meine Zeichen, und die sind deutlich genug.«

Wally stand erbost auf. »Ich hasse diesen Ton, Dave MacFirley! Ich hasse diesen verdammten oberlehrerhaften Ton! Und ich hasse die Anmaßung, die dahintersteckt. Und ich hasse es auch, wenn du die Dinge durcheinander bringst und dir gerade so zusammenbaust, wie sie dir bei deiner Argumentation in den Kram passen. Eben waren wir noch bei Carl. Dann bei Josie. Und jetzt sind wir bei Herrn Kabbelau. Wunderbar! Dann fahr *du* mich doch, wenn dir Herr Kabbelau nicht passt!«

»Du solltest mir besser zuhören. Ich sprach von deiner Indiskretion gegenüber Carl, gegenüber Josie und gegenüber diesem Kabbelau. Das gehört alles zum selben Thema, kannst du das nicht begreifen?«

»Was ich begreife, ist, du suchst Streit. Und darauf habe ich keinen Bock. Ich gehe rauf. Bin eh total erschossen. Und habe morgen wieder einen anstrengenden Tag. Oberreifenberg, Obertshausen, Friedberg und so weiter und so fort.« Wally gab ihren am Boden liegenden Schuhen einen heftigen Tritt, griff nach der Rotweinflasche und segelte entrüstet aus dem Zimmer.

»Walburga!« Daves Ton war alarmierend. »Wir werden dieses Gespräch jetzt zu Ende führen.« Wally kam zurück, baute sich im Türrahmen auf und schaukelte die Weinflasche in ihrer Hand.

»Weißt du, was das hier ist? Das ist ein absolutes *Un*-Gespräch. Wie fast alle Gespräche mit dir, wenn du genug intus hast.«

»Wie heißt es so schön? Wer im Glashaus sitzt …?«

»Also gut, Dave.« Wally kam ins Zimmer zurück, setzte sich vor ihm auf den Boden und zog ihre Knie mit den Armen an die Brust. »Wenn ich das richtig sehe, dann warst du schon sauer, als du bei Carl ankamst. Bist du etwa eifersüchtig, weil ich die Nacht bei ihm verbracht habe? Das fände ich eine ausgesprochen interessante Variante. Hey, Darling … war's so?« Dave ging nicht auf ihren spielerischen Ton ein. Er beugte sich vor. »Hör mir jetzt zu, Wally.«

»Ich höre.«

»Carl ist mein Freund, ich schätze ihn sehr. Und ich möchte nicht, dass du mit dem, was er dir gestern Nacht anvertraut hat, hausieren gehst. Ich gebe zu, Josies Geschichte ist sehr geeignet, um sich damit interessant zu machen. Aber es ist auch eine sehr persönliche Geschichte.«

»Das sehe ich genauso.«

»Und trotzdem sitzt du vor mir wie eine Märchentante und erzählst mir mit leuchtenden Augen davon. Und das finde ich gefährlich. Weil ich dich kenne und deshalb weiß, für dich ist es nur eine interessante Geschichte von vielen deiner interessanten Geschichten und –«

»Okay«, unterbrach ihn Wally, immer noch bereit, Versöhnliches zu signalisieren. »Ich verspreche hiermit hoch und heilig, nicht darüber zu reden. Obwohl das für mich vom medizinischen Standpunkt her –«

Dave fiel ihr ins Wort. »Dein medizinischer Standpunkt ist auch so ein Thema. Permanent gibst du zu allem deinen Senf. Das nervt. Du kannst sicher sein, dieser Frau Müller war die geschwollene Backe schon peinlich genug. Nicht umsonst hatte sie so viel Schminke im Gesicht. Aber du musst immer noch eins oben draufsetzen.«

»Ich mag sie halt nicht.«

»Das ist kein Grund, sie bloßzustellen. Und noch dazu mit dieser beschissenen adeligen Herablassung zu behandeln.«

»Oh no«, rief Wally empört, »jetzt kommt das wieder! Ich mache mir nichts aus meinem Titel. Das weißt du. Aber ich kann meine Herkunft auch nicht verleugnen.«

»Und warum verhältst du dich dann so arrogant?«

»Wann war ich denn arrogant?«

»Als du ihre adelige Großtante mal eben so weggebügelt hast.«

»Da schau an! Dave MacFirley als Retter und Helfer der Unterprivilegierten. Der armen Frau Müller. Darf ich bei dieser Gelegenheit vielleicht auch mal erfahren, was mit Frau Claudia in Griechenland gelaufen ist? Der habe ich immerhin meinen Führerscheinverlust zu verdanken.«

»Wie bitte?«

»Ja! Hätte ich mich nicht so aufregen müssen, wäre ich nicht so entsetzlich nervös gewesen und hätte auch nicht so viel Alkohol gebraucht, um meine Nerven zu beruhigen.«

Dave lächelte süffisant.

»Okay, okay, okay«, fuhr Wally aufgebracht fort. »Ich bin unsensibel. Ich tratsche. Ich bin arrogant. Ich bin indiskret. Ich bin von adeliger Herablassung. Ich mache mich wichtig. Ich verkehre mit den falschen Leuten. Kein Wunder, dass du nicht mehr mit mir vögelst.«

Dave erhob sich träge und kam auf sie zu. »Das kannst du haben.«

Wally sprang auf und wich voller Wut zurück. »Ach, hau doch ab! Ich kenne dieses Muster. Erst einen Streit provozieren und dann Versöhnung im Bett. Aber immer nur mit der entsprechenden Menge Alkohol.« Sie funkelte ihn an. Dave griff nach ihr. Unwillig schüttelte sie ihn ab. »Fass mich nicht an!« Sie drehte sich um und ging zur Tür. »Vögele meinetwegen deine triathletische Claudia oder die arme Frau Müller!«

Sie durchquerte die Diele und hastete die Treppe hinauf. Dave folgte ihr. Auf dem Treppenabsatz drehte Wally sich um. »Keinen Schritt weiter, Dave, oder du fliegst die Treppe hinunter«, fauchte sie. Sie zog das rechte Bein zur Brust. Für einen Augenblick maßen sie zornig ihre Blicke. Dann nahm Dave die nächsten beiden Stufen. Und Wally trat zu. Sie trat gezielt und so fest, dass Dave den Halt verlor und rückwärts die Treppe hinunterstürzte. Einen ungläubigen Ausdruck im Gesicht. Er schlug auf den Steinboden der Diele und blieb regungslos liegen. »Okay, Dave«, sagte Wally. »Jetzt hast du, was du wolltest. Ich habe dich gewarnt.« Dave gab keine Antwort. Seine Augen starrten ausdruckslos zur Decke.

»Dave?« Wally trat zögernd eine Treppenstufe hinunter. »Dave? Steh auf!«

Daves Gesicht verzog sich zu einer schmerzhaften Grimasse. »Ich fürchte, jetzt ist wirklich dein medizinisches Fachwissen gefragt.«

»Dave …« Hastig stolperte Wally die Treppe hinab und kniete sich neben ihn.

Zwei Stunden später sagte Wally am Telefon: »Echt, Charlie. Ich kann gar nicht genau sagen, was in mir vor sich ging. Ich war total ruhig. Als Dave auf dem Boden lag, kam es mir so vor, als wäre das genau richtig so. Ich hatte nicht einmal das Gefühl, einen Fehler gemacht zu haben. Trotz seiner Verletzung. Es sind drei Rippen gebrochen und zwei angebrochen. Ich bin dann natürlich mit in den Notarztwagen und ins Markus-Krankenhaus. Ich konnte ihn ja nicht allein lassen. Aber schuldig fühle ich mich nicht. Der eine Sanitäter sagte, als er Dave in der Diele liegen sah: Könnte es sein, dass hier Alkohol im Spiel ist? Und ich sagte: Das könnte nicht nur sein, das ist so. Das ist halt das ganz normale Ergebnis eines ganz normalen Ehestreits.« Sie kicherte. »Aber Dave hat sich das selbst zuzuschreiben. Du weißt, wie ich diese Gespräche mit ihm hasse, du hast ja auch schon das ein oder andere miterlebt. Und du weißt, wie er immer über mich herzufallen pflegt. Mit seiner rhetorischen Überlegenheit. Es macht mich rasend, dass er als Schotte meine Muttersprache besser einzusetzen weiß als ich. Und dann dieses Muster! Wenn er genügend Aggression gegen mich aufgebaut hat, will er mit mir ins Bett. Aber das mache ich nicht mehr mit. Ich hoffe, das wird ihm eine Lehre sein. *Abgrenzung* – das ist mal das, was jetzt angesagt ist, und wenn es das Einzige ist, was ich in den jahrelangen Therapien begriffen habe. Nein, wirklich. Es tut mir Leid, dass er verletzt ist, klar. Aber ich habe kein schlechtes Gewissen. Er soll sich in Zukunft einfach besser überlegen, was er sagt und was er tut. Und das wird er auch. So viel ist sicher. Aber jetzt sag du: Hat Pago sich gemeldet?«

»Nein, Wally. Hat er nicht. Und ich kann nicht schlafen.«

»Das verstehe ich nur zu gut. Ich bin auch völlig überdreht. Naja – egal. Wir sollten jeder noch ein Glas Rotwein trinken. Das bringt uns runter. Und morgen sehen wir weiter. Wenn sich dieser

Pago bis morgen Abend nicht gerührt hat, müssen wir uns etwas Konkretes überlegen. Wir sprechen uns morgen, okay?«

»Ja, Wally«, seufzte Carl. »Gute Nacht.«

»Gute Nacht, Charlie. Und mach dir keine Sorgen. Alles wird gut.«

»Ja, Wally«, seufzte Carl noch einmal und hängte ein.

13. **SEBASTIAN PALMER STÜRMTE MEHRERE STUFEN** auf einmal nehmend die Treppe hinauf und erstarrte kurz vor dem Treppenabsatz, als er Alwa im Bademantel in der geöffneten Tür stehen sah. Er fiel fast vornüber, konnte sich aber gerade noch fangen. Seine Augen schossen ungläubig an ihrer Gestalt auf und ab, verdrehten sich und das Weiß seiner Augäpfel blitzte. Für einen Moment sah es sogar so aus, als wollte er kehrt machen und die Treppe wieder hinunterstürmen. Doch dann begann sein Gesicht zu strahlen, und er nahm mit den (wie Alwa fand) unverschämten Worten: »Das ist mehr, als ich zu hoffen wagte«, die letzten Stufen. Alwa raffte den Bademantel um sich. »Was soll das? Was wollen Sie hier?«, blaffte sie ihn an. Gleichzeitig wurden ihr die Knie weich. Irgendetwas fühlte sie ohne Vorwarnung von diesem unverschämten schönen jungen Mann auf sich überschwappen. Etwas, das es ihr unmöglich machte, die Tür einfach zuzuschlagen.

»Ich kann Sie nicht brauchen«, sagte sie mit dünner Stimme, »ich bin dabei ins Bett zu gehen.« Und sie fragte sich, warum dieser harmlose Satz so klang, als hätte sie eine unsittliche Einladung ausgesprochen. Mit den Worten: »Ich zieh mir schnell was an«, wollte sie Richtung Schlafzimmer laufen, machte aber nach zwei Schritten wieder kehrt. Auch das erschien ihr wie eine Aufforderung. Heillos verwirrt forderte sie Sebastian auf, sich zu erklären. »Ich kann es nicht erklären«, sagte er leise, »ich *musste* Sie sehen.« Er trat in die Diele und kam auf sie zu. Alwa wollte zurückweichen, war aber unfähig sich zu rühren. Stattdessen schloss sie die Augen. Sie spürte ihr Herz hämmern, ein Ziehen im Unterleib und wartete ergeben auf das, was nun geschehen würde. Sie fühlte, wie zwei kühle Hände sich unter ihren Bademantel schoben. Sie fühlte den Bademantel von ihren Schultern gleiten. Sie fühlte wie ein fester, geschmeidiger Körper sich gegen ihren presste, und die Lichter in ihrem Kopf erloschen. Als sie wieder angingen, fand sie sich halb besinnungslos, keuchend, strampelnd, in atemloser Umklammerung im Bett wieder. Sie, die kontrollierte, kopfgesteuerte Anwältin, bäumte sich auf, stöhnte, schlug diesem Fremden mit den Fäusten auf den Rücken und hörte sich: »Mehr, mehr, tiefer, schneller, hör nicht auf, hör um Gottes willen nicht auf!«, stammeln. Dann fiel sie erschöpft zusammen, und wenige Minuten später saß sie auf ihm und trieb ihn erneut an. Und wieder und wieder. Die ganze Nacht.

Sebastian Palmer lag auf dem Bauch. Er schlief. Das linke Bein hatte er weit von sich gestreckt, das rechte angezogen. Beim Anblick seiner dichten, langen Haare, die sich auf dem Kopfkissen wie ein Fächer ausbreiteten, spürte Alwa einen Anflug von Neid. Vorsichtig nahm sie eine Strähne und zog sie behutsam von seinem Gesicht zurück. Was für ein schöner Junge! Ihr Herz klopfte. Sie studierte sein Gesicht. Es war schmal, von klaren Linien markiert, aber trotzdem sensibel. Seine Augenbrauen beschrieben ebenmäßige Bogen, die Lider endeten in ewig langen, dunklen Wimpern und verbargen die blauen Augen, die sie in den vergangenen Stunden in einen hypnotischen Zustand versetzt hatten. Das Blut in ihrem Schädel begann zu pochen, als sie daran dachte. Und dann dieser Mund! Diese vollen fordernden und dennoch weichen Lippen. Wieso hast du diesem Knaben all das geschenkt, was Frauen sich wünschen, lieber Gott? Und wieso schickst du diesen Knaben in mein Leben? Genau in dem Moment, in dem ich mich so heftig nach Manuel sehne? Sie blies sich ein paar Haare aus dem Gesicht und legte sich auf den Rücken. Sie blickte zur Decke. Sollte sie sauer auf Carl sein, weil er ihren Namen preisgegeben hatte, oder sollte sie ihm danken?

Sebastian seufzte leise und drehte sich auf die Seite. Sie betrachtete seine kräftigen Schultern, die schmalen Hüften, den überaus wohlgeformten Po.

Und nun? Was machst du jetzt mit diesem Lustknaben, fragte sie sich. Schick ihn nach Hause, sagte eine Stimme; genieße ihn, solange es geht, eine andere. Und was machst du, wenn Manuel sich meldet – wieso hat er sich nicht schon längst gemeldet? – Selbst schuld, wenn er sich nicht meldet – ja, aber wenn er sich meldet …?

Alwa schloss die Augen. Manuel ist in Los Angeles. Manuel ist verheiratet – lebt in Scheidung – lebt er wirklich in Scheidung? Und fühlt er noch so wie ich? Hätte er nicht schon längst angerufen, wenn er so fühlte? Alwa, du bist eine sentimentale Gans. *Carpe diem*! Sie bewegte sachte den Kopf hin und her. Wie hatte sie mit einem Mann ins Bett gehen können, der siebzehn Jahre jünger war als sie? Was tat sie mit diesem Kind? Oder besser: Was hatte dieses Kind mit ihr getan? Wie hatte sie – ausgerechnet *sie* –, die flüchtigen Abenteuern und One-Night-Stands schon vor Jahren abgeschworen hatte, mit einem Fremden ins Bett gehen können, mit dem sie kaum mehr als fünf Sätze gewechselt hatte? Aber hatte er nicht darauf bestanden, dass sie sich kannten? Hatte er nicht immer wieder gesagt: »Alwa, ich *weiß*, wir kennen uns. Als ich dich heute Mittag im Café Carl gesehen habe, hat mich dieses Erkennen wie ein Blitz getroffen. Ein *Déjà-Vu*, Alwa, und was für eins!«

»Woher sollten wir uns kennen?«, hatte sie gefragt, nachdem er ihr (wann hatten sie in ihrem Rausch eigentlich die Zeit dafür gefunden?) einen kurzen Abriss seines Lebens gegeben hatte. »Du bist in Cornwall aufgewachsen, wo ich noch nie war. Du hast in Oxford studiert, wo ich auch noch nie war. Du warst zwei Jahre in Hamburg und bist seit einem Monat in Frankfurt, wo ich dich ganz sicher zuvor noch nicht gesehen habe. Ich bin ja entweder im Gericht oder in der Kanzlei. Woher sollten wir uns kennen?« »Ich weiß es nicht, Alwa«, hatte Sebastian geantwortet, »aber ich werde es herausfinden.« Dann hatte er sich wieder mit Hingabe und Konzentration ihrem Körper gewidmet, an dem er, so empfand es Alwa, nichts herauszufinden hatte, weil er bereits alles über ihn zu wissen schien.

Sebastians Hand legte sich auf ihren Bauch. Sie streckte sich ihr wohlig entgegen und öffnete die Schenkel.

14. WALLY SASS DEN GANZEN TAG ÜBELLAUNIG NEBEN Herrn Kabbelau im Golf. Sie behandelte eine Kuh in der Nähe von Obertshausen. Sie machte einen Kontrollbesuch bei Lingus und hörte sich die Jammertiraden seiner Besitzerin an, die sich einredete, ihr Pferd werde nach diesem traumatischen Erlebnis *nie wieder* normal werden. Wallys Meinung nach ging es dem Pferd erstaunlich gut. Lingus ließ sich bereitwillig von ihr anfassen, sein Ohr sah schon viel besser aus. Sie besuchte Dave im Markus-Krankenhaus. Er konnte sich vor Schmerzen nicht rühren, war wortkarg und abweisend, weswegen Wally sich depressiv fühlte. In der Nähe von Hanau half sie einem kränkelnden und seit letzter Woche auf der Kippe stehenden Fohlen endlich auf die Beine. Sie war sicher, es war über den Berg. Sie hingegen war erschöpft. Komplett k.o. Herr Kabbelau malträtierte sie zwischendurch mit seiner Lebensgeschichte, und sie musste Dave insgeheim recht geben: Theodore Kabbelau war *strange*. Sie wusste nicht, ob sie das alles für bare Münze oder für die Spinnereien eines einsamen Menschen halten sollte. Der Mann war so voll von Rachegelüsten. Sein ganzer Zorn richtete sich gegen seine Frau, die wegen eines anderen Mannes – *eines hirnlosen Luden*, wie er sagte – fortgegangen war. Was er nicht verstehen konnte, obwohl er Wally vor ein paar Tagen noch erzählt hatte, seine Ehe sei nicht wirklich glücklich gewesen. Sie glaubte aus seinen Worten herausgehört zu haben, er habe sich auch nicht gescheut, handgreifliche Argumente einzusetzen. Jetzt hatte er einen aberwitzigen Plan entwickelt, für dessen Durchführung er angeblich sehr viel Geld brauchte. Abartig, dachte sie. Wenn er das alles so meint, wie er es darstellt, dann ist er abartig, und ich muss verdammt aufpassen. Andererseits, und das fand sie wiederum rührend von ihm, erbot er sich spontan, ihren Golf innen und außen gründlich zu reinigen, während sie bei Günter war. »Natürlich umsonst«, fügte hinzu. »Das berechne ich Ihnen nicht extra, Gräfin.«

Nun saß Wally also bei Günter und versuchte, sich bei einer seiner mysteriösen Energie-Übungen zu entspannen. Ungeduldig schlug sie die Augen wieder auf. »Es geht heute nicht, Günni. Ich kann mich nicht entspannen. Es fließt nichts, so sehr du dich auch abmühst. Lass uns reden, bitte!«

Günter zog sich in seinen Sessel zurück. »Gut, Wally«, sagte er. »Dann schieß los!«

Wally seufzte. »Wo soll ich anfangen?«

»Erzähle mir einfach, wie es dir geht.«

Und Wally erzählte. Sie erzählte von ihrem Führerscheinverlust.

Nein, nein, eins nach dem anderen. Zuerst musste Günter wissen, wie seltsam Dave sich während seiner Zeit in Griechenland ihr gegenüber verhalten hatte. Deshalb die ganze Aufregung, der Alkohol und die verworrene Situation am Flughafen. Eifersucht. Verlustangst. Zweifel an Daves Treue. Jetzt dieser Fahrer. Dieser ominöse Herr Kabbelau. Die Nacht bei Carl. Die Geschichte von Josie. Die Geschichte vom doppelten Bauchnabel. Hier hielt sie sich länger auf, setzte aber dann hinzu: »Das bleibt natürlich unter uns, versprich mir das, Günni.« Ihr Mitgefühl für Carl. Für Josie. Die Hilflosigkeit, die sie gemeinsam mit Carl erlebte, weil dieser Pago mit seinem verstümmelten Anruf etwas losgetreten hatte, was – dessen war sie sich ganz sicher – noch einiges nach sich ziehen würde. Die Auseinandersetzung mit Dave. Diese durchschaubaren Verhaltensmuster. Seine Überheblichkeit, von der sie sich angegriffen und bedroht fühlte. Ihre *Abgrenzungs*-Bemühungen, deretwegen Dave nun mit gebrochenen Rippen im Krankenhaus lag. Das Alkoholproblem, das Dave hatte. »Und ich vermutlich auch«, wie sie leise hinzufügte. Der Stress mit den Kindern. Ihre frühmütterlichen Versäumnisse an Della. Das mangelnde sexuelle Interesse von Dave. Ihr grundlegendes Problem, nicht attraktiv genug zu sein. Nie gewesen zu sein. Ihre Mutter, die ihr das eingetrichtert hatte, bis sie selbst daran glaubte. Ihre fehlende Weiblichkeit. Ihr Bedürfnis, alles allein zu schaffen. Unabhängig zu bleiben. Um jeden Preis. Diese verfluchte Abhängigkeit von jemandem wie Herrn Kabbelau. Eine Prüfung ohnegleichen für einen Menschen mit ihrer Persönlichkeitsstruktur. Zwar sei sie ja im Löwen geboren und somit mit einem Haufen Energie ausgestattet, aber gerade ein Löwe brauche Anerkennung, und die werde ihr verweigert. Sie rühmte sich kurz ihrer Erfolge bei Lingus. Sie sprach über ihre berufliche Zukunft. Ihre Träume. Vom Pferdeflüsterer. Sie habe sogar einen Brief an Monty Roberts geschrieben, leider bisher ohne Antwort. Und dann Lilli. Die Koketterie und augenfällige Weiblichkeit dieses kleinen Mädchens. Wo kam das her? Wahrer Adel solle in der Lage sein, sich bedienen zu lassen, sie habe aber schon Schwierigkeiten, einfach nur gefahren zu werden. Die frustrierenden Bemühungen um eine umfassende Erleuchtung. Die frustrierenden – und, wie ihr schien, vergeblichen – Bemühungen um Della, die ihr immer mehr entglitt. Und um deren

Zukunft sie sich ernsthafte Sorgen machte. *Das Mädchen war so eigenwillig.* Der Hass auf ihren Vater, der seine Familie erst misshandelt und dann im Stich gelassen hatte. Ihre Nikotinabhängigkeit. Das dauernde Gefühl, perfekt sein zu müssen. Die Übermutter. Die Ernährerin. Diejenige, die den ganzen Haushalt organisierte. Die immer und immer und immer versuchte, alles im Griff zu haben. Das alles sei doch nicht normal. Oder wenn es normal sei, dann aber ganz bestimmt zu viel für einen einzigen Menschen. Und sie tue ja immer noch so, als ob sie das alles verkraften könnte, aber, wenn sie ehrlich wäre, dann sei sie fertig. Am Ende. Ohne Konzept. Sie brauche Unterstützung. Und mehr Sex. Zumindest mal so etwas wie Kontinuität in dieser Beziehung. Irgendeine Form von Ausgleich und Bestätigung. Schließlich sei sie eine Frau. Aber nun, mit Daves gebrochenen Rippen, sei ja daran erst mal gar nicht mehr zu denken. Trotzdem tue es ihr nicht Leid, obwohl *er* ihr natürlich Leid tue. Aber sie tue sich auch Leid. Es sei ein undurchdringlicher Dschungel. Das ganze Leben. Und ihres auf jeden Fall. Wally redete ohne Punkt und Komma. Und als sie fertig war, blickte sie auf die Uhr. »Um Gottes willen! Es ist Viertel nach sieben. Mein Fahrer wartet unten, meine Kinder zu Hause und Dave im Krankenhaus. Muss los, Günni. Sorry. Aber es hat sehr gut getan, mir das alles von der Seele reden zu können. Danke, mein Schatz!« Und weg war sie. Günter saß noch eine ganze Stunde nach ihrem Abgang in seinem Sessel und zwirbelte unschlüssig an seinem Schnauzbart.

15. IM CAFÉ CARL WAR ES DEN GANZEN TAG RUHIG gewesen. Und Carl war diese Ruhe recht. Seine Gedanken kreisten um die Frage, wann Pago sich endlich wieder melden würde. Und um Josie, Josie, Josie. Die ganze Vergangenheit, die er so sorgfältig weggeschlossen hatte, war wieder lebendig. Leider vergeblich hatte er bei der Auslandsauskunft nach einer Telefonnummer der Lincoln Creek Ranch geforscht. Er musste nun also doch nach Feierabend versuchen, über *Radio Operator* eine Verbindung zu bekommen. Er seufzte. Jetzt war es kurz nach sieben, und es waren noch zwei Gäste da. Eine jüngere Frau, die hastig zwei Gläser Prosecco getrunken hatte, jetzt in ihrer Tasche herumkramte und sicher gleich signalisieren würde, dass sie zahlen wollte. Und der blonde junge Mann, der einen Cappuccino nach dem anderen getrunken hatte, während er irgendwelche Unterlagen studierte. Carl hätte ihn gern auf Alwa angesprochen. Aber es war ihm peinlich. Er hatte ein schlechtes Gewissen. Der junge Mann hatte gestern, kurz nachdem Carl das Café geschlossen hatte, an die Tür geklopft und ihm gestikulierend zu verstehen gegeben, ihn dränge ein wichtiges Anliegen. Carl war überrumpelt worden. »Sie meinen die Möwe, nicht wahr? Ja, ja. Sie meinen Alwa Möwes, die Rechtsanwältin.« Erst als der junge Mann mit einem »Ganz herzlichen Dank« davongestürmt war, waren Carl Zweifel gekommen. Er fühlte sich veranlasst, bei Alwa anzurufen, sie zu warnen und sich zu entschuldigen. Alwas Reaktion war nicht sehr vielversprechend gewesen. Er hoffte, sie war nicht ernsthaft verärgert.

Das Telefon schellte. Er klappte das Notizbuch zu und war mit einem Satz am Apparat. »Ja, hier ist Carl«, sagte er erwartungsvoll.

»Und hier ist Alwa.«

»Alwa, gut, dass du anrufst. Du hast mir gestern Abend nicht die Gelegenheit gegeben, dir zu erklären, warum ich dem jungen Mann deinen –«

»Ist schon gut«, Alwa unterbrach ihn mit amüsierter Nachsicht. »Mach dir deswegen keine Sorgen. Ist denn der junge Mann noch da? Ich war um halb sieben mit ihm verabredet, aber ich wurde von einem Mandanten aufgehalten.«

»Ja, er sitzt hier schon eine Weile. Willst du ihn sprechen?«

»Nicht nötig. Sag ihm, ich bin auf dem Weg. Oder willst du zumachen?«

»Nein, nein. Du kannst ruhig noch kommen.«

»Bin schon unterwegs.« Eingehängt. Carl schlug sein Notizbuch wieder auf und strich die Worte: *Alwa anrufen*. Die Dame winkte ihn zu sich. Im Vorbeigehen sagte er zu dem blonden Jungen: »Schönen Gruß von Alwa. Sie ist in ein paar Minuten da.« Der junge Mann blickte auf, seine Augen strahlten. Er schob die Papiere zusammen. »Dann bringen Sie uns doch bitte zwei Rauenthaler mit Eis und Zitrone.«

Carl kassierte bei der Dame und brachte sie zur Tür. Dann öffnete er eine neue Flasche Wein, schnitt eine Zitrone auf, fuhr mit der Schaufel ins Eisfach und zuckte zusammen. Das Telefon!

»Hallo«, rief er laut. »Hier ist Carl.« Einen Moment lang hörte er nichts. Dann klackte es, als sei eine Verbindung zustande gekommen. »Hier ist Carl!«, rief er noch einmal. »Wer spricht?«

»Carlos …« Carls Herz machte einen Sprung.

»Hier ist noch einmal Pago. Können Sie mich jetzt besser hören?«

»Ich höre Sie, Pago. Ich höre Sie sehr gut. Was ist mit Josie?« Carl umklammerte den Hörer, presste ihn fest gegen sein Ohr. »Pago, nun reden Sie doch!«

»Es war nicht einfach, Sie zu finden, Carlos. Ich wusste nur, Sie sind in Deutschland. Und ein paar Bemerkungen von Josie ließen mich auch in Frankfurt nach Ihnen suchen. Es war wirklich nicht einfach. Ich bin auf Kauai, müssen Sie wissen.«

»Und wo ist Josie? Kann ich sie sprechen?«

»Josie ist weg«, sagte Pago.

»Weg? Was heißt weg?«

»Sie ist abgereist. Ich vermute, sie ist auf dem Weg nach Europa. Vielleicht nach Spanien zu ihrer Familie. Aber vielleicht auch zu Ihnen. Oder zur Ranch nach Kanada. Ich wollte Sie bitten, sich um sie zu kümmern, wenn sie bei Ihnen auftaucht. Und mir Bescheid zu geben, wenn Sie etwas von ihr hören. Ginge das?«

Sie hat ihn verlassen? Sie ist auf dem Weg nach Kanada? Nach Europa? Nach Spanien? Nach Frankfurt? Zu mir? Carl fuhr sich aufgeregt mit der Hand über den Kopf. »Natürlich, natürlich!«, rief er. »Warum ist Josie weg? Was ist geschehen?«

»Sie hat mit einer *kahuna* gesprochen, und danach ging es ihr nicht gut. Sie hat nächtelang am Meer gesessen, hat sich geweigert zu schlafen. Sie hat sich auch geweigert, mit mir zu reden. Und dann ist sie weg.« Wieder lachte Pago tief und heiser, und Carl begriff, dass Pago mit dem Lachen versuchte, ein Weinen zu überspielen.

»Ich gebe Ihnen meine Nummer, Carlos. Hören Sie …« Carl notierte mit zitternder Hand. »Habe ich Sie auch richtig verstanden?« Er schrie fast vor Erregung. »Ich wiederhole noch einmal: Sieben – acht – fünf – fünf – eins – null – sieben, richtig? … Und wie heißt der Ort …?«

Er sprach ins Leere. *Kauwi / kanuha* schrieb er in sein Notizbuch.

Die Tür flog auf. Alwa rannte auf Carl zu und umarmte ihn stürmisch. »He, he, he, Alwa!«, wehrte er ab. Er schob sie von sich und blickte ihr aufmerksam ins Gesicht. So gelöst hatte er Alwa noch nie gesehen.

»Alwa«, sagte er, »weißt du, wo Kauwi ist?«

»Kauwi? Ach, du meinst vermutlich Kauai – das ist eine Südsee-Insel. In der Nähe von Hawaii.« Carl schlug sich an die Stirn. »Natürlich«, sagte er.

»Du schmiedest wohl Urlaubspläne, kann ich gut verstehen. Es ist ja auch grauselig zurzeit bei uns. Ach, du, mach uns doch bitte zwei Rauenthaler mit –«

»Schon erledigt«, unterbrach Carl und nickte zu Sebastian hinüber. »Der junge Mann ist anscheinend aufgenommen in euren Club.«

»Er ist ein Geschenk des Himmels, Carl. Du hast mir eine große Freude gemacht.« Alwa gab ihm einen Kuss auf die Nase und eilte auf Sebastian zu, der sich erhoben hatte. Sie umarmte ihn. Ist der nicht ein bisschen jung, dachte Carl und rief sich sofort zur Ordnung: Das geht dich nichts an, Carl Thomas, kümmere du dich um deinen eigenen Kram.

Wieder ging die Tür auf und Wally fegte herein. »Bin kurz vorm Durchdrehen, Charlie«, rief sie und schleuderte ihre Tasche auf die Sitzbank. »Mach mir bitte einen doppelten Jägermeister. Ich kann dir sagen: Ich habe ein Irrenhaus daheim. Die haben Dave doch wahrhaftig mit seinen kaputten Rippen nach Hause geschickt. Mit der Begründung, sie könnten quasi nichts mehr für ihn tun. Jetzt liegt dieser gebrochene Mann im Bett, kann sich nicht rühren und terrorisiert mich mit stillem Leiden. Und dazwischen eine unausstehliche Della und zwei Kinder, die eine Nase fürs Drama haben. Ich habe dem Kindermädchen den freien Abend gestrichen. Ich musste da weg. Charlie? – Chaaarlie! Hallo!«

»Pago hat angerufen. Vor ein paar Minuten. Von Kauai.«

»Was ist das denn?«

»Eine Insel in der Nähe von Hawaii.«

»Ist das zu fassen! Und du sagtest noch, der Anruf könnte genauso gut aus der Südsee gekommen sein. Sehr gute Intuition, mein Lieber. Und …? Wie geht es Josie?«

Carl reichte ihr das Glas mit dem Jägermeister. »Komm, wir setzen uns«, entgegnete er. »Ich weiß jetzt noch weniger als zuvor. Pago hat gesagt, sie hat ihn verlassen. Von einer Stunde auf die nächste. Nachdem sie ein paar Tage zuvor bei einer Kanuha oder so ähnlich gewesen war. Er weiß nicht, wohin. Er meint, vielleicht Kanada. Vielleicht Spanien. Vielleicht sogar Frankfurt.«

»Jesses«, Wally kippte den Jägermeister. »Ich verstehe nichts mehr.«

»Ich auch nicht. Pago hat fast geheult und gesagt, es sei ihr vor ihrem Verschwinden nicht gut gegangen.«

»Vielleicht steckt ein anderer Mann dahinter … Jetzt guck mich nicht so entrüstet an! Dich hat sie schließlich auch mir nichts, dir nichts im Stich gelassen.«

Carl schüttelte nachdenklich den Kopf. »Das hat nichts mit einem anderen Mann zu tun. Außerdem hätte Pago bestimmt etwas gesagt, wenn – nein, er war besorgt, er war traurig. Ich will nachher gleich in Kanada bei Mike und Alice anrufen. Vielleicht ist sie ja schon dort. Ach Gott, Wally, das macht mich so nervös und unruhig, das kann ich gar nicht sagen.«

Wieder ging die Tür auf. Patricia trat ein. Sie stutzte kurz, steuerte dann mit einem knappen »Guten Abend« auf den Tisch von Alwa zu. Alwa und Sebastian hatten die Köpfe zusammengesteckt und die Hände fest ineinander verflochten. »Oh«, sagte Patricia. »Ich habe das Gefühl, ich störe. Aber …«, sie drehte kurz den Kopf Richtung Carl und Wally, »da bin ich, glaube ich, auch nicht erwünscht.«

»Jetzt setz dich schon her, Patricia. Das ist Sebastian Palmer. Sebastian – das ist Patricia Müller, eine Mandantin von mir.« Sebastian erhob sich, verbeugte sich formvollendet und reichte Patricia die Hand. »Angenehm.«

»Ganz meinerseits. Und was sind Sie?«

»Wie meinen Sie das?«

»Ich bin Alwas Mandantin, und Sie sind ihr … Sohn, Neffe?«

»Setz dich, Patricia, du bist unausstehlich«, sagte Alwa kühl. Patricia rückte sich einen Stuhl zurecht und klemmte sich zierlich auf die äußerste Kante. »Ich will wirklich nicht stören.«

»Das wissen wir«, sagte Alwa. Dann rief sie: »Carl, kriegen wir noch einen Rauenthaler – du weißt schon?« Carl nickte und erhob sich. »Kommt sofort.«

Patricia starrte hinüber zu Wally. »Die Gräfin sieht heute aber auch nicht so aus, als wäre das ihr Glückstag. Irgendwie *dérangée* … Aber nun zu euch. Täusche ich mich oder hat sich seit gestern Nachmittag einiges getan, was man als zwischenmenschliches Näherkommen bezeichnen könnte?« Sebastian lachte. »Deine Mandantin scheint sehr zielstrebig zu sein.« Er nahm wieder Alwas Hände zwischen seine und küsste ihre Fingerspitzen, was Alwa willig, freudig, sogar hingebungsvoll geschehen ließ und Patricia verwunderte. Hatte Alwa ihr nicht am Samstag noch erzählt, sie habe derzeit, und wie sie hoffte, für einen längeren Zeitraum, kein Interesse daran, sich zu verlieben? Die reservierte Alwa aber, daran konnte kein Zweifel bestehen, war verliebt. In diesen sehr schönen, sehr jungen Mann. Ihre blassen Wangen waren von einem warmen Rot überzogen, und ihre Augen strahlten. *What a difference a day makes* … Patricia war neidisch und ärgerte sich darüber. Carl brachte den Rauenthaler mit Eis und Zitrone. »Setzt euch doch zu uns, wenn ihr mögt, du und die Gräfin«, sagte Alwa fröhlich. Patricia ärgerte sich noch mehr, als Carl nicht protestierte, sondern rief: »Wally, komm rüber, ich schließe ab, und wir hocken uns alle zusammen!« Wally ging mit ihrem Glas zum Tresen. »Ich nehme mir noch einen, Carl. Nein, nein, bleib da! Ich kenne mich aus.« Sie füllte das Glas mit Jägermeister, kam zum Tisch und setzte sich. Patricia rückte ostentativ ein Stück zur Seite.

»Carl hat ein Problem, Frau Möwes«, sagte Wally. »Vielleicht haben Sie als Anwältin eine Idee, wie man ihm helfen könnte. Sie kennen sich doch sicher auch mit Nachforschungen aus, wenn es um vermisste oder verschwundene Personen geht.«

»Wer ist denn verschwunden?«, fragte Alwa.

Carl räusperte sich unbeholfen. »Ja – nun – also – meine Frau.«

»*Du hast eine Frau*«, sagte Alwa verblüfft. »Die hast du aber bisher gut versteckt, mein Lieber.«

»Carl hat sie seit sechzehn Jahren nicht mehr gesehen«, mischte Wally sich ein.

»Und jetzt ist sie verschwunden? Sorry, aber das verstehe ich nicht. Jedenfalls noch nicht«, entgegnete Alwa.

Carl bedachte Wally mit einem unfreundlichen Blick. »Das ist eine lange Geschichte, Alwa, und ich wüsste nicht, wie du mir helfen könntest.«

»Ach komm! Jetzt bin ich neugierig geworden. Wo ist denn deine Frau, beziehungsweise wo war sie, als sie das letzte Mal gesehen wurde?«

»Auf Kauai«, sagte Wally triumphierend.

»Daher die Südsee … Verstehe.«

»Südsee – genau«, nickte Wally.

»Wann wurde sie dort zum letzten Mal gesehen? Und von wem? Woher weißt du denn, dass sie verschwunden ist?«, fuhr Alwa fort, ohne Wally zu beachten.

»Wirklich«, Carl klang jetzt ungehalten. »Lasst uns das Thema wechseln. Ich rufe nachher in Kanada an.«

»In Kanada? Ich denke, sie wird in der Südsee vermisst«, insistierte Alwa und fügte lachend hinzu: »Du könntest mir tatsächlich den Auftrag erteilen, sie zu suchen. In der Südsee war ich noch nie. Wie ist es, Sebastian, hättest du Lust mitzufahren?«

»Aber sofort«, sagte Sebastian.

»Da komme ich mit«, sagte Patricia. Carl stand auf. »So, Leute, das reicht«, sagte er schroff. »Es ist gleich acht. Ich will nach oben. Also trinkt bitte aus. Die Getränke gehen aufs Haus.«

»Ich gehe noch mal kurz mit dir.« Wally klang so bestimmt, dass Carl seinen Protest hinunterschluckte. Alle erhoben sich.

»Was macht ihr denn noch?« Diese Frage von Patricia richtete sich an Alwa und Sebastian. »Wollen wir zusammen essen gehen? Ich lade euch ein.«

Sebastian und Alwa blickten sich kurz an (aber wie, dachte Patricia) und schüttelten synchron die Köpfe. »Wir wollen ins Kino«, sagte Alwa.

»Ah ja, ins Kino. Verstehe«, murmelte Patricia mürrisch.

»*Bitte*, Patricia«, sagte Alwa.

»Ist ja gut. Ich bin nicht blöd«, knurrte Patricia und schnappte ihre Tasche. »Dann gehe ich eben in mein Hotel und amüsiere mich mit der Minibar.«

»Ich möchte nicht unhöflich sein«, unterbrach Carl die Diskussion. »Aber ich will jetzt wirklich zumachen. Ich habe etwas Wichtiges zu erledigen.«

Sebastian, Alwa und Patricia reichten ihm die Hand und verließen gemeinsam das Café. »Diese Frau Müller ist so was von unsensibel«, Wally nahm die Gläser vom Tisch und trug sie zum Tresen. »Hängt sich an die Möwe und ihren Begleiter wie eine Klette. Dabei sieht doch ein Blinder, dass die beiden allein sein wollen. Man hat ja quasi gespürt, wie es zwischen denen knistert. Und gestern kannten die sich noch nicht einmal, oder sehe ich das falsch?« Wally stülpte ein Glas über die Bürste im Abwaschbecken, bewegte es energisch auf und ab und hielt es dann kritisch ans Licht.

»Ach, lass das jetzt«, sagte Carl. »Ich will rauf und das Gespräch nach Kanada anmelden. Ich bin nervös und angespannt. Mir ist das gerade, ehrlich gesagt, ziemlich auf die Nerven gegangen.«

»Du hast recht«, Wally hängte sich bei ihm ein. »Wir gehen nach oben, trinken noch ein Glas Rotwein, und dann zische ich wieder ab. Jeder hat seine eigene Hölle.«

Carl schloss das Café ab, löschte die Lichter und stieg schwerfällig mit Wally die Treppe zu seiner Wohnung hinauf.

Oben öffnete er eine Flasche Rotwein. Wally saß auf dem Sofa und sah ihn liebevoll an. »Ich finde es erstaunlich, Charlie«, sagte sie. »Wie kann Josie dich nach sechzehn Jahren immer noch derartig aus der Fassung bringen? Man sollte doch meinen, man hätte nach so langer Zeit genug Abstand gewonnen. Aber trotzdem verstehe ich dich. Ich werde in zwanzig Jahren – egal wie – sicher noch genauso an Dave hängen wie heute. Außerdem, glaube ich, hat man im Leben nur einmal, allerhöchstens zweimal die Chance, einer großen Liebe zu begegnen. Wieso habt ihr eigentlich keine Kinder? Hatte das etwas mit Josies Zwilling zu tun?«

»Ich denke schon.«

»Aber vielleicht hat sie mit Pago Kinder gekriegt. Sie war ja im besten Alter.«

»Ich hoffe nicht.« Carl nahm einen Schluck von seinem Wein. »Wie geht es Dave?«

»Nicht gut. Bei Rippenbrüchen kann man gar nichts machen, deshalb hat das Krankenhaus ihn ja auch nach Hause geschickt. Das muss von allein heilen. Na ja – egal, nun hat er Zeit, über sich und unsere Beziehung nachzudenken.«

»Bist du nicht ein bisschen zu streng mit ihm?«

»Ich mit ihm? Du hättest hören sollen, wie er gestern verbal über mich hergefallen ist. Ich kann ihm ja nichts recht machen. Aber wir sollten das alles nicht noch einmal aufdröseln. Er hat seine Lektion bekommen und ich auch – irgendwie. Gib mir lieber noch einen Schluck Wein und rufe mir ein Taxi. Ich denke, ich sollte mich doch heute Abend noch um alle kümmern. Weglaufen hilft mir auch nicht weiter.«

Alwa und Sebastian waren erschöpft. Und glücklich. Alwa kicherte. »Ich wusste gar nicht, wie schön Kino sein kann, Sebastian.« Sie drehte sich auf den Bauch, stützte sich auf die Ellenbogen und spielte mit einer Strähne von Sebastians Haar. »Ich will dir nicht schmeicheln, aber du machst das wirklich gut.«

»Und du erst«, erwiderte Sebastian. »Ich bin ja nicht ganz unerfahren, das gebe ich zu. Aber so wie es mit uns ist, habe ich es noch nie erlebt. Das passt ganz einfach.«

Alwa nickte. »Unerfahren wirkst du wirklich nicht. Und das in diesem Alter ... Mit vierundzwanzig ... Du könntest ja mein Sohn sein.«

Sebastian zog sie auf sich. »Fast fünfundzwanzig! Und wenn ich dein Sohn wäre, würde ich mir meine Geschwister selber machen.« Alwa lachte auf, wurde aber gleich wieder ernst. »Nett war das nicht von uns, Patricia in unserer Brünstigkeit so einfach stehen zu lassen. Sie tat mir schon leid, als sie zu ihrem Wagen ging. Ob sie jetzt wirklich allein in einem Hotelzimmer hockt und sich über die Minibar hermacht, die arme Sau?«

»Keine Ahnung. Aber ich werde mich jetzt über dich hermachen. Komm, dreh dich um.«

Patricia war bei der zweiten kleinen Flasche Weißwein aus der Minibar und zappte durch die Fernsehprogramme. Im Ersten blieb sie hängen und schaute mit wachsendem Widerwillen ein paar Minuten zu. Klausjürgen Wussow, den sie sowieso nicht leiden konnte, blickte in dunkler Nacht bedeutungsschwer auf ein brennendes Haus. Schnitt. Klausjürgen Wussow legte mit betroffenem Gesichtsausdruck die Hand auf die Schulter eines gebrochen wirkenden Mannes. Schnitt. Klausjürgen Wussow ließ seinen Blick in tiefer Gedankenverlorenheit weit über eine Meeresbucht schweifen. Schnitt. Klausjürgen Wussow sah kummervoll in die Ruine des abgebrannten Hauses.

Bedeutungsschwer, betroffen, gedankenverloren, kummervoll – bei Klausjürgen Wussow sah das ihrer Meinung nach alles gleich aus. Gelangweilt lehnte sie sich an das Kopfteil des Französischen Bettes und zappte zu MTV. Was sie da sah, gefiel ihr auch nicht besser: *Seal* sang ein melancholisches Lied, während sein ohnehin durch die Narben gezeichnetes Gesicht durch Computeranimation zu abstoßenden Fratzen gemorpht wurde. Sie schaltete den Fernseher aus, griff nach dem Buch, das sie sich vor kurzem gekauft hatte: Ron Smothermon »Drehbuch für Meisterschaft im Leben". Sie schlug das Inhaltsverzeichnis auf und entschied sich für das Kapitel über Beziehungen. Weggehen schafft keine Lösung, sondern nur neue Probleme, so ungefähr verstand sie, was sie las. In meinem Fall schon, entschied sie, und klappte seufzend das Buch zu. Sie nahm den Umschlag mit den Geldnoten aus ihrer Handtasche und schob ihn unter ihr Kopfkissen.

Alwa und Sebastian lagen nach dem zweiten Akt in inniger Löffelstellung. »Passt perfekt«, murmelte Sebastian in Alwas Haar. »Man könnte meinen, wir seien füreinander geschaffen. Was ist das für ein Parfüm?«, fragte er dann.

»Parfüm«, erwiderte Alwa entrüstet. »Ich nehme niemals Parfüm. Aus Prinzip nicht. Parfüm schadet der Aura.« Sebastian atmete tief ein. »Dann kann ich nur sagen, deine *Aura* riecht gottvoll.«

»Ich habe Hunger.« Alwa befreite sich aus seiner Umarmung. »Ich mache uns was zu essen.« Sie schlüpfte in einen Kimono und ging in die Küche. Unterdessen widmete sich Sebastian der Erkundung ihrer umfangreichen Platten- und CD-Sammlung. Neben Earth, Wind & Fire, den Beatles, den Stones, Michael Jackson, Ry Cooder, Eric Clapton, B. B. King, Lou Reed, Joe Jackson, Curtis Mayfield, Cat Stevens (komplett natürlich), Bob Dylan, America, Foreigner etc. und mehreren Reihen klassischer Musik (viel Schubert, viel Brahms und Bruckner) fand er Interpreten wie: Massive Attack, Reality Brothers, McSolar, Tricky, Portishead, Nightmares on Wax, Montell Jordan, Type O Negative, D-Note, Galliano, P. J. Harvey …

»He«, rief Sebastian zur Küche hinüber. »Du hast ja einen erstaunlich progressiven Musikgeschmack für dein Alter.« Alwa zuckte zusammen. Und für mein Alter sehe ich immer noch ganz gut aus, fügte sie in Gedanken hinzu. Sebastian kam in die Küche. Alwa warf mit einer Tomate nach ihm, die er geschickt auffing. Sebastian umarmte sie und schob ihren Kimono auseinander. »Du siehst toll aus. Beim Anblick deines Körpers können ja Zwanzigjährige vor Neid erblassen. Kein Fett, keine Orangenhaut. Nichts. Statuengleich.«

»Fragt sich bloß, wie lange noch. Meine Tante Hanna hat immer gesagt: Bis Mitte vierzig war bei mir alles in Ordnung, Alwa. Und dann auf einmal: Schwupp, war's vorbei. Tu was für deinen Körper, bevor es zu spät ist.«

Sebastian drückte Alwa gegen die Anrichte. »Komm, mach die Beine breit. Meines Erachtens gibt es keine effektivere Übung für die Innenseite der Oberschenkel.« Er hob sie hoch und setzte sie mit Schwung auf die Arbeitsfläche.

»Das war die Butter«, murmelte Alwa an seiner Brust. Sie schloss die Augen.

»Ich werde darauf zurückkommen«, entgegnete Sebastian und drang in sie ein.

Kurze Zeit später – sehr kurze Zeit später, um genau zu sein – saßen sie im Wohnzimmer vor der Stereoanlage und pickten auf dem großen Teller herum, den Alwa mit allem bedeckt hatte, was ihr Single-Kühlschrank hergegeben hatte. »Du bist also auch ein Wassermann«, sagte Alwa. Sebastian sah sie fragend an.

»Dein Sternzeichen, Sebastian. *Aquarius*. Und dein Aszendent?«

»Was meinst du?«

»Du kennst deinen Aszendenten nicht? Moment, das haben wir gleich, vorausgesetzt, du weißt die genaue Uhrzeit deiner Geburt.« Alwa stand auf und holte ein Buch aus dem Regal.

»Die Uhrzeit meiner Geburt«, Sebastian schüttelte den Kopf. »Da müsste ich meine Mom fragen. Kann ich sie anrufen? Ich habe mich sowieso seit Wochen nicht mehr gemeldet.«

»Klar«, erwiderte Alwa. »Aber erzähle ihr nicht, du bist gerade dabei, dir Geschwister zu machen. Es könnte sie schockieren. Wie alt ist deine Mom?«

»Fünfundvierzig oder sechsundvierzig.«

Nur drei Jahre älter als ich, dachte Alwa und zog die Mundwinkel nach unten. Sie hörte, wie Sebastian seiner Mutter über die Fortschritte in seinem Studium berichtete, dann erzählte er ein bisschen über Frankfurt, und schließlich fragte er unvermittelt nach der Uhrzeit seiner Geburt. »Thanks, Mom«, sagte er dann und hängte ein. »Elf Uhr vierzig. Donnerstag, siebter Februar vierundsiebzig, um elf Uhr vierzig in Hamburg.« Alwa fuhr mit dem Finger über die Tabelle. »Aha«, sagte sie. »Also Wassermann mit Aszendent Zwilling. Das ist ja eine sehr luftige Angelegenheit. Aber wieso Hamburg?«

»Meine Mutter hatte meinen Vater zu einem Kongress begleitet. Und ich kam sechs Wochen zu früh. Aber siehst du, ein bisschen was Deutsches habe ich auch in mir. Und so erklärt sich sicherlich auch mein Faible für Deutschland generell und die deutschen Frauen im Besonderen. Im ganz Besonderen für diese hier.« Er gab ihr einen Kuss. »So, und was sagt uns das jetzt?«

»Du hast eine sehr vorwärtsstürmende Natur, wie man an deiner vorzeitigen Geburt erkennen kann und auch daran, wie du in mein Leben gerasselt bist. Wir kennen uns gerade mal vierundzwanzig Stunden. Ist dir das eigentlich klar? Aber bei Wassermann mit Aszendent Zwilling wundert mich gar nichts mehr.«

»Du wirst dich noch mehr wundern. Ich habe nämlich noch einiges mit dir vor heute Nacht. Aber du glaubst doch nicht im Ernst an so einen Nonsens?«

»Das ist kein Nonsens«, erwiderte Alwa bestimmt. »Die Astrologie ist eine der ältesten Wissenschaften der Menschheitsgeschichte. Deswegen ist es auch ausgesprochen borniert, wenn die Naturwissenschaftler, Physiker, Chemiker, Biologen so hartnäckig betonen, sie seien die wahren, die echten Naturwissenschaftler, und deshalb die Astrologie als halbseidene Wissenschaft abtun. Was ist denn Astrologie anderes als die Beobachtung von Naturgesetzen? Nur das, was die meisten Leute darüber wissen, und wie sie missbraucht wird, ist Humbug und Geldmacherei. Ernsthafte Astrologie hat mit dem, was du gemeinhin in Zeitungen lesen kannst, nichts zu tun. Was du dort findest, sind Allgemeinplätze, die lediglich der Unterhaltung dienen und die kein Mensch ernst nehmen kann.

Weder der, der sie liest, noch der, der sie geschrieben hat. Aber – auch wenn das nicht weiterhilft: Es gibt eine Studie von Gunter Sachs, jawohl, dem Playboy, der für kurze Zeit mit Brigitte Bardot verheiratet war. Der hat aufgrund einer nächtlichen und, wie er sagt, betrunkenen Wette unterm Sternenhimmel zusammen mit Statistikern der Uni München Millionen von Geburtshoroskopen mit Lebensfakten korreliert und festgestellt, es gibt signifikante Häufungen bei der Berufswahl, Eheschließung und verschiedenen anderen Kriterien in den zwölf Sternzeichen. Kannst du nachlesen, wenn es dich interessiert.«

»Nein, ich höre lieber dir zu«, griente Sebastian. »*Tell me more.*«

»Du musst dir das so vorstellen. Kein ernst zu nehmender Astrologe behauptet, die Himmelskörper täten direkt etwas. Obwohl: Der Mond zum Beispiel tut eine Menge. Ebbe und Flut, der weibliche Zyklus, Schlaflosigkeit, um nur ein paar seiner Einflüsse anzuführen. Aber die Astrologie ist eine analoge und keine kausale Wissenschaft. Die Leute früher hatten ja nicht viel mehr als die Sterne, um Ereignisse zu interpretieren. Verstehst du? Sie haben den Himmel lange genug beobachtet, um feststellen zu können, wie bestimmte Konstellationen – dieses Wort, das heute in unserem Sprachgebrauch sogar rationalen Hardlinern so leicht über die Lippen geht, ist in seiner ursprünglichen Bedeutung die *Bezeichnung für ein Sternbild* – wo war ich? Ach ja, sie haben beobachtet, dass bestimmte Konstellationen am Himmel zeitgleich mit bestimmten Ereignissen auf der Erde auftraten. Warte nur mal ab, was sich rund um die totale Sonnenfinsternis nächstes Jahr im August alles abspielen wird! Eine Konstellation gibt Auskunft über eine Zeitqualität. Und es gibt sehr unterschiedliche Zeitqualitäten, das wird selbst so ein *Youngster* wie du nicht bestreiten wollen. Ich weiß jedenfalls aus eigener Erfahrung, dass die Sechzigerjahre sich deutlich von den Siebzigern und Achtzigern, um mal ein grobes Raster zu nennen, unterscheiden.«

»Ja, Mama«, seufzte Sebastian, hingerissen von dem Eifer, mit dem Alwa ihn zu überzeugen versuchte. »Wenn du deine Mandanten mit dem gleichen Engagement vertrittst, wie du dich für die Astrologie ins Zeug wirfst, dann musst du eine hervorragende Anwältin sein. Erzähl weiter! Ich finde das sehr spannend.«

Alwa blickte ihn prüfend an. Dann fuhr sie fort: »Die Zeit bewegt sich ja nicht nur linear fort. Raum und Zeit sind gekrümmt, das wissen wir spätestens seit Einstein. Man könnte auch sagen: Die Zeit bewegt sich in Spiralform; genauso wie alles andere von grundlegender, lebenswichtiger Bedeutung, wie die DNS zum Beispiel. Demnach kommt die Menschheit im Verlauf der Zeit immer wieder an denselben Punkt. Nur auf einer anderen Ebene. Das erklärt auch die ewigen Wiederholungen in der Geschichte. Aber ich glaube, das führt zu weit.«

»Und was ist nun mit so einem Horoskop? Kann man wirklich die Zukunft daraus ablesen?« Sebastian wirkte ernsthaft interessiert.

»Nein. Ein Geburtshoroskop gibt Aufschluss über die Bedingungen, unter denen ein Leben begonnen wird. Was jeder Einzelne persönlich daraus macht, ist eine andere Sache. Da wir mit dem sogenannten freien Willen ausgestattet sind, ist ein Horoskop kein Urteil, sondern ein Angebot zur Weiterentwicklung. Es hilft lediglich, die eigenen Bedingungen zu erkennen.«

»Das klingt beliebig. So, als ob sich der Deuter jederzeit wieder herausreden kann, finde ich.«

»Um dir das zu erklären, müsste ich noch ein bisschen tiefer in mein Weltbild oder meine Philosophie, kannst du nennen, wie du willst, einsteigen.«

»*Go ahead.*«

»Gut, aber nur kurz. Ich werde langsam müde, und da ich morgen den ganzen Tag Gerichtstermine habe, sollte ich bald ins Bett gehen.«

»Auch eine gute Idee, Alwa. Geh schon vor. Ich räume auf.«

»Macht er das mit Absicht?«, dachte Alwa, als sie ihn kurz darauf im Bad die Melodie von »*Can't you see the witch by my side*« summen hörte.

»So.« Sebastian kam ins Bett und legte sich auf sie. »Dann lass mich mal tiefer einsteigen.«

»Du bist unersättlich, Sebastian. Und frech! Vergiss nicht: Ich bin nur drei Jahre jünger als deine Mutter.«

»Pscht«, machte Sebastian. Und Alwa überließ sich seiner selbstbewussten Führung.

16. CARL KONNTE NICHT SCHLAFEN. SEINE GEDANKEN kreisten um Josie, Pago, Mike und Alice. Und wieder um Josie.

Wally konnte nicht schlafen. Sie hatte sich dreimal selbst befriedigt, war aber nur erschöpft und kein bisschen müde. Im Gegenteil: Sie war hellwach.

Dave konnte nicht schlafen. Er hatte Schmerzen.

Patricia konnte nicht schlafen. Eine Hand fest um das Geldbündel unter ihrem Kopfkissen geklammert, stellte sie sich eine Zukunft in der Südsee vor.

Sogar Günter schlief nicht. Er wurde von tiefen Zweifeln an seiner therapeutischen Qualifikation heimgesucht.

Sebastian und Alwa wollten nicht schlafen. Die Gründe sind bekannt.

Della schlief mit dem Freund ihrer besten Freundin Ines und fragte sich, warum sie das tat.

Moritz stand im *Nachtleben* und redete auf Rita ein.

Auch Theodore Kabbelau war wach. Er saß in einem grünen Lederjackett mit Reptiliendruck, schwarzem Hemd und gelber Krawatte in der Spielbank in Wiesbaden und zockte.

Es schliefen: Max, Lilli und deren Kindermädchen oben unterm Dach im Haus in Heddernheim. Frau Ernert in der gediegenen Beletage. Ihr Sohn, der schizoid wirkende Mann, in seinem Einzimmer-Appartement am Sachsenhäuser Berg. Jürgen und Jürgen, eng umschlungen beim wabernden roten Licht einer Lava-Lampe in ihrem Loft auf der Hanauer Landstraße. Es handelte sich um eine fünfhundert Quadratmeter große Fabriketage ohne eine einzige Zwischenwand, die sie (und darauf waren sie ungeheuer stolz) schon 1984 – also lange bevor andere den herben Charme von Lage und Ambiente entdeckten – zum Wohnraum erkoren hatten. Frau Kabbelau und ihr neuer Lebensgefährte in Neu-Isenburg. Und noch einige andere bisher beiläufig erwähnte Personen.

Carl stand auf, schenkte sich ein Glas Rotwein ein und griff nach seinem Notizbuch.

Wally geisterte durchs Haus, betrachtete erst voll mütterlicher Wärme ihre schlafenden Kinder und steckte dann den Kopf vorsichtig in Daves Zimmer – auch er schien zu schlafen. Gott sei Dank!

Patricia zählte zum wiederholten Mal die Geldscheine. Es waren und blieben zwölftausend Mark. Das war zwar nicht schlecht, aber auch nicht gerade viel, wenn man sich ein neues Leben aufbauen wollte. Sie blätterte lustlos in ihrem Ron Smothermon, legte ihn wieder zur Seite und machte den Fernseher an.

Günter stand in seinem Arbeitszimmer und überlegte, wo er suchen sollte, was er suchen wollte.

Alwa lag auf dem Rücken. Sebastian hatte ihre Extremitäten mit liebevoller Sorgfalt und diversen Seidenbändern an den vier Pfosten ihres Himmelbetts festgebunden, sein Weinglas auf ihrem Brustbein ausbalanciert und war mit den Worten: »Ich gehe was zum Rauchen holen, pass gut auf das Glas auf«, aus dem Zimmer gegangen.

Della hatte die Sache mit dem Freund ihrer Freundin hinter sich gebracht und saß sehr nachdenklich im Taxi nach Hause.

Rita redete auf Moritz ein.

Theodore Kabbelau hatte eine Glückssträhne und war unglaublich nervös.

Carl saß mit aufgeschraubtem Füllfederhalter vor seinem Notizbuch, aber er schrieb nicht. Er wusste nicht, was er schreiben sollte. Er wusste nicht, wie er sich fühlte. Kurz nachdem Wally gegangen war, hatte er versucht, die Lincoln Creek Ranch zu erreichen. Die Auslandsvermittlung hatte ihm mitgeteilt, es gäbe inzwischen eine normale Telefonverbindung zur Ranch, die Nummer sei allerdings nicht in den offiziellen Daten der Auskunft verzeichnet, und ob er gleich verbunden werden wolle. Carl bejahte. Alice nahm das Gespräch an und freute sich wahnsinnig, endlich wieder einmal von Carl zu hören. Mit der Ranch liefe alles zufriedenstellend, erfuhr er. Sie konnten leben und hatten eine gute Sommersaison hinter sich. Obwohl sie und Mike natürlich auch älter geworden seien und insgesamt ein bisschen kürzer treten müssten. Von Josie hätten sie nichts gehört. Seit mindestens einem Jahr. Dorthin hatte sie also Kontakt gehalten, stellte Carl fest. Weder Mike noch Alice hatten ihm jemals etwas davon erzählt. Sie hätten sich gewundert, sagte Alice, weil auch Pago vor ein paar Tagen angerufen habe, um zu hören, ob Josie da sei oder sich angekündigt hätte. Da habe sie, Alice, sofort zu Mike gesagt, da stimme was nicht. Und jetzt *sein*

Anruf. Wann er denn endlich wieder einmal nach Kanada käme? Im Übrigen sei es bitterkalt. Seit einer Woche liege sehr viel Schnee und die Temperaturen seien auf minus dreißig Grad gefallen. Man könne derzeit gar nichts machen, außer im Haus zu sitzen. Aber das kenne er ja noch aus eigener Erfahrung. Ja, natürlich, wenn Josie sich melden sollte, würden sie Carl umgehend Bescheid sagen. Und hoffentlich, hoffentlich sei ihr nichts passiert. Aber er solle sich nicht allzu viele Sorgen machen. Er kenne ja Josie, ihre Spontaneität, ihre manchmal undurchschaubare Art und ihre manchmal eben auch sehr überraschenden Entschlüsse. Und auch er, Carl, solle sich unbedingt bei ihnen melden, wenn er Nachricht von Josie bekäme.

Carl schraubte den Füllhalter wieder zu, legte das Notizbuch zur Seite und holte den Weltatlas aus dem Regal. Dann vertiefte er sich lange in die Betrachtung der polynesischen Inselwelten.

Wally hatte, nach einem weiteren vergeblichen Versuch zu schlafen, eine Flasche Rotwein aufgemacht und saß bei Kerzenlicht und den Lobgesängen der Hildegard von Bingen im Wohnzimmer, als Della zur Tür hereinkam. »Mama«, sagte sie erstaunt. »Du bist noch auf?«

»Wie siehst du denn aus?«, fragte Wally entsetzt.

»Wiesooo …?« Della kramte ein Puderdöschen aus ihrem Beutel und klappte den Deckel auf. »Nun ja« sagte sie, nachdem sie einen kurzen Blick in den Spiegel geworfen hatte. Sie ließ das Döschen wieder in den Beutel zurückgleiten.

»Was heißt: Nun ja?«, rief Wally aufgebracht. »Du siehst aus wie ein Zombie. Hast du geweint?«

»Mein Make-up ist halt ein bisschen verrutscht. Kann ja mal passieren.«

»Della«, sagte Wally streng. »Du hast morgen früh Schule. Es passt mir nicht, dass du dir ständig die Nächte um die Ohren schlägst.«

»Ich bin neunzehn, Mama. Ich bin volljährig.«

»Ja, du bist volljährig. Aber du wohnst immer noch zu Hause. Und du gehst noch zur Schule. Und du benimmst dich unverantwortlich. So ungeheuer volljährig scheint mir dein Verhalten nicht zu sein.«

»Ist relativ.«

»Was soll das heißen?«

»Dave liegt deinetwegen im Krankenhaus, nennst du das vielleicht erwachsen?«

»Tut er ja gar nicht.«

»Tut er wohl.«

»Wenn du dich mal für irgendetwas interessieren würdest, was mit der Familie zu tun hat, statt immer nur deinen Egoismus auszuleben, dann wäre dir nicht entgangen, dass er oben in seinem Bett liegt.«

»Jedenfalls liegt er mit gebrochenen Rippen da. Und ich gehe auch schlafen.« Della gähnte. An der Türschwelle drehte sie sich noch einmal um. »Du solltest mal wieder zu deinem Seelenklempner gehen, Mama. Dann müsstest du dein schlechtes Gewissen nicht an mir abreagieren. Und noch was: Ja, ich habe geweint. Gut beobachtet.«

Wally sprang auf und zog sie in ihre Arme. »Della, mein Baby, was ist denn los?«

»Ach, Mama«, Dellas Stimme wurde plötzlich kläglich. »Ich habe ziemlichen Mist gebaut.«

Wally drückte sie fest an sich. Della schmiegte ihren Kopf in Wallys Halsbeuge. Meine volljährige Della fühlt sich an wie eine Frau, dachte Wally, aber sie ist doch immer noch ein Kind. »Erzähl mir, was dich bedrückt, Süße.«

»Morgen, Mama. Ich gehe jetzt schlafen.« Della schälte sich aus der Umarmung und verließ mit hängenden Schultern das Zimmer.

Patricia fühlte sich einsam und elend. Sie saß zusammengesunken auf dem Bett ihres Hotelzimmers. Sollte sie einen ihrer früheren Kunden anrufen und sich mit ihm treffen? Sie nahm ihren Filofax und blätterte darin herum. Dann legte sie ihn wieder aus der Hand. Das war vorbei. Endgültig vorbei. Männer konnten ihr ab sofort gestohlen bleiben. Sie beschloss, einen endgültigen Schlussstrich unter alles zu ziehen, was mit der Vergangenheit zu tun hatte und sich ab morgen endlich ihrer Zukunft zuzuwenden. Sie machte den Fernseher an und zappte durch die Programme. Im WDR blieb sie hängen und verfolgte staunend eine Telefon-Talkshow namens *Domian*. Eine verzweifelte Elfjährige (elf! Es war zwanzig nach eins!) erzählte dem Mann im Studio eine verworrene Geschichte über den

Tod eines Meerschweinchens. Sie hatte das tote Tier in die Tiefkühltruhe gelegt, denn es gehörte ihrer Schwester, und die war verreist. Was sollte sie bloß machen? Durfte sie es ohne Zustimmung der Schwester im Garten beerdigen? Das arme Kind war hysterisch, und dieser Domian versuchte Trost zu spenden. Meerschweinchen hätten eben keine besonders große Lebenserwartung, sagte er, das werde die Schwester verstehen. Sie müsse sich keine Vorwürfe machen, sie hätte ihre Aufgabe doch sehr ernst genommen, sei nicht für den Tod des Tieres verantwortlich und so weiter. Aber es half nichts. Das Mädchen jammerte und fing immer wieder von vorne an, bevor Domian das Kind endlich – sichtlich genervt, trotzdem aber immer noch sehr nett – zum Auflegen bringen konnte. Patricia schüttelte den Kopf. Jetzt berichtete ein junger Mann über seine Bemühungen als Autoerotiker. Es dauerte eine ganze Weile bis Patricia verstand, dass sich der junge Mann angeblich erfolgreich in der Kunst der oralen Selbstbefriedigung übte. »Mann-Mann-Mann-Mann«, seufzte sie und machte den Fernseher aus.

Günter hatte sein Arbeitszimmer umgestülpt und endlich gefunden, was er suchte: Informationsunterlagen für eine zweitägige Hellinger-Aufstellung in Bonn für Wally und Informationsmaterial über den einwöchigen Hoffmann-Prozess in Berlin für sich selbst – auch wenn das extrem hart war, wie er wusste. Er steckte sich eine Pfeife an und vertiefte sich in die Unterlagen.

Sebastian kam nach einer Ewigkeit – vermutlich waren es nur ein paar Minuten – aber Alwa hatte das Gefühl, es wäre mindestens eine halbe Stunde gewesen, denn sie war aufgrund ihrer hilflosen Lage sowohl beunruhigt als auch erregt, wieder ins Schlafzimmer. Einen sorgfältig gedrehten Joint in der einen und einen Aschenbecher in der anderen Hand. Er nahm das Glas von ihrem Brustkorb, hob ihren Kopf an und flößte ihr den Wein in kleinen Gaben ein. Dabei betrachtete er sie mit einem Ausdruck, den Alwa nicht recht zu deuten wusste. Selbstbewusstsein? Überlegenheit? Amüsiertheit? Eine Mischung aus allem, vermutete sie. Sebastian zündete den Joint an, nahm einige Züge und hielt ihn an ihre Lippen. Sie saugte nervös. »Ruhig, Alwa«, sagte Sebastian. »Ganz ruhig. Es wird nichts geschehen, was du nicht willst. Im Gegenteil: Es wird nur das geschehen, worum du mich ausdrücklich bittest. Und wenn es die ganze Nacht dauert. Es liegt bei dir.« Wieder hielt er ihr den Joint hin und erlaubte ihr drei Züge, die Alwa tief inhalierte.

»Binde mich los«, sagte sie schwach. »Mir tun die Arme weh.«

Sebastian schüttelte den Kopf. »Alwa, Alwa«, sagte er mit gespieltem Vorwurf. »Ich werde dir helfen, dich besser kennenzulernen.« Er griff neben das Bett, zog den Gürtel aus dem am Boden liegenden Kimono, spannte ihn zwischen seinen Händen und beugte sich über sie. Dann legte er ihr den Gürtel auf die Augen, wickelte ihn ein paarmal um ihren Kopf und band ihn fest. »So«, sagte er, und es klang hochzufrieden. Alwa wand sich in ihren Fesseln und stöhnte leise. »Wo gehst du hin?«, fragte sie erregt, als Sebastian aufstand.

»Nirgends«, erwiderte Sebastian und machte ein paar Schritte, deren Geräusche Alwa in Panik versetzten. »Was machst du?«, rief sie entsetzt.

»Ich schaue dich an.«

Alwa stöhnte laut. »Sebastian …«

…

»*Sebastian* …«

»Alwa?«

»Komm zu mir!«

Die Matratze gab ein wenig nach. Alwa hörte Sebastians Atmen. Sie wartete, aber nichts geschah. Alwa bäumte sich auf. »Sebastian!«

»Ja, Alwa?«

»Fass mich an!«

…

»Verdammt, *fass mich an*!«

Wieder wand sie sich. Ihr Körper zuckte.

…

»Bitte, Sebastian – bitte!«

Endlich fühlte sie seine Hände auf ihren Brüsten. »Du magst die Herrin der Gerichtssäle sein, Alwa«, flüsterte er an ihrem Ohr. »Aber im Bett werde ich dich zur Sklavin machen.«

Alwa keuchte.

Rita und Moritz redeten nicht mehr. Sie waren mürrisch auseinandergegangen. Nachdem Moritz mehrfach und mit vielen Worten erklärt hatte, warum er in sie verliebt war, hatte Rita ihm mehrfach und mit zunehmender Deutlichkeit klarzumachen versucht, warum sie derzeit keine feste Beziehung wünschte.

Theodore Kabbelau befand sich auf dem Weg von Wiesbaden nach Frankfurt. Er hatte eine Glückssträhne, war um zweieinhalbtausend Mark reicher und hatte noch dazu einen zahlenden Fahrgast. Das hatte sich vor der Spielbank zufällig ergeben.

17. WALLY ÜBERSTAND DEN NÄCHSTEN TAG MIThilfe eines doppelten Jägermeisters am Mittag und, so hatte ihr Einsatzplan es heute ergeben, an sehr viel frischer Luft; in Begleitung eines überraschend gut gelaunten, fast beschwingt wirkenden Theodore Kabbelau, der sich andauernd in ihr unverständlichen Andeutungen über Geld und/oder Liebe erging.

Günter telefonierte mit Bonn und Berlin, brachte zerstreut drei jeweils zweistündige therapeutische Sitzungen hinter sich. Es ärgerte ihn heute besonders, dass die meisten Frauen, und seine Klientel bestand – leider, aber er hatte keine Idee, wie er das ändern sollte – überwiegend aus Frauen, nicht einsehen konnten, nicht einsehen wollten, dass sie alle spätestens nach fünf, sechs Sitzungen voll in der Übertragung waren. Heute ödete ihn dieses Phänomen ganz besonders an; und das ärgerte ihn noch mehr. Die Übertragung gehörte zum therapeutischen Prozess, war in vielen Fällen sogar erwünscht, geht es doch darum, dass der Klient verdrängte Gefühle und Beziehungskonflikte auf seinen Therapeuten überträgt und sie diesem – wenn alle Beteiligten Glück haben! – dadurch zugänglich werden. Heute verstärkten sich bei Günter die sich immer wieder einschleichenden Zweifel an der eigenen Professionalität. Er fand das zwar selbst absurd, konnte sich aber trotzdem nicht dagegen wehren.

Della kämpfte sich von Gewissensbissen geplagt, müde, blass und ungeschminkt durch den Schulunterricht. Sie verhielt sich barsch und abweisend zu Ines und fühlte sich deswegen noch elender.

Patricia entschied sich aufgrund irgendeiner Ahnung, das Café Carl heute zu meiden. Sie ging auf den Hauptfriedhof ans Grab ihrer Tante. Trank dann bei *Michas* im Oederweg einen doppelten Espresso, kam dabei mit einem sehr sympathischen Mann ins Gespräch, mit dem sie – Micha schüttelte mit Abscheu den Kopf, als sie nach Rauenthaler mit Eis und Zitrone fragte, und erklärte, er dürfe keinen Alkohol ausschenken – zwei weitere Espressi trank, was von Micha mit einer Bemerkung über die Honorarsätze von Internisten kommentiert wurde. Sie schlenderte gelangweilt ein paar Stunden durch die Innenstadt und kaufte sich vor lauter Frust ein extraordinär schönes (und teures) Schneiderkostüm. Dann drehte sie eine Runde durch den Grüneburgpark. Aber die Zeit wollte nicht vergehen. Also besuchte sie auch noch den Palmengarten. Anschließend kehrte sie bei *Brizzis* ein, aß eine knusperdünne Pizza mit allem, trank dazu den auf der Karte empfohlenen italienischen Rotwein und danach noch einen Espresso, diesmal aber koffeinfrei, und fragte sich, ob sie den Abend wieder allein im Hotelzimmer verbringen sollte, entschied sich aber fürs Kino. *Lola rennt.*

Alwa war voller Energie und jagte von einem Gerichtstermin zum nächsten. Dachte immer wieder mit wohligem Erschauern an die vergangene und die bevorstehende Nacht mit ihrem Lustknaben, während dieser sich in ihrem Bett zu neuen Höchstleistungen heranschlief. Er versäumte drei wichtige Vorlesungen, aber das störte ihn nicht.

Carl bewachte das Telefon wie Zerberus, der Höllenhund. Es schellte an diesem Morgen im Vierminutentakt, und jedesmal machte sein Herz einen Sprung. Carl nahm Reservierungswünsche entgegen, beantwortete Anfragen seiner Lieferanten und seines Steuerberaters, wimmelte aufdringliche Direktmarketingangebote ab. Nur Nichtigkeiten. Immer wenn die Tür zum Café aufging, blickte er gehetzt auf, um sich jedesmal in beklemmender Enttäuschung wieder seinen Aufgaben zuzuwenden. Zwischendurch rief er noch einmal die Auslandsauskunft an und fragte nach der Nummer der Familie de Caladás in Chipiona. Nichts? Dann schauen Sie doch mal in Jerez de La

Frontera. In Sevilla vielleicht …? In Madrid …? Nein, eine Familie de Caladás war nirgends verzeichnet. Der geduldige junge Mann bedauerte höflich. Die Telekom hatte sich im letzten Jahr wirklich gemausert. Trotzdem rief Carl etwas später noch einmal bei der Auskunft an. Der junge Mann war zwar geduldig und höflich, aber möglicherweise ein bisschen blöd gewesen. Jedoch auch die hilfsbereite junge Frau, die er diesmal quer durch Spanien jagte, konnte nicht fündig werden. Er war höflich und freundlich zu seinen Gästen, aber innerlich unbeteiligt. Die Zeit tropfte träge.

Auch die sich anschließende Nacht brachte wenig Bewegung.

Carl versuchte, Pago auf Kauai zu erreichen, bekam jedoch nur eine Frau an den Apparat, die ihn nicht verstand und mit schläfriger Stimme sagte: »Pago – no. No. No – Pago.« Carl fühlte sich wie ein wildes Tier in einem viel zu engen Käfig. Er rannte ohne Plan in seiner Wohnung herum, ging dreimal während der Nacht nach unten ins Café, um zu prüfen, ob er das Telefon auch wirklich nach oben umgestellt, die Tür abgeschlossen und die Kaffeemaschine ausgeschaltet hatte. Dabei trank er jedesmal einen Whisky. Schließlich legte er sich vollkommen elend zu Bett, wo er keinen Schlaf fand.

In Heddernheim hingegen schliefen alle. Die beiden Kleinen und das Kindermädchen unter dem Dach; Wally und Dave im ersten Stock in ihren jeweiligen Zimmern; Della im Souterrain. Es war aber – leider – zu keinem Gespräch gekommen. Weder zwischen Wally und Dave, der sich hinter Schmerzen und Tramal-Tropfen verschanzte, noch zwischen Wally und Della, die sich mit den Worten: »Mama, du nervst! Außerdem habe ich Kopfschmerzen«, entzogen hatte.

Patricia Müller, allein in ihrem Hotelzimmer, beschloss nach der Sendung mit Domian *aber sofort* das Licht zu löschen.

Theodore Kabbelau fuhr müde Taxi und sann dabei über die Gräfin nach, die ihm heute sehr still, zu still, besorgniserregend still vorgekommen war.

Alwa und Sebastian turnten in, auf, neben und sogar unter dem Bett herum, das ging, weil Alwas Bett auf ungewöhnlich hohen Beinen stand, und konnten und konnten nicht genug voneinander kriegen.

Moritz harrte drei Stunden im *Nachtleben* aus und ging traurig nach Hause. Rita hatte sich nicht gezeigt.

Günter Döpf war zu Margarete Öpf geflüchtet. Margarete und Günter hatten sich köstlich amüsiert, als sie auf einem Seminar diese fast ironisch anmutende Namensähnlichkeit feststellten. Margarete war mit einem »Gestatten: Öpf« auf Günter zugekommen. Und er hatte einen genussvollen Moment gezögert und dann breit grinsend geantwortet: »Angenehm, Döpf.«

Daraufhin fragte sie: »Wirklich?«

Und er sagte: »Tatsächlich.«

Nun lag also Herr Döpf neben Frau Öpf in deren breitem Bett, allerdings in angemessenem Sicherheitsabstand. Mit Margarete verband Günter eine ruhige, besonnene, platonische Freundschaft, obwohl – oder weil? – sie vor Jahren einmal eine Lebensabschnittsgefährtin von ihm gewesen war. Während ihrer Liaison hatte Margarete, wenn sich etwas Skurriles ereignete, gern gesagt: »Das passt doch wieder wie der Döpf auf die Öpf.« Dabei konnte sie sich jedes Mal ausschütten vor Lachen, unter anderem, so vermutete Günter manchmal, weil *der Döpf auf der Öpf* eine beabsichtigte Irreführung darstellte.

Margarete war sein Seelentrost. Zu ihr konnte er immer kommen. Sie hörte ihm zu, kommentierte klug, fing ihn auf, tröstete, kittete und heilte ihn. Das hatte sie von einem Meister gelernt, bei dem sie zwei Jahre in Indien gelebt hatte. Es gibt nichts auf dieser Welt, was nicht durch Liebe heilbar wäre, hatte der gesagt, und Margarete war aufgrund praktischer Übung im Laufe der Jahre zu dem Ergebnis gekommen, dass er recht hatte. Margarete hatte sich die zwei Jahre Auszeit in Indien leisten können, weil sie als freie Journalistin und erfolgreiche Autorin verschiedener wirtschaftswissenschaftlicher Publikationen beruflich und finanziell unabhängig war. Sie kannte Günters Stärken und Schwächen. Und vor allem: seine periodisch auftretenden Selbstzweifel.

Margarete war, obwohl zwölf Jahre jünger als Günter und vom Sternzeichen Jungfrau, großzügig, offen, humorvoll, weitsichtig und, was ihre Gespräche sehr bereicherte: umfassend psychologisch vorgebildet. Eigentlich die ideale Partnerin, wenn da nicht ihre verschrobene Einstellung zur Sexualität gewesen wäre. Sie war nämlich in sehr jungen Jahren bereits zu dem Ergebnis gekommen, Sexualität habe ausschließlich der menschlichen Fortpflanzung zu dienen. Nicht aus religiösen Gründen, nein, Margarete war eine bekennende, wenn auch manchmal in ihrer Überzeugung schwankende Atheistin. Aber sie bestand darauf, Sex sei Quatsch. Und durch das ganze Gewese, das darum gemacht wurde, entferne sich die Menschheit immer weiter vom eigentlichen Sinn ihres Daseins. Auch die meisten Beziehungsmiseren seien das Ergebnis dieser Exaltationen, sagte sie. Um ihrer Meinung Nachdruck zu verleihen, setzte sie sogar manchmal ein »S« vor die Exaltationen. Ein Kalauer, der ihr großes Vergnügen bereitete. Da Margarete es außerdem ablehnte, Kinder in die Welt zu setzen, war bei ihr in sexueller Hinsicht nicht viel, eigentlich so gut wie gar nichts zu machen. Das hatte Günter, der sich auch jetzt – mit sechsundfünfzig – noch sehr viril fühlte, während ihrer Beziehung sehr zu schaffen gemacht. Immer wieder hatte er sie davon zu überzeugen versucht, die körperliche Vereinigung von Mann und Frau sei ein wesentlicher Stützpfeiler einer Beziehung. Ja, er scheute sich nicht, hier den alten *Van de Velde* zu zitieren. Manchmal hatte Margarete seinem Drängen nachgegeben. Aber leider nur sehr selten. Und noch dazu mit einem lasziven Unbeteiligtsein, das Günter zwar ab und an komplett angetörnt, in der Regel aber – sofern man hier überhaupt von Regelmäßigkeit sprechen konnte – an einen Instinkt in ihm gerührt hatte, den er lieber zu verdrängen suchte: reine Aggression. So konnte natürlich aus den beiden auf Dauer nichts werden, und Günter war zwar in seinem Selbstwertgefühl angekratzt, aber auch erleichtert gewesen, als Margarete sich dem indischen Meister zugewandt hatte.

Margarete hörte Günter geduldig zu, als er sich eineinhalb Stunden lang über das Phänomen Wally ausließ. Wally kam immerhin seit drei Jahren jede Woche zu ihm. Und trotzdem hatte er seit der letzten Sitzung am Montagnachmittag den Eindruck, er hätte so gut wie nichts von ihr begriffen. Dieser ungeordnete emotionale Schwall, der da zwei Stunden lang über ihn hinweggeschwappt war, hatte ihn fassungslos zurückgelassen. Wally sei für ihn die Ausnahme von der Regel, erzählte Günter. Sie hätte er noch nicht in einer Übertragungshaltung ertappen können. Na ja – egal. Er bemerkte an dieser Stelle nicht, wie selbstverständlich ihm diese wallyspezifische Floskel über die Lippen ging.

»Ich habe Wally bisher immer bewundert«, sinnierte er laut. »Weil sie so leicht mit allem fertig zu werden scheint. Weil sie so bei sich ist. So stark und luzid, wenn auch chaotisch, in der eigenen Analyse ihrer Person. Oft tanke ich bei Wally auf und vergesse für zwei Stunden, dass ich der Therapeut bin. Und dabei habe ich offenbar übersehen, wie sehr Wally sich selbst unter Druck setzt, wie sehr sie leidet.«

Günter machte sich schwere Vorwürfe, und als er in diesem Zusammenhang anfing, seine Mutter-Sohn-Beziehung vor Margarete aufzurollen, unterbrach die ihn streng. »Günter, nicht schon wieder!« Stattdessen diskutierten sie die nächsten anderthalb Stunden, welche Zusatztherapie er Wally empfehlen könnte. Ob die Hellinger-Aufstellung wirklich das Richtige für sie sei, oder ob sie besser beraten wäre, wenn sie mal für eine Woche ganz aus allem herauskäme. Vielleicht eine Schweige-Meditation in einem Kloster oder in den Bergen? Margarete bestärkte ihn zunächst in der Idee des Hellinger-Seminars. Eine Person mit dieser unglaublichen Dynamik, so sagte sie, würde in einer isolierten Klostersituation oder der zwar wunderschönen, aber auch manchmal erdrückenden Großartigkeit einsamer Berggipfel erst recht mit ihren inneren Dämonen und Zwängen konfrontiert und somit zusätzlich gefoltert. Sie sprach sogar von der drohenden Gefahr einer *Acedia*. Und Günter ließ sich äußerlich unbewegt, aber mit einem leisen inneren Groll darüber aufklären, es handele sich hierbei um den Fachbegriff für »grenzenlose Apathie«, den kirchlichen Ausdruck für die akute Depression, von der Menschen in Klöstern befallen werden können. So waren sie dann endlich gemeinsam zu dem Ergebnis gekommen, Wally könne nur in einer energetischen Atemtherapie die Voraussetzung für das notwendige bedingungslose Loslassen finden. Nur in einer Atemtherapie könne sie die Kontrolle über sich verlieren und somit an den eigentlichen Kern ihrer Ängste gelangen. Nur in einer Atemtherapie wäre sie auch entsprechend geschützt und aufgefangen. Sie waren dann nacheinander die ihnen bekannten Atemenergetik-Spezialisten durchgegangen und hatten sich für Frau Schröder-Kröll entschieden. Margarete war unbedingt dafür, Wally in die Hände einer Frau zu geben.

Nur eine Frau könne verstehen, warum eine andere Frau sich Umstände von solcher Zwanghaftigkeit antat und, »ohne dir persönlich zu nahe treten zu wollen«, hatte sie hinzugefügt, »kannst du doch an deinem eigenen Scheitern in diesem Fall erkennen, dass ihr Männer (zum Glück pauschalisierte sie hier) euch immer wieder von der nach außen hin zur Schau gestellten Kraft vermeintlich starker Frauen einlullen lasst.« Dann hatte sie ihn fast ohne Körperkontakt umarmt und ihm vorgeschlagen, die Nacht bei ihr zu verbringen. Natürlich nur unter den bekannten Voraussetzungen. Günter hatte dieses freundliche Angebot ohne zu zögern angenommen. Seitdem er keine sexuellen Dispute mehr mit Margarete führte, hatte sie für ihn eine Art Mutterfunktion eingenommen. Und was seine Mutter anging, da lag bei ihm so manches im Argen.

18. **WALLY WAR AUSGESCHLAFEN, ALS SIE AM MITTwoch**morgen um kurz nach sechs aufstand. Ein herrliches Gefühl. Vor allem auch deshalb, weil sie heute kein bisschen verkatert war. Sie hatte den ganzen Dienstag, außer dem einen Jägermeister am Mittag, und der zählte eigentlich nicht, weil er für sie reine Medizin war, keinen Alkohol getrunken und auch verhältnismäßig wenig geraucht. Sie stand also aufgeräumt unter der Dusche und nahm sich vor, heute Abend die Gespräche mit Dave und Della zu führen und nachher gleich bei Alwa Möwes anzurufen, einen Termin mit ihr zu vereinbaren und sich der Führerscheinangelegenheit mutig zu stellen. Auch Carl würde sie anrufen, das nahm sie sich fest vor. Sie zog ihre Reitkleidung an. Heute Morgen hatte sie Herrn Kabbelau für sieben Uhr fünfzehn geordert. Sie wollte in den Taunus und ihren Hengst Asco bewegen, bevor sie, praktischerweise auch im Taunus, ihren ersten Termin hatte. Sie packte eine Hose und Straßenschuhe in eine Tasche, machte sich einen starken Kaffee, weckte die Kinder und (wieso musste sie das eigentlich tun?) auch das Kindermädchen, trieb Della zur Eile an, schaute kurz nach Dave. Er schlief. Sie trat ans Bett, betrachtete sein Gesicht und fühlte warme Zärtlichkeit in sich aufsteigen. »Ach, Dave-Darling, alles wird gut«, versprach sie leise, als sie die Tür behutsam wieder schloss. Sie nahm sich vor, obwohl sie immer noch keine Gewissensbisse verspürte, sich bei ihm zu entschuldigen. Sie rauchte zum Kaffee die erste Zigarette und vermerkte sauber einen Strich auf der Schachtel. Ja, das würde heute ein guter Tag. Das spürte sie.

Herr Kabbelau fuhr pünktlich vor, öffnete ihr galant die Beifahrertür, verstaute Koffer und Tasche auf der Rückbank und sagte, als er sich hinter das Lenkrad setzte, fast unangenehm fröhlich: »Auffi geht's, Frau Gräfin!« Beim Losfahren fingerte er sich eine HB aus der Packung. Wally schüttelte den Kopf. »Herr Kabbelau, Sie sollten sich das Rauchen gar nicht erst ernsthaft angewöhnen. Auch wenn ich – zugegeben – ein schlechtes Vorbild abgebe. Zum einen stänkert man sich im Auto fürchterlich ein und zum anderen ist das Gequalme an sich weder gesund noch schön. Ich werde im Wagen grundsätzlich nicht mehr rauchen. Das bedeutet für mich mindestens zehn Zigaretten weniger am Tag. Dann bin ich bei einem Päckchen statt bei anderthalb oder zwei.« Herr Kabbelau legte die Zigarette in die Ablageschale. »Kein Problem, Gräfin. Ich kann draußen rauchen, wenn Sie reiten.«

»Hach«, sagte Wally. »Ich sollte mit der Qualmerei ganz aufhören. Dave raucht ja auch nicht, obwohl er sich, was das angeht, mir gegenüber sehr tolerant verhält. Aber eine Zumutung ist es trotzdem für jeden Nichtraucher. Ich denke ernsthaft darüber nach, wie ich von der Kippe loskomme. Ich sollte unbedingt mal wieder eine ayurvedische Kur machen.«

»Eine was?«

»Ayurveda, Herr Kabbelau. Das ist eine indische Heilmethode, bei der der ganze Körper, das gesamte System quasi, komplett entgiftet wird. Habe ich schon mal gemacht, vor drei Jahren. Mit Dave in Indien. Man kann das natürlich auch in Deutschland machen. Aber die Kliniken hier sind wahnsinnig teuer. Und wenn ich das mache, dann will ich es auch wieder mit Dave zusammen machen. Was dann für zwei Personen gut seine fünfzehntausend kosten würde. Nicht gerechnet der Verdienstausfall. Ich würde natürlich während der Zeit Ihr Honorar einsparen.« Sie lächelte ihn vieldeutig an. »Das belastet mein Budget nämlich ziemlich.« Herr Kabbelau reagierte nicht.

»Hallo, Herr Kabbelau! Haben Sie mich verstanden?«

»Ich habe Sie sehr gut verstanden, Gräfin. Aber drunter kann ich einfach nicht gehen. Mein Honorar ist, wenn man es auf Stundenbasis umrechnet, schon bescheiden genug. Und auf Dauer schaffe ich das körperlich sowieso nicht: tagsüber Sie und nachts das Taxi.«

»Wie –«, Wallys Stimme war dunkel geworden. »Sie fahren nachts Taxi?«

»Was bleibt mir anderes übrig? Ich brauche das Geld. Mit zweitausend Mark im Monat komme ich nicht zurecht. Das sollte einer Frau wie Ihnen doch klar sein.«

»Einer Frau wie mir. Aha. Was wollen Sie denn damit sagen?«

»Ihr Lebensstandard verschlingt doch eine ganze Menge Geld.«

»Ach ja? Was leiste ich mir schon groß?«

»Das Pferd zum Beispiel. Sie haben mir vergangene Woche selbst erzählt, was Sie das monatlich kostet. Dann die Privatschule für Ihre Kinder. Der Musikunterricht für den Max. Der Ballettunterricht für die Lilli. Der Nachhilfeunterricht für Della. Der Tennisklub. Der Golfklub. Die vielen Zeitschriftenabonnements. Das Ferienhaus in Südfrankreich. Der Getränkelieferant. Das Kindermädchen. Der Therapeut. Die Handys. Die Autos. Das große Haus. Essen gehen mit den ganzen Kindern und Freundinnen … Und Ihr Führerschein wird Sie auch noch einiges kosten, so viel ist sicher.« Das klang hämisch. Wally biss sich auf die Lippen. Dave hat recht, dachte sie. Ich habe dem Mann schon viel zu viel erzählt. Was der sich alles gemerkt hat! Ich muss aufpassen. Vielleicht ist er wirklich gefährlich. Auf jeden Fall aber undurchsichtig. Sie war versucht, ihm eine harsche Antwort zu geben, hielt sich aber zurück. Die Sache jetzt nicht weiter hochspielen! Ab sofort würde sie den Mund halten. Kein überflüssiges Wort mehr. Nur noch Small Talk übers Wetter, den Verkehr und ihre Arbeit. Und ab morgen würde sie sich nach hinten setzen. Sie würde sich Arbeit mitnehmen, Abrechnungsunterlagen vorbereiten und Fachliteratur durcharbeiten. Damit wäre dann auch der Umzug auf die Rückbank begründet: Sie brauchte mehr Platz und Ablageflächen.

Wally schwieg, bis sie den Stall erreicht hatten. Und Theodore Kabbelau schwieg auch.

Als sie nach einer guten Stunde von ihrem Ausritt zurückkam, erhitzt und glücklich, war sie besänftigt. Wenn der Mann wirklich schlechte Absichten hätte, so hatte sie sich inzwischen beruhigt, dann würde er ihr nicht haarklein mitteilen, was er alles über sie und ihre Familie vermerkt hatte. Theodore Kabbelau war seltsam, ja, aber er war auch naiv. Sie zog sich um und dirigierte Herrn Kabbelau Richtung Idstein. Dann nahm sie ihr Handy und Alwa Möwes' Visitenkarte aus der Handtasche. Die Empfangsdame meldete sich nach dem zweiten Schellen. »Anwaltskanzlei Berlinger, Möwes, Wittenberg. Was kann ich für Sie tun?«

»Hier ist Walburga von Wanecke. Kann ich bitte Frau Möwes sprechen?«

»Einen Moment, ich frage bei Frau Doktor Möwes nach.« Donnerwetter, die Möwe hatte einen Doktortitel und war sogar Sozius, das war Wally bisher entgangen. In der Warteschleife erklang klassische Musik. Einen Augenblick später hörte sie Alwas Stimme. »Alwa Möwes, guten Morgen, Gräfin von Wanecke!«

»Guten Morgen, Frau Doktor Möwes. Wir –«

»Alwa reicht«, unterbrach die Möwe sie.

»Gut, Alwa. Dann ist hier also Wally.« Sie kicherte. »Alwa, ich sagte Ihnen ja bereits, dass ich meinen Führerschein abgeben musste. Und da ich das Verfahren abkürzen möchte, wissen Sie, ich bin beruflich dringend auf den Führerschein angewiesen, würde ich die Sache gerne einmal mit Ihnen durchsprechen.«

»Kein Problem. Können Sie morgen früh in meine Kanzlei kommen? So gegen elf?«

»Das schaffe ich nicht. Ich bin terminlich ganz stark eingebunden. Eigentlich kann ich nur am Abend. Normalerweise kaum vor zwanzig Uhr. Ginge es bei Ihnen so spät?«

»Ich bin heute Nachmittag zu Hause. Den Mittwochnachmittag reserviere ich mir grundsätzlich. Entweder für die Bearbeitung besonders komplizierter Fälle, bei denen ich absolute Ruhe zum Nachdenken brauche, oder für Mandanten, die ich lieber außerhalb der Kanzlei spreche.« Ach ja, dachte Wally, zu dieser Kategorie gehört demnach also Frau Müller. Sie hörte förmlich die spitze Bemerkung derselben: *Aber nicht Mittwochnachmittag, da bin ich nämlich dran.*

»Kommen Sie einfach heute Abend vorbei«, sagte Alwa, »wenn Sie mit Ihren Terminen durch sind. Meine Privatadresse steht auch auf der Karte.«

»Gut«, erwiderte Wally. »Ich schätze, es wird halb neun. Okay?«

»Das ist in Ordnung. Also dann: bis heute Abend.«

Alwa machte sich eine Notiz in ihrem Kalender. Dann blätterte sie einen Tag zurück und schrieb LWS hinein. Sie nahm die Akte Scherer gegen Bernhard zur Hand und schlug sie auf. Ihr Blick heftete sich an die Kante ihres Schreibtisches. LWS … *Love with Sebastian* … Alwa, Alwa, sagte eine Stimme in ihrem Kopf, du bist ganz schön verliebt … Sie grinste, als sie sich die vergangene Nacht vergegenwärtigte. Wenn ihre beiden Partner nebenan wüssten, welche Bilder durch den Kopf ihrer Kollegin zogen. Sie dachte kurz an Manuel. Aber Manuel war zum Schatten geschrumpft. Sebastian hatte ihn, so stellte sie verwundert fest, aus ihrem System verscheucht. Sie schüttelte über sich selbst den Kopf. Ist die große Liebe so unzuverlässig? Genügte dieser junge, attraktive Mann, um ein über viele Jahre sorgfältig gehütetes und gepäppeltes Gefühl, von dessen Unvergänglichkeit sie überzeugt gewesen war, so einfach zu relativieren? Sie kannte Sebastian jetzt seit zweieinhalb Tagen oder besser: seit drei Nächten. Sie mochte ihn. Sie begehrte ihn. Sie ließ sich von ihm begehren. Er fesselte sie nicht nur physisch, sondern auch psychisch. Das Gefühl, sich an ihn auszuliefern, und die Selbstverständlichkeit, mit der er diese Hingabe von ihr forderte, waren eine Wohltat für sie. Vermutlich deshalb, weil sie seit gut fünfzehn Jahren so viel Wert darauf legte, ihr Leben auf rationale Weise zu steuern. Sie hatte sich ihm schon in der ersten Nacht bedingungslos anvertraut, und er würde ihr Vertrauen nicht missbrauchen, dessen war sie sich sicher. Alwa wunderte sich über Sebastians sinnliche Intuition. Er schien eine direkte Verbindung zu ihren Nerven, Gefühlen und Gedanken zu haben. Das hatte sie zuvor noch bei keinem Mann erlebt. Und es waren erfahrene Liebhaber dabei gewesen. Liebhaber, die eine Frau mit Raffinesse in Ekstase versetzen konnten. Bei Sebastian war das anders. Direkter. Ehrlicher. Natürlicher. Egal, was Alwa sich heimlich wünschte, Sebastian erfüllte es ihr auf der Stelle. Alles war, als wäre er ausdrücklich für sie geschaffen worden. Ist wohl doch etwas daran, dachte sie, an der mittlerweile so gern verbreiteten Erkenntnis, dass eine ältere Frau und ein deutlich jüngerer Mann sexuell sehr gut harmonieren. Sebastian war mit begnadeten Händen ausgestattet, die sie genau dort anfassten, streichelten, kniffen, wo sie es am dringendsten haben wollte und wie sie es am dringendsten haben wollte. Sein Körper passte perfekt zu ihrem. Mit Sebastian erlebte sie die Vereinigung auf allen Ebenen. Ohne jeden Hauch von Peinlichkeit erfüllte er ihr auch die Wünsche, die sie ihren anderen Liebhabern verschwiegen hatte. Mit Sebastian gab es keine Scham. Alle Barrieren im Kopf lösten sich auf, wenn sein Körper von ihrem Besitz ergriff. Der Junge war wirklich ein Geschenk des Himmels.

Sie rief sich energisch in die Gegenwart zurück. Jetzt musste sie die Akte durcharbeiten. Am Nachmittag hatte sie das Gespräch mit Patricia, auf das sie sich, sie wusste gar nicht recht zu sagen, warum, freute. Am Abend kam Wally von Wanecke. Und später dann Sebastian.

Seltsam, der heutige Tag war ausgefüllt mit Kontakten zu Menschen, die alle etwas mit dem Café Carl zu tun hatten. Und Carl hatte also eine Frau. Und diese Frau war in der Südsee verschwunden. Sie hatte für einen Augenblick das Gefühl, auch damit würde sie zukünftig etwas zu tun haben. Sie hatte den Eindruck, als ob sich seit Samstagabend, als sie zusammen mit Patricia und Moritz die Geschäfte des Café Carl in die Hand genommen hatte, das Leben rasant verdichtete und in eine neue Richtung steuerte. Der Saturn? Sie griff nach der Diskette mit dem Astrologie-Programm und schob sie ins Laufwerk ihres Computers. Kurz darauf war das Programm geladen, und sie gab Sebastians Daten ein. Als sie sein Geburtshoroskop aus dem Drucker zog, staunte sie. Ihre Venus (Symbol für Liebe und Erotik) und ihr Jupiter (der Glücksbringer) lagen exakt auf Sebastians Sonne im Wassermann. Das versprach ja noch eine ganze Menge. Sie seufzte, schloss das Programm und begann die Akte Scherer gegen Bernhard zu lesen. Eine komplizierte Arbeitsrechtssache.

9. **»SO«, PATRICIA BLICKTE ALWA ERWARTUNGSVOLL** an. »Das ist also meine Geschichte, Alwa. Jetzt bist du dran.«

»Puh«, machte Alwa. »Ich hatte ja schon aufgrund deiner Andeutungen so eine Ahnung, aber dass es gleich so dicke kommt, hätte ich nicht gedacht. Das ist wirklich knifflig, um nicht zu sagen: richtig vertrackt. Wir haben zwei ganz unterschiedliche Aufgaben vor uns, die wir jedoch nicht voneinander trennen können, wenn wir deinen Vorteil im Fokus haben. Das eine ist die Strafsache: Unterschlagung, Diebstahl, Betrug, Hehlerei – da kommt einiges zusammen, und das andere ist die Scheidung. Habt ihr einen Ehevertrag? Eine Vereinbarung über Gütertrennung?«

Patricia schüttelte den Kopf. »Ich weiß nicht ... Obwohl ... Ich habe ganz am Anfang ein Papier unterschrieben. Frag mich nicht, was das war. Es war mir gleichgültig. Ich hätte alles unterschrieben. Ich war ja blind vor Liebe.«

»Hm. Typisch, leider. Also, das musst du als Erstes klären. Aber dein Mann darf davon nichts mitkriegen. Wenn er was mitkriegt, wird er sofort Gefahr wittern. Das tut er, wenn wir Pech haben, ohnehin schon. Und dann das Haus in Mannheim. Bist du als Miteigentümerin im Grundbuch eingetragen?«

»Ich denke schon.«

»Du denkst, aber du weißt es nicht. Auch das gilt es herauszufinden. Gehen wir mal vom Positiven aus: So, wie sich deine Geschichte anhört, hat die Liebe, zumindest anfänglich, auf Gegenseitigkeit beruht.«

Patricia nickte versonnen. »Oh ja, das hat sie. Deshalb ist es für mich auch heute so schwer nachvollziehbar, wieso er ...«

»Da bist du in bester Gesellschaft, Patricia. Was meinst du, was wir Anwälte in unserem Beruf alles erleben; wie wir mitansehen müssen, wie aus den romantischsten Liebesgeschichten am Ende blutige Rosenkriege werden. Zum Glück habt ihr keine Kinder.«

Patricias Blick verlor sich weit hinter Alwa. »Vielleicht wäre es anders, wenn wir welche hätten ...«

»Ach was! Als ob Kinder in einer Beziehung irgendetwas verbesserten. Es ist gut, dass du keine hast. So wie es ist, ist es schon tragisch genug. Wenn es anfänglich von beiden Seiten die große Liebe war, haben wir vielleicht insofern Glück, als dein Mann nicht von vornherein die Absicht hatte, dich zu benutzen, und es keine ausgetricksten Eheverträge gibt. Obwohl du – entschuldige bitte meine Skepsis, die gehört einfach zu meinem Beruf – mit deiner Vergangenheit und den daraus resultierenden Verbindungen natürlich die optimale Partnerin für ihn warst.«

»Das glaube ich einfach nicht. Die ersten zwei Jahre waren wir ein stinknormales Ehepaar mit einem stinknormalen Einkommen und stinknormalen Träumen.« Patricia seufzte leise. »Jedenfalls schien das so. Ich hätte mich nie auf diese Machenschaften einlassen dürfen, aber das Geld war einfach zu verlockend. Und es ist ja auch drei Jahre gut gegangen. Vielleicht zu gut. Außerdem habe ich immer gedacht, diese Art der Gemeinsamkeit bindet uns ganz besonders aneinander.«

»Reden wir lieber von Komplizenschaft, das scheint mir die Sache besser zu treffen. Das ist echt vertrackt. Denn was das Beiseiteschaffen der Goldbarren angeht, kannst du eigentlich gar nichts machen, ohne deine Eltern mit hineinzuziehen. Und das willst du ja wohl auf keinen Fall, wenn ich dich richtig verstanden habe.« Patricia nickte zustimmend. »Ich kann das meinen Eltern nicht antun. Die haben schon genug meinetwegen ausgestanden.«

»Ja, dein Lebenslauf ist nicht gerade das, was man eine bürgerliche Existenz nennt. Aber meine Großmutter pflegte immer zu sagen: Warum über verschüttete Milch weinen – es ist schon genug Wasser drin. Ein ziemlich guter Spruch, wie ich finde. Und du und dein Mann, ihr beide habt eine Menge Milch verschüttet, um bei dieser Metapher zu bleiben.« Wieder nickte Patricia. »Aber lass mich zusammenfassen«, fuhr Alwa fort. »Kurz nach eurer Heirat, also vor knapp fünf Jahren, haben deine Eltern deinem Mann den Job in ihrer Firma angeboten, richtig?«

Patricia nickte. »Es lag ja so nahe. Michael ist Chemiker und sein bis dahin sowieso nicht übermäßig hoch dotierter Job war gerade wegrationalisiert worden, während das Unternehmen meiner Eltern expandierte. Mein Vater hatte zwar Bedenken, aber dabei ging es um die grundsätzliche Frage, ob es gut ist, den Schwiegersohn in die Firma aufzunehmen. Andererseits: Er hatte ja keinen Sohn, der den Betrieb hätte weiterführen können. Und meine Interessen gingen in eine ganz andere Richtung.«

»Gut. Und vor drei Jahren hat dein Mann angefangen, Gold in die eigene Tasche zu schmelzen.« Das war eine Feststellung, keine Frage. »Ich verstehe nicht, wieso das nie aufgefallen ist. Einen Kilobarren Gold pro Monat heimlich wegzuschaffen, und das über drei Jahre, das ist doch nicht nur die hübsche Summe von mindestens einer halben Million, sondern auch eine beachtliche physische Menge. Und gerade in einem so heiklen Gewerbe, noch dazu in einem alteingesessenen Metallscheide-Betrieb wie dem deiner Eltern, müsste es doch ein ausgeklügeltes Erfassungssystem für die Ein- und Ausgänge der Edelmetallmengen geben.«

»Ach, weißt du, mein Vater hat seinem Schwiegersohn mehr und mehr vertraut und sich selbst mehr und mehr aus dem Tagesgeschäft zurückgezogen. Außerdem kann man einem Schmuckstück oder Zahngold, das zum Einschmelzen kommt, von außen nicht ansehen, wie hoch sein Gehalt an Feingold tatsächlich ist. Oder, um es mal salopp auszudrücken: Da steckst du nicht drin. Es ist eben nicht alles Gold, was glänzt. Das trifft in dem Gewerbe ganz sicher zu.«

Jetzt nickte Alwa. »Ich liebe den deutschen Volksmund. Es gibt Redewendungen von so großer Klugheit. Wollen wir mal den Teufel an die Wand malen?« Alwa gluckste in sich hinein. »Nein, nein, keine Angst, Patricia. Für eine vernünftige Position bei einer Scheidung schaffst du bitte folgende Unterlagen herbei: den Ehevertrag, sofern es einen gibt. Einen Grundbuchauszug von eurem Haus. Um deinen Mann darüber hinaus unter Druck setzen zu können, was natürlich nur inoffiziell geht, brauchen wir eine Aufstellung über alle inländischen und ausländischen Konten und Kontostände, wenn es geht. Sieh zu, was du in Erfahrung bringen kannst. Sei notfalls indiskret und scheue dich nicht, die Unterlagen deines Mannes zu durchsuchen! Deine kriminelle Energie gegen seine. Du hast ihn nicht nur gedeckt und von seinen Machenschaften profitiert, du hast auch das Gold unter die Leute gebracht und damit den Tatbestand der Mittäterschaft und Hehlerei erfüllt. Ja, dann wäre noch gut: eine Kopie vom Arbeitsvertrag. Gehaltsabrechnungen. Eine Aufstellung sonstiger Vermögenswerte wie Aktien, Festgelder, Wertgegenstände, Kunstobjekte, Gemälde und so weiter. Mit Kaufdaten und -preisen. Kaufvertrag für sein Auto, dein Auto etc. Schaffe alles herbei, auch das, was dir vielleicht unwichtig erscheint. Je mehr Material wir in der Hand haben, desto besser für uns. Gibt es einen Safe?«

»Ja.«

»Räum ihn aus! Was du hast, das hast du.«

Patricia biss nervös auf ihrer Unterlippe herum. »Das kommt mir ziemlich mies vor.«

»Klar ist das mies. Aber er verhält sich auch mies, und zwar richtig mies. Allerdings solltest du auch darüber nachdenken, was *du* willst. Und wenn du etwas erreichen willst, dann musst du handeln. Dann fährst du heute noch nach Hause und suchst alle notwendigen Informationen zusammen. – Wieso wohnst du eigentlich im Hotel? Oder war das mit der Minibar nur so ein dahergesagter Spruch?«

»Nein, ich wohne im Hotel. Unser Haus kommt mir so kalt und abweisend vor. Wie ein Geisterhaus. Es macht mir richtig Angst.«

Alwa nickte verständnisvoll. »Du musst aber jetzt strategisch vorgehen, Patricia, und in den nächsten Tagen die liebende Gattin spielen, deinen Mann in Sicherheit wiegen. Wenn er merkt, dass du gegen ihn arbeitest, hast du keine Chance mehr, an die Unterlagen zu kommen. Ich sage noch einmal: Offiziell können wir nicht gegen ihn vorgehen. Und wenn du meinen Rat haben willst, als Frau und als Anwältin, aber insbesondere als Frau: Ja, ich finde, du solltest dich wehren, so gut du kannst. Deshalb fahr nach Hause. Spiel Frieden vor. Du kannst dir immer noch überlegen, wie weit du tatsächlich gehen willst. Aber schaffe zunächst die Basis, gegen ihn vorgehen zu können. Okay?«

»Ja, Alwa.« Patricias Stimme klang sehr dünn.

»Wollen wir einen Wein trinken?«

»Nee«, Patricia stand auf und nahm ihre Tasche. »Ich denke, ich sollte dann mal los und mich um die Sachen kümmern. Aber – ich habe jetzt irgendwie Angst, Michael könnte handgreiflich werden und mir das Geld abnehmen.«

»Hast du dir etwa von *dem* Samstagnacht die Ohrfeige eingehandelt?« Patricia schüttelte den Kopf und setzte sich wieder. »Diesmal nicht.«

»Also hat er schon. Das passt ins Bild.« Patricia bejahte zögernd und fuhr dann fort: »Er ist für eine Woche nach Mauritius geflogen. Frag mich, mit welcher seiner Tölen. Er kommt morgen Abend wieder. Und dann wird er nach dem Geld fragen. Er weiß ja, dass ich den letzten Barren am Wochenende verkaufen wollte.«

»Umso besser. Da hast du noch die ganze Nacht und morgen einen ganzen Tag, um nach den Unterlagen zu suchen. Mach das, Patricia! Mach das genauso, wie wir es besprochen haben. Und wer hat dich geschlagen?« Patricia wand sich. »Ich habe versucht, den Preis in die Höhe zu treiben«, sagte sie und fuhr sich nervös durch die Haare. »Mit der Begründung, es gäbe möglicherweise so bald keine neue Lieferung. Zwölftausend ist ja nicht die Welt für einen Kilobarren. Aber der Typ – er kam mir zwar irgendwie bekannt vor, es war aber nicht der, mit dem ich sonst die Geschäfte abgewickelt habe – war ausgesprochen cholerisch. Und ich mag, ehrlich gesagt, gar nicht darüber reden. Ich habe mich ziemlich dämlich angestellt.«

»Patricia«, sagte Alwa und schnipste mit den Fingern. »Hoffentlich hast du nicht bereits etwas ins Rollen gebracht. Hoffentlich gibt es da keine Verbindungen zu deinem Mann. Sonst wird er mit Sicherheit misstrauisch.«

»Nein. Es gibt garantiert keine Verbindungen. Das war aufgrund meiner einschlägigen Kontakte meine Sache. Michael habe ich – instinktiv würde ich jetzt fast sagen – immer rausgehalten. Und er hat sich auch nie dafür interessiert. Hauptsache, ich kam mit dem Geld.«

»Gut. Ich hoffe, er hat dich nicht heimlich beschattet. So, wie er sich dir gegenüber in den letzten Wochen verhalten hat, sollten wir mit allem rechnen. Gib mir das Geld. Ich lege es morgen in unseren Firmensafe. Da ist es sicher, und du kannst jederzeit dran, wenn du es brauchst.«

»Und was soll ich sagen, wenn er mich morgen Abend danach fragt?«

»Erstens kannst du morgen schon wieder hier sein, vorausgesetzt, du findest möglichst viel von den besagten Papieren. Zweitens kannst du ihm notfalls auch sagen, der Kontaktmann sei nicht erschienen. So was kann ja mal vorkommen. Sag ihm, du wirst es dieses Wochenende wieder versuchen. Das gibt dir einen weiteren Tag Luft. Aber wenn du die Sachen beieinanderhast – versprich mir das bitte, Patricia – kommst du sofort zu mir. Dann wohnst du auch erst mal hier und nicht im Hotel. Das ist sicherer. Und komm ohne dein Auto. Das ist viel zu auffällig. Setz dich in den Zug. Aber bring mir die Unterlagen! Wenn es länger dauern sollte, sie zusammenzukriegen, dann mach auf liebende Gattin, die alles daransetzt, ihre Ehe zu retten. Und das so lange, wie du für die Beschaffung der Papiere brauchst.«

»Ich kriege langsam Angst.«

»Die hättest du kriegen sollen, bevor du bei diesen feinen Geschäfte mitmachtest. Aber ich bin kein Moralapostel. Du steckst in der Sache drin, und ich werde versuchen, dir herauszuhelfen. Auf jeden Fall sollst du einen angemessenen Anteil von der Beute bekommen. Das wäre ja noch schöner, wenn dieses Arschloch das ganze Geld für sich behält und es mit seinen Tölen, so sagtest du doch, durchbringt, während du ohne was dastehst. Natürlich dürfte ich als Anwältin gar nicht so reden. Ich berate dich als Freundin, okay? Das ist für mich kein offizieller Fall. Zumindest nicht so lange, wie wir ohne Einschaltung der Polizei Aussichten auf Erfolg haben und dein Mann sich kompromissbereit zeigt. Wir können natürlich auch korrekt vorgehen. Das hieße, du erstattest Selbstanzeige wegen Betrug, Diebstahl, Unterschlagung, Tatverschleierung, Hehlerei – da kommt einiges zusammen – und Anzeige gegen deinen Mann. Aber dann sind auch deine Eltern betroffen, und du wanderst für ein paar Jahre ins Gefängnis. Willst du das? Tut mir Leid, Patricia, aber einen besseren Rat kann ich dir nicht geben.«

»Okay, Alwa. Ich fahre nach Hause und beginne mit der Suche.« Patricia stand auf und umarmte Alwa, die die Umarmung aufmunternd erwiderte. Dann zog sie den Briefumschlag aus ihrer Handtasche und reichte ihn Alwa mit den Worten: »Es ist wohl wirklich besser, wenn du das Geld für mich verwahrst.«

Als sich die Tür hinter Patricia schloss, sank Alwa durchatmend aufs Sofa. Sie ist eine arme Sau, entschied sie und stand wieder auf, um sich ein Glas Wasser aus der Küche zu holen.

0. GEGEN PATRICIAS FALL WAR WALLYS PROBLEM von erholsamer Schlichtheit, obwohl auch Wallys Geschichte im Vergleich zu anderen Alkoholdelikten kein normaler Fall war. Wally war mit einer Flasche Rotwein und den Worten: »Gerade ist Frau Müller heulend in ihr Auto gestiegen – was haben Sie denn mit der gemacht? Hoffentlich ist das kein schlechtes Omen …«, die Treppe heraufgekommen. Alwa hatte sich geärgert. Zum einen tat ihr

Patricia wirklich Leid, und zum anderen war sie von dem Gespräch mit ihr erschöpft und fragte sich, warum sie sich jetzt auch noch die Gräfin antat.

Sie hörte sich also Wallys diverse Versionen von deren Führerscheinverlust an und stellte dabei nicht zum ersten Mal fest, dass straffällig gewordene Menschen (und das galt auch dann, wenn kein Alkohol im Spiel war) in den Tagen nach der Tat ein ungeheures Fantasiepotenzial entwickelten. Oft wurde sie als Anwältin mit drei, vier, ja, selbst fünf unterschiedlichen Versionen desselben Vorgangs konfrontiert. Sie war davon überzeugt, ihre Mandanten taten das nicht, um ihre Schuld zu verschleiern, sie führte dieses Verhalten auf einen im Menschen fest installierten Verdrängungsmechanismus zurück. Das bedrückende Bewusstsein einer Schuld wurde so erträglicher. Es erschwerte allerdings ihre Arbeit sehr. Und Wally hatte offenbar tatsächlich für die Zeit zwischen Flughafen und Polizeiwache eine Erinnerungslücke. Sie gab zu, inzwischen selber nicht mehr zwischen Dichtung und Wahrheit (Originalton Wally) unterscheiden zu können.

Alwa erklärte Wally, sie könne erst einmal gar nichts tun. Das weitere Vorgehen hinge von den Werten ab, die sich aufgrund des Atemtests und der Blutabnahme ergeben würden. »Ab 1,1 Promille wird es kritisch, wobei wir – je nach Ergebnis – die Sache mit oder ohne den Jägermeister-Nachtrunk spielen können«, sagte sie. Ein mitgeführter Flachmann mit Jägermeister (ob ausgetrunken oder in die Toilette geschüttet) kam schon einer Vorverurteilung im Sinne von Alkoholabhängigkeit gleich. Aber das verschwieg sie vorläufig, um Wally nicht komplett zu demoralisieren. Dann ließ sie sich eine Vollmacht unterzeichnen, öffnete die Rotweinflasche und bat Wally, sie solle ihr etwas mehr von ihrer Arbeit und ihrem Leben erzählen.

Kurz bevor Sebastian eintraf, waren die beiden beim Du angelangt, und Alwa war zu dem Ergebnis gekommen, ihre Argumentation auf drei wesentlichen Punkten aufbauen zu können. Erstens war Wally noch nie straffällig geworden; zweitens brauchte sie ihren Führerschein unbedingt zur Ausübung ihres Berufs, den Alwa sehr faszinierend fand; und drittens (und das war eng mit zweitens verknüpft) konnte auch das Argument alleinerziehende und -versorgende Mutter von drei Kindern (wie gut, dass Wally nicht mit Dave verheiratet war) nutzbringend ins Feld geführt werden. »Natürlich hängt auch viel davon ab«, setzte Alwa hinzu, »welchen Richter wir bekommen werden. Beim einen kann man auf die Tränendrüse drücken, beim anderen lässt man das lieber. Aber das werden wir sehen.«

»Wieso hast du eigentlich mitten im Examen dein Studium abgebrochen?«, fragte sie, um die Zeit zu überbrücken, bis das von Wally bestellte Taxi kam. Wally seufzte. »Ich war kurz vorm Durchdrehen. Hatte mir eigentlich das ganze Studium nie richtig zugetraut. Hatte immer das Gefühl, das bin gar nicht ich, die vierzehn Semester absolviert hat. Ich stand quasi neben mir und beobachtete, was ich da angeblich tat. Irgendwie schizophren. Und im Examen wurde dieses Gefühl der Unwirklichkeit so stark und der Spargel so übermächtig, dass ich mich nur durch eine besinnungslose Flucht retten konnte. Und da habe ich eben alles hingeschmissen, die Kinder bei meiner Mutter deponiert und bin für drei Monate in die Ägäis.« Alwa drückte das Kinn gegen ihren Hals und schüttelte den Kopf. »Spargel?«, fragte sie. »Was hat das mit Spargel zu tun?«

Wieder seufzte Wally. »Alwa! Der Ginnheimer Spargel. Der Fernmeldeturm. Der war jahrelang mein Beton gewordenes Trauma. Ich sah ihn immerzu. Ständig stand er neben, vor oder hinter mir und reckte seinen mahnenden Zeigefinger in die Luft. *Grau–en–haft*, sage ich dir. Er hat mich bis in meine Träume verfolgt. Klar, das klingt hochneurotisch. Und das ist es wohl auch. Ich litt unter einem echten Verfolgungswahn. Aber jetzt geht's zum Glück. Ich kann mit seiner Präsenz leben, habe mich an ihn gewöhnt. Was bleibt dir in Frankfurt anderes übrig? Er ist halt von überall zu sehen.«

Es schellte. »Das wird mein Taxi sein.« Wally stand auf. »Hach«, sie schnalzte mit der Zunge. »Jetzt habe ich weder mit Carl gesprochen noch mit Dave und Della. Dabei hatte ich mir das fest vorgenommen. Na ja – egal. Morgen ist auch noch ein Tag.« Sie ging mit Alwa zur Tür. »Ach, sieh an, Sie sind es«, sagte sie, als Sebastian eintrat. »Na, da wünsche ich noch einen schönen Abend! Ich bin dann mal weg, kann ja auch unten auf den Wagen warten. Wir telefonieren.« Sie umarmte Alwa, nickte Sebastian grinsend zu und verschwand.

»Wir sorgen allgemein für Aufsehen«, sagte Alwa. Es klang stolz. Sebastian zog sie an sich. »Göttin der Gerichtssäle, ich komme um vor Sehnsucht. Zieh dich aus!«

Alwa errötete. »Sebastian …«

Sebastian ergriff ihre Hand und legte sie auf seinen Brustkorb. »*Baby, baby, can't you hear my heart beat*«, fragte er in rhythmischem Singsang. Dann verlagerte er ihre Hand auf seinen Unterleib. Alwa fühlte seine Erektion und die Antwort in ihrem Schoß.

»Gut, Sebastian. Sofort. Ich will nur noch schnell etwas erledigen.« Alwa ging zum Sofa und ergriff das Kuvert mit Patricias Geld, das sie während des Gesprächs mit Wally unter einem Kissen versteckt hatte. Einen Moment lang wog sie es nachdenklich in der Hand, dann ging sie in die Küche und legte den Umschlag nach kurzem Zögern ins Tiefkühlfach.

When Doves Cry sang *Prince*, als sie ins Schlafzimmer kam. »So, schöne Möwe«, sagte Sebastian verheißungsvoll lächelnd und zog sie aufs Bett. »Dann wollen wir mal sehen, wie wir dich heute Nacht zum Schreien bringen.«

21. WANN HATTE DER NIEDERGANG IHRER EHE eigentlich begonnen? Patricia fühlte eine Mischung aus zorniger Hilflosigkeit und Trauer, als sie im Wagen auf dem Weg nach Mannheim saß. Das Gespräch mit Alwa hatte sie aufgewühlt. Oh ja, sie hatte ihn geliebt, den anfänglich so sanften Michael Müller. Er hatte stellvertretend für alles gestanden, was sie sich von einer ganz normalen bürgerlichen Existenz erträumt hatte. Und davon hatte sie geträumt, seitdem sie siebenundzwanzig war und die Jahre davor, aufgrund einer fast zwanghaft zu nennenden Antihaltung, so ziemlich alles getan hatte, was im krassen Gegensatz zu einer bürgerlichen Existenz stand. Ihre Ehe sollte der endgültige Schlussstrich unter ihre Oppositionsphase sein.

Dabei hatte alles so gut angefangen. Hochbegabt, so hatten die Lehrer in der Grundschule sehr schnell konstatiert. (Später wurde ihr ein IQ von einhundertdreiundvierzig bescheinigt. Darüber hatte sie immer verlegen gelacht und abwertend gesagt: »Intelligenz ist das, was der Intelligenztest zu messen vorgibt. Was soll es also?«) Sie war immer Klassenbeste; aber spezielle Förderkurse für Hochbegabte gab es damals – sie war Jahrgang 1965 – noch nicht. Mit elf Jahren trat sie der Laienschauspielgruppe ihrer Schule bei, und auch hier wurde ihr ein ungewöhnliches Talent attestiert. Im Sport war sie, egal was sie anfing, allen anderen überlegen. Mit zwölf war sie die Nummer Eins der Damen-Tennismannschaft, der Schrecken aller gegnerischen Clubs bei den Medenspielen. Sie spielte auffallend gut Klavier und Geige. Sie tanzte Ballett leicht und unbekümmert wie ein Vögelchen. Fremdsprachen flogen ihr zu. Mit fortschreitendem Alter hatte sie Unmengen von Verehrern, ging auch sehr gerne aus (natürlich war sie auch in den Standardtänzen ein Ass), wehrte aber jede Form von fester Freundschaft und sexueller Kontaktaufnahme ab. Bis zum Abitur war sie ein mustergültiges Kind. Fast ein Wunderkind. Und der ganze Stolz ihrer Eltern. Sie war nicht nur außerordentlich intelligent und vielseitig begabt, sondern auch außerordentlich hübsch, gut erzogen und freundlich.

Ihr Abitur machte sie kurz vor ihrem achtzehnten Geburtstag. Mit einem Schnitt von 1,1. Und dann stellte sich die große Frage: Was nun? Ihre Mutter, die ihren Adelstitel aus Liebe geopfert und den bürgerlichen Herrn Perlmutter (immerhin versöhnte dieser Name durch einen gewissen Glanz und klang bei ihrer Tochter besonders angenehm: *Patricia Perlmutter*) geheiratet hatte, war dafür, Patricias Fähigkeiten als Frau auszubilden, damit sie später mit angemessener Würde einem aristokratischen Haushalt vorstehen könne. Diese Vorstellung war für die junge Patricia das reine Grauen. Ihr Adoptivvater (ihre Mutter hatte es bis zu Patricias Heirat hartnäckig abgelehnt, Auskunft über den leiblichen Vater zu geben) war der Ansicht, sie solle studieren. Man müsse doch aus dieser Intelligenz etwas machen. Im Hinblick auf sein Unternehmen, von dem er hoffte, Patricia übernähme es einmal, plädierte er für ein Studium der Betriebs- und Volkswirtschaftslehre. Patricia jedoch hatte weder auf das eine noch das andere Lust und übte sich im gut kaschierten Widerstand. Lange genug hatte sie die Rolle des Traumkindes gespielt und sich entsetzlich gelangweilt. Sie begann ohne Überzeugung ein Philosophiestudium in Frankfurt und ging, nachdem sie ihre Jungfräulichkeit endlich geopfert hatte, mit einer ansehnlichen Reihe ihrer Kommilitonen ins Bett, allerdings ausschließlich tagsüber und in deren Behausungen. Während der Woche wohnte sie bei ihrer sehr lieben, sehr altmodischen Großtante Lucie von Löwenstein am Rande von Kronberg, erschien dort zur Verwunderung der Tante – wieso amüsierte sich das Kind nicht wie andere junge Menschen auf Partys und in Diskotheken? – jeden Abend spätestens um sieben und fuhr jedes Wochenende zu ihren Eltern nach Hause.

Mit zwanzig empfand sie es als dringend notwendig, sich aus der Umklammerung ihres nach außen so wohlgeordnet wirkenden Lebens zu lösen. Mit dem Vorwand, ihre Sprachkenntnisse ausbauen zu wollen, ging sie nach Paris und atmete erleichtert auf, weil sie sich endlich frei fühlte.

Und damit begannen ihre sieben wilden Jahre. So nannte sie diese Zeit in der Retrospektive. Sie bediente nach- und oft auch nebeneinander alle Klischees des Aufstands gegen das Establishment. Sie wurde Aktmodell, Muse, Groupie und Geliebte unzähliger Künstler und zweifelhafter Männer. Sie kiffte und kokste (die ganz harten Drogen mied sie zum Glück) und erprobte alle Arten, auch die lesbische Variante, der Liebe. Zuerst in Paris, dann in London, in Madrid und ein halbes Jahr lang in New York.

Mit fünfundzwanzig kehrte sie nach Deutschland zurück. Sie schockierte ihre Eltern zunächst mit einem schonungslosen Geständnis über ihren Lebenswandel und versuchte dann, sie zu trösten: Ihr Englisch, Französisch und Spanisch seien dafür inzwischen perfekt. Sie verkündete aber sofort darauf kategorisch, sie wolle auch weiterhin mit ihrem Körper Geld verdienen. Viel Geld nach Möglichkeit. In den Disputen, die sich zwangsläufig zwischen dem Ehepaar Perlmutter an diese Beichte anschlossen, warf Herr Perlmutter seiner Frau vor, das könne das Kind nur von ihrem Vater, *dem Hallodri*, haben. Auch hierzu schwieg Patricias Mutter hartnäckig. Die Hartnäckigkeit, mit der Patricia derweil im Frankfurter Rotlichtmilieu der Vermarktung ihres Körpers als (Edel-)Stripperin und (Edel-)Callgirl nachging, führte im Hause Perlmutter zu einer schweren Ehekrise.

Das alles änderte sich schlagartig, als Patricia ihren Eltern knapp zwei Jahre später am Telefon mitteilte, sie habe sich verliebt, unendlich, unsterblich, über alle Maßen verliebt, wolle heiraten und am Wochenende mit ihrem Zukünftigen nach Hause kommen. Michael Müller war groß, schlank, sah sehr gut aus, hatte überzeugende Umgangsformen und machte einen grundsoliden Eindruck, wenn auch seine Herkunft nicht ganz den Vorstellungen ihrer Mutter über den idealen Schwiegersohn entsprach. Patricias Vater drängte auf eine schnelle Eheschließung. Es sollte nichts mehr passieren können, was Patricia wieder vom Pfad der Tugend abbrachte. Patricia, der man keinerlei Spuren ihres bewegten Lebens ansehen konnte, wurde wieder das außerordentlich hübsche, fröhliche, reizende Mädchen, das sie bis zum Abitur gewesen war. Sie glitzerte, lachte und strahlte. Sie war verliebt. Ganz und gar und bedingungslos verliebt. Zur Hochzeit schenkten die Perlmutters dem jungen Ehepaar einen ansehnlichen Betrag zur Finanzierung eines komfortablen Hauses, das schnell gefunden war und von Patricia mit Enthusiasmus eingerichtet wurde. Der ehemals schillernde Vogel des Frankfurter Rotlichtdistrikts baute ein heimeliges Nest und verwandelte sich in eine ganz normale Haus- und Ehefrau. Sie kochte, putzte, wusch und bügelte. Sie liebte und verwöhnte ihren Mann, versuchte mit unermüdlichem Einsatz schwanger zu werden und genoss ihre Idylle. So hätten sie lieben und leben können bis ans Ende ihrer Tage, wenn Michael Müller nicht zwei Jahre nach Eintritt in die schwiegerelterliche Firma (aus sportlichem Ehrgeiz, nur um zu sehen, ob das generell möglich war, wie er sagte) begonnen hätte, Gold in die eigene Tasche zu schmelzen. Patricia war über das unerwartet zu Tage tretende kriminelle Potenzial ihres Gatten anfänglich amüsiert und erklärte sich (ebenfalls aus sportlichem Ehrgeiz) bereit, das Gold zu Geld zu machen. Sie aktivierte ihre alten Kontakte zum Milieu und kam nach ihrem ersten erfolgreichen Coup vor Stolz und Begeisterung gickelnd mit ein paar Tausendmarkscheinen nach Hause zurück.

Michael Müller hatte bis vor wenigen Monaten nie ein böses Wort über Patricias Vergangenheit fallen lassen. Jetzt aber, auf dem Weg nach Hause und durch Alwas Worte verunsichert, fragte Patricia sich, ob ihr Mann vielleicht von Anfang an mit ihrer Vergangenheit gewisse Pläne verbunden hatte. Wenn es so ist, dachte sie, dann ist er ein noch viel größeres Schwein, als ich bis heute gedacht habe.

Dem ersten erfolgreichen Goldverkauf folgte der zweite, dann der dritte und so fort. Die Müllers wurden ein perfekt eingespieltes Team. Das illegal erworbene Geld legte Michael Müller geschickt an. Ein wenig Luxus leisteten sich die beiden selten und in unauffälligem Umfang. Eine Ausnahme von dieser Regel bildeten nur die beiden protzigen Autos: ein Porsche Carrera für Michael Müller und ein Z3 für Patricia. Beide Fahrzeuge hatte Michael Müller bar gekauft. Er ließ aber seine Schwiegereltern in dem Glauben, er habe bei einem befreundeten Autohändler besonders günstige Leasingverträge aushandeln können. Da sie niemandem zu schaden schienen, spürte Patricia lange keine Gewissensbisse, auch nicht gegenüber ihren Eltern. Bis ihr Mann begann, sich zu verändern. Er kam spät und immer später nach Hause, blieb schließlich nächtelang weg. Er verlor seine Sanftheit, war stattdessen verschlossen und mürrisch. Im Bett spielte sich gar nichts mehr ab. Je mehr Patricia darauf drängte, sie sollten mit der ganzen Sache aufhören, sie wolle wieder ein ganz normales Leben führen, wieder geliebt und verehrt werden wie am Anfang, desto unausstehlicher wurde Michael. Schließlich hatte Patricia das Gefühl, als lebte sie an der Seite eines Fremden. Sie versuchte es mit Bitten, Schmeicheln, Verweigern, Drohen – nichts half. Dann begann Michael Müller, mit Handgreiflichkeiten zu argumentieren. Patricia saß in der Falle. Wenn sie sich nicht selbst zugrunde richten wolle, sagte ihr Mann, dann müsse sie weitermachen und alles akzeptieren, was er tue. Auch die anderen Frauen. Andernfalls werde er sich von ihr trennen und dafür sorgen, dass sie nichts, aber auch gar nichts von dem gemeinsam ergaunerten Reichtum abbekäme. Er quälte und demütigte Patricia seelisch und körperlich. Ihre Ehe wurde zur Hölle. Die Liebe, an der sie so lange festgehalten hatte, war hilflosem Hass gewichen.

Patricia aktivierte ihre Kontakte zu ehemaligen Liebhabern und Kunden, die durchweg gut aussehende, angenehme, aber verheiratete Männer waren. Sie hatte es sich während ihrer sieben wilden Jahre leisten können, wählerisch zu sein. Mehr als Rauenthaler trinken und ein bisschen Unterhaltung wollte sie jetzt jedoch nicht. Sie traf diese Männer in der vagen Hoffnung, irgendwo Halt und Bestätigung zu finden. Und sie traf sie immer im Café Carl, weil sie sich dort sicher und inzwischen sogar ein wenig geborgen fühlte.

Patricia schämte sich zutiefst gegenüber ihren Eltern, suchte verzweifelt nach einer sauberen Lösung, hatte sich aber endlich eingestanden, dass sie ohne fremde Hilfe nicht aus ihrem Desaster herausfinden konnte. Alwa, die am Samstagmittag im Café Carl überraschend an ihrem Tisch gelandet war, erschien ihr wie ein Fingerzeig. Sie war so souverän, rational und abgeklärt. Und als sich dann im Gespräch herausstellte, dass Alwa nicht nur aus eigener Erfahrung eine Menge über das Leben und seine Irrwege wusste, sondern noch dazu Rechtsanwältin war, hatte sie sich ihr spontan anvertraut. Und heute Nachmittag hatte sie eine Generalbeichte abgelegt und Alwa in alle Einzelheiten ihrer Kindheit, ihres Vorlebens, ihrer Ehe und kriminellen Machenschaften eingeweiht. Sie war Alwa dankbar, denn diese hatte nicht zu moralisieren begonnen, sondern sich nüchtern und ohne groß zu werten mit den Fakten auseinandergesetzt.

Mit klopfendem Herzen betrat Patricia das große, dunkle Haus in Mannheim.

2. WALLY WAR ÜBERRASCHT, ALS SIE ZU HAUSE ankam und Dave im Wohnzimmer lesend in einem Sessel vorfand. Sie küsste ihn zärtlich. »Darling«, sagte sie. »Es geht dir besser – wie schön!« Sie holte sich eine Flasche Wein, setzte sich zu ihm und nahm die letzte Zigarette aus der Schachtel, die, wie sie stolz feststellte, den ganzen Tag gereicht hatte.

»Ich komme gerade von Alwa Möwes, der Rechtsanwältin. Wir haben meine Führerscheinsache durchgesprochen. Ich glaube, die Frau weiß, was sie tut. Sie sagt, wir haben einige gute Argumente, und will mir helfen, mit einer möglichst geringen Strafe wegzukommen.« Dave nickte. »Das ist gut, Wally.«

»Geht es dir wirklich besser?« Wieder nickte Dave.

»Dave«, sagte Wally zärtlich. »Es tut mir leid, dass ich dich verletzt habe. Ich möchte mich bei dir entschuldigen.«

»Es ist schon okay«, entgegnete Dave. »Ich habe dich provoziert.«

»Trotzdem: Meine Reaktion war einfach zu emotional und in ihrem Ergebnis auf jeden Fall zu brutal. Aber keinen Führerschein zu haben, an Herrn Kabbelau ausgeliefert zu sein, meine Arbeit, die Probleme mit Della, Carls Geschichte – das alles ist ein bisschen viel für mich. Ich muss dir übrigens recht geben: Theodore Kabbelau ist auf Dauer nicht die richtige Lösung. Und wenn du dann noch anfängst, auf mir herumzuhacken, und du hast nun einmal die gottbegnadete Fähigkeit, mir den Finger in die wunden Stellen zu stoßen, wenn du mich so dermaßen infrage stellst in allem, was ich tue und wie ich es tue – dann …«

»Ich weiß, Wally. Auch Eva hat mir das vorgeworfen.«

»Eva … Lass uns bitte nicht über meine Vorgängerinnen reden. Es genügt, dass es sie gibt.« Wally machte ihre Zigarette aus und stand auf. Neben Daves Sessel ließ sie sich zu Boden gleiten und legte ihren Kopf an sein Knie. Dave streichelte ihre Stirn. Wally schloss die Augen. »Das tut gut«, schnurrte sie.

»Ich habe nachgedacht«, sagte Dave. »Über dich. Über mich. Die Kinder. Die ganze Situation. Ich weiß, wie wichtig dir deine Unabhängigkeit ist, aber wir leben jetzt seit fünf Jahren zusammen, wir haben das gemeinsame Kind. Und Max und Della, so schwierig das auch manchmal ist, glaube mir: Auch sie sind meine Kinder. Ich möchte auf keinen von euch mehr verzichten.«

Wally richtete sich auf und blickte Dave forschend an. »He, Dave MacFirley, das sind ja ganz neue Töne«, sagte sie in einem neckenden Ton, der ihre Rührung überspielen sollte.

»Walburga – ich möchte dich heiraten.« Wallys Körper schnappte zusammen, als hätte sie einen Schlag in die Magengrube bekommen. »Das glaub ich nicht. Sag das noch mal!«

»Ich möchte dich heiraten.«

»Bist du sicher? Oder ist das eine tramalbedingte Wahnvorstellung?« Wally zupfte nervös an den ausgebeulten Knien ihrer Hose herum.

»Günter hat mich heute Morgen angerufen«, sagte Dave. »Er ist sehr besorgt um dich.«

»Günter ist sehr besorgt … So, so. Aha. Und nun bist du der Meinung, du müsstest mich heiraten. Oder stammt diese Idee von

Günter?« Wally stand auf. »Ich wusste doch gleich, dass hier was faul ist.«

»Wally, setz dich bitte wieder hin! Es ist mir ernst.«

Wally ging zum Regal und holte eine Schachtel Zigaretten, die sie mit eckigen Bewegungen aufriss. Dann steckte sie sich eine Zigarette an, füllte ihr Glas erneut und warf sich in einen Sessel. »Auf einen Heiratsantrag, den mein Therapeut initiiert hat, kann ich verzichten.«

»Günter macht sich Sorgen um dich. Er sagt, du überforderst dich. Du solltest seiner Meinung nach an einem Seminar teilnehmen. Atemenergetik oder so was.«

»Atemenergetik«, knurrte Wally aufgebracht. »Was ich brauche, ist ganz bestimmt kein Seminar für Atemenergetik, sondern einen gescheiten Fahrer. Eine Tochter, die endlich Abitur macht. Ein zuverlässiges Kindermädchen. Eine Zusatzausbildung in Akupunktur. Und möglichst schnell meinen Führerschein. Das ist das, was ich brauche.« Dave stand auf. »Ich weiß nicht, wie man einen gescheiten Heiratsantrag macht. Das ist mein erster, vielleicht bin ich deshalb ungeschickt. Ich möchte eine Familie haben, für die ich sorgen darf. Ich möchte, dass du ein bisschen mehr Ruhe hast. Und Zeit für dich. Du hast so viele Talente, die brachliegen, weil du den ganzen Tag von einem Termin zum anderen hetzt. Ich liebe dich, Walburga. Vielleicht geht das mal in deinen verdammten Dickschädel. Ich will dich heiraten, weil ich dich liebe. Aber wenn du –« Er brach ab und blickte mit eingekniffenen Lippen auf seine Hände.

Wally reckte ihr Kinn in die Höhe. Sie strich sich mit der Hand über den Hals. Dann begann sie zu lächeln. »Das hast du seit fünf Jahren nicht mehr zu mir gesagt.«

»Was?«

»Dass du mich liebst. Das hast du 1993 bei der Geburt von Lilli das letzte Mal gesagt.« Jetzt lächelte auch Dave. Er ließ sich vor Wally auf die Knie sinken, legte eine Hand auf die Brust, holte mit der anderen zu einer weltumspannenden Geste aus und sagte: »Jawohl, ich liebe Sie, Walburga Gräfin von Wanecke. Ich möchte Sie heiraten. Und ich bin sogar bereit, Ihren gräflichen Namen anzunehmen, wenn es das sein sollte, was Sie zögern lässt. Wally, willst du mich heiraten?« Wally ließ sich aus dem Sessel ebenfalls auf die Knie gleiten. Sie umarmte Dave. »Ich will, Dave MacFirley. Ja, ich will.«

Als sie wenig später selig nebeneinander lagen, sagte sie: »Dir die Knochen zu brechen, war, glaube ich, die beste Idee meines Lebens, Graf von Wanecke.«

23. DONNERSTAGMORGEN KURZ VOR NEUN – CARL hatte gerade die Kaffeemaschine in Gang gesetzt und ging zur Tür, um sie aufzuschließen – schellte das Telefon. Er hastete zurück, stieß sich dabei am Tresen, fluchte laut und griff erwartungsvoll zum Hörer. »Charlie!« Es war Wally. »Stell dir vor, was passiert ist! Dave hat mir einen Heiratsantrag gemacht. Einen Heiratsantrag! Und ich habe natürlich *Ja* gesagt. Ist das nicht wundervoll? Hach, ich bin ganz aus dem Häuschen! Ich wusste doch instinktiv, dass es richtig war, ihm endlich einmal die Grenzen zu zeigen. Vermutlich habe ich auch deshalb nicht wirklich ein schlechtes Gewissen gehabt. Du wirst natürlich mein Trauzeuge. Datum und so klären wir noch. Ach, Charlie, Charlie, was sagst du dazu?« Carl nickte still vor sich hin.

»Charlie? Bist du noch da?«

»Ja, Wally. Das sind gute Neuigkeiten. Ich gratuliere.«

»Ach, Charlie, ich bin ja so glücklich. Ich musste es ganz schnell jemandem erzählen. Muss jetzt auch schon wieder Schluss machen. Komme heute Abend, wenn ich es schaffe, kurz auf einen Wein vorbei. Alles in Ordnung bei dir?«

»Ja.«

»Wunderbar! Bis heute Abend. Alles wird gut.« Die Leitung schwieg.

Günters Telefon läutete und läutete. Er setzte sich verschlafen auf und griff nach dem Hörer. »Ja?«, fragte er unwirsch.

»Günni«, Wallys Stimme drang über eine nicht ganz saubere Funkfrequenz ihres Handys an sein Ohr. »Was hast du mit Dave gemacht? Er hat mich gestern Abend gefragt, ob ich ihn heiraten will. Und ich habe *Ja* gesagt. Günni, wir heiraten! Ist das nicht wundervoll? Hach, ich musste es ganz schnell jemandem erzählen! Und du warst sicher nicht ganz unbeteiligt an diesem plötzlichen Entschluss. Obwohl Dave sagt, es hat nichts mit eurem Gespräch zu tun. Ich habe nur endlich begriffen, wie wichtig es ist, mich abzugrenzen. Und kaum habe ich mich abgegrenzt, du weißt, was ich meine, sagt er mir, dass er mich liebt. Seit fünf Jahren quasi das erste Mal. Ich bin so glücklich. He, sag mal, bist du noch da?«

»Ja«, seufzte Günter. »Aber ich hatte noch ge– »

»Okay. Muss Schluss machen. Ich komme am Montagnachmittag zu dir, wie immer. Ciao!«

Alwa wollte gerade das Gerichtsgebäude betreten, als ihr Handy surrte. Sie nahm es aus der Tasche, klappte es auf und lehnte sich an das Geländer. »Möwes?«

»Alwa! Eure Sekretärin«, hörte sie Wallys atemlose Stimme, »hat mir gesagt, ich sollte versuchen, dich auf dem Handy zu erreichen. Vielleicht hätte ich Glück und du wärst noch nicht im Gericht. Aber ich muss es loswerden. Stell dir vor, was passiert ist: Dave hat mir gestern Abend einen Heiratsantrag gemacht! Wir werden heiraten! Ist das nicht großartig? Dave will meinen Namen annehmen. Das ist doch heute problemlos möglich, oder? Ich sage dir, das wird ein Fest. Vielleicht können wir uns heute Abend auf einen Wein bei Carl treffen? Hast du Lust? Ich rufe dich noch mal an, sobald ich absehen kann, wann ich fertig bin. Du kannst auch deinen jugendlichen Verehrer mitbringen. Ciao, Alwa! Muss Schluss machen.«

Alwa klappte kopfschüttelnd ihr Handy wieder zu und legte es in ihre Tasche zurück.

Jürgen und Jürgen saßen beim Kaffee – Donnerstag und Samstag öffneten sie den *Privatsalon* in ihrer Loftetage, mit dem sie ihren Lebensunterhalt verdienten, erst um zweiundzwanzig Uhr, hielten ihn dafür aber bis fünf Uhr morgens geöffnet –, als der Anrufbeantworter nach dem zweiten Schellen ansprang.

»Hallooo, ihr beiden …«

»Es ist Wally«, sagte Jürgen der Kleinere und kaute gemächlich sein Brötchen. Jürgen der Größere nickte. Keiner von beiden griff zum Telefon. Das Frühstück war ihnen heilig. Einvernehmliche Blicke tauschend, lauschten sie Wallys Worten, die vom Anrufbeantworter zu ihnen herüberklangen: »Stellt euch vor, meine Süßen: Dave und ich werden heiraten! Ja, ja. Ihr habt richtig gehört: *hei-ra-*

ten … Ist das nicht toll? Und das alles, nachdem ich ihn … na ja – egal. Ich werde heute Abend bei Carl, schätze, so gegen sieben, einen ausgeben. Wäre toll, wenn ihr beiden Schätzchen auch kommen könntet. Was haltet ihr davon? Ihr macht doch erst spät auf heute, wenn ich das richtig in Erinnerung habe. Ich würde mich freuen, wenn ihr kämt. Ist doch ein Glas wert, wo ich quasi gar nicht mehr damit gerechnet ha– »

Das Band war zu Ende. Jürgen und Jürgen grinsten sich an.

Theodore Kabbelau, der alle Gespräche aufmerksam verfolgt hatte, warf Wally einen kurzen Seitenblick zu. Das ging, weil Wally immer noch auf dem Beifahrersitz saß. Daves Antrag hatte sie regelrecht beflügelt, und sie fühlte sich allen anderen Menschen und insbesondere Theodore Kabbelau gegenüber versöhnlich gestimmt. Sie konnte Herrn Kabbelau, der doch eigentlich sehr nett und zuverlässig und aufmerksam war, wie sie heute Morgen fand, in dieser Stimmung nicht brüskieren.

»Gräääääfin«, sagte Herr Kabbelau, und es klang fast zärtlich, »das sind ja Neuigkeiten. Da darf man aber gratulieren, was ich hiermit in aller Form tue. Ich wünsche Ihnen und Ihrem Dave viel Glück!«

»Danke, Herr Kabbelau! Herzlichen Dank!«

»Und was ist mit Ihrer Mutter? Wollen Sie die nicht informieren?«

»Worüber?«

»Über Ihre geplante Hochzeit.«

»Ach, Herr Kabbelau. Sie sind ein Romantiker. Warum sollte ich meiner Mutter von meinen Eheplänen erzählen? Meiner Mutter ist doch eh alles außer ihr selbst egal.« Wally lachte trocken. »Es reicht vollkommen, wenn ich ihr nachträglich von meiner Heirat berichte. Obwohl … eigentlich ist das gar keine so schlechte Idee. Ja, das ist sogar eine sehr gute Idee, Herr Kabbelau.«

Wally nahm erneut ihr Handy. »Mammi? Hallo, guten Morgen, hier ist Walburga. Mammi, ich – was ist los? – Was sagst du? – Ach ja. – Hm. – Schön. Und wann? – Aha. Na ja – egal. – Wie? – Nee, nee. Ist nix, ich wollte nur mal Hallo sagen. – Ja, sicher freue ich mich für dich. Muss Schluss machen, bin im Stress. – Was? Das Übliche halt: der Job. – Ja. Tschüss! Und grüß den Alfons.«

Wally pfiff durch die Zähne. »Das ist ja wirklich das Allerletzte.

Meine Mutter hat mir soeben eröffnet, dass sie und Alfons heiraten werden. Am vierten Januar.«

»Dann können Sie ja eine Doppelhochzeit feiern.«

»Nein, Herr Kabbelau. Das mag in anderen Familien gehen, aber nicht in meiner.«

»Verstehe ich nicht.«

»Wenn ich jetzt mit meiner geplanten Hochzeit herausrücke, wird meine Mutter das als ihren Verdienst deklarieren. *Ich habe die Kinder ja erst auf die Idee gebracht.* Und sie wird versuchen, alles an sich zu reißen. Nein, das will ich nicht. So eine Scheiße!«

»Frau Gräfin ...!«

»Ach, ist doch wahr. Das ist typisch meine Mutter. Immer spielt sie sich in den Vordergrund. Mein ganzes Leben war das so. Wieso will sie ausgerechnet jetzt heiraten? Warum will sie mir schon wieder die Show stehlen? Warum will sie in ihrem Alter *überhaupt* noch heiraten? Sie kann doch wunderbar mit Alfons zusammenleben. Die Frau ist fast siebzig!« Wally griff nach ihren Zigaretten. »Ja, ja, ich weiß. Ich hatte für Rauchverbot im Wagen plädiert. Aber das ist eine verdammte Ausnahmesituation, das werden Sie einsehen.«

»Ich verstehe Ihre Aufregung ehrlich gesagt nicht ganz. Gönnen Sie Ihrer Mutter doch den Spaß. Viel wird sie nicht mehr vom Leben haben.«

»Sie kennen meine Mutter nicht. Die wird mindestens neunzig, wenn nicht sogar hundert. Mein Gott, dann bin ich älter, als sie heute ist.« Wally rauchte erregt. »Sie müssen da vorne rechts abbiegen. Und dann die Nächste wieder rechts.«

Erneut griff Wally zu ihrem Handy. »Fräulein Bärbel? Ich möchte Doktor Herrmann sprechen. Hier ist Gräfin von Wanecke. Ja, ich warte ... Werner? Hier ist Wally. Ich brauche schnellstmöglich einen Termin bei dir. Du musst mir die Spirale ziehen. – Was? Wechseljahre? Ich bitte dich. – Nein, ich habe keine Probleme. Alles okay. Ich will nur noch ein Kind. – Ja, Werner, das *ist* mein Ernst. Ich bin schließlich erst dreiundvierzig und habe schon drei. – Eben. – Gut. Also morgen um halb neun. – Alles andere erzähle ich dir dann. Danke, Werner. Tschühüss.«

Theodore Kabbelau hatte den Golf vor den Stallgebäuden geparkt und den Zündschlüssel abgezogen. Er sah Wally aufmerksam ins

Gesicht. Dabei legte er den rechten Arm auf ihre Rückenlehne. Eine Geste, die Wally wie der Versuch einer Umarmung vorkam und sie verlegen machte. »Sie müssen mich jetzt gar nicht so ansehen, Herr Kabbelau«, wehrte sie ab. »Ich weiß, was ich tue. Wenn meine Mutter mir die Hochzeit verdirbt, dann werde *ich* eben noch ein Kind kriegen. Wenigstens dabei kann sie nicht mithalten. So, dann will ich mal nach den Kühen schauen. Dauert etwa eine halbe Stunde. Bis gleich.«

»Oh-oh-oh«, murmelte Herr Kabbelau, während er sich eine HB anzündete und aus dem Auto stieg, Wally hingegen wurde für eine ganze Weile das Gefühl nicht los, dass nur Herr Kabbelau sich wirklich mit ihr gefreut hatte.

24. **CARL WAR DA. LOGISCH, ES WAR SEIN JOB. JÜRGEN** und Jürgen waren da, beide in grellroten Overalls, schwarzen Bauchbinden und schwarzen Cowboystiefeln. »Auf ein halbes Stündchen maximal, wir haben heute Nacht unsere Nikolausfeier.«

Alwa und Sebastian waren da. Auch Alwa trug heute Rot, eine Farbe, die Carl noch nie an ihr gesehen hatte. Er betrachtete die beiden forschend, wenn auch verstohlen. Da hat es mächtig eingeschlagen, dachte er, die lassen ja keine Sekunde die Hände voneinander. Die kleben förmlich aneinander.

Auch Patricia war da. Sie trug ein schwarzes Schneiderkostüm, das tiefe Einblicke in ihr makelloses weißes Dekolleté erlaubte und rauchte Kette.

»Du rauchst, Patricia?«, stellte Alwa erstaunt fest.

»Besondere Situationen erfordern besondere Maßnahmen«, antwortete Patricia, wobei sie geziert lachte und ihre schwarzen Locken zurechtschüttelte.

Frau Ernert war ebenfalls da, saß aber allein an ihrem Tisch. »Heute ist der Todestag meines Mannes, Herr Thomas«, hatte sie Carl mitgeteilt. »Ich glaube, da erlaube ich mir heute sogar ein Piccolöchen, was meinen Sie?« Der Piccolo stand vor ihr, und sie hatte bereits einige Male zierlich an ihrem Glas genippt. Und obwohl sie desinteressiert tat, beobachtete sie die Menschen am runden Tisch mit großer Aufmerksamkeit.

»Hach, wo bleibt denn unsere liebe Wally? Es ist ja schon kurz vor halb aaacht«, zwitscherte Jürgen der Kleinere. Jürgen der Größere lächelte versonnen.

»Was wollt ihr trinken«, fragte Carl. »Rauenthaler mit Eis und Zitrone?« Er blickte fragend von Patricia zu Alwa und Sebastian. Alle drei nickten. »Und ihr?« Diese Frage galt Jürgen und Jürgen. »Gin-Fizz, Schätzchen?« Der kleine Jürgen drehte den Kopf ein wenig, senkte ihn gleichzeitig zu seiner linken, hochgezogenen Schulter und schenkte seinem Partner einen Blick aus halb geschlossenen Lidern. Der große Jürgen nickte ebenfalls. Carl ging hinter den Tresen, um die Getränke zuzubereiten.

»Also, was sagt man tenn *ta–zu*, tass Wally, die immer so viel Wert auf ihre *Unabhängigkeit* gelegt hat, tatsächlich heiraten will?« Das kam wieder von Jürgen dem Kleineren, der heute besonders tuntig wirkte. Patricia warf den Kopf herum. »Die Gräfin will *heiraten*? Das sollte sie lieber lassen«, blaffte sie.

»Aber Fräulein Müller, haben Sie etwas dagegen?«

»Frau Müller«, entgegnete Patricia abermals blaffend.

»Tschuldigung!« Jürgens Hals verschwand für einen Moment zwischen seinen Schultern. Er wandte sich an Alwa. »Tu solltest uns alle mal offiziell miteinander pekannt machen, Alwasweetheart. Wir kennen ja auch deinen extraordinären Pekleiter überhaupt noch nicht.« Jürgen der Größere mischte sich ein. »Kannst du mal ein *bisschen* runterkommen, Schätzchen«, sagte er leise.

»Ist ja schon gut. Also *Frau* Müller, gesehen haben wir uns ja schon öfter hier. Aber darf ich vorstellen: Jürgen Sendler, mein Lebensgefährte und Jürgen Arnold, meine Wenigkeit.« Er lächelte selbstzufrieden.

Patricia warf sich ins Hohlkreuz und spreizte ihr Dekolleté. »Patricia Müller, angenehm.«

»Ja«, sagte Alwa. »Und mein extraordinärer *Pekleiter* heißt Sebastian Palmer.«

»Paahmer? Wie Robert Paahmer? Der Sänger? Sind Sie Amerikaner?«

Sebastian schüttelte den Kopf. »Engländer.«

»Engländer? Ich liebe Engländer! Wisst ihr, warum ein Engländer im Bett unbedingt einem Amerikaner vorzuziehen ist? Nein? Der Amerikaner krümelt, aber der Engländer, der *monkey-wrench*, hat eine verstellbare Maulweite.« Er lachte hysterisch. Das peinlich berührte Schweigen am Tisch wurde von Carl gemildert, der mit den Getränken kam.

»Jetzt seid doch nicht so pikiert! War doch nur ein Spaß. Außerdem stammt das nicht von mir. Das mit dem Engländer könnt ihr in jedem Lexikon nachlesen.«

»Dann *cheers*!«, Sebastian blickte aufmunternd in die Runde.

Die Tür zum Café flog gegen die Wand. Wally eilte herein. Sie warf sich auf einen Stuhl. »Sorry, dass ich zu spät bin! Das war vielleicht ein Tag heute. Bin fix und fertig. Krieg ich ein Glas Rotwein, Charlie?« Wally sprang wieder auf. »Hab ich meine Tasche im Auto liegen lassen! So was Blödes …« Sie lief zur Tür und prallte gegen Herrn Kabbelau, der ihr die Tasche entgegenstreckte. »Sie sind ein Schatz, Herr Kabbelau! Danke! Und bis morgen um acht, wie besprochen, ja?« Herr Kabbelau grinste einfältig und verschwand. Wally setzte sich wieder. »Gut, wenn man einen Fahrer hat, der mitdenkt«, sagte sie. Sie begann in der Tasche herumzukramen. Endlich hatte sie die Zigarettenschachtel gefunden. Mit einem »Hat jemand Feuer?« hob sie den Kopf und blickte erwartungsvoll in die Runde. Patricia Müller war mit kalkweißem Gesicht halb unter dem Tisch verschwunden. »Ist Ihnen nicht gut, Frau Müller?« Wally sprang auf. »Charlie, bring ein Glas Wasser! Schnell!« Sie griff nach Patricias Handgelenk. »Fassen Sie mich nicht an«, fauchte die. »Schon vorbei. Ich gehe zur Toilette.«

»Ich komme mit«, sagte Alwa bestimmt. Sie hakte sich bei Patricia unter. Die beiden Frauen gingen die Treppe zur Toilette hinunter. »Meine Güte«, sagte Wally resigniert. »Wieso ist sie nur so pampig?«

»Weiber«, tönten Jürgen und Jürgen synchron. Diese Menschenkonstellation ist zweifellos brisant, dachte Carl, auch wenn er noch keine Idee hatte, wieso.

»So«, Wally sah Beifall heischend in die Runde. »Was sagt ihr zu meinen Neuigkeiten? Ist das nicht wunderbar, dass Dave und ich heiraten?«

»Ich finde es großartig, Wally«, sagte Jürgen der Größere liebenswürdig. »Ich habe mich schon immer gefragt, warum ihr es nicht längst getan habt. Immerhin habt ihr ein gemeinsames Kind. Und für die anderen beiden ist es sicher auch sehr schön, in einer richtigen Familie zu leben. Außerdem finde ich, ihr passt sehr gut zusammen.«

Der kleine Jürgen sagte mit Inbrunst: »Ich bin ganz deiner Meinung, Schätzchen. Auch wenn andere anders darüber denken, unseren Segen habt ihr.«

»Wer denkt denn anders darüber?«, fragte Wally. In ihren Augen blitzte Kampfbereitschaft.

»Der reizenden Frau Müller scheint es nicht zu passen.«

»Der reizenden Frau Müller scheint so manches nicht zu passen. Die ist echt kapriziös, wenn man noch ein einigermaßen nettes Wort für ihr seltsames Verhalten benutzen will«, erwiderte Wally.

»Pscht«, machte Carl. »Sie kommt.«

Patricia und Alwa nahmen wieder am Tisch platz. Patricias Gesicht war leicht gerötet, was ihr sehr gut stand, wie Sebastian für sich befand. »Geht es Ihnen besser?«, fragte er und sah Patricia, wie Wally bemerkte, lange und besorgt an. Patricia nickte und errötete noch einen Hauch mehr.

»Kommt, lasst uns austrinken, ich will heim«, sagte Alwa energisch. »Auf dein Wohl, Wally. Und das von Dave. Ich freue mich für euch.«

»Danke, Alwa. Aber ihr wollt doch nicht wirklich schon gehen? Ich will doch noch einen ausgeben.«

»Gib uns diesen hier aus, Wally. Das reicht für heute. Habe wenig geschlafen die letzten Nächte und morgen eine Reihe von wichtigen Terminen.«

»Ja, wir müssen auch weg«, das sagte Jürgen der Größere und rückte seine Bauchbinde zurecht. »Wir haben eine lange Nacht vor uns. Jede Menge Voranmeldungen. Wir haben nämlich gleich unsere Nikolausfeier im *Salon*, müsst ihr wissen.«

»Ach, daher eure Verkleidung«, warf Wally ein. »Na ja – egal. Dave freut sich sicher, wenn ich zeitig nach Hause komme. Charlie, die Runde hier geht auf mich. Schreibst du auf? Ich zahle am Wochenende. Und –«, fügte sie hinzu, »hast du etwas gehört?« Carl schüttelte den Kopf.

»Diese Warterei wird dich noch um den Verstand bringen. Na ja – egal. Morgen ist auch noch ein Tag. Rufst du mir bitte ein Taxi?«

»Zwei bitte, Carl. Wir brauchen auch eins«, sagte Alwa.

»Nein, nein«, Patricia schüttelte den Kopf. »Ich fahre euch.«

Wenige Minuten später hatte die Gesellschaft sich aufgelöst. Frau Ernert war nach oben gegangen. Wally saß im Taxi. Alwa, Sebastian und Patricia hatten sich in den Z3 gequetscht. Jürgen und Jürgen fuhren in ihrem kanariengelben Chrysler Cabrio davon.

25. PATRICIA WAR ALSO NICHT, WIE ALWA IHR geraten hatte, mit dem Zug gekommen. Alwa stellte sie im Z3 streng zur Rede. »Wenn ich in der Sache etwas für dich erreichen soll, dann musst du auf mich hören. Sonst wird das nichts.«

»Reg dich nicht auf, Alwa. Michael kommt erst am Sonntag zurück. Das hat er mir heute Morgen am Telefon in bester Laune mitgeteilt. Vermutlich hat ihn seine Töle so angetörnt, dass er sich noch nicht losreißen kann. Aber immerhin hat er angerufen.«

»Töle?«, sagte Sebastian. »Was bedeutet Töle?«

»Läufige Hündin oder so ähnlich«, sagte Alwa. »Jedenfalls gebraucht Patricia das Wort in diesem Sinn.« Patricia nickte. »Ich will euch auch gar nicht weiter auf die Nerven gehen. Ich habe einen Teil der Papiere gefunden und wollte sie sicherheitshalber schon mal bei dir deponieren. Ich fahre euch jetzt nur nach Hause und dann wieder zurück nach Mannheim.«

»Was für ein Aufwand, extra deswegen heute nach Frankfurt zu kommen!«

»Ich hab nichts Besseres zu tun.«

»Doch, hast du. Wenn die Papiere noch nicht komplett sind, dann solltest du jede freie Minute darauf verwenden, sie zusammenzubringen.«

»Alwa, du bist sehr streng mit Patricia«, schaltete Sebastian sich ein.

»Ich werde meine Gründe haben«, erwiderte Alwa grantig.

»Hast du eine Ahnung, wie ich mich fühle, allein in dem großen

Haus in den Privatangelegenheiten meines Mannes schnüffelnd?«, sagte Patricia mit einem Anflug von Trotz. Alwa schwieg.

»Kann ich euch irgendwie helfen?«, fragte Sebastian.

»Ja«, sagte Alwa. »Indem du dich hier heraushältst.« Dann wandte sie sich wieder an Patricia. »Wenn das vorhin wirklich der Typ war, der dir Samstagnacht die *sopapo* verpasst hat, dann rückt das alles irgendwie unheilvoll zusammen. Das sind Koinzidenzen, die zur Vorsicht gemahnen.«

»He, du kannst Spanisch, Alwa ... Stark!« Patricia lachte anerkennend.

»Ein bisschen.«

»Das war er«, sagte Patricia. »Und ich frage mich, was die Gräfin mit dem zu schaffen hat. Aber sie war mir ja von Anfang an suspekt.«

»Wally hat ihn in der Nacht kennengelernt, als sie ihren Führerschein verloren hat. Der fährt sie.«

»Schau an! Die hat ihren Führerschein verloren? Das ist ja ein Ding.« Patricia konnte ihre Schadenfreude nicht verheimlichen.

»Lass uns hier abbrechen, Patricia. Ich habe schon zu viel erzählt. Kümmere du dich um deine Angelegenheiten.«

Den Rest der Fahrt legten die drei schweigend zurück. Patricia zog einen großen Umschlag aus ihrer Tasche und reichte ihn Alwa. Alwa und Sebastian stiegen aus und Patricia fuhr davon. »Wenn du zufällig etwas mitkriegst, was meine Arbeit angeht«, sagte Alwa, und das klang nicht freundlich, »dann halte bitte den Mund. Sei um Gottes willen ganz einfach diskret.« Sebastian nickte kleinlaut. Er fühlte sich zu Unrecht abgekanzelt, und er fühlte sich mit einem Mal sehr jung.

Carl, der in seinem Sessel über *Sabbaths Theater* von Philip Roth eingenickt war (die Figur des hässlichen, geilen, alten Mannes namens Sabbath berührte ihn tief; er identifizierte sich sogar in gewisser Weise mit ihm, wenn er auch ein ganz anderes Liebesleben führte, geführt hatte – jedenfalls seit zehn Jahren), wurde vom Telefon aufgeschreckt. Er blickte auf die Uhr: Es war halb zwei. Wo war das Telefon? Carl fegte die Zeitungen vom Sofa, fand den Hörer und meldete sich mit einem vorsichtigen »Ja?«

»Carl? Hier ist Mike.«

»Mike …«

»Josie ist bei uns. Sie ist heute Nachmittag angekommen. Zum Glück haben wir nicht so viel Schnee, und die Cessna konnte landen. Josie –«

»Kann ich sie sprechen?«

»Ich denke, du solltest kommen. Sie wirkt verstört und will nicht reden. Alice und ich sind, ehrlich gesagt, hilflos. Sie schläft jetzt. Carl, kannst du kommen?«

»Natürlich, natürlich«, hörte Carl sich rufen. Sein Herz hämmerte. »Natürlich komme ich. So schnell ich kann. Und passt um Gottes willen auf sie auf, Mike, versprich mir das! Lasst sie nicht weg, bis ich da bin! Ich gebe euch Nachricht, wann ich ankomme.«

»Natürlich passen wir auf sie auf. Gerade Alice tut, was sie kann. Schließlich sind die beiden enge Freundinnen. Also, Carl. Melde dich bald, okay?«

»Okay, Mike. Und danke für deinen Anruf.« Wieder sah Carl auf die Uhr. Konnte er Wally um diese Zeit anrufen? Er schüttelte den Kopf. Nein, er musste seine Reise planen. Das Café würde er schließen. So gut seine Mitarbeiter auch waren, den normalen Betrieb würden sie ohne ihn nicht in seinem Sinne aufrechterhalten können. Er nahm Notizbuch und Füllhalter zur Hand und malte gedankenverloren kleine Herzen, die von großen Herzen eingeschlossen wurden, und weiche Striche, die sich alle ohne sein direktes Zutun in »J« verwandelten. Josie, Josie, Josie …

Nun stand es fest: Er würde sie wiedersehen. Nach sechzehn Jahren! Ein gewaltiger Schock durchfuhr ihn. Er raffte sich auf und ging ins Bad. Der Spiegel zeigte ihm einen immer noch gut aussehenden Mann, aber seine Gesichtszüge hatten an Schärfe verloren. Seine Augen sahen müde aus. Waren das die Augen eines alten Mannes oder war dieser wunde, leicht resignierte Ausdruck auf die Anspannung der vergangenen Tage zurückzuführen? Er drückte das Kinn gegen den Hals: Ein unübersehbares, wenn auch kleines Doppelkinn bildete sich. Sogar ein Doppeldoppelkinn, wenn er ehrlich war. Carl begann, sich zu rasieren, auch wenn das jetzt wenig Sinn machte. Dann richtete er sich auf und betrachtete sich kritisch im Spiegel. Die Gesamtwirkung war in Ordnung. Aber seine Brust hatte sich ein wenig gesenkt. Und auch die Partie um Taille und Hüften wirkte ein wenig schwammig. Oh, Carl, dachte er, warum hast du die letzten Jahre so wenig für deinen Körper getan? Weil du dich damit abgefunden hast, ein einsamer alter Kauz zu werden, erklärte er seinem Spiegelbild, und daran wirst du jetzt nichts mehr ändern können. Wieviel Zeit blieb ihm noch? Fünfzehn, zwanzig, fünfundzwanzig Jahre? Er erinnerte sich an eine Silvesternacht vor zweiundzwanzig Jahren auf der Ranch in Kanada. Es war sehr kalt gewesen, klirrend kalt, und es hatte viel Schnee gelegen. In dieser Silvesternacht hatte er in den klaren Sternenhimmel geschaut, und plötzlich erkannt: Auch er war endlich. Dieses Erkennen war in sein Bewusstsein gekrochen wie ein Virus. Er erinnerte sich an ein Gespräch mit Wally. In dem Moment habe ich begriffen, hatte er zu ihr gesagt, dass der Tod von hinten auf mich zukommt. Und von da an hat sich mein Lebensgefühl grundlegend geändert. Selbst in den glücklichsten Momenten spüre ich seitdem eine leise Traurigkeit. Eine merkwürdige Wehmut. Ich weiß genau, was du meinst, Charlie, hatte Wally erwidert und weiter erklärt, sie sähe das so: Das Leben sei wie ein dreiwöchiger Urlaub in einem fremden Land. In der ersten Woche staune, gucke man, nähme auf, genösse und wundere sich, was alles an Eindrücken und Erlebnissen in eine Woche hineinpasse. In der zweiten Woche habe man sich bereits an alles gewöhnt, und die Zeit beschleunige sich plötzlich. Und die dritte Woche verflöge dann quasi. Man begänne an die Abreise zu denken und Abschied zu nehmen. »Ja, das Leben macht mollig«, hatte sie dann geseufzt. »Nicht im Sinne von dick werden. Mollig wie Moll. Im Gegensatz zu Dur. Einfach ein wenig sentimental und schwermütig.«

Carl blickte noch einmal in den Spiegel. »Du bist auf der Heimreise, mein Lieber«, sagte er laut. »Außerdem musst du morgen deine Mutter anrufen.«

Alwa und Sebastian hatten um diese Zeit einige neue Experimente in Sachen körperlicher Liebe hinter sich. Nun schickte Sebastian sich an, Alwas Handgelenke aus den Seidenbändern zu lösen. Er küsste dabei ihren Nacken. »Meine schöne Möwe«, flüsterte er. »Ich liebe deinen Körper. Ich liebe dein Gesicht. Ich liebe deine

Hingabe. Und ich werde das Gefühl nicht los, dass ich dich liebe, seitdem ich denken kann.« Alwa lachte. Sie massierte ihre Handgelenke und drehte sich zu ihm um. »Sebastian, mein Engel«, sagte sie. »Meiner Meinung nach ist das eine äußerst fleischliche Liebe im Hier und Jetzt.«

»Das sehe ich anders. Ich habe eben ins Paradies geblickt.« Auch Sebastian lachte jetzt, wurde aber gleich wieder ernst. »*In fact*, Alwa«, sagte er. »Heirate mich!« Alwa fuhr hoch. »Bist du verrückt? Du bist siebzehn Jahre jünger als ich.«

»Na und? Wirklich, Alwa. Ich möchte dich behalten.« Er versenkte seinen Kopf in ihrer Halsbeuge und fuhr mit den Fingerspitzen behutsam über die Linien ihres Körpers.

»Du bist so schön«, seufzte er. »So wunderschön. Und körperlich bist du, auch auf die Gefahr hin, mich zu wiederholen, jeder Zwanzigjährigen vorzuziehen.«

Wieder lachte Alwa auf. »Ach, Sebastian! Im Moment vielleicht. Aber wenn ich sechzig bin, bist du dreiundvierzig, also so alt wie ich bald. Und ich sage dir ganz ehrlich: Ich würde auf keinen Fall mit einem Sechzigjährigen im Bett liegen wollen. Zum Beispiel Carl. Zwar ist er immer noch ausgesprochen attraktiv. Trotzdem könnte ich mir nicht vorstellen, mit ihm zu schlafen. Und stell dir mal vor, was für einen Stress ich hätte, wenn ich mit sechzig einen dreiundvierzigjährigen Mann hätte. Ich würde mich doch ständig mit jüngeren Frauen messen. Und jeden Tag ins Fitnessstudio rennen. Und dennoch in diesem ungleichen Kampf unterlegen sein. Meine Haare wären grau. Meine Zähne gelb. Mein Busen hinge …«

Sebastian legte seine Hände um ihre Brüste. »Niemals! Diese prachtvollen Babys werden immer fest und straff sein.« Er drehte sich auf den Rücken. »Apropos Babys … Wenn du mich nicht heiraten willst, dann lass uns wenigstens ein Kind machen.«

»Wenigstens ein Kind! Was für ein Spruch«, sagte Alwa abfällig, wunderte sich aber zugleich, welchen Gefühlsaufruhr Sebastians Worte in ihr auslösten. Sie drehte sich auf die Seite und löschte das Licht. Ihre Augen füllten sich mit Tränen.

Sie lag lange wach. Ein Kind … Mit Manuel hatte sie immer ein Kind gewollt. Aber Manuel nicht mit ihr. Jedenfalls damals nicht. Und jetzt hatte er zwei. Mit einer anderen Frau. Und er hatte sich immer noch nicht gemeldet. Er hatte sich seit sieben Wochen nicht gemeldet. Noch nicht einmal eine Ansichtskarte von irgendwo. Sebastian schmiegte sich im Schlaf an sie und schnaufte leise.

26. ALWA FÜHLTE SICH TIEF BERÜHRT, ABER SIE rechnete kühl. Ihre zweiundvierzig Lebensjahre und Sebastians vierundzwanzig ergaben eine Summe von sechsundsechzig. Bis zu einem gemeinsamen Lebensalter von siebzig, so hatte sie letzthin gelesen, sei das Risiko, ein geschädigtes oder behindertes Kind zu bekommen, relativ gering. Sie wäre inzwischen eine Spätgebärende, das war Fakt. Wenn sie noch ein Kind haben wollte, dann war es jetzt höchste Zeit. Und wenn sie noch ein Kind bekommen sollte, warum dann nicht mit Sebastian? Sebastian war jung. Schön. Intelligent. So gesehen ein hervorragender Samenspender. Nein, das war jetzt wirklich zu kühl. Sie mochte ihn. Er war liebevoll und sinnlich. Das, was sie bisher über ihn wusste, deutete auf einen guten Charakter. Sie konnte doch ein Kind von ihm bekommen, ohne ihn heiraten zu müssen …? Ihre beiden Partner in der Kanzlei hatten selbst Familien. Die würden verstehen, wenn sie wegen eines Kindes ein bisschen kürzertreten wollte. Das war alles eine Frage der Organisation. Ein Jahr Babyurlaub konnte sie sich leisten. Wobei sie natürlich auch problemlos zu Hause arbeiten konnte. Ein Kindermädchen konnte engagiert werden. Wally schaffte ihren Job ja auch. Mit drei Kindern! Gut, Wally hatte einen Mann. Aber Sebastian war ja da. Sie versuchte sich vorzustellen, wie es wäre, einen dicken Bauch zu bekommen. Wie es wäre, ein Baby in den Armen zu halten. Einem Kind die ersten Schritte beizubringen. Seine Entwicklung zu beobachten, es zu lieben und zu fördern.

Der Morgen graute herauf, und sie befand sich in euphorischer Stimmung.

Patricia lag in ihrem Ehebett und bemitleidete sich. Sie war komplett allein. Ihr Mann war ein Schwein. Ihre Eltern hatte sie betrogen, denen konnte sie sich nie wieder anvertrauen. Ihre liebe Tante

Lucie war tot. Sie hatte keine Freunde. Wie auch bei diesem Lebenswandel: erst Exot und dann Heimchen am Herd? Sie hatte keine Kinder. Alles, was sie hatte, war ein Sack unerfüllter Illusionen. Ein bedrängtes Gewissen. Eine tiefe Scham gegenüber ihren Eltern. Eine Mordswut auf ihren Mann. Und eine lächerliche Geldsumme, mit der man wahrhaftig kein neues Leben aufbauen konnte.

Auch Della fühlte sich allein. Sie hatte in der höchsten Risikophase ohne Pille, ohne Kondom, ohne irgendwas mit einem Mann geschlafen. Dem Freund ihrer Freundin. Zwar hatten Jens und sie sich darauf geeinigt, dies sei ein Versehen gewesen, dürfe nie wieder geschehen, und sich gegenseitig auch versprochen, unter allen Umständen und gegenüber allen Menschen, insbesondere gegenüber Ines, zu schweigen. Was aber, wenn sie nun schwanger war? Was sollte sie mit einem Kind? Sie wäre am liebsten zu Wally unter die Bettdecke gekrochen. Aber Wally schlief bei Dave, nicht in ihrem Zimmer. Zwischen Dave und Wally schien sich etwas anzubahnen, was Della nicht ganz geheuer war. Wally war den ganzen Abend herumgeflattert wie ein pubertierender Teenager. Sie hatte mit Dave auf eine fast peinliche Weise geflirtet. Hatte sich in seltsamen Andeutungen ergangen und war Della ziemlich albern vorgekommen. Sie war ihr auf die Nerven gegangen, um genau zu sein. Hatten Mütter nicht die verdammte Pflicht, sich wie Mütter zu verhalten? Aber was würde ihre Mutter sagen, wenn Della bekannt gäbe, sie sei schwanger? Die üblichen Tiraden. Mach erst mal dein Abitur! Wie konntest du nur? Habe ich dich nicht entsprechend aufgeklärt? Und wer ist überhaupt der Vater? Der Freund deiner Freundin? Bist du noch zu retten? Habe ich nicht mit allen Mitteln versucht, dir Moral einzubläuen? Abtreiben? Das kommt nicht infrage. Du kennst meine Einstellung zu diesem Thema. Willst du zur MÖRDERIN werden? Della verkroch sich tief unter ihrer Bettdecke. »Bitte, lieber Gott«, flehte sie, »bitte mach, dass alles gut wird!«

Wally, die nichts von der Not ihrer Tochter ahnte, hatte auch in dieser Nacht die Initiative ergriffen und den erstaunlich willfährigen, wenn auch wegen der gebrochenen Rippen passiv auf dem

Rücken liegenden Dave verführt. Nun lag sie neben ihm und dachte an ihren Termin bei Doktor Herrmann. Die Spirale würde sie sich morgen früh ziehen lassen, das stand fest. Sie würde ein viertes Kind bekommen. Einen Jungen? Ja, sie hätte gern einen Sohn von Dave. Am liebsten hätte sie eben schon empfangen. Sollte sie Dave über ihren Entschluss informieren? Sie wägte die Vor- und Nachteile ab und kam zu dem Ergebnis, es nicht zu tun. Womöglich hätte er Bedenken, die sich dann in Impotenz oder Verweigerung niederschlügen. Nein, sie würde ihn einfach vor vollendete Tatsachen stellen. Sie war schließlich diejenige, die das Kind bekam und sich darum kümmern würde. So wie bei den anderen drei Kindern auch. Und wenn sie erst schwanger wäre, dann würde Dave sich auch damit arrangieren. Ihre Einstellung zu Abtreibung war allgemein bekannt, und die würde Dave niemals von ihr verlangen. Wally freute sich, auch wenn sie vor dem Eingriff morgen Angst hatte. Sie würde gleich nach dem Frühstück ein Beruhigungsmittel nehmen.

Josie, auf der Lincoln Creek Ranch im Haupthaus in Carls ehemaligem Zimmer liegend, träumte von Kindern, die sie zu einem geheimnisvollen Ziel führten. Sie befand sich im Inneren eines erloschenen Vulkans. Nur oben gab es eine Öffnung, durch die sie einen schwarzen Himmel sah. Josie forderte die Kinder auf, sich aufeinander zu stellen, mit ihren Körpern eine Säule zu bilden, was den Kindern ohne Schwierigkeiten gelang. Das oberste Kind reichte bis kurz unter den Rand der Vulkanöffnung. Josie bat um Verzeihung, als sie an dieser Säule emporkletterte. Die Kinder lächelten. Als Josie die Krateröffnung erreicht hatte, zog sie die Kinder wie eine Kette aus dem Vulkan heraus. Sie blickte auf eine dunkle Ebene und trieb die Kinder zur Eile an. Sie erreichten eine steile Schlucht, auf deren Grund ein reißender Fluss tobte. Ein schwankender Steg war die einzige Möglichkeit, die Schlucht zu überqueren. Josie zögerte. Die Kinder lachten unbekümmert. Plötzlich war der Fluss verschwunden, und ein dichter Wald lag vor ihnen. Als sie auf ihn zugingen, wichen die Bäume allmählich zurück, und Josie sah ein rundes Zelt, in dessen Inneren ein Feuer brannte. Die Kinder rannten auf das Feuer zu, sprangen hinein und lösten sich in Rauch auf. Und dann stand ein Mann mit zwei Köpfen vor ihr. Aber die Köpfe hatten keine Gesichter. Josie war kalt. Furchtbar kalt. Sie erwachte und griff vor Kälte zitternd nach ihrer auf dem Boden liegenden Bettdecke.

27. CARL NUTZTE DIE VORMITTAGSSTUNDEN MIT der Organisation seiner Reise nach Kanada. Das Reisebüro bat um Geduld, es sei möglicherweise so kurz vor Weihnachten nicht einfach, noch einen Flug zu bekommen. Dann rief er seine Mutter an und sprach sehr lange mit ihr. Doch, es ginge ihr gut, erfuhr er. Bei ihr sei, bis auf die leidige Hüftarthrose, die sie jetzt auch im rechten Gelenk spüre, aber das sei ja zu erwarten gewesen, alles in bester Ordnung. Sie freue sich über seinen Anruf. Ja, sie werde Weihnachten wie jedes Jahr in ihrer Stammpension im Harz begehen. Was er denn für Pläne für die Feiertage habe? Als Carl ihr erzählte, er wolle noch am Wochenende, voraussichtlich morgen schon, er warte nur noch auf die Bestätigung vom Reisebüro, nach Vancouver fliegen, weil Josie zu Hause sei, wurde seine Mutter fuchtig. Zu Hause? Das sei doch nicht mehr deren Zuhause, und er solle sich doch nicht noch einmal von *dieser Frau* unglücklich machen lassen. Die habe ihm genug Kummer bereitet. Und in seinem Alter verkrafte man Enttäuschungen noch viel schwerer als in jungen Jahren. Carls Einwand, er könnte gerade wegen seines Alters selbst entscheiden, was gut oder schlecht für ihn sei, wurde mit der Bemerkung hinweggefegt: Kinder bleiben eben immer Kinder. Carl wollte protestieren, aber seine Mutter ließ ihn nicht zu Wort kommen. Ein Wiedersehen mit *dieser Frau* werde sein Leben nur wieder durcheinanderbringen, erklärte sie warnend. Sie hielte das nicht für gut. Und so weiter und so weiter. Carl hörte geduldig zu: Ja, Mutter. Du hast ja recht, Mutter. Trotzdem, Mutter. Er versprach auf jeden Fall zu schreiben oder anzurufen. Nein, er wisse noch nicht, wann er wieder zurückkäme. Und sie müsse sich wirklich keine Sorgen um ihn machen. Das Telefonat endete in einem leicht spröden Austausch von Höflichkeiten. Nun gut, da war halt nichts zu machen. Für seine Mutter war Josie, seitdem sie ihn verlassen hatte, eben *diese Frau*. Die Frau, die ihn verletzt und gedemütigt hatte. Die Frau, die ihr immer schon suspekt vorgekommen war. Wenn Carl eine Parallele zu ziehen wagte zwischen seiner Anhänglichkeit an Josie und der seiner Mutter an ihren vermissten Mann, wurde er mit einem knappen: *Das sind zwei ganz verschiedene Sachverhalte* abgekanzelt. Wie auch immer, er war beruhigt, seine Mutter während der Weihnachtstage in gewohnter Umgebung und Betreuung zu wissen. Er selber hatte keine Ahnung, wie sich seine nächsten Tage und Wochen gestalten würden, und er wagte sich kaum auszumalen, was geschähe, wenn Josie und er sich wiedersahen. Mikes Worte – genauso wie die von Pago – über Josies Zustand gaben Anlass zu bedrückenden Spekulationen.

Endlich kam der Anruf vom Reisebüro und die Bestätigung, er sei für Samstagmittag, zwölf Uhr fünfundfünfzig, auf Lufthansa nach Vancouver gebucht. Er hätte Glück gehabt, kurz zuvor habe ein anderer Fluggast storniert. Er säße allerdings zum entsprechenden Mehrpreis in der First, ob das in Ordnung sei? Als Carl das bestätigte, für ihn war alles in Ordnung, was ihn so schnell wie möglich zu Josie brachte, wurde ihm gesagt, sein Ticket werde am Schalter hinterlegt. Rückflug offen. Den Weiterflug wollte Carl in Vancouver direkt organisieren, das ging vor Ort erfahrungsgemäß schnell und unbürokratisch.

Carl rief auf Wallys Handy an und sprach mit einem dienstbeflissenen Herrn Kabbelau. Er bedauere sehr, aber die Gräfin habe gerade einen Arzttermin. Ohne gefragt worden zu sein, setzte er verschwörerisch hinzu, es gäbe jedoch keinen Grund zur Besorgnis, es sei nur eine Frauensache. Ob die Gräfin zurückrufen solle? Carl bejahte.

Carl hatte nur einen kleinen Mittagstisch vorbereitet: Frankfurter Würstchen mit Kartoffelsalat und Rühreier mit Schinken. Den obligatorischen Freitagsbackfisch ließ er ausfallen. Wie auch das Kreuzworträtsel des FAZ-Magazins heute keine Beachtung fand.

Kurz nach zwei erschien Wally. »Sorry, dass ich nicht zurückgerufen habe, aber da ich heute Nachmittag meine Abrechnungen machen will, habe ich gedacht, ich komme vorher schnell auf ein Glas Wein zu dir.« Sie blickte ihn prüfend an. »Charlie, es ist etwas geschehen. Du glühst ja quasi. Erzähle!« Sie setzte sich zusammen mit Herrn Kabbelau, der eine Apfelsaftschorle bestellte, an ihren angestammten Tisch.

»Ich fliege morgen Mittag nach Kanada«, sagte Carl. »Josie ist auf der Ranch.«

Wally richtete sich auf. »Wie wundervoll! *Wie ab-so-lut großartig*! Jetzt kommt endlich Licht in diese verworrene Angelegenheit. Was hat Josie gesagt? Wie hast du dich gefühlt, als du endlich ihre Stimme gehört hast? Wieso ist sie denn weg von ihrem Pago?« Sie schnurrte wieder zusammen, als Carl ihr mitteilte, er habe nicht persönlich mit ihr sprechen können und sei immer noch voller Sorge.

»Haaach«, machte sie aus tiefer Seele und verschwand in einer dichten Wolke Qualm. »Das kostet ja mich schon Nerven ohne Ende. Wie musst du dich da erst fühlen? Ach, Charlie«, sie stand auf und umarmte ihn herzlich. »Ich würde alles tun, um dir zu helfen. Echt. Ich würde sogar mitfliegen, wenn du wolltest.«

»Aber, Frau Gräfin, wir –«, hob Herr Kabbelau an und biss sich auf die Lippen.

»Danke, Wally«, murmelte Carl gerührt. »Aber ich habe ja Mike und Alice. Wenn nur nicht die ganzen Umstände so dubios wären. Wenn ich wenigstens wüsste, was mit Josie los ist.«

»Wie lange willst du bleiben? Und was machst du mit dem Café?« Wally dachte wie immer pragmatisch.

»Das Café …«, erwiderte Carl zögernd, »mache ich zu. Und bleiben werde ich, solange es nötig ist.«

»Auch über Weihnachten? Silvester?«

»Möglich.«

»Ohje«, sagte Wally. »Das wird aber eine harte Zeit für uns. Wo sollen wir denn hin, wenn du zuhast?« Das klang kindlich verzagt. »Mann-Mann«, fügte sie dann hinzu. »Wenn ich mir überlege, was in den vergangenen anderthalb Wochen alles passiert ist. Mein Führerschein ist weg. Der Himmel schickt mir in derselben Nacht Herrn Kabbelau (Herr Kabbelau grinste selbstgefällig). Ich lerne Alwa kennen. Du fliegst nach Kanada und wirst Josie nach sechzehn Jahren wiedersehen. Daves gebrochene Rippen. Sein Heiratsantrag. Ein viertes Kind …«

Carl blickte sie erstaunt an. »Du bist schwanger?«

»Noch nicht. Aber bald. Ich habe mir heute die Spirale ziehen lassen.« Sie zerquetschte die Zigarette im Aschenbecher. »Im Übrigen sollte ich sofort mit dem Rauchen aufhören. Und ich sollte auch gar nicht darüber reden. Dave weiß nämlich nichts von seinem Glück. Du wirst also bitte den Mund halten, Charlie. Und Sie auch, Herr Kabbelau.« Herr Kabbelau nickte eifrig. Carl wiegte den Kopf, sagte aber nichts. Das war Wallys Sache.

»Deine Mitarbeiter könnten doch das Café machen. Meinst du nicht? Moritz und Isolde sind sehr zuverlässig. Und – denk nur ans letzte Wochenende – das lief doch klasse mit der Möwe und Moritz und, ja, ist doch so, auch der Frau Müller.« Carl winkte ab. »Das war eine Ausnahme. Alwa hat Besseres zu tun, als hier zu bedienen.«

»Recht hast du. Alwa soll sich um meinen Führerschein kümmern. Aber die anderen? Zumindest unter der Woche können die das auch ohne dich schaffen. Am Sonntag kann ja zubleiben. Und ich höre noch, wie die Müller sagte: *Ich bin nur eine gelangweilte Ehe- und Hausfrau.* Vielleicht täte der ein bisschen Dienst am Menschen gut. Vielleicht käme sie dadurch mal aus ihrem Elfenbeinturm heraus. Dass die Frau ein Problem hat, das merkt ja wohl jeder. Vielleicht könnte ja auch Della – zumindest am Nachmittag, aber – nee, das ist wohl nicht so gut. Della muss fürs Abi lernen. Vorschlag zurückgezogen. Obwohl das meiner Tochter sicher auch nicht schaden würde. Ich kann mich gut erinnern, wie lehrreich meine Kneipentätigkeiten während des Studiums für mich waren. Man lernt derartig viel über Menschen. Gerade wenn man Dienstleistung betreibt, sich quasi per Funktion kleiner machen muss, als man eigentlich ist. Und –« Wallys Redeschwall wurde vom Schellen ihres Handys unterbrochen. »Moment.« Sie wühlte in ihrer Handtasche. »Ja, von Wanecke? – Ach, du bist es, Alwa – Nein, nein, du störst nicht. Ich bin gerade bei Carl. Stell dir vor, Carl fliegt morgen nach Kanada! – Ja, wegen seiner Frau. Wir diskutieren gerade, was er während der Zeit mit dem Café machen soll. Ich hatte schon die Besetzung vom Wochenende vorgeschlagen. Das lief doch prima mit dir, Moritz und Frau Müller. – Nein. War natürlich nur Spaß. Was sagst du?« Wallys Stimme wurde ernst; sie warf verstohlen einen Blick auf Herrn Kabbelau. »Augenblick«, sagte sie dann. »Die Verbindung ist auf einmal ganz schlecht. Ich gehe mal kurz auf die Straße, vielleicht ist es da besser. Bleib bitte dran!« Wally stand auf, gönnte den beiden Männern ein schiefes Grinsen und ging zur Tür. »So, Alwa«, sagte sie, als sie auf der Straße stand. »Jetzt noch mal. Der Mann saß nämlich neben mir.« Dann hörte sie eine Weile zu. »Ja«, sagte sie schließlich. »Ich verstehe. Ich frage mich nur, was unsere reizende Frau Müller mit dem – natürlich respektiere ich deine anwaltliche Schweigepflicht. Trotzdem kriege ich das nicht zusammen. Aber gut, ich bin gewarnt, *strange* kam er mir sowieso schon die ganze Zeit vor. Ich gehe dann mal wieder hinein. Vielleicht können wir heute Abend noch mal sprechen? Okay, Alwa. Danke!«

Wally kehrte ins Café zurück und setzte sich. »Sie können Feierabend machen, Herr Kabbelau«, sagte sie. »Frau Doktor Möwes ist auf dem Weg hierher, wir haben etwas wegen meines Führerscheins zu besprechen. Sie wird mich dann nach Hause bringen. Stellen Sie den Wagen vor die Garage und werfen Sie den Schlüssel in den Briefkasten, wenn niemand zu Hause sein sollte.«

»Und was ist mit morgen Mittag?«, fragte Herr Kabbelau devot.

»Das hat sich erledigt.« Theodore Kabbelau stand auf. Er verbeugte sich kurz Richtung Carl. »Alles Gute für Sie«, sagte er. »Einen guten Flug, eine angenehme Reise.« Carl nickte dankend.

»Ich erwarte dann also Ihren Anruf wegen nächster Woche, Frau Gräfin.« Herr Kabbelau reichte Wally die Hand. Wally nickte, allerdings sehr gräflich, und Theodore Kabbelau verließ linkisch das Café. Wally beugte sich zu Carl. »Weißt du, was die Möwe mir gerade erzählt hat? Mein lieber Theodore Kabbelau ist der Mann, der unserer elitären Frau Müller die dicke Backe beschert hat. Was sagst du nun?«

Carl blickte verständnislos.

»Jetzt tu nicht so begriffsstutzig. Die Müller hatte doch am Sonntag die geschwollene Backe. Ich habe sie sogar noch, sehr zum Unmut von Dave, darauf angesprochen. Erinnerst du dich? Das war auch ein Teil unserer Auseinandersetzung, weil ich mich immer in alles einmische, wie Dave mir vorwarf. Na ja – egal. Jetzt ist mir natürlich klar, wieso die gestern fast kollabierte, als Herr Kabbelau mit meiner Handtasche erschien.«

»Aber was hat denn Patricia Müller mit Herrn Kabbelau zu tun?«

»Genau das ist die Frage. Alwa wollte mir keine Einzelheiten erzählen. Das verträgt sich nicht mit ihrer anwaltlichen Schweigepflicht. Frau Müller ist wohl inzwischen eine Mandantin von ihr. Und hinter deren vornehmtuerischen Maske scheint einiges nicht so ganz koscher zu sein. Alwa hat jedenfalls unmissverständlich angedeutet, dass der Kabbelau etwas mit dem Milieu zu tun hat. Das hat Dave auch schon vermutet. Mein Gott, ich muss bei Dave Abbitte leisten. Jetzt stell dir das doch bitte mal vor: Ich lasse meine Kinder in die Nähe eines *Kriminellen*!« Wally wackelte hektisch mit dem Kopf. »Ohne Führerschein zu sein, ist wirklich ein Desaster. Gottverdammte Abhängigkeit!«

»Wie wäre es, wenn du Moritz fragst?«

»Moritz? Wieso?«

»Wally, eben hast du vorgeschlagen, ich könnte unter anderem mit Moritz' Hilfe das Café geöffnet halten. Genauso gut könntest du ihn fragen, ob er dich fährt. Zumindest vorübergehend, bis du jemanden gefunden hast.«

»Hervorragende Idee, Charlie! Wenn du ihn nicht brauchst ... Wo ist er denn eigentlich?«

»Er hat heute seinen freien Tag.«

Eine Gruppe Halbwüchsiger drängte zur Tür herein, und Carl war für einige Minuten mit Servieren beschäftigt. Frau Ernert aus der Beletage erschien. Sie kam offensichtlich frisch vom Friseur. Ihre Haare schimmerten zartlila. Und ein süßliches Parfüm umwehte sie. Wally rauchte hektisch und holte sich bei Carl am Tresen ein weiteres Glas Rotwein.

Und dann betrat Patricia Müller zusammen mit Sebastian Palmer das Café. Sebastian strahlte, als er Wally sah. »Gräfin von Wanecke«, rief er und stürmte auf sie zu. »Wie schön, Sie zu sehen!« Wally erwiderte die Begeisterung mit einem kleinen Lächeln. Wirklich unglaublich, wie gut dieser Junge aussieht, dachte sie, aber was hat diese Müllerschnepfe mit dem zu schaffen?

»Dürfen wir uns zu Ihnen setzen, Frau Gräfin?«, fragte Sebastian. »Wally reicht«, entgegnete Wally mit einer vagen Geste. Die beiden setzten sich. Patricia gab ein knappes »Guten Tag« von sich. Wally erwiderte den Gruß ebenso knapp. Dann lehnte sie sich zurück und betrachtete Patricia. Kritisch. Aufdringlich. Forschend. Heute trug Patricia einen matt glänzenden, dunkelgrauen Hosenanzug (Kaschmirseidengemisch, vermutete Wally) mit Weste, dazu ein weißes Seidenhemd und eine giftgrüne Seidenkrawatte. Genau im Ton ihrer Augen. Wally betrachtete kurz ihre alte Hose, den aus der Form gegangenen, grauen Wollpullover über dem T-Shirt. Indessen drapierte Patricia ihren grau-grünen Kaschmirschal sorgfältig hinter sich auf der Stuhllehne und bat Wally um eine Zigarette. Wally deutete auf die Packung. Patricia nahm sich eine Zigarette, und Sebastian gab ihr Feuer. Carl brachte unaufgefordert zwei Rauenthaler mit Eis und Zitrone.

»Kommt Alwa auch?«, fragte er.

»Nein«, erwiderte Sebastian bedauernd. »Alwa musste noch zum Flughafen. Eine Asylrechtssache. Sie war ziemlich aufgebracht. Sie ist ja so eine engagierte Anwältin.«

Das klang nach Besitzerstolz, und Wally fragte sich, wieso Sebastian diese Müller begleitete. Wieder wurde Patricia kritisch beäugt. Unglaublich, was für eine Haut die hatte. Samtig schimmernd, ebenmäßig glatt, scheinbar ohne Poren. Wally schoss die Frage in den Kopf, ob sie jetzt endlich, wie sie es schon so lange vorhatte, ihre Augenpartie straffen lassen sollte. Genau in diesem Moment sagte Patricia: »Was machen Sie eigentlich gegen Ihre Falten, Wally?« Wally war perplex. »Beten«, entgegnete sie schroff und setzte hinzu: »Und Vaginalcreme.« Patricia lachte entzückt auf. »Das ist gut. Das muss ich mir merken. Aber jetzt im Ernst: Sie sind doch schon über vierzig … Nein, wirklich, großes Kompliment!«

Sebastian mischte sich ein. »Ich gebe Patricia recht«, sagte er. »Sie sehen blendend aus, Wally. Ich bin seit Neuestem nur noch von schönen Frauen umgeben. Und Alwa ist für ihr Alter eine echte Sensation.«

Carl, der gerade den Aschenbecher auswechselte, beteiligte sich unerwartet an dem Gespräch: »Ich habe auch heute Nacht vor dem Spiegel gestanden und Bestandsaufnahme gemacht.«

»Du? Du bist doch sowieso ohne Alter«, sagte Patricia. »Du siehst einfach fantastisch aus. Mehr als Mitte fünfzig würde dir doch niemand geben.«

»Danke.« Carl freute sich sichtlich über das Kompliment und wünschte sich, Josie sähe das genauso. Was hat die Müller vor, dachte Wally, wieso meint sie auf einmal, Freundlichkeiten verbreiten zu müssen, die Schlange?

»Carl strahlt heute, als hätte ihn das Glück geküsst«, sagte Sebastian, als Carl wieder zum Tresen ging.

»Er fliegt morgen nach Kanada«, erklärte Wally. »Er trifft seine Frau wieder. Nach sechzehn Jahren.«

»Wie?«, sagte Sebastian. »Er hat seine Frau sechzehn Jahre nicht gesehen?«

»Das Thema hatten wir schon mal«, ließ Patricia vernehmen. Sie bedachte Wally mit einem arroganten Blick, um gleich darauf Sebastian viel zu reizend anzulächeln.

»Egal«, sagte Wally, und das hörte sich ohne das obligatorische »Na ja« sehr endgültig an. Sie griff nach ihrer Tasche und stand auf. Gleichzeitig wählte sie die Nummer zwei, drei, null, null, drei, drei auf ihrem Handy. »Einen Wagen zum Café Carl. Danke.« Wally verabschiedete sich sehr freundlich von Sebastian, deutlich weniger freundlich von Patricia, ging zum Tresen, redete auf Carl ein bis ihr Taxi vor dem Café hielt und sagte dann: »Sorry, Charlie, aber ich muss hier weg. Wir telefonieren später noch mal. Es gibt ja noch einiges zu besprechen, bevor du morgen fliegst.«

Carl umarmte sie. »Ich rufe dich an, sobald ich hier zugemacht habe. Grüße Dave.«

»Mache ich.« Wally eilte davon. Nachdem auch Frau Ernert gegangen war, verkündete Carl den verbliebenen Gästen, es tue ihm leid, aber er müsse heute früher schließen. Er kassierte an den verschiedenen Tischen. Die jungen Leute schwirrten hinaus. Sebastian und Patricia umarmten Carl und wünschten ihm alles Gute. Carl schloss die Tür hinter ihnen ab, räumte das Geschirr zusammen, machte die Kaffeemaschine aus, löschte die Lichter und ging nach oben. Er telefonierte mit Moritz und Isolde. Informierte sie über seine Reisepläne. Gab Moritz die Nummer von Wally mit dem Hinweis, die brauche vermutlich jemanden, der sie fahre. Dann schrieb er einen Zettel. Ging noch einmal ins Café hinunter. Klebte den Zettel mit vier Tesafilmstreifen in Augenhöhe an die Eingangstür. Stieg die Treppe wieder hinauf, schellte in der Beletage bei Frau Ernert. Gab ihr einen Schlüssel fürs Café und forderte sie auf, die Lebensmittel in Küche und Kühlschrank für sich zu nutzen. Erklärte ihr kurz, wieso er so überraschend fortfuhr, und stürzte Frau Ernert in große Aufregung. Das alles hätte sie ja gar nicht gewusst. Er habe eine Frau? Eine Ranch in Kanada. Er sei ja wirklich ein Geheimniskrämer. Nun lebe man schon so lange unter einem Dach. Aber das sei natürlich seine Privatsache. Und er sei ja auch nicht verpflichtet, Rechenschaft abzulegen. Und doch – sie seien schließlich schon so lange Nachbarn. Ihre frischen Löckchen zitterten vor Erregung, genauso wie ihr fleischiges Kinn. Aber sie werde gern ein Auge auf alles haben. Auch auf die Putzfrau. Wer denn außer der und ihr noch einen Schlüssel fürs Café habe? Sie müsse doch wissen, wer während seiner Abwesenheit Zutritt habe und wer nicht. Aha, also der Moritz und die Isolde. Gut. Sie schwoll an vor Wichtigkeit und war wieder versöhnt. Sie verabschiedeten sich herzlich und mit vielen guten Wünschen. Dann packte Carl seinen Koffer. Er bestellte ein Taxi für die Fahrt zum Flughafen am nächsten Morgen. Dann rief er in Kanada an und informierte Mike über seine Reisedaten. Mike versprach, den Flug von Vancouver zur Ranch zu organisieren. Das Wetter sei immer noch günstig. Klar und kalt. Es sei kein Schneefall angekündigt. Dann das Wichtigste: Josie schlafe schon wieder. Eigentlich immer noch. Sie habe zwar zwischendurch ab und an einen Tee getrunken, aber weder gegessen noch gesprochen. Mike war bemüht, die Sorge in seiner Stimme zu verbergen, aber Carl hörte die Nuancen. Er fragte, ob sie Josie gesagt hätten, er sei auf dem Weg. Mike verneinte. Er habe sich lange mit Alice beraten, und sie seien beide der Meinung, dies würde Josie unnötig aufregen. Mit einem Seufzer voller Sorge, Sehnsucht und Vorfreude beendete Carl das Gespräch. Kaum hatte er aufgelegt, rief Wally an. Sie mutmaßten gemeinsam eine Weile über Josies Zustand, kamen aber zu keinem Ergebnis. Wally betonte immer wieder, alles werde gut, das spüre sie ganz deutlich. »Mein Gott, Charlie«, seufzte sie dann, »du wirst mir fehlen.«

»Ist es überhaupt richtig hinzufahren?«, fragte Carl plötzlich verzagt.

»Natürlich ist das richtig, Charlie«, erwiderte Wally mit Nachdruck. »Alwa sagte vor kurzem, es herrsche derzeit eine Saturnkonstellation, die alles Ungeklärte klären hilft. Jedenfalls in den wesentlichen Dingen. Und deine ganz ohne Zweifel wesentliche Beziehung zu Josie ist bisher – *seit sechzehn Jahren* – ungeklärt. Ach, Charlie, ich liebe dich«, setzte sie in einem Gefühlsüberschwang hinzu. »Ich liebe dich auch, Wally«, erwiderte Carl. Noch einmal wurden gute, beste, allerbeste Wünsche ausgetauscht, und nachdem Wally ein finales *Alles wird gut* zum Besten gegeben hatte, lösten die beiden sich endlich voneinander.

2. Teil

28. HEILIGABEND. WALLY HATTE IHRE FAMILIE UM sich geschart. Auch ihre Mutter Josefa und deren Lebensgefährte und baldiger Gatte Alfons Klagenberger waren da. Das Kindermädchen hatte frei. Ein bunt geschmückter Tannenbaum nahm ein knappes Drittel des Wohnzimmers ein. Der Raum schwamm in Kerzenlicht. Goldene Monde, Sonnen, Posaunenengel und Mistelzweige hingen an den Wänden. Die Tafel versank unter Familienporzellan, Kristallgläsern, Kerzenleuchtern, silbernen Papiersternen und Tannengrün. Wally hatte gekocht. Das geschah äußerst selten, aber wenn es geschah, dann war es eine Sensation, wie alle immer wieder versicherten. Es gab eine doppelte Rinderconsommé mit selbst gemachten Markklößchen, die von Josefa mit eifersüchtiger Begeisterung kommentiert wurden. Wo hatte Wally das Rezept her? Von ihr jedenfalls nicht. Ihre Markklößchen seien immer zu weich und fielen in der Brühe auseinander, oder aber zu hart. Diese indessen seien einfach perfekt. Josefa, eine resolute, mittelgroße, schlanke, gepflegte Dame, wollte sich ob dieser Meisterleistung gar nicht mehr beruhigen. Dazwischen flirtete sie schamlos mit Dave. Sie mochte ihren zukünftigen Schwiegersohn sehr, obwohl sie immer noch nichts von der bevorstehenden Eheschließung wusste. Wally hatte alle angehalten, der Mammi auf keinen Fall von der Hochzeit, in der vergangenen Woche aufgrund umständlicher Berechnungen zusammen mit Alwa für den neunzehnten Februar festgelegt, zu erzählen. Sie hatte auch Alwa und Sebastian einladen wollen. Als Alwa ihr aber sagte, sie werde sich an Weihnachten um Patricia Müller (die von Wally nur noch als die Müllerin oder die Dummschnepfe bezeichnet wurde) kümmern, der gehe es nicht gut, hatte sie ihre Einladung wieder zurückgezogen. Die wollte sie auf keinen Fall bei sich zu Hause haben. Als sie bei dieser Gelegenheit fragte, was da eigentlich zwischen der Müllerin und dem Sebastian abgehe, ob Alwa nicht beunruhigt sei, hatte Alwa gelacht. Sebastian möge Patricia – das sei alles. Im Übrigen sei Sebastian so hingerissen von ihr, Alwa, so eine Hingabe habe sie noch nie bei einem Mann erlebt. Das sah Wally zwar auch so, sie blieb aber skeptisch. »Sei bloß auf der Hut. Die Müllerin ist eine Schlange«, sagte sie.

Mithilfe von Moritz hatte sie die Fahrdienste von Theodore Kabbelau drastisch reduzieren können. Aber Herr Kabbelau erwies sich als anhänglich. Zweimal täglich, mindestens, rief er an und fragte, ob er etwas für die Gräfin tun könne. Wally wand sich jedes Mal. Er hatte sich ihr gegenüber stets freundlich und zuverlässig verhalten, hatte sich sogar um das Herbeischaffen des Tannenbaums gekümmert und ihn in den Ständer eingebaut. Eine Arbeit, die Wally hasste und Dave jedes Jahr aufs Neue überforderte. Wenn da nicht die Kinder wären, sie hätte eigentlich kein Problem mit Theodore Kabbelau. Na ja – egal. Sie musste sowieso für das kommende Jahr neu planen. Ihre Blutwerte (mit und ohne Berücksichtigung des Nachtrunks) lagen zwischen 1,1 und 1,3 Promille. Das konnte laut Alwa einen Führerscheinentzug von einem ganzen Jahr bedeuten. Eine Horrorvorstellung.

Nach der Suppe gab es geräucherte Forellenfilets, Lachstatar und dicke rotglänzende Forelleneier. Dazu verschiedene Soßen und frischen Apfelkren – das alles hatte Wally bei ihrer Metzgersfrau bestellt. Aber diese Tatsache behielt sie für sich. Dann kam die Gans, knusprig und dampfend, ebenfalls eine Meisterleistung, mit geschmortem Sauer- und Rotkraut, Maronen, Klößen und einer köstlichen Soße. Diverse Käse folgten. Espresso und Torte (auch gekauft). Die Konditorei Amendt hatte sie nach ihren Wünschen mit einem zauberhaften Weihnachtsmotiv verziert. Keiner brachte es übers Herz, das Kunstwerk anzuschneiden.

Nach dem Essen sagten Max und Lilli Gedichte auf. Max mit Andacht und Freude an seiner eigenen Leistung, Lilli nachlässig und zappelig, unentwegt nach den Geschenken schielend. Dann wurden Weihnachtslieder gesungen. Wally empfand diesen Vorgang schon seit Jahren als Zumutung, aber Josefa bestand darauf, als hinge das Wohl des Vaterlandes davon ab. Endlich durften die Kinder ihre Päckchen öffnen. Max verschwand für den Rest des Abends in einem dicken Kinderlexikon, das Alfons ihm geschenkt hatte. Mit nichts konnte man Max so glücklich machen wie mit gedrucktem Wissen. Lilli hatte sich für jedes Geschenk so lange begeistert, bis das nächste ausgepackt war. Seitdem es nichts mehr auszupacken gab, lag alles unbeachtet herum, und sie selber schwirrte, hüpfte, flatterte in ständig wechselnden Verkleidungen durchs Zimmer, um so viel Aufmerksamkeit wie irgend möglich auf ihre Person zu lenken. Dave steckte Wally verstohlen einen breiten Goldring mit einem gelben Saphir an den Finger. »Dein Verlobungsring«, flüsterte er ihr ins Ohr. Wally weinte vor Rührung. Sie hatte für Dave, Sternzeichen Widder, in der Behindertenwerkstatt in der Adlerflychtstraße eine Skulptur anfertigen lassen. Ein gehörntes Tier aus grünlichem Speckstein, das von Kaninchen bis Wolpertinger so ziemlich alles darstellen konnte. Mit viel Fantasie sogar einen Widder. Ungefähr dreißig Zentimeter hoch. Und wunderschön, wie alle fanden. Sogar Dave, der noch größere Schwierigkeiten hatte, beschenkt zu werden, als selbst zu schenken. Josefa verteilte wie üblich die zurzeit gängigen Bestseller. Alfons schenkte Wally und Dave eine CD-Sammlung mit klassischer Musik. Josefa und Alfons hatten klargemacht, sie erwarteten keine Geschenke. *In unserem Alter hat man alles und braucht nichts mehr*. Die Kleinen hatten Bilder gemalt, die bei Josefa im Müll landen und bei Alfons gerahmt im Flur hängen würden. Della war sichtlich aus dem Häuschen über den Gutschein für ihren Führerschein, an dem sich alle finanziell beteiligt hatten. Man trank reichlich. Und als Wally und Josefa sich irgendwann in den Armen lagen, stand Della auf und erklärte, sie ginge noch auf eine Fete. »Ausgerechnet Heiligabend«, rief Wally entrüstet und erhielt als Antwort: »Gerade Heiligabend, Mama.« Della verließ das Haus in einem knöchellangen dunkelvioletten Samtcape, das unangenehm nach Flohmarkt müffelte. Was sie darunter trug, wollte Wally lieber gar nicht wissen. Sie brachte die Kleinen ins Bett. Josefa, Alfons, Dave und Wally verbrachten noch zwei Stunden in sorgenvoller Diskussion über Dellas Zukunft, die insbesondere Josefa als gar nicht rosig ansah, und die bevorstehende Hochzeit von Josefa und Alfons, die in kleinem Kreise stattfinden sollte. Wally und Dave sahen sich immer wieder bedeutungsvoll an, bewahrten aber ihr Geheimnis. Wally freute sich besonders, als ihre Mutter verkündete, sie sei eine altmodische Frau und werde deshalb den Namen Klagenberger annehmen, auch wenn es natürlich um ihren Adelstitel schade sei. Wally triumphierte innerlich. *Sie* würde ihren Titel nicht verlieren, sondern demnächst einen Grafen an ihrer Seite haben. Ihrer Meinung nach saß der Name Klagenberger bei Josefa voll in der Zwölf. Josefa *Klagenberger*. Ironie des Schicksals. Dann ließen Josefa und Alfons ein Taxi kommen. Wally und Dave tranken noch eine Flasche Rotwein und gingen gegen halb drei erschöpft ins Bett. Wally war sogar zu erschöpft, Dave zu verführen, so wie sie es seit seinem Heiratsantrag jede Nacht gemacht hatte.

In Alwas Wohnung hingen drei große Christbaumkugeln an breiten Seidenbändern über dem Tisch, und eine Bodenvase war mit Tannenzweigen geschmückt. Mehr Weihnachtliches gab es nicht. Allerdings auch hier jede Menge Kerzenlicht. Beim Fondue klagte Alwa über Rückenschmerzen. Sie habe ein LWS-Syndrom, sagte sie, und lachte sich halb tot, als sie Patricia und Sebastian erklärte, LWS sei nicht nur die Bezeichnung für die Lendenwirbelsäule, sondern stehe auch als Kürzel für *Love with Sebastian* in ihrem Kalender. Und der Zusammenhang sei ja wohl eindeutig. Patricia wurde rot. Sebastian grinste und kündigte für später eine Entspannungsmassage an, was Patricia noch mehr erröten ließ. Alwa fiel Wallys Bemerkung bezüglich der Schlange ein. Sie war auch leicht ungehalten, weil Patricia in ihrem Entschluss, sich von ihrem Mann zu trennen, schwankte. Immer wieder hatte Alwa sie davon zu überzeugen versucht, die Trennung sei die einzige Lösung. Aber Patricia meinte auf einmal, sie liebe ihren Mann doch zu sehr, sei durch die illegale Goldschmelzerei auch zu eng mit ihm verbunden und wolle noch einmal den Versuch unternehmen, ihre Ehe zu retten und ihren Mann auf den Pfad der Tugend zurückzuführen. Sie sagte sogar, das sei ein Teil ihrer Sühne gegenüber ihren Eltern. Alwa indessen hörte aus alldem nur eins heraus: Patricia hatte Angst. Angst vor ihrem Mann. Und Angst vor einem Leben ohne ihn. Verfluchte Abhängigkeit, in die Frauen sich immer wieder begaben! Alwa würde das nie wieder tun. Manuel hatte sich nicht gemeldet, noch nicht einmal jetzt zu Weihnachten. Sie war geneigt, ihn endgültig abzuschreiben, stattdessen Sebastians Liebe zu genießen und vielleicht sogar wirklich ein Kind von ihm zu bekommen. Sie fühlte sich schon fast ein wenig schwanger, obwohl das natürlich Unfug war.

»Alwa«, sagte Sebastian, nachdem sie den Tisch abgeräumt hatten. »Zeig uns doch mal ein paar alte Fotos von dir. Ich würde zu gerne wissen, wie du ausgesehen hast, als du noch jung warst.«

»Hört sich an, als ob ich inzwischen eine Oma wäre«, entgegnete Alwa. Sie griente schief, stand aber auf, ging zum Bücherregal und nahm ein paar Fotoalben heraus. Alle drei rückten auf dem Sofa zusammen, Alwa in der Mitte. Sie schlug das erste Album auf. Alwa als Baby auf dem Arm ihres Vaters. Alwa als Zweijährige im feinen Kleidchen und geknöpften Schühchen mit einem zerrupften Teddybär im Arm. Alwa mit der Schultüte. Alwa mit wehenden Haaren auf der Rutschbahn. Alwa auf einem Pony. Alwa in der Tanzstunde. Alwa im knielangen Schottenrock mit Twinset und Perlenkette vor einer Gartenlaube. Alwa beim Minigolf. Alwa auf Klassenfahrt in London. »Da warst du noch nicht einmal geboren«, sagte sie zu Sebastian. Ein leichter Vorwurf lag in dieser Aussage. Alwa beim Abitur, im dunkelblauen Hänger mit weißem Spitzenjabot brav vor dem Oberschulrat stehend. »*Niemals werden wir stranden* – dieses Motto hat der gute Mann uns damals mit auf den Weg gegeben«, erzählte sie lachend. »Werde ich nie vergessen. Ein Abitur mit Oberschulrat war Stress, aber auch etwas ganz Besonderes.« Sie blätterte weiter, erklärte, erzählte kleine begleitende Anekdoten. Patricia und Sebastian lachten, fragten und kommentierten.

»So«, sagte Alwa und griff zum nächsten Album. »Jetzt komme ich langsam in die Jahre.« Ironischer Seitenblick auf Sebastian. »Hier bin ich auf Mallorca. In Cala Santany. Da war ich neunzehn. Meine erste Reise mit Manuel.« Die Fotos zeigten Alwa schlank, schön und braun gebrannt im Bikini. »Und hier … Gott, war das süß! Ich hatte in diesem Urlaub einen heißen Verehrer. Schaut mal, hier sitzt er im Liegestuhl und hat meine Sonnenbrille auf der Nase. Ein kleiner Engländer. So zweieinhalb, vielleicht drei Jahre alt. Der war total in mich verschossen und hat mir, aufgrund meiner hellen Haare nehme ich an, den Titel *White Lady* verliehen. Immer wenn er mich sah, ging die Sonne in seinem Gesichtchen auf, und er sagte so goldige Sachen wie: *White Lady is going to sleep now? Yes? And then come back and see you again tomorrow*. Und dazu hat er immer eifrig genickt. Das ging über mindestens zehn Tage. Am Abend vor unserer Abreise hat seine Mutter ihm erklärt … guckt hier, das ist die Mutter … also, sie sagte zu ihm: *White Lady is going home with a jet-*

plane tomorrow, so you have to say goodbye to her. Und dann hat er mich wieder angestrahlt und genickt und gesagt: *Yes, yes. White Lady is going home with a jetplane. And then come back and see you again tomorrow.*«

»Ist das niedlich«, sagte Patricia.

»Ja«, sagte Alwa.

Sebastian sagte nichts. Er hatte seinen Zopf über die Schulter gezogen und betrachtete angestrengt die Haarspitzen.

»Findest du das nicht auch niedlich, Sebastian?«, fragte Patricia.

»Ja, sehr«, sagte Sebastian. »Der kleine Engländer bin nämlich ich.«

»*Was?*«, riefen Patricia und Alwa wie aus einem Mund.

»Ja, das bin ich. Und das ist meine Mutter, die heute noch fast genauso aussieht. Nur um die Mitte herum ist sie inzwischen etwas fülliger.« Er deutete auf die Fotos. »So, Alwa«, sagte er dann und zog sie an sich. »Und nun wissen wir auch, wieso ich vom ersten Augenblick an das Gefühl hatte, dich zu kennen.« Alwa begann schallend zu lachen. »Natürlich«, rief sie. »Jetzt erinnere ich mich. Der kleine Engländer hieß wirklich Sebastian. Das gibt's doch gar nicht.« Sie schüttelte den Kopf. »Solche Geschichten kann sich nur das Leben ausdenken. Der kleine Verehrer von damals entpuppt sich als der große Liebhaber von heute.«

»Kein Wunder, dass mir im Café Carl das Herz fast stehen blieb, als ich dich *erkannte*, Alwa.« Sebastian griff sich mit großer Geste ans Herz. »Dabei kann ich mich nicht einmal an diesen Mallorcaaufenthalt erinnern. Das Einzige, was Eindruck bei mir hinterlassen hat, war der Flug. Ich soll danach immer wieder gefordert haben: *Basty fly again.* Da habe ich in so jungen Jahren bereits meine große Liebe getroffen und sie sogar mit einem absolut treffenden Kosenamen bedacht ... *White Lady* ... Genau das bist du, Alwa.« Alwa lächelte versonnen. »Was denkst du?«, fragte Patricia.

»Ich weiß nicht recht«, erwiderte Alwa. »Karmisch ist das auf jeden Fall. Solche Zufälle gibt es nicht. Das ist von oben geführt. Oder, um es anders zu sagen: Der Himmel hat hier die Regie übernommen. *Die Jungs* da oben haben nämlich andere Zeitmaßstäbe als wir hier unten. Zwanzig Jahre mögen uns im Hinblick auf unser Leben lang erscheinen. Für die da oben sind sie ein Klacks.«

»Aber es *hat* etwas zu sagen.« Sebastian nahm Alwas Hände und küsste sie.

»Fragt sich nur, was.« Alwa zog ihre Hände zurück.

»Wir heiraten, Alwa. Wenn der Himmel uns zusammengeführt hat, dann dürfen wir ihm nicht ins Handwerk pfuschen.« Alwa antwortete nicht. Sie stand auf und ging ins Bad.

»Kommt, wir gucken weiter. Vielleicht gibt es ja noch mehr Überraschungen«, sagte Patricia, als Alwa wiederkam. Aber wie sie es sagte! Es klang so drängend, als suchte sie nach einem Fluchtweg. Auf alle Fälle ist es ein Ablenkungsmanöver, schoss es Alwa durch den Kopf. Aber warum? Und wovon? Alwa setzte sich wieder zwischen Sebastian und Patricia, zog das Album auf ihren Schoß und blätterte weiter. Es kamen aber keine weiteren Überraschungen. Alwa brach die Fotosession kurz darauf abrupt ab. Sebastian blähte sich vor Glück und trank zu viel. Alwa war nicht ganz so glücklich, trank aber auch reichlich. Patricia wirkte geistesabwesend, trank wenig und verzog sich eine Stunde später ins Gästezimmer. Sie wolle die Entspannungsmassage für Alwa nicht unnötig hinauszögern, sagte sie. Den Hauch Feindseligkeit, der in ihren Worten mitschwang, führte Alwa auf ihre nervliche Anspannung zurück. Die wundersame Wirkung des Alkohols trieb auch Alwa und Sebastian kurz darauf ins Bett.

Bei Jürgen und Jürgen im Loft auf der Hanauer Landstraße hatten sich all die eingefunden, die keine Lust oder keine Gelegenheit hatten, Heiligabend innerhalb ihrer Familien zu feiern. Es war eine unübersehbare Menge Menschen, die überwiegend aus Männern bestand. Aufsehen Erregendes gab es von hier nicht zu berichten. Es wurde getanzt, getrunken, gekichert, geflirtet, geknutscht, getuntet. Nur der spontane Striptease von Jürgen dem Kleineren, der gegen halb sechs Uhr morgens stattfand, ist vielleicht erwähnenswert. Jürgen fiel nämlich mitten in einer eher mittelmäßigen Vorführung, die jedoch von allen beklatscht und bejubelt wurde, vom Tisch und wurde halb bewusstlos ins Bett gebracht. Davon ungerührt feierte der Rest bis sieben Uhr am Morgen weiter, bevor sich Jürgen der Größere neben seinen Partner legte und die Gedanken an das später zu beseitigende Chaos zu verdrängen suchte.

Das Café Carl war zum Bedauern vieler Stammgäste – Carl hatte in den letzten Jahren an diesen emotional kritischen Tagen mehr aus Eigennutz denn aus Wohltätigkeit für eine sehr schöne, stimmungsvolle Atmosphäre gesorgt – immer noch geschlossen. Der Zettel an der Tür informierte darüber, dies würde aus dringenden familiären Gründen auf unbestimmte Zeit so bleiben.

Auch die Beletage blieb dunkel. Frau Ernert ließ sich von einer Freundin überreden, mit ihr über die Feiertage in den Harz zu fahren. In der Pension, in der sie übernachtete, lernte sie zu ihrem Entzücken Carls Mutter kennen. Die beiden verstanden sich auf Anhieb und hatten sich viel zu erzählen. Besonders über ihre Söhne.

Der unscheinbare Sohn von Frau Ernert war schon vor zwei Wochen nach Phuket geflogen. Das war seit einigen Jahren seine Standardreise. Weihnachten/Silvester brauche er für vier Wochen die Wärme, wie er sagte. Alle außer seiner Mutter vermuteten andere Motive. »Wirklich«, hatte Jürgen der Kleinere gesagt. »Also, wenn das zu einem passt, dann zu dem. Der ist ja dermaßen verklemmt und genau der Typ Mann, der anders nicht klarkommt. Schon gar nicht mit ganz normalen Frauen. Es würde mich nicht wundern, wenn der demnächst so eine asiatische Tussi anschleppt und sie sofort heiratet.« Selbst Carl hatte manchmal die Vermutung, die Stimmungsschübe und die wechselnde körperliche Befindlichkeit des jungen Herrn Ernert könnten irgendwie mit seinem Liebesleben zusammenhängen.

Günter Döpf hatte eine Einladung von Margarete Öpf angenommen. Sie befanden sich in Portugal, nahe der spanischen Grenze, in der Nachbarschaft eines faszinierenden Naturschutzgebiets, wo Margaretes Schwester mit ihrem Mann ein sehr schönes Haus besaß. Da sie nicht die einzigen Gäste waren, hatten Günter und Margarete zusammen in einem Zimmer ihre Zelte aufschlagen müssen. So Margaretes sinniger und, wie sie hoffte, neutralisierender Kommentar zu dieser Situation, die sie im gleichen Maße beunruhigend wie reizvoll fand.

29. UND NOCH EINMAL HEILIGABEND. MIKE UND Alice, Josie und Carl saßen nach dem Essen am Kaminfeuer. Gäste gab es zu dieser Jahreszeit nicht auf der Ranch. Nur im Cabin unterhalb des Haupthauses brannte Licht. Dort wohnte John mit seiner Frau Caroline. Die beiden waren für Mike und Alice das, was diese früher für Carl gewesen waren. Seit Carls Ankunft vor gut vierzehn Tagen war viel Bewegendes geschehen und viel Bewegendes besprochen worden. Als Carl an jenem Sonntag bei strahlendem Sonnenschein gegen Mittag mit der kleinen Cessna auf dem *Air Strip* gelandet war, stand Josie an der Piste. Sie trug derbe Hosen, Stiefel und eine dicke Jacke mit fellbesetzter Kapuze, in der ihr Gesicht fast verschwand. Carl flatterten die Knie, als er die Treppe des kleinen Flugzeugs herunterstieg. Josie umarmte ihn stumm. »Josie, Josie«, murmelte Carl in ihre Kapuze. Sie streifte die Handschuhe ab und legte zärtlich, wenn auch ein wenig zaghaft, ihre Hände um sein Gesicht. »Carlos … gracias a Dios« waren ihre einzigen Worte. Dann trat Mike zu ihnen. Auch er umarmte Carl, nahm ihm das Gepäck ab, und alle drei stiegen in den Wagen. Carl kämpfte mit den Tränen, als sie durch den Wald zur Ranch hinunterfuhren. Die sechzehn Jahre haben nichts verändert, dachte er. Aber dann schob Josie die Kapuze vom Kopf, und sein Herz begann zu hämmern. Ihre Haare waren schneeweiß. Carl fühlte, wie eine Woge der Zärtlichkeit durch seinen Körper flutete. Beim Anblick des Haupthauses wurde seine Atmung flach. Alice, auch grau geworden, zog ihn an sich. »Willkommen zu Hause«, sagte sie schlicht, als sei er nicht sechzehn Jahre, sondern nur ein paar Wochen fort gewesen. Im Haus setzten sich alle vier an den alten Holztisch. Alice hatte Tee gekocht und einen Kuchen gebacken. »Du siehst gut aus, Carl«, sagte sie. »Die Zeit hat dir nichts anhaben können.« Josie nickte zustimmend. Carl blickte sie zum ersten Mal offen an. Ihre blauen Augen strahlten. Die weißen Haare stehen ihr verdammt gut, fand er. Und trotz der Fältchen um Augen und Mund sieht sie aus wie ein Mädchen.

»Du bist so braun«, sagte er.

»Ich komme aus der Südsee«, erwiderte Josie leise.

»Mike hat das Cabin unten am Fluss für euch hergerichtet«, sagte Alice, um dem Moment die Befangenheit zu nehmen. Aber vielleicht seid ihr lieber hier bei uns im Haupthaus …?«

»Ich – äh –« Carl brach ab.

»Wir wohnen hier«, sagte Josie. »Es gibt nichts, was ich nicht mit meinen Freunden teilen könnte.« Alice war verblüfft. Zum ersten Mal seit ihrer Ankunft, hatte Josie mehr als einen sachlichen Kommentar oder Höflichkeitsfloskeln von sich gegeben.

»Carlos bekommt sein Zimmer, und ich ziehe nach oben«, sagte Josie.

»Nein«, sagte Carl. »Ich ziehe nach oben.«

»Wie ihr wollt.« Alice bemühte sich, nicht zu grinsen. Ja, was wollen wir eigentlich, fragte Carl sich. Was will Josie? Was will ich? Auf der Stelle mit ihr ins Bett, flüsterten ihm Herz und Lenden zu. Sie ist mir so unglaublich vertraut. Ich möchte sie in meine Arme nehmen, küssen, in sie hineinkriechen.« »Ich ziehe nach oben«, erklärte Josie noch einmal mit Nachdruck. »Carlos bekommt sein Zimmer. Die paar Sachen, die ich habe, sind mit einem Griff raufgebracht.« Sie stand auf.

»Ich helfe dir«, sagte Alice und stand ebenfalls auf.

»Gut«, sagte Mike. »Dann helfe ich Carl mit seinem Gepäck. Und beziehe in seinem Zimmer das Bett frisch.«

»Das ist nicht –« Carl biss sich auf die Lippe. Alice grinste. Diesmal ohne den Versuch zu unternehmen, dies zu verbergen. »Was meinst du, Carl?«

»Das kann ich selbst machen.«

»Ah ja«, sagte Alice und verließ mit Josie den Raum. Nachdem alle Zimmer hergerichtet waren, entschuldigte sich Josie mit den Worten: »Seid mir nicht böse, wenn ich mich zurückziehe. Ich bin todmüde.«

»Wie ist es mit dir, Carl?«, fragte Alice. »Auch müde?«

Carl schüttelte den Kopf. »Ich möchte über die Ranch gehen und mir alles ansehen. Kommst du mit, Mike?«

Mike nickte. »Natürlich. Aber viel hat sich hier nicht geändert. Das sage ich dir gleich.«

Die beiden Männer zogen sich Jacken über und stapften in den Schnee hinaus. Alice ging in die Küche, um das Abendessen vorzubereiten. Sie hatte Carls Rührung gespürt. Sie hatte gesehen, wie er mit sich gekämpft hatte, als es um die Zimmerfrage gegangen war. Sie hatte sich über Josies Entschiedenheit gewundert. Und sie fragte sich, was nun mit den beiden geschehen würde. Josie war am Morgen zum ersten Mal ansprechbar gewesen, und nach einer kurzen Verhandlung mit Mike hatte Alice sie von Carls Ankunft am Mittag unterrichtet. Ein Leuchten war auf Josies Gesicht aufgegangen. Sie hatte den Atem tief in die Lungen gesogen. Mit den Worten: »Ich fahre mit zum *Air Strip*. Sag mir Bescheid, wenn Mike losfährt«, war sie in ihr Zimmer zurückgegangen.

Nach ihrem Rundgang setzten sich Carl und Mike zu Alice an den Küchentisch.

»Ich kann meine Gefühle gar nicht beschreiben. Ist mir ein Rätsel, wie ich es so lange in Frankfurt ausgehalten habe, ohne wenigstens einmal zu Besuch zu kommen«, sagte Carl. Alice nickte. »Ich denke, du bist der Begegnung mit deiner Vergangenheit ausgewichen. Die Ranch ohne Josie wäre nicht deine Ranch gewesen. Aber jetzt ist sie hier.«

»Ja, aber *warum* ist sie hier? Hat sie euch etwas erzählt?«

»Nichts.«

»Und was ist mit Pago? Sollten wir den nicht verständigen?«

»Pago ist Josies Sache«, erwiderte Alice. »Findest du nicht auch, Mike?« Mike stimmte ihr zu. Beim Abendessen berichteten Mike und Alice über die Erlebnisse der vergangenen Saison. Carl erzählte von Frankfurt, dem Café und den Gästen. Josie trug nicht viel zur Unterhaltung bei, aber sie hörte aufmerksam zu. Von sich erzählte sie nichts, und keiner forderte sie auf, es zu tun. Mike und Alice zogen sich früh zurück. Sie wollten Carl und Josie Gelegenheit geben, allein zu sein. Aber Josie stand mit ihnen auf, gab Carl einen Kuss auf die Wange und ging mit nach oben. Carl saß am Kamin, bis das Feuer erloschen war.

Die Tage vergingen. Tage ähnlich denen damals, als Josie ihre erste Woche auf der Ranch verbracht hatte. Sie war freundlich, interessiert an allem, aber zurückhaltend und verschlossen, was sie selbst betraf. Carl hatte das beklemmende Gefühl, als träte er auf der Stelle. Es dauerte sieben Tage, bis Josie endlich am späten Abend in sein Zimmer kam. Sie schlüpfte ins Bett und winkte ihn zu sich. Dann saßen sie minutenlang nebeneinander, ohne sich anzusehen. Endlich begann Josie zu sprechen. »Meine Geschichte ist kompliziert. Vermutlich schwer, vielleicht sogar unmöglich zu verstehen«, sagte sie.

»Fang einfach an, Josie.« Carl wartete. Nichts wird dich erschüttern können, sagte er zu sich. Ganz egal, was du jetzt zu hören bekommst.

»Du weißt, wie sehr mein Leben durch die Umstände meiner Geburt überschattet war«, sagte Josie. Carl nickte. »In den Erzählungen klang diese Geschichte immer wie eine Fabel«, fuhr sie fort. »Ein merkwürdiges Märchen, so als hätte ich meinen Zwillingsbruder gar nicht in mir oder an mir getragen. Ich weiß ja gar nicht, wie ich das nennen soll. Meine Großmutter war die Einzige, die sich während meiner Kindheit mit mir darüber ernsthaft unterhalten hat. Und sie hat mir schon früh prophezeit, meine Geburt würde mein gesamtes Leben prägen. Du kannst deinem Schicksal nicht entfliehen, Josie, sagte sie zu mir. Vielleicht war das nicht richtig von ihr. Dadurch habe ich mich immer schuldig gefühlt. Am Tod meines Bruders, den ich mir einverleibt habe; am Tod meines Vaters. Schuld auch am Rückzug der Familie von der Stadt an die Küste. Ich hatte auch Schuldgefühle, weil ich ein Mädchen war, das versuchte ein Junge zu sein. Weil ich damit erneut Verwirrung stiftete. Mein Wunsch, es allen recht zu machen, war ein hoffnungsloses Unterfangen. Wie sollte ich so eine eigene Identität erlangen? Und dann kamen die ganzen Operationen, für die ich mich schämte, weil mein Körper mit jedem Eingriff hässlicher wurde. Ich habe vor dir mit keinem Mann geschlafen. Nein, unterbrich mich jetzt nicht! Du warst der erste Mann in meinem Leben, Carlos. Während meiner Zeit als junge Lehrerin fühlte ich mich stark zu Frauen hingezogen. Aber auch diesem Gefühl habe ich nie nachgegeben, weil ich nicht wusste, ob ich ihm trauen konnte. Ich war wie zerrissen. Ich war keine Frau, eher ein Zwitter oder Monstrum.« Carl wollte protestieren. »Bitte unterbrich mich nicht«, sagte Josie. »Du warst mein erster Mann. Und Pago mein zweiter. Und das zu erklären, fällt mir jetzt wirklich nicht leicht. Als wir beide uns vor zwanzig Jahren trafen, war ich endlich sicher, tatsächlich eine Frau zu sein. Weil ich dich liebte. Mich dir anvertrauen konnte. Natürlich habe ich immer so getan, als sei ich erfahren. Aber ich hatte nur Lebenserfahrung, keine Liebeserfahrung. Du warst damals so sanft mit mir, so unmännlich ...«

»*Unmännlich*?«

»Du warst kein Macho. Klingt das besser? Du warst einfühlsam und liebevoll.« Sie griff nach Carls Hand. »Natürlich bist du ein richtiger Mann. Besonders im Bett. Ich will es pathetisch ausdrükken, Carlos: Du hast mich erlöst damals. Mit deiner Liebe hast du meine Zweifel und Unsicherheiten beseitigt. Meine unselige Vorgeschichte war für dich ohne Bedeutung. Du hast mich gewärmt und verstanden. Du warst mein perfekter Mann. Ich habe dir das immer wieder gesagt.«

»Trotzdem bist du gegangen.« Carl seufzte leise.

»Ich weiß, ich habe dich wahnsinnig verletzt. Vor allem, weil ich es dir nicht erklärt habe. Aber das ging nicht. Ich konnte es mir ja nicht einmal selbst erklären. Pago hat mich getroffen wie ein Blitzeinschlag. Alles zog mich zu ihm hin. Es war wie ein Sog. Und ich musste schnell fort, weil ich wusste, wie sehr ich dich verletzen würde. Deshalb mein überstürztes Weggehen. Pago war für mich die Inkarnation des Mannes schlechthin. Er ist durch seine polynesische Abstammung –«

»Polynesisch? Nicht indianisch?«

»Nein, nein. Seine Vorfahren sind Hawaiianer. Pago hat eine in sich ruhende Männlichkeit von einer so großen Kraft, einer so großen Selbstverständlichkeit, gepaart mit den ganz besonderen Eigenarten seiner Kultur, dass ich wie unter einem Bann stand. Er hat mich genau an dem Punkt getroffen, wo ich ein Defizit hatte. Ich habe ein gutes Leben mit ihm gehabt, Carlos. Auch wenn kein Tag vergangen ist, an dem ich nicht an dich gedacht habe. Pago ist ein bemerkenswerter Mann. Genauso wie du. Jeder von euch beiden hat den Teil in mir befriedigt, der sich aufgrund meiner Kindheitsgeschichte nicht festlegen konnte, ob er Frau oder Mann sein sollte oder wollte. Den Teil, der nicht wusste, ob er sich zu Männern oder Frauen hingezogen fühlte. Vielleicht habe ich in meiner Zerrissenheit, ich würde fast sagen *Schizophrenie*, in dir den Mann mit der weiblichen Seele geliebt und in Pago den Mann mit der männlichen. Ich denke, für mein Chaos hatte ich die beiden besten Männer der Welt.« Josie brach ab. Beide schwiegen.

»Warum hast du Pago verlassen?« Carls Blick ruhte forschend auf Josies Gesicht.

»Nach einem Jahr spürte ich plötzlich eine innere Abwehr gegen Pagos Körper, die mit jedem Tag stärker wurde. Ich zwang mich, gegen dieses Gefühl anzugehen, aber irgendwann konnte ich einfach nicht mehr mit ihm schlafen. Pago war zunächst deswegen verstört, aber im Laufe der Jahre haben wir uns arrangiert. Wenn Pago andere Frauen hatte, dann war er sehr diskret. Ich denke, er hatte. Aber es hat mir nie etwas ausgemacht.«

»Soll das heißen, du hattest seit fünfzehn Jahren keinen Sex mehr?«

»Genau das heißt es. Höchstwahrscheinlich«, Josie kicherte listig, »habe ich mich in eine Jungfrau zurückverwandelt. Ich hatte nie den Wunsch, mit einem anderen Mann zu schlafen. Du und Pago, ihr beide seid die beiden Männer meines Lebens. Und ich habe euch beide im Stich gelassen. Schon kurios, oder?«

»Aber warum bist du gegangen? Hättest du dieses Leben nicht fortsetzen können? Du hast doch nichts vermisst, wie du sagst.«

»Pago und ich haben in Boston gelebt, in Chicago, in San Francisco, in New Orleans, sind aber zwischendurch auch immer wieder in seiner Heimat gewesen. Vor einigen Monaten hatten wir beschlossen, uns endgültig auf Kauai niederzulassen. Während wir dort waren, um unseren Umzug vorzubereiten, habe ich eine *kahuna* kennengelernt.«

»Ach, *kahuna*«, seufzte Carl. »Was ist eine *kahuna*, Josie?«

»Eine Seherin. Sie hat mir gesagt, dass ich mit meinem Bruder zusammenlebe.«

»Mit deinem Bruder? Pago soll dein Bruder sein? Das ist doch Humbug!«

»Ist es nicht. Die *kahuna* hat in meine Vergangenheit gesehen. Sie sah zwei Geburtsmale und viele Narben. Woher sollte sie das wissen? Sie sagte auch, meine Geburt sei eng mit zwei Toden verknüpft. Einer beträfe meinen Bruder, der einen anderen Weg gefunden habe, um zu inkarnieren. Und sein Leben sei durch mich erneut bedroht. Da *musste* ich gehen.«

»Josie – Pago ist nicht dein Bruder! Das *ist* Humbug!«

»Wenn man es ausschließlich rational betrachtet, ja. Aber zwischen Himmel und Erde geschehen Dinge, für die wir nicht mit den entsprechenden Sinnesorganen ausgestattet sind. Wir sind doch sehr begrenzt in unserer Wahrnehmung. Und jetzt halt dich fest, Carlos: Pago ist am selben Tag zur Welt gekommen wie ich. Nur eben am anderen Ende der Welt.«

»*Zufall*«, sagte Carl und hörte von irgendwoher Wallys Stimme sagen: »Es gibt keine Zufälle, Charlie.« Er räusperte sich.

»Na ja – egal«, sagte Josie. Carl hob ungläubig die Augenbrauen. »Du magst das glauben oder nicht, Carlos. Es hat mich tief beeindruckt, und natürlich begriff ich sofort, wieso ich die sexuelle Beziehung zu Pago abgebrochen hatte. Abbrechen musste. Das ist die Geschichte. Und dass du hier bist, bestätigt nur, wie recht ich hatte.«

»Ich bin hier, weil Pago mich angerufen hat. Ich bin hier, weil er in großer Sorge war. Ich bin hier, weil Mike und Alice mich informiert haben. Ich bin nicht von einer außersinnlichen Ahnung hierhergezogen worden.«

»Pago hat dich angerufen?«

»Ja. Du wirst mit ihm reden müssen. Du kannst nicht so einfach weglaufen. Nur weil eine alte Frau irgendwelche obskuren Katastrophen sieht.«

»Ich verstehe deinen Standpunkt. Aber es war Pago, der mir sagte, wie unglaublich diese *kahuna* sei, was sie schon alles gesehen und vorausgesagt habe. Wenn einer ihren Worten Glauben schenken wird, dann ist er es.«

»Gerade deshalb musst du mit Pago reden.«

Josie schwieg lange. Dann nickte sie. »Du hast recht. Es war feige von mir, mich davonzustehlen. Aber das scheint ja meine Spezialität zu sein.«

»Und was wirst du nun tun?«

»Ich weiß es noch nicht. Ich möchte erstmal hierbleiben, bis ich mich geklärt habe, wenn ich darf. Es ist deine Ranch.«

»Es ist unsere Ranch, Josie. Du bist immer noch meine Frau.«

»Ja«, sagte Josie. Am nächsten Morgen holte sie ihr Gepäck herunter.

0. WALLY WURDE AM ERSTEN WEIHNACHTSTAG um halb acht von anhaltendem Schellen aus dem Schlaf gerissen. Sie rollte sich fluchend aus dem Bett, rannte die Treppe hinunter und öffnete die Tür. Della warf sich weinend an ihre Brust. »Mama, Mama«, schluchzte sie, »Ines ist tot.«

»Ines ist tot? Wieso? Wieso ist Ines tot?« Wally schob Della vor sich ins Haus hinein. Sie dirigierte sie ins Wohnzimmer und befahl ihr, sich nicht von der Stelle zu rühren. Dann rannte sie in die Diele. »Dave«, rief sie. »Dave! Komm sofort runter! Dave, hörst du mich?«

Wally rannte ins Wohnzimmer zurück und zog Della in ihre Arme. Dave betrat verschlafen den Raum. »Was macht ihr für einen Aufstand?«, knurrte er.

»Della sagt, die Ines wäre tot. Della, was ist geschehen? Nun rede doch, Kind!«

»Mama, Mama, Dave«, jammerte Della. »Ines ist einfach umgekippt. Sie ist mitten auf der Tanzfläche einfach tot umgefallen. Wir waren alle unheimlich gut drauf und haben gelacht und Spaß gehabt und getanzt, und es war irgendwie alles total abgefahren, und dann plötzlich … ist Ines umgefallen. Einfach so. Einfach beim Tanzen.«

»Drogen«, sagte Dave.

Wally fuhr herum und sah ihn einen Moment ungläubig, fassungslos, voller Entsetzen an.

Dann ging sie auf Della los. Sie packte sie an den Schultern und schüttelte sie.

»Hat Dave recht, Della? Habt ihr Drogen genommen?«

»Ja, Mama«, sagte Della mit fast verschwundener Stimme.

Wally versetzte ihr eine schallende Ohrfeige. Della ließ sich zu Boden fallen. Sie krümmte sich wie ein Embryo und weinte jämmerlich. Dave ging neben ihr auf die Knie. Er bettete ihren Kopf in seinen Schoß und legte eine Hand auf ihre Stirn. »Beruhige dich, Della. Beruhige dich. Ganz ruhig«, sagte er sanft. So sanft, dass Wally fast das Herz brach. Auch sie ließ sich jetzt zu Boden sinken.

»Della«, sagte sie mit weicher Stimme. »Della, mein Baby. Alles wird gut.«

Sie rieb Dellas Rücken und tauschte dabei einen langen Blick mit Dave. Sie warteten in stummem Einvernehmen. Eine Ewigkeit verging.

»Wir hatten ja keine Ahnung, was wir tun sollten«, schluchzte Della endlich. »Einer hat Wiederbelebungsversuche gemacht. Aber das hat nicht geholfen. Dann kam der Notarzt, und der hat ihren Tod festgestellt. Und dann kam die Polizei. Und ich bin abgehauen.

Ich hatte solche Angst. Ich hatte doch auch was genommen. Und da bin ich einfach losgelaufen. Wollte nur hierher. Und dann hat das Auto neben mir gehalten, und der Mann hat mich hierher gefahren. Oh Mama, Dave, es ist so grauenhaft!«

»Was hast du genommen, Della?«, fragte Dave.

»Ecstasy«, wisperte Della.

»Ecstasy?« Wally sprang erregt auf. »Bring mir sofort meinen Koffer, Dave! Ich muß Della untersuchen. Gerade diese Designerdrogen sind unvorhersehbar in ihrer Wirkung.«

Nachdem sie Dellas Blutdruck gemessen und ihre Pupillenreflexe überprüft hatte, seufzte Wally erleichtert auf. »Du scheinst in Ordnung zu sein, Kind. Gott sei Dank. Trotzdem: Wie konntest du nur diesen Dreck zu dir nehmen? Und dann steigst du auch noch zu einem wildfremden Mann ins Auto. Wo ist das Ganze denn passiert?«

»Wir waren im Kamerun, in einer Disco.«

»Im Kamerun?«

»Im Gallusviertel, Mama.«

»Und da werdet ihr mit Drogen versorgt?«

Della nickte kleinlaut. »Ich weiß, das ist Scheiße. Aber wir waren eben alle so gut drauf.«

»Ja, ihr wart alle so gut drauf, und jetzt ist eine von euch tot. Weißt du eigentlich, was du redest? Wissen Ines' Eltern schon Bescheid? Und was ist mit Jens? Ihrem Freund?«

Della schlug die Hände vor das Gesicht und begann erneut hemmungslos zu weinen. »Ich weiß nicht. Ich denke … Ich glaube … Der Jens wird ja … Der ist ja schließlich … Ach, der arme Jens …«, stammelte sie.

»Ja, der arme Jens«, sagte Wally. »Und die arme Ines. Und die armen Eltern von der Ines. Mein Gott, und ich habe Ines' Mutter vor ein paar Tagen noch in der Stadt getroffen und einen Kaffee mit ihr getrunken. Sie war so stolz auf ihre Tochter. Und nun erfährt sie heute, ihr Kind ist tot. Ich werde mich sofort um sie kümmern.« Wally sprang auf.

Dave drückte sie auf das Sofa zurück. »Nun warte doch erst einmal ab«, sagte er. »Vielleicht weiß sie es noch gar nicht. Willst du diejenige sein, die ihr diese Nachricht überbringt? Ines' Mutter wird von der Polizei verständigt. Vielleicht meldet sie sich von sich aus bei dir. Sie weiß ja, dass die Kinder befreundet sind. Befreundet waren …« Dave presste Daumen und Mittelfinger der rechten Hand gegen seine Nasenwurzel und senkte für einen Moment den Kopf. »Della«, sagte er wieder aufblickend. »Du legst dich hin. Ich werde inzwischen mit deiner Mutter überlegen, was von unserer Seite aus zu tun ist.«

»Dieses Weihnachtsfest jedenfalls«, sagte Wally, »das habt ihr uns gründlich verdorben. Aber Dave hat recht. Nimm dir Wasser mit und trinke so viel du kannst, damit das Gift aus deinem Körper kommt. Und kein Wort später zu den Kleinen, hörst du?«

Della nickte. Schluchzend ging sie die Treppe zu ihrem Zimmer hinunter.

31. ALWA, SEBASTIAN UND PATRICIA HATTEN BIS IN den Vormittag geschlafen. Patricia erklärte nach dem Frühstück, sie wolle erst auf den Friedhof und dann zurück nach Mannheim. Sie müsse allein sein, denn sie brauche Zeit zum Nachdenken. Alwa und Sebastian waren noch einmal ins Bett gegangen. Jetzt war es später Nachmittag. Alwa stellte ein Tablett mit kleinen Köstlichkeiten vor der Stereoanlage im Wohnzimmer ab und ließ sich im Schneidersitz nieder. Auch Sebastian setzte sich, nachdem er eine Platte aufgelegt hatte. Beide waren nackt. »Sehr gute Idee, Alwa«, sagte Sebastian. Er nahm die bereitgelegten Essstäbchen in die Hand und spielte einen Augenblick geschickt damit herum. Alwa fühlte, wie ihre Nackenhärchen sich aufstellten. »Hm, finde ich auch.« Sie blickten sich lange an. »Komm, greif zu, Sebastian«, sagte Alwa endlich. Sebastian zwängte ein Wachtelei zwischen die Stäbchen und hielt es Alwa auffordernd hin. Alwa fischte eine Anchovis aus der Schale und bot es Sebastian an. Es hätte nun wie im Film *Im Reich der Sinne* weitergehen können. Aber es kam anders.

Della schlief und das sehr, sehr tief. Wally empörte sich erneut gegenüber Dave, was diese Drogen bei den Kindern anrichteten. Sie könne nur hoffen, Max und Lilli würden sich so weiter entwickeln wie es bisher den Anschein habe. Wobei, so sinnierte sie, Della ja im Prinzip auch ein grundguter Kerl sei. Sie sei nur leider manchmal in schlechter Gesellschaft. Wobei sie gerade von Ines nie gedacht hätte, dass die … also von der am allerwenigsten … Wally begann zu weinen. Sie habe Della während der Kindheit in ihren neurotischen Phasen zu oft vernachlässigt, und wenn sich das jetzt räche, dann müsse sie auch einen Teil der Schuld auf sich nehmen, sagte sie. Dave zog Wally in seine Arme und versuchte sie zu beruhigen. Und Wally ließ sich bereitwillig trösten. Dann rief Frau Engelmann, Ines' Mutter, an, und Wally versuchte ihrerseits Trost zu spenden, obwohl es keinen Trost gab. Wally bot an, sofort vorbeizukommen. Frau Engelmann wehrte ab. Sie wolle nur kurz mit ihr sprechen. Die beiden Mädchen seien doch so enge Freundinnen gewesen. Und der Jens sitze bei ihr und sei ganz verstört. Er habe die Ines doch auch so sehr geliebt. Wenngleich das ja eigentlich noch Kinder seien. *Gewesen* seien. Der Jens immer noch sei. Und die Della auch. Ihre beiden Söhne seien, von München und Hamburg kommend, auf dem Weg nach Frankfurt. Und ihr Mann liege seit Stunden im Bett und sei nicht mehr ansprechbar. Alles sei absolut entsetzlich. Wenn da wirklich Drogen im Spiel gewesen seien, ob Wally das denn auch glaube? Wally schwieg. Also wenn, dann müsse Ines *obduziert* werden, das habe ihr Mann als Erstes gesagt. Sie weinte bitterlich. Das Kind aufgeschnitten und zerstückelt … Und diese Vorstellung … Wie Wally das sehe, sie sei doch Medizinerin. Wally erschauerte bei dem bloßen Gedanken. Sie versuchte, etwas Gescheites zu sagen über angeborene Herzfehler, die manchmal erst in der Jugend … ja, bei manchen Menschen sogar noch viel später … oft sogar erst mit vierzig, fünfzig … Aber Ines' Mutter hörte gar nicht zu. Sie redete und weinte. Und weinte und redete und schien sich in diesem Zyklus selbst betäuben zu wollen. Wally schwieg, seufzte manchmal, sagte je nach Anlass ja oder nein und fühlte sich hoffnungslos unzulänglich. Immer wieder schob sie den Gedanken zur Seite, was wäre, wenn es Della getroffen hätte, und sie signalisierte Dave während des Gesprächs, nach Della zu schauen, was Dave auch tat. Er kehrte mit beruhigenden Gesten ins Wohnzimmer zurück. Endlich entließ Frau Engelmann Wally aus ihrer verbalen Umklammerung, und Wally bat Dave, ihr ein Glas Rotwein zu geben und ein halbes

Lexotanil aus dem Bad zu holen. Ihre Nerven sirrten. Sie improvisierte ein Mittagessen. Dann schickte sie Dave mit den Kindern zum Spazierengehen in den Taunus. Sie brauchte ein paar Stunden Ruhe und wollte sich Della zur Brust nehmen, sobald die aus ihrem Koma erwacht war.

In Mannheim hatte sich Patricia noch einmal hingelegt, konnte aber nicht einschlafen. Ihr gesamtes Leben zog in endlosen Kreisen an ihrem geistigen Auge vorbei. Sie war eine Niete. Eine komplette Null. Sie hatte nichts auf die Beine gestellt außer der Ehe, die, das fühlte sie deutlich, nicht mehr zu retten war. Sie stand wieder auf, starrte fünf Minuten in den leeren Kühlschrank und dachte dabei an ihre Eltern, die sie anrufen musste, um ihnen ein frohes Fest zu wünschen, verschob diesen *Akt* jedoch auf den Nachmittag, weil sie das Gefühl hatte, es ginge über ihre Kräfte, die liebevolle Tochter zu spielen. Ihr schlechtes Gewissen nahm gigantische Ausmaße an. Sie rührte sich eine Knorr-Hühnersuppe in kochendes Wasser und schlürfte sie so heiß, dass sie sich die Zunge verbrannte. Sie dachte an Alwa und Sebastian und deren Geräusche, die sie in der Nacht schier in den Wahnsinn getrieben hatten. Sebastian schien ein ausgesprochen kompetenter Liebhaber zu sein. Sie fühlte sich gnadenlos allein. Wäre sie doch lieber bei Alwa geblieben? Sollte sie vielleicht sogar wieder hinfahren? Nein, ganz entschieden nein. Sie gestand sich ein, dass sie sich unverhältnismäßig stark zu Sebastian hingezogen fühlte. Oder war dieses Gefühl nur das Ergebnis ihrer privaten Misere?

Sie stellte sich vor, was ihr Mann soeben trieb, und wurde zornig. Dem Zorn folgte die nächste Woge erbitterten Selbstmitleids. Sie ging zurück ins Schlafzimmer, warf sich aufs Bett und machte den Fernseher an. Nur Mist. Sie stand wieder auf und begann, ihren Kleiderschrank aufzuräumen. Mit verbissener Entschlossenheit sortierte sie alles aus, was sie seit mehr als einem Jahr nicht mehr getragen hatte, und nach zwei Stunden standen vier prall gefüllte Müllsäcke in der Diele. Als Nächstes nahm sie sich ihre Schuhe vor. Ein weiterer blauer Müllsack gesellte sich zu den anderen. Sie legte *Aida* auf, laut, sehr laut, füllte einen Eimer mit Seifenlauge und wusch ihre Schränke aus. Es war Weihnachten. Heilandsack! Dann wandte sie sich den Schränken ihres Mannes zu. Sie warf seine Anzüge, Sakkos, Hemden, Hosen, Socken, Schlipse, Unterwäsche und Pullover voller Zorn aufs Bett. Mit einer Nagelschere zerstückelte sie in sorgfältiger Kleinarbeit seine sämtlichen Kaschmirpullover (es waren vierzehn Stück) und fühlte sich für einen Moment besser. Sie griff wieder zu Eimer und Schwammtuch und begann, auch diese Schränke auszuwaschen. Und als sie in ihrer Verbitterung tief in den Wäscheschrank ihres Mannes gekrochen war, entdeckte sie eine flache, fest verschlossene Dokumentenmappe.

Sebastian hatte Alwas nackten Körper in ihre Anwaltsrobe gehüllt, ihr die Augen mit einem breiten Seidenband umwickelt, sie dann vom Boden gehoben und auf einem der kleinen flachen Tische im Schlafzimmer wieder abgesetzt.

»Was ist das?«, fragte Alwa, als er ihr etwas Kühles, Schweres in die Hände drückte.

»Das Erbstück deiner geliebten Tante Hanna«, sagte Sebastian kichernd. »Gut festhalten!«

»Die Waage?«, rief Alwa entsetzt. »Bist du verrückt?«

Sebastian trat ein paar Schritte zurück und betrachtete zufrieden sein Werk.

Alwa fühlte sich unbehaglich. Sie stellte sich vor, wie lächerlich sie aussah. »Hör auf mit diesem Quatsch«, sagte sie.

»Unter den Talaren kein Muff von tausend …«, setzte Sebastian an.

»Nein!« Alwa schrie vor Wut. »*Stop that shit*! Ich hab keine Lust auf so dämliche Spielchen, nimm mir diese verfluchte Waage ab, bevor sie runterfällt!«

»Okay, okay«, murmelte Sebastian enttäuscht. Er nahm ihr die Waage aus den Händen.

Alwa schob sich die Binde von den Augen. Sie stieg erleichtert vom Tisch.

»Oh Alwa«, seufzte Sebastian. »Du hättest dich sehen sollen. Du warst die perfekte Justitia.«

Alwa streifte die Anwaltsrobe ab und zog ihn zum Bett. »Komm«, sagte sie. »Komm einfach in mich hinein und liebe mich.« Sebastian legte sich auf sie. Alwa seufzte erleichtert. Eine Weile bewegten sie sich stumm und harmonisch. Alwa spürte, dass Sebastian sich zurückhielt und trieb ihn an. Und dann geschah es: Das Bild des kleinen Sebastians blitzte vor ihr auf. Die Ernüchterung traf sie wie ein Schlag, und sie erstarrte mitten in der Bewegung. Sie versuchte, das Bild zu verdrängen, aber es wollte ihr nicht gelingen. »Hör auf«, murmelte sie. Sebastian reagierte nicht. »Du sollst aufhören, verdammt noch mal!« Sie bäumte sich auf, wand sich, versuchte Sebastian von sich zu schieben. Aber Sebastian war nicht mehr zu stoppen. Er ignorierte ihre Worte. Er ignorierte ihre Abwehr. Ihr Widerstand schien ihn sogar anzufeuern. Er nagelte sie mit seinem Körper in die Matratze und stieß fordernd, stöhnend und immer schneller werdend in sie hinein. Alwa lag steif und starr unter ihm und starrte teilnahmslos zur Decke. »Alwa, Alwa, Alwa«, keuchte er nach schier endlosen Minuten und sackte endlich auf ihr zusammen.

»Klasse gemacht«, sagte Alwa.

Sebastian fuhr hoch und sah sie forschend an. »Was hast du?«

Alwa wandte sich ab.

»Nichts«, erwiderte sie abweisend. »Lass mich in Ruhe!«

Sebastian rollte sich zur Seite. »Du bist nicht gekommen. Das tut mir leid. Aber du hast mich so angetörnt. Wir machen es gleich noch einmal, und dann kommst du auch zu deinem Recht.« Er kicherte schon wieder und wollte sie an sich ziehen.

»Du sollst mich in Ruhe lassen!« Alwa setzte sich auf. Sie zog die Knie an ihre Brust und wickelte sich fest in die Bettdecke. »Wir haben einen Fehler gemacht«, sagte sie.

»Aber das war doch nur ein Spiel. Alwa! Ich fand dich witzig und sehr erotisch als Justitia.«

»Das meine ich nicht, obwohl es blöd genug war.«

»Was meinst du dann?«

»Die Fotos.«

»Die Fotos?«

»Jetzt hör mir mal gut zu«, sagte Alwa aggressiv. »Ich *hasse* es, gegen meinen Willen beschlafen zu werden –«

»Was heißt: gegen deinen Willen? Du hast …«, fiel Sebastian ihr ins Wort.

»Lass mich ausreden, ja? Also davon mal abgesehen: Sex findet im

Wesentlichen zwischen den Ohren statt. Und was ich eben zwischen den Ohren hatte, war das Bild eines Dreijährigen und die Stimme eines Dreijährigen, der *White Lady* quakt.«

»Das ist nicht dein Ernst.«

»Und ob das mein Ernst ist! Ich werde weder das Bild noch die Stimme jemals wieder aus meinem Kopf herauskriegen. Es tut mir leid, aber ich kann kein Kind vögeln. Es ist vorbei. Ende. Aus. Fini.«

Sebastian sprang aus dem Bett. Er lief im Zimmer auf und ab. Sein Penis hüpfte.

Alwa starrte ihn an. Lächerlich, dachte sie. Dieser viel zu junge Mann mit den langen Haaren, dem Kirschmund und all den anderen weiblichen Attributen und dazu dieser schlaffe, wippende Penis – das ist einfach lächerlich.

»Ich glaub das nicht«, sagte Sebastian. »So ein dämliches Foto kann doch nicht alles kaputt machen. Ich liebe dich, Alwa.«

»Tut mir leid, Sebastian. Ich kann kein Kind lieben.«

»Aber ich bin kein Kind!« Sebastian stampfte wütend auf.

»Du benimmst dich nur gerade wie eins«, erwiderte Alwa kühl.

Sebastian beugte sich über sie. »Das geht vorüber«, sagte er. »Das ist nur heute so, weil das ein Schock für dich war. Ich glaube, das verstehe ich sogar, obwohl ich ja auch von dir Kinderbilder gesehen habe, und ich habe kein Problem damit.«

Er wollte Alwa in die Arme ziehen, aber sie wehrte ihn ab. »Es geht nicht mehr. Du kennst nur die Kinderbilder von mir, aber ich habe den kleinen Sebastian leibhaftig erlebt. Ich war eine erwachsene Frau, als ich dich kennenlernte. Du warst ein Baby. Es ist unwiederbringlich.«

Die Türklingel schellte. Alwa warf sich die Robe über und lief in die Diele. Wer auch immer das sein mochte, die Ablenkung kam wie gerufen. Patricia stürmte die Treppe herauf.

»Hier, Alwa«, sagte sie schon auf dem Absatz, triumphierend mit einer Dokumentenmappe wedelnd. Sie stolperte über die Türschwelle und ließ sich atemlos gegen die Wand fallen. »Ich hab's! Ich habe die Lösung für alle meine Probleme.« Dann stutzte sie. »Interessante Aufmachung«, sagte sie.

Sebastian betrat den Flur. Er hatte sich angezogen, sein Gesicht war verschlossen.

»Komm erst mal rein, Patricia«, sagte Alwa. »Ich zieh mir schnell was Gescheites an.«

»Meinetwegen nicht«, erwiderte Patricia. »Ich finde, du siehst ausgesprochen erotisch aus.« Sebastian warf ihr einen eigenartigen Blick zu. Er nahm seine Jacke vom Haken. »Ich geh dann mal«, murmelte er. Alwa nickte zustimmend. Sie gab ihm einen flüchtigen Kuss auf die Wange. »Wir telefonieren«, sagte sie halbherzig. Die Tür fiel ins Schloss. Alwa raffte die Robe vor der Brust zusammen. »Nun zu dir, Patricia«, sagte sie schroff. »Was treibt dich denn so schnell schon wieder her?«

32. CARL STAND AUF DEM HÜGEL UND BLICKTE zum Fluss hinunter. Es war wärmer geworden, wenngleich es immer noch weit unter Null war. Aber die Kälte war nicht mehr so beißend wie in den vergangenen Tagen. Es war Silvesternachmittag. In wenigen Stunden ging das Jahr zu Ende. Carl fühlte sich großartig. Vital. Stark. Selbstsicher. Sechzehn Jahre seines Lebens hatte er, obwohl er sich das nie eingestanden hätte, in einer Warteschleife verbracht. Warten auf Josie. Durfte man so viele Jahre seines Lebens vergeuden? Nein, korrigierte er seinen Gedanken. Ich habe sie nicht vergeudet. Ich habe mir eine neue, sehr befriedigende Existenz aufgebaut. Ich habe Erfahrungen gesammelt. Ich habe gelebt. Auch ohne Josie. Aber erst jetzt war ihm klar, wie sehr er sie in Wahrheit vermisst hatte. Ihre Nähe, das zweifelsfreie Vertrautsein miteinander, die Liebe. Carl schnaufte vor Glück. Sein gefrierender Atem umschwebte ihn wie ein Schleier. Sollte er mit Josie auf der Ranch bleiben? Das Café verkaufen? Den Rest des Lebens mit Josie hier verbringen?

Die Sonne war hinter den Bergen verschwunden, die ersten Sterne funkelten schwach. Die Nacht kam schnell. Die Silhouette der Berge stand als grauer Schatten vor dem dunkelnden, aber immer noch zartrosa gefärbten Himmel. Er breitete die Arme aus und drehte sich um sich selbst. Sein Land. Seine Heimat. Vielleicht seine Zukunft. Er schlug die Hände in den Fellhandschuhen gegeneinander, während er den Hügel hinunterstapfte. In Kanada war die Welt in Ordnung.

In Frankfurt herrschte Chaos. Der Tod von Ines und die Hochzeitsvorbereitungen von Josefa und Alfons, die Wally gewaltig auf die Nerven gingen, weil sie die Parallelität dieser beiden Ereignisse irgendwie frevelhaft fand, hatten sie in Atem gehalten. Obwohl das Leben zwischen den Jahren normalerweise stillzustehen schien, war die gerichtsmedizinische Maschinerie in Gang gekommen und der Obduktionsbefund bescheinigte unbarmherzig: Todesursache Drogenmissbrauch. Della zeigte zu Wallys großer Erleichterung keinerlei körperliche Nachwirkungen, stand aber immer noch unter Schock. Sie sprach kaum, verkroch sich in ihrem Zimmer und erschien nur zu den Mahlzeiten. Und auch das nur, weil Wally darauf bestand. Wally hatte sie mehrmals beim Weinen erwischt. Sie war beunruhigt. Das alles passte nicht zu Della, die bisher mit einer Oberflächlichkeit, die fast an Gefühlskälte grenzte, durchs Leben gegangen war. Es ist eben der erste Tod, der sie direkt betrifft, versuchte Wally sich Dellas Verhalten zu erklären. Sie wurde aber den Eindruck nicht los, dass an Della etwas nagte, was über den Verlust der Freundin hinausging. So eigenwillig Della auch immer gewesen war, so seltsam und unverständlich sie Wally oft erschienen war, sie hatte das Gefühl, ihre kleine Della sei auf einmal ein eigenständiger, von ihr abgetrennter (abgegrenzter?) Mensch. Della war kein Kind mehr. So viel stand fest. Dave war keine große Hilfe. »Sie wird halt erwachsen«, war sein einziger und nicht gerade einfühlsamer Kommentar.

Ines' Beerdigung war für den vierten Januar festgesetzt worden, und Josefa weigerte sich, deswegen ihren Hochzeitstermin zu verschieben, denn mit dem Tod dieses Mädchens hätten weder sie noch Alfons etwas zu tun. Das bedeutete morgens die Hochzeit mit anschließendem Empfang, der »kleine Kreis« war inzwischen auf rund dreißig Personen angewachsen, und nachmittags die Beerdigung. Wally bezweifelte, sie könne die Contenance aufbringen, bei beiden Ereignissen die jeweils angemessene Stimmungslage zu zeigen. Ihr graute vor diesem vierten Januar. Sie spielte sogar mit dem Gedanken, ihre eigene Hochzeit abzublasen. Da ihr aber zugleich klar war, eine solche Reaktion liefe auf einen Akt der Selbstkasteiung hinaus – wer außer ihr selbst würde sich durch diese Maßnahme bestraft fühlen? –, blieb es bei dem heimlichen (aber kompensierenden) Gedankenspiel. Sie würde also am vierten Januar in die von ihr erwarteten Rollen schlüpfen. Und zwar perfekt. Wozu hatte Josefa ihr eine adelige Erziehung angedeihen lassen? Aber Josefa ging ihr auf die Nerven. Sie war so selbstgefällig. So egozentrisch. Na ja – egal. Sie kannte ihre Mutter lange genug, um zu wissen, wie konsequent die immer nur um ihre eigene Rosette kreiste. Jedenfalls waren die Tage und Nächte seit dem ersten Weihnachtstag in Heddernheim alles andere als friedlich und besinnlich. Und so waren auch der heutige Silvesterabend und der Übergang ins neue Jahr nicht nach Wallys Vorstellungen verlaufen. Dave war abweisend und unfreundlich gewesen. Die beiden Kleinen müde und quengelig. Trotzdem hatten sie darauf bestanden, bis zwölf Uhr aufbleiben zu dürfen. Und Della hatte sie unter Strafandrohung kurz vor Mitternacht aus ihrem Souterrainzimmer zerren müssen. Prost Neujahr!

Wally saß um halb drei am Morgen frustriert im Wohnzimmer und trank Rotwein in großen, trotzigen Schlucken. Della hatte sich sofort nach Mitternacht wieder zurückgezogen, die Kleinen schliefen, und auch Dave war vor einer Stunde nach oben gegangen. Wally streckte die Füße von sich und seufzte. Da war es also: das neue Jahr. Gut hatte es nicht angefangen. Obgleich auch Alwa in der vergangenen Woche erklärt hatte, alles würde gut. Es fragte sich nur, für wen und wann. Wally stieß ein missmutiges Lachen aus. Es war Silvester, und sie saß hier ganz allein und voller Trübsinn, während andere Leute fröhlich feierten. Wally zupfte einen Moment lang nervös an ihrer Unterlippe. Dann griff sie zum Telefon und wählte Alwas Nummer. Nach dem zweiten Schellen meldete sich eine singende Frauenstimme: »Jahaaa. Hier is' das neue Jahaaar und wer is' dahaaa?«

Was macht denn diese Dummschnepfe schon wieder bei Alwa, dachte Wally. Eifersucht stieg in ihr hoch »Hier ist Walburga von Wanecke. Ist Alwa da?«

»Ach, Wally, Sie sind's« Patricias Stimme klang ernüchtert. »Hier ist Patricia. Ein frohes neues Jahr wünsche ich Ihnen.«

»Gleichfalls. Kann ich Alwa sprechen?«

»Kleinen Augenblick.«

Scharren, Kichern, Gläserklirren, Poltern, dann Alwas Stimme: »Wai-i. Ein froh's neu's Jahr! Bissu gut reing'kommen?«

»Ja, danke, Alwa. Dir auch ein gutes Neues. Ich hoffe, ich störe nicht.«

»Du schtör's doch nich', Wai-i. Du kannssoch garnich' schtör'n.«

»Hm«, machte Wally irritiert. »Ich rufe dich morgen wieder an. Ist nichts Wichtiges …«

»Nein, nein. Bin ganss Ohr. Ai's okay?«

»Kriech du mal zu deinem Sebastian ins Bett! Ich melde mich morgen.«

»Sebassian is nich' da. Bin ganssallein mit Patrissa. Wilssu kommen?«

»Geh ins Bett, Darling! Du bist betrunken.«

»Ich binnetrunk'n? Issa süß. Patrißa, Wai-i sacht, ich wär betrunk'n. Wie finnssen das?« Wally drückte das Telefon aus. Das brauchte sie nicht auch noch. Alwa, ihre oberkontrollierte Anwältin, komplett hinüber. Nein, das neue Jahr fing nicht gut an. Ganz entschieden nicht. Wally goss sich ein weiteres Glas Rotwein ein. Betrinken konnte sie sich auch. Sie jedoch würde niemandem damit auf die Nerven gehen. Dann fiel ihr ein, dass sie diejenige gewesen war, die bei Alwa angerufen hatte. Aber wieso war Patricia bei Alwa und Sebastian nicht? Der klebte doch sonst wie Pech an ihr. Ob er nach England gefahren war? Na ja – egal. Das war nicht ihr Problem. Sie rekapitulierte stattdessen ihre eigenen Probleme. Und derer hatte sie genug: Einen übel gelaunten Dave, der sich provozierend zurückhaltend verhielt, obwohl (oder etwa: weil?) er ihr einen Heiratsantrag gemacht hatte. Eine depressive Della, um die sie sich große Sorgen machte, an die sie aber auch nicht herankam. Eine Beerdigung, vor der ihr graute, zusammen mit der Hochzeit ihrer Mutter, die sie überflüssig fand. Ihre eigene Hochzeit mit einem Mann, der sie seit Tagen nur noch anmuffte. Eine euphorisierte Josefa, die ihr wie immer die Schau gestohlen hatte. Einen verlorenen Führerschein, der sie in unerträgliche Abhängigkeiten zwang. Einen kriminellen Kabbelau, den sie brauchen würde, aber nicht brauchen wollte. Ein Augenlifting, vor dem sie Angst hatte, das ihr aber seit der Anspielung von der Müllerin unumgänglich schien. Sie wollte unbedingt ein viertes Kind, obwohl sie ja eigentlich froh sein konnte, mit den vorhandenen Kindern aus dem Gröbsten heraus zu sein. Die Liste ließ sich beliebig fortsetzen. Das Kindermädchen machte seinen Job nicht richtig. Sie sollte ein neues suchen. Der klapprige Golf musste demnächst ersetzt werden. Das Haus brauchte eine Renovierung. Eine neue Küche war fällig. Ihre Zähne schrien nach Sanierung. Jacketkronen oben und unten. Das musste alles erst einmal verdient werden. Und wenn sie dann schon dabei war (Augen, Zähne), dann konnte sie auch gleich ihren Busen … Der war schon lange nicht mehr das, was er mal gewesen war. Wie auch, sie hatte drei Kinder gestillt. Außerdem sollte sie mit dem Rauchen aufhören. Unbedingt. Sofort. Am besten auch gleich mit dem Trinken. Und mindestens drei Kilo abnehmen. *Sie war fett.* Wally kippte den Rest aus der Flasche in ihr Glas. Eins nach dem anderen. Nach diesem Glas Rotwein war Schluss mit dem Alkohol. Jedenfalls für die nächsten zwei, drei Wochen. Oder einen ganzen Monat? Vielleicht sogar bis Ostern? Das war doch eine Idee. Ein richtiges Fastenprogramm. Quasi christlich. Dann konnte sie auch gleich mit dem Rauchen aufhören. Wenn sie wirklich schwanger werden sollte, sowieso das einzig Vernünftige. Wütend steckte sie sich eine Zigarette an und inhalierte tief. Das Zeug schmeckte überhaupt nicht. Scheiß-Abhängigkeit! Sie würde ab sofort nur noch da abhängig sein, wo es sich nun einmal nicht vermeiden ließ: Kinder. Mann. Führerschein. Job. Basta! Sie blickte in ihre Zigarettenschachtel: noch zwei Stück. Wunderbar. Die würde sie jetzt rauchen, den Wein austrinken, und dann war Schluss damit. Hastige zehn Minuten später warf sie die leere Schachtel in den Mülleimer, wusch den Aschenbecher aus, stellte das Glas in die Spülmaschine und ging nach oben in ihr Zimmer. Mit dem großartigen Gefühl, frei von allen Lastern und den bedauernswerten Abhängigen haushoch überlegen zu sein, stieg sie ins Bett. In den Banalitäten des Alltags sollte unsere Mitte liegen. Mit dieser, wie sie fand, bemerkenswert weisen Erkenntnis schlief sie ein.

33. ALWA UND PATRICIA SASSEN AM NEUJAHRS-morgen bei der zweiten Kanne Kaffee. Alwas Kater war nicht von dieser Welt, wie sie sagte. »Ist nicht von mir«, fügte sie hinzu, »ist von Jürgen von der Lippe. Kennst du *Die fünf Stufen des Alkoholgenusses* von dem? Ist witzig. Kannst du dir mal anhören, ich hab die CD, aber bitte nicht jetzt.« Sie senkte den Kopf und rieb sich die Schläfen. Dann stand sie auf und kramte im Küchenschrank herum. »Muss doch irgendwo noch Aspirin haben«, murmelte sie. Endlich hatte sie gefunden, was sie suchte. Sie rührte sich einen Cocktail aus Vitaminen, Calcium und Aspirin plus C zusammen.

»Ich weiß, es geht mich nichts an«, sagte Patricia mit einem unsicheren Flackern in den Augen. »Aber ich wüsste doch zu gern, wieso du den Kontakt zu Sebastian so plötzlich abgebrochen hast.«

»Stimmt«, sagte Alwa.

»Was meinst du?«

»Es geht dich nichts an. Aber ich kann es dir trotzdem sagen: Er ist mir zu jung.«

»Hm«, machte Patricia.

»Du kannst ihn haben.«

»Alwa!«

»Tu doch nicht so scheinheilig! Du fährst doch schon eine ganze Weile auf ihn ab.«

»Ach, Alwa …«

»Ach, Patricia.« Schweigen. Systematisches Aneinandervorbeischauen.

»Ganz ehrlich«, sagte Alwa endlich. »Wenn du Interesse an ihm hast: *go ahead*! Es macht mir nichts aus. Und ich kann ihn wirklich nicht mehr brauchen. Jedenfalls nicht im Bett.«

»Das hört sich sehr beliebig an.«

Alwa lachte trocken. »Das Gleiche hat Sebastian auch mal gesagt, als ich ihm einen Vortrag über Sinn und Unsinn der Astrologie gehalten habe.«

»Alwa, du tust so abgeklärt, aber es macht dir doch was aus.«

»Tut es nicht.«

»Na ja.«

»Na ja – egal.«

Patricia lachte leise auf. »Die Gräfin schien etwas pikiert.«

»Wally? Wieso? Wann?«

»Du hast doch heute nacht mir ihr telefoniert. So gegen drei, glaube ich.«

»Ich habe Wally angerufen?«

»Nein, sie dich. Sag bloß, du kannst dich nicht erinnern!«

»Oh-oh«, sagte Alwa. »Ein Filmriss … wie peinlich!«

»Muss dir nicht peinlich sein. Du hast zwar ein bisschen gelallt, warst aber sehr nett zu ihr.«

»Dann ist's ja gut.«

Schweigen.

»Was wollte sie denn?«

»Dir ein gutes neues Jahr wünschen, nehme ich an, was sonst?«

»Hm.« Alwa kratzte mit dem Nagel ihres Ringfingers nachdenklich ihren rechten Mundwinkel, wobei sie den Mund öffnete und zu einem schiefen O verzog. »Okay. Ich werde nachher mal anrufen und mich entschuldigen.«

»Wofür denn entschuldigen?«

»Für mein *bisschen Lallen.*«

»Ach, komm! Wenn die hier nachts um drei anruft, dann muss sie auch damit leben, dass am anderen Ende jemand einen im Tee hat. Es war schließlich Silvester.«

»Trotzdem. Mir ist das peinlich. Immerhin bin ich ihre Anwältin.«

»Meine auch. Und ich find's in Ordnung. – Saaag mal, die Unterlagen, die –«

»Nicht heute«, unterbrach Alwa sie mit theatralischem Griff zum Kopf. »Es ist Neujahr, ich habe Gelee im Schädel und kann keinen klaren Gedanken fassen. Und im Übrigen sind die Unterlagen deines Mannes wirklich ein Geschenk für dich, das sagte ich bereits. Und die Garantie für deine Freiheit. Gib mir noch einen Kaffee, bitte. Und dann leg ich mich noch mal hin.«

»Willst du Sebastian nicht wenigstens anrufen und ihm ein gutes neues Jahr wünschen?«

»Wieso ich ihm? Er kann sich ja auch bei mir melden. Aber ruf du ihn nur an, wenn du so große Sehnsucht nach ihm hast.«

Patricia errötete. »Ich kann doch nicht – ich meine – er ist doch – du bist doch –«, stotterte sie.

»*Take it easy*, Patricia. Meine Affäre mit Sebastian ist zu Ende. Du brauchst also keine Skrupel zu haben. Er ist ja auch süß. Ich kann ihn nur empfehlen. Aber mir ist er einfach zu jung. Punkt.«

»Wenn er für dich zu jung ist, dann ist er es auch für mich.«

»Die lächerlichen acht Jahre Altersunterschied zwischen dir und ihm sind nichts gegen unsere siebzehn. Wirklich. Meinen Segen habt ihr.« Alwa legte den Kopf in den Nacken und kniff die Augen zu. Sie gähnte herzhaft. »Wann erwartest du eigentlich deinen Mann zurück?«

»Übermorgen.«

»Gut, dann werden wir morgen besprechen, wie wir gegen ihn vorgehen. Wir haben ihn in der Hand, so viel ist sicher. Und jetzt leg ich mich hin, das ist auch sicher. Fühl dich wie zu Hause. Du kannst lesen, Musik hören – aber mit Kopfhörern, wenn's geht – oder dich selbst auch noch einmal hinlegen. Wie du willst.« Alwa stand auf und stellte ihre Tasse auf die Spüle. Als sie die Küche verließ, räusperte sich Patricia. »Wenn du wirklich kein Problem damit hast«, sagte sie mit zartem Stimmchen, »dann hätte ich gerne die Nummer von Sebastian.«

4. JOSEFA VON WANECKE HATTE UM ZEHN UHR fünfzehn Alfons Klagenberger auf dem Standesamt im Römer das Jawort gegeben. Trauzeugen: Dave MacFirley und Herrmann Kubies, ein Freund von Alfons. Jetzt – elf Uhr – stand Josefa Klagenberger kerzengerade an der Seite ihres Gatten in einem Gesellschaftsraum im Schlosshotel Kronberg und hielt Hof. Kleiner Champagnerempfang mit anschließendem Brunch für fünfunddreißig Personen. Josefa war, trotz des Titelverlusts, reine Aristokratie. Sie trug ein elegantes silbergraues Etuikleid mit kurzer Jacke. Dazu passende, etwa zwei Nuancen dunklere Schuhe und Handtasche. Ihre silbergrauen, etwa zwei Nuancen helleren Haare waren sorgfältig frisiert. Sie war dezent geschminkt. Alfons, schlank, fast hager und einen guten Kopf größer als sie, in einem dunkelgrauen Anzug mit weißem Hemd, silberner Krawatte und weißen Haaren, komplettierte ihre

Erscheinung. Ein schönes Paar, fand Wally trotz ihres Missmutes. Sie selbst trug ein strenges schwarzes Kostüm, so brauchte sie sich am Nachmittag für die Beerdigung nicht noch einmal umziehen. Dave hatte sich mit diversen Lagen grauer und schwarzer Kleidungsstücke bedeckt. Je nachdem, wie er sich bewegte, lugte allerdings ab und an der Zipfel einer pinkfarbenen Weste hervor.

Della stand ein wenig abseits. Wally hatte ihr (»du wirst dich heute ausnahmsweise mal ordentlich anziehen«) ein schwarzes Kleid aus leichter Wolle ausgeliehen, das Della eine Nummer zu groß war und an ihr herunterhing wie ein Sack. Aber wenigstens in der Schuhfrage hatte sie sich behaupten können. Sie trug ihre alten Stiefel. Trotzdem fühlte sie sich unbehaglich. Das Kleid kratzte. Die Hochzeitsgesellschaft kam ihr uralt und unerträglich langweilig vor. Und nachher dann die Beerdigung von Ines, auf der sie Jens nicht ausweichen konnte. Sie hätte sich am liebsten unsichtbar gemacht. Aber Wally hatte sehr bestimmt gesagt: »Du nimmst dich zusammen, Della. Da musst du jetzt durch. Das gehört auch zum Erwachsenwerden.« Della blickte in die Runde, die steif herumstand, sich an ihren Champagnergläsern festhielt und wie eine Robert-Altman-Persiflage aussah. Richtig fröhlich waren eigentlich nur Max und Lilli. Wally hatte Lillis Haare mit einer roten Schleife zu einem frechen Pinsel auf dem Kopf gebunden und den kleinen, schmalen Körper in ein leuchtend rotes Kleid mit Stehbündchen gesteckt, das auf dem Rücken in zwei Bahnen auslief, die auf dem Po zu einer großen Schleife gebunden waren. Zusammen mit einer passenden langen Hose und rotgoldenen Ballerinaschühchen wirkte Lilli darin wie eine kleine Chinesin oder Japanerin. So genau wusste Della das nicht zuzuordnen. Eine Hochzeit und ein Todesfall, dachte sie, als sie ihren Blick über die angegraute Gesellschaft schweifen ließ, und fand ihren Gedanken makaber. Sie nippte an ihrem Orangensaft. Jetzt schwitzte sie auch noch in der kratzenden Wolle. Wie sollte sie die nächsten Stunden in diesem Kleid überstehen? Sie winkelte die Arme ab, um ihre Achselhöhlen mit Luft zu versorgen. Max kam in seinem niedlichen Smoking auf sie zugeschossen und schmiegte sich an sie. »Was hast du, Della?« Er hob sein kleines Gesicht zu ihr auf. »Du siehst so traurig aus.«

»Ach, Max«, erwiderte Della. »Erwachsenwerden macht traurig.«

»Glaub ich nicht«, sagte Max. »Ich wünschte, ich wäre schon groß!« Della legte ihre Arme um Max und wiegte ihn sanft. Wenigstens einer, der sensibel genug war, zu erkennen, wie sehr sie litt. Ihre Mutter war ja derartig brachial in allem. Immer hektisch, immer überdreht. Und seit Ines' Tod sonderte sie nur noch Sprüche und Allgemeinplätze ab. Man muss, man soll, man darf, man darf nicht. Dieses ganze Muttertiergekrölle. Wie sie dieses *man* hasste! Aber das Schärfste war der Spruch mit den Banalitäten, die irgendwie in der Mitte des Lebens liegen sollten oder so. Della bekam das jetzt nicht zusammen, obwohl sie diesen Satz seit gestern mindestens fünfzehn Mal gehört hatte. Sie beobachtete ihre Mutter. Da stand sie, schüttete Champagner in sich hinein und fuchtelte mit einer Zigarette herum. Dabei hatte sie gestern Mittag lauthals verkündet, sie trinke keinen Alkohol mehr, jedenfalls nicht bis Ostern, und rauchen würde sie auch nicht mehr. Gut, geraucht hatte sie seither tatsächlich nicht. Sie hielt nur ständig eine Zigarette in der Hand, weil ihr das angeblich half, die Sucht im Zaum zu halten. Aber sie trank. Und redete. Und fuchtelte. Wie hielt Dave das bloß aus? Della mochte Dave. Sehr sogar. Und wenn nicht ständig ihre Mutter dazwischenfunken würde, dann hätte sie sich ihm längst anvertraut. Dave war so ruhig und besonnen. Und er behandelte sie wie eine Erwachsene, was sie von ihrer Mutter wirklich nicht sagen konnte. Überglucke. Wie sie immer um die beiden Kleinen herumflatterte! Die waren ihr sowieso lieber als sie. Della fasste mit der rechten Hand in ihre linke Achselhöhle und zog den Stoff herunter. Feucht, kratzig, widerlich. Wenn sie letztes Jahr nicht aus dem Internat geflogen wäre, dann wäre sie jetzt nicht dieser andauernden mütterlichen Kontrolle ausgesetzt. Und alles wäre vermutlich ganz anders gekommen. Und die Ines könnte noch leben. Und sie wäre nicht schwanger. Was machte ihre Mutter denn jetzt? Sie fummelte doch tatsächlich ihr Handy aus der Tasche. Sie wollte doch wohl nicht hier …? Wie peinlich! Della stellte ihr leeres Glas auf einen Tisch und folgte ihrer Mutter aus dem Raum. »Günni«, hörte sie diese sagen. »Gott sei Dank, dass du wieder da bist! Ein gutes neues Jahr wünsche ich dir. War's schön in Portugal? – Ja, danke! – Nein, ich bin hier auf der Hochzeit meiner Mutter. – Im Schlosshotel Kronberg. – Hmhm. – Und um drei ist die Beerdigung von der Ines. –

Wie? – Nein, eine Freundin von Della. Drogen. – Ja, schöne Scheiße! Kann ich dich heute noch sehen? So gegen Abend? Nach der Beerdigung? Ich brauche deinen Rat. – Das geht? Du bist ein Schatz! Ich komme so gegen sechs. Okay? – Gut, bis später.«

Della drückte sich in eine Nische. Konnte ihre Mutter nicht mal *ir-gend-was* ohne ihren Therapeuten machen? Sie hatte sogar angedroht, sie das nächste Mal mitzuschleifen. Della schüttelte sich. Wenn das zum Erwachsensein gehörte, dann konnte es ihr gestohlen bleiben. Sie beneidete Max und Lilli um deren Unbekümmertheit. Die hatten keine Sorgen. *Noch nicht.* Wenn sie doch bloß jemanden hätte, mit dem sie reden könnte. Ines war tot. Aber wenn Ines noch lebte, wäre es auch nicht besser. Denn sie bekam ein Kind von Jens. Mit Jens konnte sie auch nicht reden, das würde die Sache nur unnötig kompliziert machen. Ihre Großmutter Josefa? Die schon mal gar nicht. Mit Alfons eventuell, aber sie fürchtete, auch der sei zu alt, um sie zu verstehen. Zu konservative Ansichten. Ganz alte Schule mit Handkuss, Moral, Ehrenkodex und so. Es kam eigentlich nur Dave infrage. Della schlenderte betont gleichgültig zur Hochzeitsgesellschaft zurück. Wo war Dave? Sie blickte sich suchend im Raum um. Ah ja. Da stand er. Er sprach mit zwei alten Männern, die sie nicht kannte. Sie kannte außer ihrer Familie hier sowieso niemanden. Und es würde auch niemandem auffallen, wenn sie gar nicht da wäre. Ihre Mutter hatte sich bei Josefa eingehakt, schwenkte ihr – wievieltes? – Glas Champagner und spielte die reizende Tochter. Verdammte Heuchelei! Auch so eine Sache, die offenbar zum Erwachsensein gehörte. Würde sie nie machen. *Never*. Sie holte sich einen frischen Orangensaft. Sie wäre jedenfalls gut zu ihrem Kind, solange es in ihr wuchs. Und sie wäre auch gut zu ihrem Kind, wenn es geboren war. Und wenn es größer würde und Probleme kriegte. Falls sie es behielte. Sie wusste es nicht. Deswegen wollte sie ja mit Dave reden. Aber wenn sie mit ihm redete, und er könnte das Geheimnis aus Loyalitätsgefühl gegenüber Wally nicht für sich behalten? Wie würde ihre Mutter reagieren? Endlose Diskussionen wären mit Sicherheit die Folge. Vorwürfe. Ermahnungen. Moralpredigten. Was brachte ihr das jetzt? Wally tat ja immer nur so souverän und lässig. In Wirklichkeit war sie genauso stockkonservativ wie ihre Großmutter Josefa mit ihrem Adelsgezicke.

Della fühlte sich einsam. Sie setzte sich in einen Sessel und grübelte weiter. Gab es irgendeine Lösung, wie sie allein mit diesem Problem fertig werden konnte? Nein. Der einzige Ausweg war eine Abtreibung. Aber alles in ihr sträubte sich dagegen. Sie hatte gerade letzte Woche Fotos von Embryonen im Mutterleib gesehen, und die hatten sie sehr beeindruckt. Sie würde …

»Hey, Große, wieso sitzt du hier ganz allein in der Ecke?« Della schrak auf. Dave stand vor ihr und lächelte sie liebevoll an.

»Ach, Dave«, sagte Della. »Ich würde gerne mal mit dir reden. Ich –«

»*Dave*!« Natürlich ihre Mutter. »Gleich gibt es Essen. Ich denke, es ist jetzt genau der richtige Zeitpunkt für deine Rede.« Wally zerrte Dave, der Della einen resignierten Blick zuwarf, am Ärmel mit sich fort.

Gelangweilt hörte Della der Rede zu, die Dave auf das Brautpaar hielt. Er war ein bisschen aufgeregt, wie sie an dem plötzlich durchklingenden Akzent hören konnte, dabei jedoch wie immer sehr charmant. Aber letztendlich war auch Dave verlogen. Sie wusste schließlich, wie er und Wally über Josefa sprachen, wenn die nicht anwesend war. Sie könnte ja jetzt aufstehen und der versammelten Mannschaft mal die Wahrheit sagen. Sie würde *nicht* mit Dave reden. Vermutlich würde der auch nur sagen: »Besprich das mit deiner Mutter.« Und schon wäre sie genau da, wo sie nicht hatte sein wollen.

Dave war fertig, und das kalte Buffet wurde eröffnet. Wie sie sich alle darüber hermachten, diese ganzen Vornehmtuer, als hätten sie seit drei Tagen nichts mehr zu essen bekommen. Della betrachtete voller Abscheu die Delikatessen auf dem langen Tisch. Nun gut, was Wally konnte, konnte sie schon lange: weitreichende Vorsätze fassen; aber mit dem Unterschied, dass sie sie einhielte. Sie würde ab sofort Vegetarierin, darüber hatte sie sich mit Ines noch ein paar Tage vor deren Tod unterhalten. Die war auch der Meinung gewesen, Fleischessen sei eigentlich ekelhaft. Wenn sie jetzt Vegetarierin würde, könnte sie damit Ines' für den Rest des Lebens gedenken und den Vertrauensbruch wenigstens im Nachhinein sühnen. Also keine toten Tiere mehr. Oder noch besser: Sie würde Veganerin. Dann könnte Wally sehen, wo sie mit ihren hartgekochten Eiern und der Grünen Soße blieb, die es seit Monaten jeden, aber auch wirklich jeden Sonntag gab. Tränen stiegen in Della hoch. Sie kämpfte sie nieder. Dann stand sie auf und inspizierte lustlos das kalte Buffet. Gut, sie finge also gleich mit ihrer neuen Lebensweise an. Was konnte sie dann noch essen? Die Melone ohne den Schinken eventuell, obwohl durch den Kontakt mit Sicherheit schon Fäulniserreger vom Schinken auf die Melone übergegangen waren. Den Gurkensalat? Nein, der schwamm in Sahne. Lachs (*schon* wieder), Kaviar. Das war doch richtig pervers: Fische essen, noch bevor es welche waren. Roastbeef – blutiger Kadaver – zerstückelte Hühnchenteile … Ihr Magen verkrampfte sich. Irgendwelche Fischröllchen mit Sahnehäubchen verziert, Salate mit Sahne und noch mal Sahne angemacht. Gab es hier irgendetwas, was für eine konsequente Veganerin wie sie verzehrbar war? Della schaufelte sich einige Löffel Obstsalat auf den Teller. »Hach, Schätzchen, wie recht du hast!« Ihre Mutter stand neben ihr. »Ich sollte wahrhaftig auch nur noch Obst essen. Ich bin viel zu fett.« Della verzog das Gesicht zu einer Grimasse. Das war auch so ein Tick von Wally. Dabei war sie doch so was von schlank. Heute Morgen schon hatte sie behauptet, sie würde fett, weil sie nicht mehr rauche, sie spüre das ganz deutlich. Nach vierundzwanzig Stunden Nichtrauchen! Aber sie hätte da einen Physiotherapeuten (schon wieder einen Therapeuten!), der verstehe sich auf Kinesiologie und NLP, was auch immer das sein mochte, und dieser Physiotherapeut könne Wunder bewirken. Die Behandlung sei zwar etwas seltsam, er massiere hier, zupfe dort und drücke da, aber was der Mann eigentlich tue, sei, die Festplatte im Kopf neu zu programmieren. Und die Festplatte im Kopf, Della vermutete, damit sei das Gehirn gemeint, arbeite nach erlernten Mustern, die ebenfalls gelernte Muster an die Peripherie aussendeten, was zu Fehlhaltungen und Verspannungen führe, und eben diese Festplatte könne dieser Mann schon in *einer* Behandlung neu justieren. Della hatte nur halb hingehört wie immer, wenn Wally mit ihrem Fettsein anfing. Am besten wäre es, der Mann würde die Festplatte im Kopf ihrer Mutter komplett durch eine neue ersetzen. Della stocherte in ihrem Obstsalat. Na ja, so schlimm war Wally nun auch wieder nicht. Nur manchmal ziemlich nervig. Aber im Prinzip war sie schon in Ordnung. Sie wollte nur immer … *alles wird gut* … eine heile Welt um sich herum haben. Die Welt war aber nicht heil. Jedenfalls nicht, wenn man neunzehn war. Und schwanger vom Freund der besten Freundin, die gleich beerdigt wurde. Und wenn man keinen hatte, bei dem man sich aussprechen konnte. Wenn man stattdessen immer nur mit guten Ratschlägen bombardiert wurde. Das Abitur war wichtig, damit sie eine vernünftige Ausbildung in Angriff nehmen konnte, das sah sie ja ein. Besonders jetzt, mit einem Kind im Bauch. Nur: Keiner sagte ihr, was für eine Ausbildung sie machen sollte. *Ja, Kind, du musst doch selber wissen, was du gerne werden willst.* (Josefa). *Wie wäre es mit einem soliden Handwerk?* (Dave). *Ich bin für ein handfestes Studium.* (Wally). Woher sollte sie wissen, was sie gerne werden wollte? Irgendwas mit Kindern vielleicht – sie mochte Kinder. *Als Kindergärtnerin verdient man nichts, und Karriere kann man in so einem Job schon mal gar nicht machen.* (Wally). Was war ein solides Handwerk? Schreinern etwa? Und welches Studienfach war in den Augen ihrer Mutter handfest? *Medizin natürlich.* Sie hatte aber keine Lust, in den Wunden und Geschwüren anderer Leute herumzufuhrwerken. Kinderärztin – das mochte angehen; Kinder hatten noch nicht so grauselige Krankheiten wie Erwachsene. Aber den Numerus Clausus würde sie eh nicht schaffen. Und bei der Ausbildung floss auch Blut, und man musste Leichen auseinandernehmen. *Ines* … Della wollte den Gedanken an deren Obduktion ganz schnell wieder verdrängen. Trotzdem überlegte sie, was sich wohl in dem Sarg befand, der nachher in die Erde gesenkt wurde. Ihre Mutter hielt schon wieder ein Glas in der Hand. Jetzt also Rotwein. Wie wollte sie denn gleich aufrecht am Grab stehen? Della schob sich neben Wally. »Mama«, sagte sie mehr ängstlich als vorwurfsvoll. »Du wolltest doch keinen Alkohol mehr trinken.«

»Della, *bitte*! Erstens ist das wohl immer noch meine Sache. Zweitens habe ich gestern keinen Tropfen getrunken. Drittens habe ich heute den Jägermeister weggelassen. Und viertens ist das ja wirklich ein entsetzlicher Tag, den kein normaler Mensch ohne ein bisschen Sedierung überstehen kann.«

»Ich meinte ja nur …«, murmelte Della leise.

»Ist ja gut, Schätzchen«, sagte Wally unerwartet zärtlich. Sie zog Della an sich. »Ich weiß ja, wie dir das alles an die Nieren geht. Und ich finde es auch sehr lieb von dir, dass du auf mich aufpasst. Wir bringen gleich die traurige Beerdigung hinter uns, und dann reden wir. Mal wieder in Ruhe und ausführlich.«

»Aber du hast doch noch ein Gespräch mit –« Della unterbrach sich ertappt.

»Was meinst du, Schätzchen?«

»Ach, nichts«, sagte Della und wand sich unter Wallys Arm hervor.

35. **WALLY REDETE, UND GÜNTER SCHÜTTELTE DEN** Kopf. Er nickte, zwirbelte seinen Schnauzer, rieb sich das Kinn, kniff die Augen zusammen, blinzelte, benagte seine Unterlippe, kratzte mit der Linken seinen rechten Handrücken und umgekehrt, hüstelte nervös, schlug das rechte über das linke Bein und umgekehrt, stopfte seine Pfeife, zündete sie an, saugte und ließ sie wieder ausgehen, fuhr sich mit den Händen durch das schüttere Haar, machte »Hmhm« und schluckte trocken. »Ich hole uns was zu trinken«, sagte er endlich und kam kurz darauf mit einer Flasche *Rotkäppchen Sekt* zurück. »Tut mir leid«, sagte er. »Ich habe nichts anderes im Haus. Ist auch nicht kalt.«

Er füllte zwei schmuddelig wirkende Wassergläser und reichte eines davon Wally, die schon seit einer Stunde mit einer Zigarette spielte.

»So, jetzt stoßen wir erst mal auf das neue Jahr an!« Günter nickte Wally zu. Wally nickte zurück. Beide tranken.

»Uäh«, machte Wally. »Das Zeug schmeckt ja grauenhaft.« Sie leerte das Glas und hielt es Günter wieder entgegen. »Na ja – egal. Hauptsache, es wirkt. Ist ja auch nur heute. Ab morgen bin ich clean, verdammt noch mal! Also, Günter: Auf ein gutes neues Jahr.« Wally lachte freudlos. »Wollen wir mal stark hoffen, dass es nicht so weitergeht, wie es angefangen hat. Prost!« Sie drehte sich auf die Seite, zog die Beine auf die Ottomane und stützte ihren Kopf auf die Hand des angewinkelten Arms, der auf dem Kopfteil des unbequemen Möbels lag. Sie betrachtete eindringlich die Spitze ihrer Zigarette. »Wenn du wüsstest, wie gern ich diese Kippe rauchen würde! Aber ich klemme es mir weg. Prüfung genug an so einem Tag wie heute.« Günter saugte an seiner ausgegangenen Pfeife und nickte.

»Tjaja«, fuhr Wally fort. »Da sitzt sie also: die Heldin des Alltags mit ihren alltäglichen Niederlagen. Was sagst du nun zu alldem?«

Das fragte Günter sich schon die ganze Zeit. Was konnte er Gescheites zu *alldem* sagen? Er räusperte sich eingehend. »Wir befinden uns psychologisch gesehen auf mehreren verschiedenen Ebenen«, sagte er zögernd. »Unsere erste Aufgabe wird es sein, diese Ebenen sorgfältig voneinander zu trennen und jede für sich zu betrachten.« Wally schwieg erwartungsvoll. Wozu hatte sie einen Therapeuten? Der sollte jetzt mal seinen Job machen und ihr sagen, was sie tun sollte. Sie bezahlte ihn schließlich dafür.

»Leg dich auf den Rücken und schließ die Augen«, sagte Günter. Er hockte sich vor die Stereoanlage und klapperte mit den CDs. Wally winkte ungeduldig ab. »Nicht schon wieder Entspannungsübungen mit Esoklängen. Was ich heute brauche, sind ein paar praktische Tipps. Ein paar Kommentare. Hinweise. Die Entwicklung einer Perspektive. Ich habe ganz konkreten *Handlungsbedarf*. Sag mir, was ich machen soll! Ich drehe ja sonst noch komplett durch.«

Günter setzte sich wieder in seinen Sessel. Er legte die Fingerspitzen zusammen. »Gut«, sagte er. »Dann wollen wir uns zunächst einmal die verschiedenen Ebenen anschauen. Da bist also erst einmal du mit deiner histrionisch eingefärbten Persönlichkeit.«

»Ich bin nicht hysterisch«, erwiderte Wally entrüstet.

»Ich sagte histrionisch, nicht hysterisch.«

»Ach so. Und was ist der Unterschied? Ist ja auch egal. Ich will von dir kein Etikett umgehängt kriegen oder in einer deiner Therapeutenschubladen verschwinden. Das hilft mir nicht weiter.« Günter seufzte. »Dann eben anders. Gehen wir zunächst einmal nur von dir aus. Wir betrachten dich in deinen verschiedenen Rollen und Bedürfnissen. Obwohl du natürlich in ständiger Wechselwirkung zu den anderen Personen in deinem Umfeld stehst.«

»*Meine Bedürfnisse* – das klingt zum ersten Mal hoffnungsvoll.«

»Da bist also du«, fuhr Günter fort, eisern bemüht, sich nicht beirren zu lassen. »Eine erwachsene Frau und Geliebte eines Mannes, die mit diesem Mann eine harmonische Beziehung leben will. Gleichzeitig bist du aber auch die Tochter einer dich zeitlebens dominierenden Mutter, gegen die du dich verständlicherweise abgrenzen willst. Dann bist du selber Mutter dreier sehr verschiedener Kinder und willst – auch das ist verständlich – alles besser machen als deine Mutter. Wobei Della in einem Alter ist, in dem sie dich wiederum mit deinem eigenen Mutterkonflikt konfrontiert. Dann haben wir dich noch in der Rolle der selbstständigen Frau, die unter manischem Energieeinsatz unabhängig sein will. Auch oder gerade finanziell.«

Wally streckte sich auf der Ottomane aus. Sie schloss die Augen. »Jetzt wird mir auch klar, warum ich dich so brauche, Günni. Ich kann ja nur hier bei dir einfach ich selber sein. Ohne dass irgendjemand nach mir kräht, an mir zerrt, mich in eine Funktion drängt. Du hast recht. Jeder Mensch braucht ein Refugium.«

Günter nickte, ging aber nicht auf Wallys Einwurf ein. »Das sind also die Ebenen, mit denen wir es zu tun haben«, sagte er. »Hinzu kommen die aktuellen Konflikte. Die Heirat deiner Mutter, die in direkter Konkurrenz zu deinen Eheplänen steht. Und deine Absicht, Dave zu heiraten, stellt wieder ein anderes Thema dar. Der plötzliche Tod einer Freundin von Della, der dir verdeutlicht, wie ungeheuer dünn die Grenze zwischen Leben und Tod ist. Dein Wunsch, ein viertes Kind zu bekommen, stellt genauso wie die geplante Heirat einen Angriff auf deine Unabhängigkeit dar. Auch wenn du meinst, es sei alles von deinem freien Willen gesteuert, das ist es nicht, glaub mir! Jedenfalls zu großen Teilen nicht. Wir alle tun oft Dinge, von denen wir meinen, wir hätten uns bei klarem Verstand dafür entschieden, und sind doch oft genug nur die Marionetten unseres eigenen Kindertheaters. Unsere frühkindlichen Muster sind nun einmal enorm stark. Und das, was wir ihretwegen tun, ist kaum mit dem Verstand zu steuern. Ich weiß, wovon ich rede.«

»Das will ich doch stark hoffen«, entgegnete Wally mit ironischem Unterton. »Aber jetzt komm mal zur Sache. Dieses ganze Herumtheoretisieren bringt mir nichts. Ich stehe unter einer entsetzlichen Anspannung. Vermutlich auch, weil ich jetzt über eine Woche nicht gearbeitet habe. Ich bin heilfroh, wenn ich morgen wieder meinen normalen Tagesablauf abspulen kann. Das lenkt mich ab. Immer wenn ich ein paar Tage zu Hause sitze, überfallen mich diese schrecklichen Depressionen.«

»Wir wollen uns das genauer anschauen. Deine Depressionen, die ich im Übrigen nicht als solche ansehe – ich persönlich glaube, das sind unbewältigte Kindheitsängste und damit verbundene Gefühlserinnerungen, echte Depressionen äußern sich in ganz anderen Symptomen –, kommen ja immer dann hoch, wenn du sie nicht durch übersteigerten Aktionismus verdrängen kannst. Wir sollten noch einmal bei deiner Mutterbeziehung anfangen. Und wenn wir die gründlich aufgearbeitet haben, dann wäre auch mal dein Vater an der Reihe. Dieses Thema anzugehen, hast du bisher leider, und das mache ich mir selber ausdrücklich zum Vorwurf, denn ich ließ es zu, generell verweigert. Gerade dein Vater, indem er deine Mutter ständig betrogen und die Familie im Stich gelassen hat, spielt eine gravierende Rolle bei deinen Abgrenzungsbemühungen. Du bist das Paradebeispiel einer erwachsenen Frau, die in ihrer Kindheit emotional zu kurz gekommen ist. Zwar haben deine Eltern dich umsorgt. Sie haben dir auch eine gute Ausbildung ermöglicht, natürlich. Sie haben alles getan, was man in euren Kreisen für seine Kinder tut, aber wirkliche Liebe hast du nicht bekommen. Deshalb willst du diesen Mangel zeitlebens kompensieren, indem du versuchst, dein Leben und das der dir nahestehenden Personen in eine Richtung zu dirigieren, die *dir* das Gefühl gibt, dass es allen gut geht. Du bist aber nicht für alles verantwortlich, was geschieht, Wally. Und du kannst das Leben, insbesondere das der anderen, nur bedingt nach deinen Vorstellungen formen, das weißt du, wenn du ehrlich zu dir bist. Und weil du das weißt, versuchst du, und das ist schon fast als zwanghaft zu bezeichnen, über alles und jeden die Kontrolle zu behalten. Dieses extreme Kontrollbedürfnis ist gleichzusetzen mit dem, möglicherweise unbewussten, Versuch, Macht über andere auszuüben. Das nennt man gemeinhin Manipulation. Du –«

»Jetzt hör aber auf, Günter«, fiel Wally ihm erbost ins Wort. »Fang jetzt nicht mit diesem ganzen ausgelutschten tiefenpsychologischen Gegargel an! Wenn ich das wollte, würde ich zu einem Psychoanalytiker gehen. Hatten wir ja alles schon. Fünf Jahre auf der Couch haben mir außer *Aha-soso* und zusätzlicher Verwirrung nichts gebracht. Ich bin erwachsen und lehne es ab, in meiner Kinderkacke herumzustochern. Natürlich will ich, dass es meiner Familie gut geht. Das hat doch nichts mit *Kontrolle* und *Manipulation* zu tun. Ich nenne das Verantwortung. Ab einem gewissen Alter, ich sage mal, spätestens ab dreißig, hat der Mensch die Pflicht, die Gegebenheiten seines Lebens anzuerkennen. Irgendwelche Schuldzuweisungen an meine Eltern halte ich für absolut sinnlos. Das lässt sich doch sowieso alles nicht mehr ändern. Reine Zeitverschwendung. Ich bin alt genug und bereit, Verantwortung zu übernehmen. Für die Kinder, für Dave und für mich. Und deshalb komme ich zu dir. Ich komme zu dir, weil ich Rat brauche, einen Gesprächspartner, der mir sagt, was ich tun soll.«

»Das ist nicht mein Job, Wally. Das darf ich vom therapeutischen Gesichtspunkt her auch gar nicht. Ich kann dir nur helfen, Klarheit über dich zu gewinnen und Lösungen zu entwickeln.«

»Dann *mach* das bitte und frustriere mich nicht noch zusätzlich! Ich habe den Eindruck«, setzte sie mit einem kurzen Schulterzucken hinzu, »du hörst mir gar nicht richtig zu. Jetzt vergiss doch mal für eine Stunde, dass du mein Therapeut bist! Rede einfach als Freund mit mir und gib mir noch einen Schluck von der warmen Plörre.«

»So«, sagte sie, während Günter ihr nachschenkte. »Bevor du dich in weiteren Exkursen über meine verunglückte Kindheit und daraus resultierende Machtausübungsfantasien ergehst, versuche ich mal selber, mein momentanes Chaos zu ordnen. Meine Mutter ist also verheiratet. Thema abgehakt. Soll sie glücklich werden! Ich werde im Februar heiraten, und zwar gerne. Das kann also auch nicht das Problem sein. Ich habe wegen der Hochzeit und der Beerdigung einen entsetzlichen Tag hinter mir. Eine ausgesprochene Ausnahmesituation. Geht also auch vorüber. Was bleibt, ist ein quasi erwachsenes Kind, um das ich mir Sorgen mache – du hättest Della sehen sollen, wie sie eben am Grab stand, ich habe wahrhaftig gedacht, die klappt mir zusammen –, und der Stress mit dem Führerschein natürlich. Mehr ist ja eigentlich gar nicht. *Wo also sind die Probleme, in die du mich hineinzureden versuchst?*« Sie blickte Günter herausfordernd an. Günter schwieg verwirrt. Er versuchte sich vorzustellen, was seine kluge Margarete jetzt sagen würde. Sein Gesicht nahm einen dümmlichen Ausdruck an.

»He, Günni! Haaallo! Nun guck nicht so sorgenvoll. Ich habe dich etwas gefragt.« Wally wackelte ungeduldig mit dem Kopf und schnitt Günter das Wort ab, bevor er etwas erwidern konnte. »Gut, dann werde ich dir jetzt mal was sagen: Das Einzige, was du mir *e-ven-tu-ell*«, sie betonte jede einzelne Silbe, »zum Vorwurf machen kannst, ist, noch ein Kind zu wollen. Das ist mit Sicherheit hochemotional. Und meinetwegen auch frühkindlich angelegt. Aber das ist nun wirklich meine Sache. Eigentlich wollte ich ja immer fünf. Alles eine Frage der Organisation. Lass mich mal machen! Ich bin überdreht, weil ich nicht mehr trinke« – Günters Augenbrauen verschwanden fast im Haaransatz – »das ist heute eine Ausnahmesituation, und weil ich nicht mehr rauche. Ansonsten ist alles in Ordnung. Und was Della angeht … Ich hatte schon längst die Absicht, sie zu dir zu schicken. Vielleicht kriegst du Dinge aus ihr heraus, an die ich als Mutter nicht herankomme. Was hältst du davon?«

»Wally – äh –«

Wally schlüpfte in ihre Schuhe und stand auf. »Okay, okay«, sagte sie. »Ich hab dich offenbar heute auf dem falschen Fuß erwischt. Na ja – egal. Bestell mir ein Taxi, ach was, brauchst du nicht. Ich hab ja mein Handy. Ich muss jetzt nach Hause. Ich habe Della ein Gespräch von Frau zu Frau versprochen. Vielleicht bringt es ja was. Und du solltest dich meines Erachtens hinlegen oder einen Spaziergang machen. Du bist ja völlig durch den Wind.« Sie blickte Günter forschend an, setzte sich wieder und legte eine Hand auf sein Knie. »Stimmt irgendwas nicht mit dir? So unpräzise und ohne Meinung habe ich dich noch nie erlebt.«

»Nein, nein«, wehrte Günter ab. Sein Bein entzog sich Wallys Hand. »Es ist nur, weil Margarete und ich …« Günter unterbrach sich.

»Was ist mit Margarete und dir?«

»Ach, nichts.«

Seltsam, dachte Wally, als sie im Treppenhaus mit ihrem Handy ein Taxi bestellt hatte und die letzten Stufen hinabstieg, das ist das zweite Mal heute, dass ich diese Antwort kriege.

36. ALWA HATTE DIE UNTERLAGEN, DIE PATRICIA im Wäscheschrank gefunden hatte, noch einmal gründlich studiert. »Dein Mann ist ein Idiot, Patricia«, stellte sie mit einem zufriedenen Ausatmen fest. »Das Material hier ist ohne jeden Zweifel die beste Waffe gegen ihn, die wir uns wünschen können. Der hat ja alles notiert. Und das auch noch handschriftlich. Jeden einzelnen Samstag, an dem du in Frankfurt das Gold unter die Leute gebracht hast. Mit dem erzielten Preis, genauem Datum und sogar Uhrzeit. Und jeder Termin ist so festgehalten, als hätte es dich in diesem Spiel gar nicht gegeben. Allein im vergangenen Jahr zwölfmal. Zum Beispiel hier: *Samstag, einunddreißigster Oktober: Goldübergabe an Fritz Emischreuter*. Emischreuter – was für ein Name …«

»Das ist der, mit dem ich normalerweise zu tun hatte. Das letzte Mal war es ja dieser Kabeljau«, entgegnete Patricia.

Alwa blickte auf. »Dein Mann hat dich jahrelang minutiös beschattet oder beschatten lassen. Das nenne ich wahre Liebe. Selbst die letzte Übergabe ist hier verzeichnet: *Samstag, siebter Dezember, dreiundzwanzig Uhr: Goldübergabe an Theodore Kabbelau*. Das funktionierte sogar, während er auf Mauritius war. Obwohl – war er überhaupt tatsächlich auf Mauritius? Hast du das jemals gegengecheckt?«

Patricia schüttelte den Kopf. Sie spielte an ihren Ringen.

»Du bist ein ganz schön naives Seelchen. Aber das spricht letztendlich für dich. Wir können uns glücklich schätzen. Dein Mann ist offenbar nicht nur dämlich, sondern auch über alle Maßen eitel. Sonst hätte er diese Goldübergabetermine nicht so festgehalten, als wäre *er* derjenige gewesen, der das alles gedreht hat. Wofür hat er das gemacht? Kein normaler Krimineller würde ihn selbst derartig belastendes Material produzieren. Normaler Krimineller …«, sie stutzte. »Hörst du dir zu, Alwa Möwes? Wie auch immer. Ob normal kriminell oder nicht: Wenn wir deinem Mann mit diesen Aufzeichnungen winken, wird er sehr, sehr schnell verhandlungsbereit sein.«

»Ja, aber der Emischreuter und der Kabeljau, die können jederzeit gegen mich aussagen. Die kennen mich doch.«

»*Kabbelau*. Vor denen brauchst du keine Angst zu haben. Die wären selber dran, wenn sie den Mund aufmachen würden. Nein, nein. Von der Seite besteht keine Gefahr. Ich habe nur Angst, in deinem Mann könnten Rachegelüste gegen dich hochkommen, die er auf privatem Wege abreagieren möchte. Das heißt konkret: Ich mache mir Sorgen um dich. Das Beste wird sein, wenn wir ihn erst mal fest in die Zange nehmen. Danach können wir ihm peu à peu Kompromisse anbieten, die ihn, wenn schon nicht dankbar, so aber doch wenigstens einigermaßen friedlich stimmen. Furchtbar viel Geld, fürchte ich, wird für dich nicht drin sein.«

»Das ist egal. Wenn ich nur halbwegs ungeschoren aus der ganzen Sache herauskomme. Und meine Eltern verschont bleiben.« Der letzte Satz klang sehr kleinlaut. »Ich muss mich halt auf eigene Füße stellen. Da wird mir schon etwas einfallen. Wer arbeiten will, findet auch Arbeit.«

»Klopf bei unserem Brionikanzler an«, erwiderte Alwa süffisant. »Nee, im Ernst. Du bist intelligent, du siehst gut aus, du sprichst mehrere Sprachen, da wird sich in unserer Messestadt mit Sicherheit etwas finden. Und jung bist du auch noch. Apropos jung: Was macht unser Freund Sebastian? Hast du ihn erreicht?«

»Warum bist du so zynisch?«

»Ich bin nicht zynisch.«

»Ja, ich habe ihn erreicht. Er ist ziemlich traurig, wie mir scheint.«

»Dann tröste ihn! Eine kleine Affäre würde dir auch guttun nach dem ganzen Trouble. Wieso wirst du jetzt schon wieder rot?«

»Er will sich heute Abend mit mir treffen. Ich habe das aber offengelassen. Ich wollte nichts tun, ohne vorher mit dir gesprochen zu haben.«

»Patricia, du bist wirklich rührend. Ich sagte doch, du kannst ihn haben. Bin ja selber froh, ja, es entlastet mich sogar, wenn ich weiß, dass er jemanden hat, der sich um ihn kümmert.«

Patricia wechselte das Thema. »Weißt du eigentlich, wann Carl zurückkommt?«

»Nichts Genaues. Wally meinte gestern Abend am Telefon so in fünf, sechs Tagen.«

»War's sehr schlimm?«

»Was?«

»Das Gespräch mit der Gräfin.«

»Nö, war okay. Wally ist ja nichts Menschliches fremd.«

»Das habe ich dir doch gleich gesagt. Die soll mal als Erste den Mund halten. Mit ihrer Führerscheinsache.«

»Ich weiß nicht, wieso du immer so biestig wirst, wenn das Gespräch auf Wally kommt. Wo liegt da eigentlich der Hund begraben?«

Patricia winkte ab. »Ich rufe jetzt Sebastian an und sage ihm für heute Abend zu.«

»Wo willst du mit ihm hin?«

»Ich könnte ihn zum Essen einladen. Vielleicht in den Tigerpalast?«

Alwa stieß einen leisen Pfiff aus. »So feudal willst du rangehen? Aber nötig wäre das nicht. Du kriegst ihn sicher auch ohne Bestechungsmaßnahmen.«

»Alwa, du *bist* zynisch. Oder doch eifersüchtig.«

»Quatsch! Ruf ihn an, und dann wenden wir uns noch einmal deinem Gatten zu, damit wir eine Verhaltensstrategie für dich entwikkeln können. Ich gehe derweil mal kurz was einkaufen, die Geschäfte machen gleich zu.«

Alwa verließ das Zimmer. Sie wollte nicht hören, wie Patricia Sebastian anflötete. Es war so, wie Patricia sagte, auch wenn ihr das gar nicht gefiel: Sie war eifersüchtig. Und Sebastian fehlte ihr bereits. Aber sie wollte diese Gefühle nicht zulassen. Was dir fehlt, ist bloß der Sex, sentimentale Gans, schimpfte sie mit sich. Aber sie wusste, das stimmte so nicht. Von Sebastian hatte sie bekommen, was sie sich von Manuel so sehr ersehnt hatte: Hingabe, Wärme, Verehrung, uneingeschränkte, offene und unkomplizierte Zuneigung. Einfach so. Bei Manuel hatten *Gefühle* ständig intellektuell hinterfragt und analysiert werden müssen. Trotzdem: Was ihr jetzt mit Sebastian so unkompliziert erschienen war, würde spätestens dann problematisch werden, wenn sie fünfzig würde. Dann wäre Sebastian dreiunddreißig. Sie schüttelte den Kopf. Wieso konnte sie sich nicht über diese lächerlichen gesellschaftlichen Vorgaben hinwegsetzen? Wäre sie der Mann und Sebastian die Frau, dann wären siebzehn Jahre Altersunterschied kein Thema. Über den fünfzigjährigen Joschka Fischer war auch gerade berichtet worden, er wolle eine Neunundzwanzigjährige heiraten. Einundzwanzig Jahre Altersunterschied! Und wenn sie Sebastian einfach genösse, solange es ginge? Ein Jahr? Zwei Jahre? Vielleicht sogar länger? Noch konnte sie ihre Entscheidung rückgängig machen. Das Treffen von

Sebastian und Patricia hatte gar nichts zu bedeuten. Wieder schüttelte sie den Kopf. Nein, lieber jetzt eine konsequente Trennung als ein Gefühlsdesaster in ein paar Monaten oder Jahren. Sebastian würde sich irgendwann einer anderen zuwenden. Spätestens mit Anfang dreißig würde er sich in eine Frau verlieben, die jünger war als er. Und dann säße sie da. Als frustrierte Fünfzigjährige, die den Anschluss verpasst hatte. Für Sebastian wäre auch in acht Jahren noch alles ganz einfach. Der konnte sich jederzeit neu verlieben. Aber wer verliebte sich mit fünfzig noch? Ja, Joschka Fischer vielleicht. Aber konnte *sie* sich, wo es schon jetzt schwierig genug war, einen ihrem Alter entsprechenden Mann zu treffen, der nicht gebunden war, mit fünfzig noch verlieben? Ihre Mutter hatte vor ein paar Monaten, als Alwa in einem schwachen Moment (und mit einer Flasche Wein im Bauch) am Telefon ihr Alleinsein beklagt hatte, eine Bemerkung gemacht, die Alwa auf die Palme gebracht hatte. *Ein spätes Glück kann auch sehr schön sein, Kind.* Dieser Satz war Alwa wie ein verfrühtes Todesurteil vorgekommen. Wie eine Kapitulation. Mit Sebastian hatte sie sich so gefühlt, wie sie sich sowieso fühlte, wenn sie nicht in den Spiegel sah: nicht älter als fünfundzwanzig. Eine Szene aus *Harry und Sally* fiel ihr ein. Die Szene, über die sie sich immer so amüsiert hatte. Als nämlich Sally in einem jammervollen Rundumschlag über ihr Leben beklagt, sie würde vierzig. Und Harry erstaunt erwidert: »Aber doch erst in acht Jahren.«

Dreißig werden, eine Zahl, die den meisten Frauen angeblich furchtbar zu schaffen machte, hatte Alwa ganz normal gefunden, und sie vermutete, auch andere Frauen kokettierten nur mit dieser Altersbarriere. Vierzig zu werden war schon schwieriger gewesen. Und jetzt hingen die fünfzig drohend über ihr. Sie konnte sich den Traum von einer eigenen Familie wirklich abschminken. Sie stutzte. Was hatte sie gerade gedacht? Den Traum von einer eigenen Familie? Sie hatte doch nie eine gewollt. Jedenfalls nicht, solange Manuel in ihrem Leben eine Rolle gespielt hatte. Und das hatte er bis vor ein paar Wochen. Auch-obwohl-gerade-weil er sich über Ehe und Familie immer abfällig geäußert und die erwachsene Mann-Frau-Beziehung ohne Übergriffe durch Dritte (*Übergriffe durch Dritte* – damit hatte er Kinder gemeint!) proklamiert hatte. Auch-obwohl-gerade-weil sie jahrelang keinen Kontakt gehabt hatten. Wie bereitwillig sie, seitdem sie denken konnte, seine Meinungen und Ansichten übernommen und zu ihrem eigenen Lebensprinzip gemacht hatte! Und was tat er? Er war hingegangen und hatte nicht nur geheiratet, sondern auch zwei Kinder in die Welt gesetzt. Manuel war ein Verräter. Und sie war eine Idiotin. Eine Idiotin, die in ein paar Monaten dreiundvierzig wurde. Ihr Zug war abgefahren. Sie war allein. Und sie hatte noch nicht einmal ein Kind. Wenigstens das sollte sie noch zustande kriegen, bevor sie resigniert aufgab. Also doch Sebastian? So schlimm waren die Kinderfotos nun auch wieder nicht. Wenn sie sich ein wenig Mühe gab, dann konnte sie sich darüber hinwegsetzen. Alwa blieb abrupt stehen. Eine Gruppe Jugendlicher stolperte mit vielen Hallos, Hopplas und anderen Bemerkungen an ihr vorbei. Sie glaubte sogar, *schöne junge Frau* gehört zu haben. Jawohl! Bevor Sebastian sich mit Patricia tröstete, würde sie dafür sorgen, schwanger zu werden. Alwa trabte im Laufschritt zu ihrer Wohnung zurück.

37. WAS MACHT MAN MIT EINEM KIND, DAS KEINS mehr ist, sich aber wie eins verhält? Wally kam bei Della keinen Schritt vorwärts. Sie sprach jetzt seit über einer Stunde mit ihr, und das Gespräch drehte sich im Kreis. Immer wenn Wally das Gefühl hatte, sie hätte Della an einen Punkt gebracht, an dem diese bereit war, ihren inneren Widerstand aufzugeben, schnappte der Panzer wieder zu. Stattdessen hielt Della ihr Vorträge über ihre neueste Marotte: Sie sei jetzt Veganerin. Und sie sei traurig wegen Ines. Und sie wisse nicht, was sie eigentlich nach dem Abitur machen solle, das sei ihr heute zwischen den ganzen grau melierten Herrschaften klar geworden. Ansonsten sei nichts.

»Nichts«, sagte Wally aufgebracht. »Das scheint das Motto des heutigen Tages zu sein. Ich werde in ein paar Jahren noch sagen müssen, wenn ich auf diesen vierten Januar angesprochen werde: das war der Tag, an dem *nichts* war. So ein Blödsinn! Ich merke doch, da ist noch irgendwas anderes, Della. Du kannst mir nichts vormachen. Als Mutter spürt man das.«

Della schwieg.

»Nicht alles, was einen bewegt, mag man vielleicht mit seiner Mutter besprechen«, fuhr Wally fort. Ihre Stimme wurde schmeichelnd. »Das verstehe ich im Prinzip sogar. Ich habe in meiner Jugend auch nicht gern mit Josefa gesprochen. Aber ich bin doch nicht wie Josefa. Jedenfalls gebe ich mir große Mühe, die Fehler zu vermeiden, die sie gemacht hat.«

»Dafür machst du eben andere«, erwiderte Della.

»Ah ja. Und welche?«

»Du hast diesen bescheuerten Alles-wird-gut-Tick und meinst immer, du müsstest alles im Griff haben und kontrollieren können.«

Das saß. Wally schluckte. Ich werde später über dieses Thema noch einmal nachdenken, entschied sie.

»Gut, Della«, sagte sie nach einer kurzen Pause. »Ich bin tatsächlich der Meinung, auch für dich und dein Leben verantwortlich zu sein. Aber du hast keinen Grund, dich über mich zu beschweren. Eine Mutter, die so liberal eingestellt ist wie ich, musst du mir erst mal zeigen.«

»Ja, Mama«, erwiderte Della. »Sind wir jetzt fertig?«

»Für heute ja«, sagte Wally. Della ging in ihr Zimmer und Wally in die Küche. Sie entkorkte eine Flasche Wein. Der Ausnahmetag war noch nicht zu Ende. Mit Wein, Glas, Zigaretten und Aschenbecher ging sie nach oben. Kopfschüttelnd legte sie die Zigaretten mit dem Aschenbecher auf ihren Sekretär. Sie rauchte doch gar nicht mehr. Reiner Reflex. Glas und Rotweinflasche stellte sie neben ihr Bett. Sie stopfte sich ein paar Kissen in den Rücken. Wieder allein. Dave war nach dem Abendessen in sein Atelier gegangen. Er müsse den Tag verdauen, hatte er gesagt. Als wäre er der Einzige, der was zu verdauen hatte. Wally fand seinen Rückzug brüskierend. Dave wich ihr aus. Della wich ihr aus. Günter war ihr ausgewichen. War das das Ergebnis gescheiterter Kontroll- und Machtausübungsversuche? Hatte Günter recht? Sie seufzte. Die Zigaretten winkten ihr zu. Nein, sie würde nicht rauchen! Vielleicht sollte sie doch das Atemenergetikseminar machen. Laut Günter war das sehr hilfreich beim Erkennen und Verarbeiten von Frustrationen, die aus der Kindheit herrühren. Es war sicherlich auch hilfreich beim Versuch, Nichtraucher zu werden. Atmung und Rauchen – das hing ja thematisch ganz dicht zusammen. Sie sollte Günter noch einmal darauf ansprechen. Sie nahm einen kräftigen Schluck Wein und schloss die Augen.

Della …

Wally versuchte sich zu erinnern, wie sie sich gefühlt hatte, als sie neunzehn gewesen war, und riss entsetzt die Augen wieder auf. Sie weigerte sich zu begreifen, was in Della vor sich ging. Sie selbst hatte mit knapp zwanzig Matz – Matthias von Ockeren-Seelmann – kennengelernt und war in dem Glauben, ein Stück Freiheit zu gewinnen, in eine Ehe geflohen, die sie schnell bereut hatte. Sie hatte bloß das eine Gefängnis gegen ein anderes getauscht. Jawohl, sie war geflohen, und zwar vor Josefa. Vor ihrer Mutter! Und jetzt regte sie sich über ihre neunzehnjährige Tochter auf, die immerhin noch zu Hause wohnte und auf ihre Weise versuchte, sich abzugrenzen. Wenn sie sich weiter so aufspielte, würde Della möglicherweise denselben Fehler machen wie sie und in eine unüberlegte Ehe stolpern und viel zu früh ein Kind bekommen. Della war erwachsen. Das musste sie endlich zur Kenntnis nehmen. Und aufhören, alles besser zu wissen und zu kontrollieren.

Bis hierher war sie bereit, Günter zu folgen.

Zu dem Vorsatz, nicht mehr zu rauchen und nicht mehr zu trinken, gesellte sich ein weiterer: Della loslassen.

Nun zu Dave. Mit welchen Maßnahmen kontrollierte sie ihn? Sie ließ ihm doch jede Freiheit. Sie ließ ihn ins Atelier gehen, wann immer ihm der Sinn danach stand. Sie ließ ihn nach Griechenland fahren, wo er tun und lassen konnte, was er wollte. Sie nahm seine Depressionen hin. Das Einzige, was sie von ihm forderte, war, dass er sich mit ihr auseinandersetzte. Anteil nahm an ihren Gefühlen und Gedanken. Das war doch nicht zu viel verlangt. Obwohl, sie wurde sehr nachdenklich, wenn sie ganz ehrlich war, und das wollte sie heute unbedingt sein, dann versuchte sie seit sechs Jahren, Dave zu ändern. Seit sechs Jahren wusste sie, wie zurückhaltend er in Gefühlsdingen war. Seit sechs Jahren wusste sie, wie wortkarg er war, und klagte doch ständig Gespräche bei ihm ein. Seit sechs Jahren wusste sie, dass er drei-, viermal im Jahr unter einer Depression litt, die sie seit sechs Jahren gar nicht richtig ernst nahm.

Echte Depressionen äußern sich in ganz anderen Symptomen,

hörte sie Günter sagen. Sie erinnerte sich an einen Bericht über depressive Erkrankungen, den sie kürzlich gelesen hatte. Erkrankungen! Und sie hatte Dave lachend aufgefordert, den Artikel zu lesen, da würde er sich endlich wiederfinden und weiter bemitleiden können. Sie hatte wirklich nichts begriffen. Sie war genauso egozentrisch wie Josefa. Sie bildete sich ein, liberal zu sein. In Wirklichkeit war sie unsensibel, immer nur mit sich selbst beschäftigt. Und, jawohl, Günter und Della hatten recht: Sie nörgelte endlos herum, wenn die Dinge nicht so liefen, wie sie es wollte. Sie versuchte, die anderen zu manipulieren, damit es ihr gut ging. Auch Dave hatte mit seinen Vorwürfen recht, die sie mit einem Fußtritt und gebrochenen Rippen belohnt hatte.

Wally wurde flau. Angewidert stellte sie das Weinglas auf die Erde. Das Wichtigste war, sofort mit dem Alkohol aufzuhören. Der verklebte ihr nur das Hirn. Ein seelischer Kater, so wie sie ihn augenblicklich fühlte, war schon schlimm genug.

Sie ließ das Gespräch mit Günter noch einmal Revue passieren. Günter war doch ein guter Therapeut! *Sie* war es, die nicht richtig zuhörte. Mit welcher Ignoranz sie auf ihn niedergegangen war. Dabei hatte er eigentlich alles auf den Punkt gebracht. Ihren Mutterkonflikt, den sie auf Della übertrug. Ihre Konkurrenzhaltung gegenüber Josefa. Wieso hatte diese Heirat sie denn so endlos echauffiert? Sie konnte doch froh sein, dass Alfons sich jetzt mit Josefas Neurosen auseinandersetzen musste. Aber nein, sie maßte sich Urteile über das Leben und Verhalten ihrer siebzigjährigen Mutter an. Was würde Josefa sagen, wenn sie wüsste, dass sie über Daves Kopf hinweg entschieden hatte, ein viertes Kind zu kriegen? Furchtbar aufregen würde sie sich. Und das mit Recht. Eine so weitreichende Entscheidung ohne Dave zu fällen, war Manipulation der übelsten Art.

Wally schnellte hoch. Vielleicht war Dave deshalb so merkwürdig? Vielleicht hatten Carl oder Herr Kabbelau ihm gegenüber eine Andeutung gemacht? Sie musste sofort mit Dave reden! Sie sprang aus dem Bett. Die Rotweinflasche kippte gegen das halbvolle Glas, und es zerbrach. Wally rannte nach unten und holte eine Rolle Küchenkrepp. Ich sollte lieber Parkett legen lassen, statt noch ein Kind zu kriegen, sagte sie sich mit einer Mischung aus Ärger und Selbstironie, als sie die Rotweinlache aus dem Teppichboden zu reiben versuchte. Sie rannte in die Küche zurück, ergriff das Salzfass und lief wieder hinauf. Sie kippte den gesamten Inhalt auf den Fleck und rieb ihn ein.

Ich sollte auch mit Della reden, überlegte sie dabei. Und mit Günter. Am besten auch mit Josefa. Sie ließ sich aufs Bett fallen. Das war zu viel auf einmal. Sie musste Prioritäten setzen. Della schlief sicher längst. Josefa hatte heute ihre *Hochzeitsnacht*. Günter hatte Zeit bis zur nächsten Sitzung. Jetzt ging es um Dave. Um sie und Dave. Sie musste zu ihm ins Atelier, auch wenn er es nicht mochte, wenn sie ihn dort störte. Das Gespräch war wichtig. Sie bestellte ein Taxi.

38. ALWA KAM ZU SPÄT. PATRICIA WAR BEREITS AUF dem Weg nach Bockenheim. Sebastian stand vor dem Haus in der Schlossstraße, als sie vorfuhr. Sie stellte den Motor ab und stieg aus.

»Hi, Sebastian«, sagte sie.

Sebastian ignorierte die Hand, die ihm Patricia zur Begrüßung entgegenstreckte, und zog sie an sich. »Hi, Patricia«, entgegnete er. »Wie lieb von dir, dass du dich um mich kümmerst.«

»Hört sich an, als wäre das hier eine Wohltätigkeitsveranstaltung. Und das ist es nicht.« Patricia trat verlegen einen Schritt zurück. »Ich kann genauso wie du ein bisschen Ablenkung gebrauchen. Komm, steig ein.«

»Wenn du Lust hast, können wir uns nach dem Essen die Show ansehen«, sagte sie im Auto. »Das letzte Mal habe ich sie vor vier Jahren gesehen. Mit meinem Mann.«

»Was ist eigentlich mit deinem Mann? Alwa wollte mir nichts erzählen.«

»Gut so. Ich will auch nicht darüber sprechen. Es ist vorbei.«

Sebastian blickte aus dem Fenster. »Dann haben wir etwas Gemeinsames«, murmelte er leise.

»Sieht so aus«, entgegnete Patricia. »Also keine Wohltätigkeitsveranstaltung, sondern eine Notgemeinschaft.«

Sebastian lachte. »So würde ich das nun auch wieder nicht bezeichnen«, sagte er. »Ich freue mich jedenfalls, dich zu sehen.«

Patricia sah aus den Augenwinkeln, wie sich seine Hand ihrem Knie näherte, er legte sie jedoch auf der Mittelkonsole ab. Schade, dachte sie.

»Du hast eben von einer Show gesprochen. Was meinst du damit?«, fragte Sebastian.

»Die Spätvorstellung im Tigerpalast.«

»Ich dachte, wir gehen in ein Pub.«

»Lass das nicht Johnny Klinke hören! Nein, der Tigerpalast ist ein Varieté. Das einzige seiner Art in Frankfurt. Wurde vor zehn Jahren eröffnet. Mit Bar und Restaurant. Einem hervorragenden Restaurant. Ich glaube sogar, die haben sich inzwischen einen Stern ergattert.«

»Michelin?«

»Hm.«

»Wow«, sagte Sebastian ehrfürchtig. »Jetzt bin ich gespannt.«

Sebastian war zunächst mal von den Preisen überrascht, nachdem er Speise- und Getränkekarte studiert hatte. »Atemberaubend«, sagte er. »Aber wir wollen gleich festhalten: Du hast mich zwar zum Essen eingeladen, aber die Getränke übernehme ich. Was hältst du von einer Flasche Rioja?« Patricia nickte.

Zwei Stunden später hatten sie, unter sorgfältiger Bewachung des reichlich vorhandenen Personals, exorbitant gespeist und die zweite Flasche Wein vor sich stehen.

»Die geht auf mich«, sagte Patricia. Sebastian wollte protestieren, aber Patricia schnitt ihm das Wort ab. »Nun hör schon auf«, sagte sie. »Noch habe ich Geld. Du kannst dich ja irgendwann mal revanchieren.«

Bis dahin hatten sie sich, wie man so schön sagt, nett unterhalten. Jetzt begann Patricias Zunge sich zu lösen. Sie erzählte Sebastian von ihrer behüteten Jugend und kam dann recht schnell auf ihre sieben wilden Jahre. Sie konnte im Nachhinein gar nicht sagen, was sie dazu veranlasst hatte, sich so weit zu offenbaren.

»Vielleicht wollte ich ihn abschrecken«, sagte sie später zu Alwa. »Vielleicht war das eine unbewusste Abwehrmaßnahme, denn ganz geheuer war mir das nicht, mit ihm da zu sitzen, wo ich doch wusste, du warst noch nicht wirklich fertig mit ihm. Und ich wusste es, obwohl du es so vehement bestritten hattest.«

Aber ihr Bericht wirkte ganz und gar nicht abschreckend. Sebastian war sogar beeindruckt. »Und wie bist du da wieder herausgekommen?«, fragte er.

»Durch meinen Mann.« Patricias Gesicht verfinsterte sich. Sie seufzte. »Wobei wir wieder bei dem Thema wären, das ich unbedingt vermeiden wollte. Na ja – egal –« Sie wurde von Sebastians Lachen unterbrochen. »Wieso lachst du?«, fragte sie.

»Du hast mich an Wally erinnert«, erwiderte Sebastian.

»Wally«, Patricia stieß hörbar die Luft aus. »Das ist auch so eine Geschichte.«

»Erzähle«, forderte Sebastian sie auf. Patricia schlug die Augen nieder und drehte ihr Weinglas nachdenklich hin und her. »Warum eigentlich nicht?«, sagte sie dann. »Jetzt habe ich dir schon so viel erzählt, dann kommt es darauf auch nicht mehr an. Du behältst aber unbedingt für dich, was ich dir nun anvertraue, hörst du?« Sebastian hob die rechte Hand und streckte Zeige- und Mittelfinger hoch. »I schwör you«, sagte er grinsend.

Alwa saß im Dunkeln auf ihrem Sofa. Sie hatte sich aus den Restbeständen von Sebastians Hinterlassenschaft ein Pfeifchen gebastelt und hörte Bach, gespielt vom *Amsterdam Baroque Orchestra* mit *Yo-Yo Ma* als Solist. Wunderschön. Erhebend. Beruhigend. Sie ließ sich in die Musik fallen. Das Gras begann zu wirken. Sie fühlte sich leicht. Alles kein Problem, wenn man *die Jungs* machen lässt, dachte sie. *Die Jungs* oder die *Higher Power*, wie Sebastian sie nannte, hatten dafür gesorgt, dass sie Patricia nicht mehr angetroffen hatte. *Die Jungs* hatten somit auch gewollt, dass Patricia jetzt mit Sebastian im Tigerpalast saß. *Der Zauberlehrling* von Erich Kästner fiel ihr ein. Da wurde die *Higher Power* als *Erwin* bezeichnet. Auch ein gefälliger Name. Eigentlich gleichgültig, dachte sie, ob *Higher Power*, *Erwin* oder *die Jungs*, es war letztlich alles nur eine Frage der Definition. Alwa ließ ihren Kopf ohne Leine spazieren gehen. Sie dachte an Wally. Sie dachte (ganz entspannt) an Patricia und Sebastian. Sie dachte an Manuel und verdrängte diesen Gedanken sofort wieder. Manuel hatte in dem Muster, das das Leben in den vergangenen Wochen gestrickt hatte, nichts verloren. Oder nur so viel, dass sie durch seine Präsenz bereit gewesen war, sich auf eine Affäre mit

Sebastian einzulassen. Er hatte quasi (sie musste grinsen) nur als Katalysator für das Erwachen ihrer verbunkerten Bedürfnisse fungiert. Dreh- und Angelpunkt für die Ereignisse der letzten Wochen war das Café Carl. Wie es Carl wohl ging? Sie versuchte, sich seine Josie vorzustellen.

Eine plötzliche Idee ließ sie aufstehen. Sie ging in ihr Arbeitszimmer und holte einen Block und einen Kugelschreiber. Dann machte sie in der Küche eine Flasche Wein auf. Sie zündete die Kerzen auf dem Wohnzimmertisch an, schenkte sich ein Glas Wein ein, legte den Block vor sich und spielte mit dem Kugelschreiber. Sie musste ihre bekifften Gedanken festhalten. Ein Artikel von Arthur Koestler fiel ihr ein, in dem er von einem Mann berichtete, der jedes Mal, wenn er *Magic Mushrooms* nahm, das Rätsel des Daseins und des Universums zu lösen glaubte. Es war ihm aber nie gelungen, sich am nächsten Tag daran zu erinnern. Bis er sich eines nachts im Rausch gezwungen hatte, seine weltbewegende Erkenntnis schriftlich festzuhalten. Was er am Morgen las, verblüffte ihn nicht wenig. »Die Banane ist groß«, stand da, »aber ihre Schale ist größer.« Mal sehen, was ihr Gehirn an weltbewegenden Erkenntnissen anzubieten hatte. Alwa nahm einen großen Schluck Wein. *Café Carl*, schrieb sie auf den Block und malte einen Kasten darum herum. Sie klopfte mit dem Kuli gegen ihre Schneidezähne, assoziierte freischwebend und begann zu schreiben: CC ... *Caesar & Cleopatra* ... *Chaos* ... *Casino* ... *Callboy* ... *Callgirl* ... *Camouflage* ... *Campus* ... *Canesteda* ... *Cassiopeia* ... Hier fiel ihr wieder die *Higher Power* ein. *Heia Paua*, schrieb sie, *Heia-Machen* ... *Kauai* ... »Carl und Josie«, dachte sie. *Cerberus*, schrieb sie, *Cha-Cha-Cha* ... *Charakter* ... *Checkpoint Charlie* ... *Curriculum Vitae* ... *Courage* ... *Conatus* – dieses Wort strich sie sofort energisch wieder durch. *Clinch* ... *Clique* ... *Clou* ... *Coco Chanel* ... *Coeur* ... *Comedia dell'Arte* ... *Corriger la fortune* ... *Cupido* ... *Cunnilingus* ... *Crosscheck* ... *Curare* ... *Curettage*. Alwa strich auch den Cerberus, weil sie sich erinnerte, er wurde (so leid ihr das auch tat, denn der Höllenhund gefiel ihr ganz besonders gut) mit »Z« geschrieben. Dann betrachtete sie liebevoll ihre Liste. Es waren einige Begriffe dabei, über deren Erscheinen sie sich noch einmal Gedanken machen sollte. Das war ja alles immens bedeutungsvoll. Es kam schließlich aus den Schichten ihres Unterbewusstseins. Über dieses Phänomen sollte sie unbedingt mit Günter sprechen. (Ja, auch Alwa hatte mit Günter Döpf zu tun; allerdings ging sie nicht als Klientin zu ihm. Günter fungierte in allen esoterischen Fragen für sie als Freund und Mentor.) Im Übrigen war sie sehr stolz auf ihre geistige Beweglichkeit und versuchte zugleich, sich an das zu erinnern, was sie eigentlich vorhatte: Sie wollte ein Diagramm, nein, ein Psychogramm – oder ein Soziogramm? – der Café-Carl-Personen entwickeln.

Carl hatte mit allen zu tun, so viel stand ohnehin fest. Aber was hatten die anderen miteinander zu schaffen? Sie, Alwa, hatte mit Wally, Patricia und Sebastian zu tun. Indirekt – vielleicht sogar viel direkter, als es ihr lieb war – über Wally und Patricia aber auch mit Theodore Kabbelau. Patricia hatte etwas mit ihr, Sebastian und Theodore Kabbelau zu tun; somit ebenfalls indirekt auch mit Wally (da war generell irgendwas zwischen Wally und Patricia, und sie würde schon noch dahinterkommen, was, wenn sie sich genügend konzentrierte). Weiter. Wally hatte mit ihr und mit Theodore Kabbelau zu tun, der wiederum etwas mit Patricia zu tun hatte, und die somit mit Wally. Sebastian, der mit ihr und Patricia verbandelt war, hatte, weil er mit Patricia zu tun hatte, demnach auch eine Verbindung zu Theodore Kabbelau, und da der etwas mit Wally zu tun hatte, hatten auch Sebastian und Wally …

Alwa hielt verwirrt inne. Das wurde jetzt aber doch komplizierter, als sie gedacht hatte. Sie zwang ihren mittlerweile fürchterlich bekifften Kopf zur Konzentration. Es gab also einen harten Kern, der aus ihr, Carl, Patricia, Sebastian, Wally und Theodore Kabbelau bestand. Aus sechs Leuten! Die Sechs war per se karmisch. Was sie störte, war dieser Kabbelau; den hätte sie zu gern eliminiert, was aber nicht ging, weil er nun mal vorhanden war und das gleich zweimal: durch Wally und Patricia. Sie versuchte, das Gebilde, das sich vor ihrem geistigen Auge formierte, aufzuzeichnen. Lange probierte sie herum. Sie schrieb Namen auf und strich sie wieder. Sie bildete Personengruppen und verwarf sie wieder. Nach kurzer Zeit war der Boden um sie herum mit zerknüllten Blättern bedeckt. Endlich seufzte sie tief und lehnte sich mit dem Block in der Hand zufrieden zurück.

Lange blickte Alwa auf die Figur, die fast ohne ihr Zutun entstanden war. *Die Jungs* hatten ihre Hand geführt. Das bewies die kristalline Schönheit dieser Zeichnung (zwei *Dreiecke* in einem *Sechseck*!). Mithilfe dieses Diagramms konnte auch der begriffsstutzigste Trottel erkennen, was vor sich ging. Für Alwa stand fest: Sie hatte den rätselhaften Kosmos des Café Carl entwirrt, des Pudels Kern gefunden. »Alwa, du bist genial«, sagte sie laut. Lange, sehr lange saß sie in sich versunken auf dem Boden vor ihrem Couchtisch. Sie war ganz sicher im Moment ziemlich *stoned*, aber diese hier schwarz auf weiß festgehaltene Erkenntnis würde auch morgen noch Gültigkeit haben.

Wally war in heller Aufregung. Sie hatte Dave nicht in seinem Atelier angetroffen. Alle Fenster waren dunkel, die Tür verschlossen, und auch sein Wagen stand nicht im Hof. Eine Weile blieb sie ratlos stehen. Das Taxi hatte sie weggeschickt. Womöglich war Dave schon zu Hause, und ihre Wege hatten sich überschnitten? Sie nahm ihr Handy und wählte ihre Nummer in Heddernheim. Nach langem Schellen meldete sich Della.

»Hallo«, sagte sie mit schläfriger Stimme.

»Della, ich bin's. Ist Dave da?«

»Keine Ahnung.«

»Dann sieh bitte nach!«

»Moment.«

Wally wartete nervös. »Mama«, sagte Della nach einer Ewigkeit. »Dave ist nicht hier.«

»Hast du auch im Schlafzimmer geguckt?«

»*Er ist nicht hier*, Mama. Was ist denn?«

»*Nichts*«, sagte Wally und beendete das Gespräch. Sie zog fröstelnd den Mantel um sich. Dave sagte ihr, er ginge ins Atelier, und nun war er nicht da und ließ sie auf der Straße stehen. Ein Aufmarsch von Evas, Claudias und anderen Gespenstern zog drohend durch ihre Gedanken. Einer vagen Hoffnung folgend eilte sie zu Daves Stammkneipe an der Ecke,

»Bennie«, rief sie schon an der Eingangstür. »Ist Dave da?« Bennie schüttelte den Kopf.

»War er da?«

»Tut mir leid, Wally«, erwiderte Bennie. »Ich habe ihn seit Tagen nicht gesehen.«

Wally lehnte sich an den Tresen. »Gib mir einen Jägermeister, bitte«, sagte sie. »Einen doppelten.«

Bennie fing ihren gehetzten Blick auf. »Ist was passiert?«

»Wenn ich das wüsste! Na ja – egal«, Wally kippte den Jägermeister. »Bin schon wieder weg. Den Jägermeister kann Dave beim nächsten Mal –«

»Ist schon in Ordnung. Der geht aufs Haus.«

Wally stürzte wieder auf die Straße. Draußen wählte sie Günters Nummer. Wieso stellt dieser Idiot seinen Anrufbeantworter nicht an, fragte sie sich sie nach dem fünfzehnten Klingelzeichen grätzig. Günters Bemerkung über Margarete fiel ihr ein. Sie lief zur Kneipe zurück. »Kann ich mal euer Telefonbuch haben?« Bennie reichte es ihr. Nach kurzem Suchen hatte sie Margarete Öpf gefunden. Wally notierte Nummer und Adresse auf einem Rechnungsblock und riss das Blatt herunter. Schon war sie wieder draußen und tippte Margaretes Nummer ins Handy. Margarete meldete sich nach dem dritten Schellen. »Hier Öpf«, sagte sie und versah das »Öpf« mit einem mädchenhaft kecken Hüpfer ihrer Stimme.

»Frau Öpf? Walburga von Wanecke. Ich suche Günter. Ist er zufällig bei Ihnen?«

»Das kann man so nicht sagen.«

»Was heißt das?«, fragte Wally gereizt.

»Er ist da, aber nicht zufällig«, erwiderte Margarete Öpf. Sie lachte.

»Kann ich ihn bitte sprechen?« Die Zurechtweisung war deutlich. Während Wally wartete, hörte sie im Hintergrund Musik. Irgendjemand murmelte irgendwas, irgendjemand kicherte albern. Dann meldete sich Günter.

»Hi, Wally, was ist los?«

»Wenn ich das wüsste! Ich habe einen schrecklichen Abend hinter mir. Und mir ist einiges klar geworden. Aber das erzähle ich dir in unserer nächsten Sitzung.«

»Warum rufst du an?«

»Ich stehe auf der Straße vor Daves Atelier. Aber er ist nicht da. Zu Hause ist er nicht, und in seiner Kneipe ist er auch nicht. Ich mache mir schwere Vorwürfe. Ich *muss unbedingt* mit ihm reden!«

»Setz dich in ein Taxi und komm her.«

»Lieb von dir, aber das geht jetzt nicht. Ich –«

Günter unterbrach sie. »Moment …«, sagte er.

»Walburga«, hörte sie gleich darauf Daves Stimme. »Tu einfach das, was Günter dir sagt.«

9. MARGARETES ART ZU WOHNEN WAR GENAUSO unkonventionell wie sie selbst. Wally hatte in der Langestraße, wo ihrer Meinung nach eigentlich kein Mensch wohnen konnte, geklingelt, ein schweres Holztor durchschritten und stand nun in einer dunklen Einfahrt, die von einem gegenüberliegenden zweiten Tor verschlossen wurde. Spärliches Licht von der Straße fiel hinter ihr durch die schmalen Oberlichter. Sie ging zögernd vorwärts. »Bitte schellen Sie noch einmal, Wally, sonst funktioniert der Öffner nicht«, erklang Margaretes Stimme knarrend über eine Sprechanlage. Wally fuhr zusammen. »Die Klingel ist rechts an der Wand.« Aufatmend drückte Wally den Klingelknopf. Eine Tür sprang auf, und Wally blickte in einen Hof. Reine Idylle. Rechts und links entlang der Mauern standen Büsche und kleine, zum Teil kahle Bäume. Zahllose Lichterketten wanden sich durch die Äste und tauchten das Areal in sanftes Licht. Eine imposante Gestalt in einem flatternden Gewand schwebte um die Ecke. Wally blieb verblüfft stehen. Sie hatte sich Margarete aufgrund der Stimme als kleine, zierliche Person vorgestellt. Und nun segelte diese voluminöse Engelsgestalt auf sie zu und umarmte sie ganz irdisch und handfest.

»Wally, guten Abend. Schön, Sie kennenzulernen. Kommen Sie.« Sie zog Wally mit sich. »Tut mir leid, ich war vorhin am Telefon ein bisschen seltsam, aber wir sind so guter Laune. Jetzt kommen Sie schon.«

Wally betrat hinter Margarete einen großen Raum mit hoher Decke und breiten Glasfronten, die den Blick auf einen gleichfalls mit Lichterketten durchzogenen verwunschenen Garten freigaben. »Dass es so etwas hier gibt«, staunte sie.

Sie sah sich neugierig um, bemüht, Dave und Günter zu ignorieren, die sich zwischen dicken orientalischen Kissen, Flaschen und Gläsern auf dem alten, stumpfen Dielenboden fläzten. Alles in diesem Zimmer wirkte geerdet. An der Stirnwand lag ein riesiger Futon auf einem angedeuteten Podest, flankiert von zwei flachen Tischen voller Zeitschriften. Mitten auf dem Futon streckte eine dicke, rotweiße Katze gähnend die Pfoten von sich.

»Flori von Fechenheim – was in diesem Fall nur eine Herkunftsbezeichnung ist«, erklärte Margarete. »Einen Titel hat sie allerdings auch: Prinzessin von der Sonnenpfote.«

Sollte das eine Anspielung sein? Wally war sich nicht sicher.

Improvisierte Regale, keins höher als dreißig Zentimeter, liefen an den Wänden entlang und waren vollgestopft mit Büchern, Schalen, skurrilen Figuren und Krimskrams. In einer Ecke stand ein Diwan ohne Füße. Er sah merkwürdig verstümmelt aus. In der anderen Ecke erhob sich aus einem Kiesbett ein Baumstamm mit zwei Aststümpfen, an denen eine exotische Maske schaukelte. Direkt unter dem Baum standen ein Bang-&-Olufsen-CD-Wechsler und eine altertümliche Schreibmaschine auf dem Boden, um die herum sich Bücher und Papierstöße stapelten. Der Raum wurde von Kerzen und einem riesigen Papierballon beleuchtet, der dicht über dem Boden hing. Mit seinem schwachen Licht sah er aus wie ein müder Vollmond. Der Duft von Weihrauch und leise Sphärenklänge waberten durch die Luft. Günter und Dave grinsten. Sie machten nicht den Eindruck, als ob sie sich zu Wallys Begrüßung erheben wollten. Sie liegen da wie Paschas, dachte Wally, es fehlt nur noch die Opiumpfeife.

»Setzen Sie sich, Wally. Ich darf Sie doch Wally nennen?«, sagte Margarete. Wally nickte. »Was möchten Sie trinken?«

»Ich – äh – ein Glas Rotwein, wenn Sie haben«, erwiderte Wally. Margarete flatterte hinter einen japanischen Holzparavent.

»Nun komm schon, Wally, mach's dir bequem.« Günter klopfte auf ein Kissen neben sich. Wally zog das Kissen ein Stück zur Seite und faltete sich ächzend darauf zusammen. Ihr Blick wurde von einer Schachtel Gitane ohne Filter angezogen. Sie hasste Zigaretten. Und ganz besonders Zigaretten ohne Filter. Einen Moment kämpfte sie mit sich, dann nahm sie eine Zigarette und zündete sie an. Margarete brachte eine Flasche Rotwein und ein Glas und sank anmutig zur Erde. Yoga, dachte Wally.

»Dave hat uns erzählt, dass Sie heute einen schweren Tag hatten«, sagte Margarete liebenswürdig. »Nun trinken Sie erst mal ein Glas, das wird Ihnen guttun.«

»Was machst du eigentlich hier?«, fragte Wally, nahm einen Schluck Wein und blickte vorwurfsvoll von Dave zu Günter und wieder zu Dave.

»Ich versuche, mich zu entspannen«, erwiderte Dave.

»Und wieso bist du nicht im Atelier, wie du ge– »

»Entspannen, Wally, das Stichwort heißt: Entspannen«, fiel Günter ihr ins Wort. »Zieh deine Schuhe aus, ich verabreiche dir eine kleine Behandlung.«

Wally gehorchte. Günters Fußmassagen waren das Größte.

Stunden später hatte die kleine Gruppe unter Margaretes einfühlsamer Regie einen Seelen-Encounter hinter sich. Alles war besprochen worden. Josefas Rolle in Wallys Kindheit. Josefas Rolle in der Gegenwart. Josefas Heirat. Dellas Ist-, Soll- und Könntesein-Zustand. Die beunruhigende Selbstgenügsamkeit von Max, von der Wally manchmal befürchtete, sie könnte ein Anzeichen von Autismus sein, und die viel zu frühe Weiblichkeit, der Narzissmus von Lilli. Das Verhältnis zwischen Dave und Wally. Daves Depressionen. Daves Zurückhaltung. Wallys Aktionismus. Wallys Ängste. Die histrionische Persönlichkeit war geklärt, obwohl Wally der Unterschied zwischen Histrionie und Hysterie immer noch nicht ganz einleuchtete. Das vierte Kind, ja, obwohl Wally es sich schon zu Hause anders überlegt hatte, auch das war endlich heraus. Dave hatte nichts gewusst, er hatte es allerdings geahnt, und das war vielleicht sogar noch schlimmer. Was aber das Schlimmste war, hier hatte nur Margaretes Eingreifen Wallys blinde Wut stoppen können, mit der sie auf Dave losgehen wollte: Dave hatte sich kurz vor Lillis Geburt sterilisieren lassen. Heimlich! Die sich anschließende erregte Auseinandersetzung über Aufrichtigkeit und Vertrauensmissbrauch (Dave argumentierte, sich im Alleingang für eine Schwangerschaft zu entscheiden sei im Prinzip dasselbe wie eine heimliche Sterilisation, und er sei froh, das eine durch das andere verhindert zu haben) hatte fast zwei Stunden gedauert und war für Wally extrem frustrierend gewesen. Auch Herr Kabbelau und die führerscheinbedingte Abhängigkeit waren zu ihrem Recht gekommen. Und schließlich hatten die vier gegen Morgen, alkoholbeseelt und ohne befriedigendes Ergebnis, den generellen Sinn und Unsinn des Lebens und Sterbens diskutiert.

Wally schlief. Sie lag auf der Seite, den Kopf in Margaretes Schoß. Margarete lag auf dem Rücken und schnarchte leise. Eine leere Whiskyflasche und drei ebenso leere Rotweinflaschen standen auf der Erde. Dazwischen ein überquellender Aschenbecher. »Kein Mensch, am allerwenigsten ich selbst, kann verlangen, in dieser Situation den Helden zu spielen«, hatte Wally sich immer wieder gerechtfertigt. Dave, Günter und Flori von Fechenheim teilten das Bett. Die Kerzen waren heruntergebrannt, die Musik, fünf CDs, die sich für Wallys Empfinden alle gleich angehört hatten, war verklungen. Nur der müde Vollmond schwankte sachte über dem Boden. Es herrschte vorübergehend Friede.

40. »SIE IST WIRKLICH EINE BEAUTY«, SAGTE DER Taxifahrer leise zu Sebastian, während der in seiner Geldbörse kramte, »und dabei so geistreich und charmant. Eine Mischung, die man bei Frauen nur selten findet. Da kann man Ihnen nur neidlos eine gute Nacht wünschen.« Sebastian nickte und belohnte ihn mit einem großzügigen Trinkgeld. Dann stieg er aus, löste die gickelnde Patricia vom Wagen, legte den Arm um ihre Taille und half ihr die fünf Treppen zu seiner Wohnung hinauf.

Seine Behausung war klein und unordentlich, aber das störte Patricia offenbar nicht. »Hübsch«, sagte sie, während sie sich aus ihrer Kostümjacke schälte. Sie klopfte mit spitzen Fingern auf wüste Stapel von germanistischen Fachbüchern, Aktenordnern und Skriptseiten. »Ganz entzückend«, kommentierte sie das ungemachte Bett unter der Schräge und schlüpfte aus ihren Schuhen. »Goldig«, sagte sie, als sie einen Blick in das winzige Duschbad warf. »Zauberhaft« fand sie die Kochnische, in der sie nach Gläsern fahndete. Sie hatte dem Maitre im Tigerpalast für eine horrende Summe noch eine weitere Flasche Rioja im unüblichen Hausverkauf abgeflirtet. Sebastian nahm ihr die Spülbürste aus der Hand. »Überlass das mir. Setz du dich hin«, sagte er. Patricia schwankte gehorsam zu einem mit Kleidung übersäten Stuhl, fegte mit einem »Wirklich ganz reizend« den Textilienhaufen zur Erde und nahm Platz. Zwei Flaschen Rioja und ein paar großzügig ausgeschenkte Digestifs lassen manches schöner aussehen, als es in Wirklichkeit ist, und sind hervorragend geeignet, im Hinterkopf lauernde Skrupel zu verdrängen. Patricia war sehr, sehr guter Dinge. »Du hast doch sicher nichts dagegen«, kicherte sie, als Sebastian Gläser und Flasche auf einer freien Kante des Tisches abstellte, derweil sie den Rock bis zu den Hüften hoch schob und an ihren Strümpfen nestelte: »So praktisch diese halterlosen Dinger auch sind – wenn man sie lange genug anhatte, ist man froh, wenn man sie wieder los wird.« Die gummierten Oberkanten der schwarzen Strümpfe lappten über ihre Knie, während sie begann, sich die Oberschenkel zu massieren. Sebastian starrte in ihren Schoß. »Du bringst mich auf eine Idee«, sagte er. Er stand auf, ging mit zwei Schritten zur Stereoanlage, zog eine Langspielplatte aus ihrer Hülle und legte sie auf den Plattenteller.

»So was gibt's noch?«, staunte Patricia. »Hab ich von meiner Mutter geerbt«, murmelte Sebastian. Er drehte sich mit einem seltsamen Blick zu Patricia um. Dann hob er ihre Schuhe und ihre Kostümjacke auf und hielt sie ihr hin. »Soll ich etwa gehen?«, protestierte Patricia. Sebastian schüttelte den Kopf. »Zieh alles wieder an, auch die Strümpfe«, sagte er leise, aber bestimmt.

»Wieso?«, fragte Patricia und dehnte das »Wieso« unverhältnismäßig lange. »Ist doch viel gemütlicher ohne.«

»Gemütlicher schon«, erwiderte Sebastian. »Aber nicht erotisch.« Ihre Blicke verhakten sich. »Verstehe«, sagte Patricia endlich. Sie klemmte sich Schuhe, Jacke, Strümpfe und Handtasche unter den Arm – »Gib mir zwei Minuten« – und verschwand im Bad. Zehn Minuten später öffnete sich die Tür und Patricia wackelte ins Zimmer. Sie war wieder korrekt angezogen und hatte ihr Make-up aufgefrischt. Sebastian lag auf dem Bett. »Ich brauche was Rhythmisches«, sagte Patricia. Sie hockte sich vor die Stereoanlage. Nach kurzem Suchen nickte sie zufrieden. Sie tauschte die Platten aus. Dann ging sie zum Tisch und nahm einen Schluck Wein. »Okay, Mister Palmer«, sagte sie und verdunkelte ihre Stimme um mindestens zwei Nuancen, »*here comes your private show.*«

Patricia unterließ es, für ihren Striptease auf den Tisch zu klettern, der war einfach zu voll und sah auch nicht sehr stabil aus. So konnte sie auch nicht herunterfallen – wie Jürgen der Kleinere am Morgen des ersten Weihnachtstages. Außerdem war Patricia aufgrund ihrer sieben wilden Jahre ein Profi. Darüberhinaus war sie, und das erstaunte sie selbst, trotz der reichlich konsumierten Alkoholmengen vorübergehend fast nüchtern. Ihr Vortrag war von hinreißender Erotik und endete auf Sebastian im Bett. Die Notgemeinschaft verstand sich in dieser und den noch folgenden Lagen blendend.

41. **ALWA FÜHLTE SICH GESAMMELT UND AUFGERÄUMT,** wenn auch immer noch ziemlich *stoned*, als sie sich am nächsten Morgen zurechtmachte. *Die Jungs* hatten ihr eine klare Botschaft vermittelt: Besinne dich auf Lektion Nummer Eins! Sozusagen die Grundlektion aller esoterischen Erkenntnisse: Alles ist gut, wie es ist; wäre es nicht gut, wäre es nicht, wie es ist. Das hieß für sie: Alles so nehmen, wie es war. Alwa war einverstanden. Also kein Kind. Jedenfalls nicht von Sebastian.

Wally war verkatert, verletzt, enttäuscht. Ihr Mund fühlte sich trokken und pelzig an. Ihre Knochen schmerzten. Sie hatte keine Botschaft bekommen. Aber eins stand fest: Dave war ein Verräter! Auf der Fahrt von Margaretes Wohnung nach Heddernheim war sie noch einmal wortreich über ihn hergefallen, hatte sich aber schnell in sich selbst zurückgezogen, weil Daves Antworten, die zwar liebevoll klangen, ihr doch unzulänglich erschienen. Zu verschwommen. Zu allgemein. Dem Ausmaß ihrer Verletzung in keiner Weise angemessen. Zu Hause hatte sie das Kindermädchen und die Kinder geweckt, ein Frühstück zubereitet und verärgert registriert, dass Dave sich noch einmal hinlegte, während sie wieder einen Tag prall voll mit Terminen vor sich hatte. Ein Nachspiel war gewiss.

Auch Patricias Knochen taten weh. Aber nicht, weil sie – wie Wally – unbequem, sondern weil sie gar nicht geschlafen hatte. Ihre

Vermutung hatte sich bestätigt: Sebastian war ein ausgesprochen kompetenter Liebhaber. Verkatert war sie jedoch auch. Weniger vom Alkohol als aufgrund ihrer Schuldgefühle gegenüber Alwa. Zwar hatte die ihr in Bezug auf Sebastian *carte blanche* gegeben. Aber Alwa war trotz ihrer Beteuerungen noch nicht fertig mit ihm, das war ihr nun klar, und sie fühlte sich jetzt, da die Nacht zu Ende und der Rausch verflogen war, sehr indifferent. Sie wehrte Sebastians nächsten Versuch, ihr seine Zuneigung zu beweisen, entschieden ab und kletterte aus dem Bett. »Mach mir einen Kaffee, einen starken«, bat sie, als sie ins Bad ging. »Ich fahre gleich nach Mannheim. Mein Mann kommt heute zurück.«

Margarete Öpf führte schon während des Frühstücks eine strenge Diskussion mit Günter Döpf. Günter hatte zwar gebeten, ihn bis zum Abend zu verschonen, er sei wirklich noch nicht in der Lage, einen klaren Gedanken zu fassen, aber Margarete zeigte sich unerbittlich: »Es ist deine verdammte therapeutische Pflicht, diesen beiden Menschen jetzt beizustehen«, sagte sie. »Die befinden sich in einem Konflikt, der ihre Beziehung ernsthaft bedroht.«

»Ich bin kein Paartherapeut«, erwiderte Günter kleinlaut.

»Papperlapapp«, entschied Margarete. »Du hast ja auch sonst keine Bedenken, Methoden einzusetzen, die nicht in dein Fachgebiet gehören. Seit wievielen Jahren kommt Wally zu dir? Seit dreien? Also bitte! Und mit Dave bist du befreundet. Du willst mir doch nicht erzählen, du könntest nichts für sie tun.« Günter fühlte eine Unruhe, die sich nur mühsam beherrschen ließ. Seitdem er wieder ein sexuelles Verhältnis mit Margarete hatte, schien sie ihn dominieren zu wollen. Oder kam es ihm jetzt nur so vor, weil er eine Seite von Margarete erforschen durfte (musste?), zu der er bisher keinen Zugang gehabt hatte? Margarete war auf einmal so initiativ und so fordernd.

»Aber wir haben das alles doch heute Nacht geklärt. Ich sehe nicht, was ich –«, stammelte er.

»Günter«, fiel Margarete ihm ins Wort. »Heute Nacht haben wir gar nichts geklärt, was den beiden weiterhilft. Dazu haben wir alle viel zu viel getrunken. Was glaubst du, wie sich Wally und Dave heute Morgen fühlen? Hast du Wallys Gesichtsausdruck gesehen?

Die Frau wirkte ganz verloren. Und Dave war nicht minder betroffen. Jetzt bist du als Therapeut wirklich gefordert. Ich bin auch gerne bereit, dabei zu sein und dich zu unterstützen. Es macht bei einem so sensiblen Thema sicherlich Sinn und hilft zu neutralisieren, wenn jeder der beiden einen Mediator seines eigenen Geschlechts zur Seite hat.«

»Gut«, seufzte Günter. Er würde, vereinbarten sie, Kontakt mit Wally und Dave aufnehmen und noch für denselben Abend ein Treffen vorschlagen.

Wally, die heute wieder von Herrn Kabbelau gefahren wurde, war dankbar, dass es Herr Kabbelau war. Trotz der bestehenden Bedenken gegen ihn fühlte sie sich mit ihm vertrauter als mit Moritz. Moritz hatte ihr am Vorabend eine Nachricht aufs Band gesprochen, die sie jedoch erst am Morgen abgehört hatte und aus der hervorging, er könne sie heute nicht fahren. Der Rest der Nachricht war von dem Band verschluckt worden. Es war ausgeleiert. Sie musste unbedingt ein neues besorgen. Gott sei Dank war Herr Kabbelau sofort, und ohne beleidigt zu sein, bereit gewesen einzuspringen. Nun saß Wally neben ihm und überließ sich ihrem Kummer. Kurz vor Königstein rief sie vom Handy aus bei Alwa an und bat sie, ihr für ein paar Tage Unterschlupf zu gewähren. »Ich brauche Abstand, Alwa«, sagte sie. »Ich will mal für mich sein. Ich habe über einiges nachzudenken. Insbesondere über meine Heirat. Nein, ich mag das jetzt nicht näher ausführen. Jedenfalls ist etwas Gravierendes geschehen. Ich kann also heute Abend kommen? Danke, du bist ein Schatz!« Theodore Kabbelau war besorgt, tat aber unbefangen. So wie er Wally kannte, würde sie von sich aus reden, wenn der Druck groß genug war. Er blieb abwartend und machte ein paar belanglose Bemerkungen über das Wetter. Erst als er ihr mitteilte, Günter Döpf habe angerufen und um Rückruf gebeten, während sie in einem Stall in Altenhain eine Reihe von Kühen geimpft hatte, und sie schroff erwiderte: »Der kann mich mal«, wagte er die vorsichtige Frage, ob etwas passiert sei. »*Nichts*«, sagte Wally. »Ich rauche nicht mehr. Ich trinke nicht mehr. Ich werde nicht heiraten und auch kein weiteres Kind bekommen. Ansonsten, Herr Kabbelau, ist alles in bester Ordnung.« Das klang sarkastisch. Aber auch hilflos und traurig. Und endgültig. Theodore Kabbelau wünschte sich aufrichtig, einen Zugang zu ihr finden zu können, und suchte nach einem überleitenden Gesprächsthema. Er verehrte und liebte seine Gräfin.

Die naheliegende Frage nach der Hochzeit ihrer Mutter schied aus. Er konnte sich aufgrund der bisherigen Erfahrungen Wallys Reaktion lebhaft ausmalen. Auch seine eigene Ehemisere war nicht geeignet, den Brückenschlag zu machen. Was hatte ein abgeschobener Ehemann einer Frau Aufbauendes zu sagen, die offensichtlich mit dem Gedanken spielte, ihre Hochzeit abzublasen? Fragen nach den Kindern erschienen ihm ebenfalls unangebracht, da auch eine weitere Schwangerschaft zu den heiklen Themen zu gehören schien. Ihm fiel nichts ein.

Gegen Mittag endlich, sie näherten sich gerade von der A 66 kommend der Stadtmitte, hatte er eine Idee. »Wie wär's mit einem kleinen Besuch im Café Carl, Frau Gräfin«, sagte er leichthin. Wally schüttelte den Kopf. »Carl ist in Kanada. Haben Sie das vergessen?«

»Immer noch?«, fragte Herr Kabbelau enttäuscht.

»Wenn ich es Ihnen doch sage.« Wally vertiefte sich wieder in die Lektüre ihres Buches. Trotz der abschlägigen Antwort steuerte Theodore Kabbelau, ganz unauffällig, wie er hoffte, die Behsestraße an. Und siehe da: Die Tür des Cafés war weit geöffnet. Herr Kabbelau fuhr triumphierend vor.

Er bremste scharf. Wally schreckte ungehalten auf. »Können Sie nicht aufpassen, Sie – », knurrte sie unwirsch und fügte, als sie die Situation erfasst hatte, mit weicher Stimme hinzu: »He – Herr Kabbelau! Das ist ja eine Überraschung. Haben Sie das etwa gewusst?«

»Ich hatte nur so ein Gefühl«, erwiderte Herr Kabbelau. Er drückte selbstgefällig das Kinn in den Hals. Wally sprang aus dem Wagen und stürmte ins Café. Auf der Türschwelle stolperte sie und fiel Carl in die Arme. Und dort blieb sie eine ganze Weile. Carl spürte, wie sie bebte. Er schob sie von sich und blickte sie prüfend an.

»Ich bin so froh, dich zu sehen ...« Wally zog die Nase hoch und strich sich die Tränen mit den eingeknickten Zeigefingern aus den Augenwinkeln.

»Und deswegen weinst du?« Carl war gerührt. »Komm! Jetzt

kriegst du erst mal einen schönen Espresso. Oder lieber einen Jägermeister?« Er zog sie ein zweites Mal an sich.

»Wann bist du gekommen? Hast du Josie mitgebracht?«

»Eins nach dem anderen.« Carl schmunzelte. Er drückte Wally auf die Bank. »Also, Espresso oder Jägermeister?«

»Beides«, seufzte sie. So ein Gefühlsaufruhr! Ihr Kopf zuckte unkontrolliert. Sie suchte in ihrer Handtasche nach einem Taschentuch und schnäuzte sich ausgiebig. Moritz trat zu ihr an den Tisch. Er blieb unschlüssig stehen und hüstelte. Wally blickte auf.

»Ich hoffe«, sagte Moritz, »du hattest keine Probleme wegen meiner Absage. Aber Carls Rückkehr ließ mir keine andere Wahl. Hat alles geklappt mit Isolde? Ist sie draußen?«

»Isolde? Wieso Isolde? Herr Kabbelau fährt mich. Wo ist er eigentlich?«

»Isolde wollte doch für mich einspringen.«

»Ach so! Deine Nachricht war nicht zu verstehen. Das Band hat mitten in der Aufzeichnung seinen Geist aufgegeben.« Wally erhob sich. »Ich geh mal schnell nach draußen und gucke nach Herrn Kabbelau.«

Theodore Kabbelau wehrte ab, als Wally den Kopf ins Auto steckte. »Ich warte hier auf Sie.«

»Nicht einmal einen Kaffee? Sie können doch nicht … Es ist doch viel zu kalt.«

»Ich warte hier«, entgegnete Theodore Kabbelau. Er schlug mit einer energischen Bewegung seine Bild-Zeitung auf. »Mir ist nicht kalt. Wirklich. Lassen Sie sich ruhig Zeit.«

Inzwischen hatte Carl Espresso und Jägermeister auf den Tisch gestellt. Wally setzte sich neben Carl und lehnte den Kopf an seine Schulter.

»Wally! Du bist ja ganz durcheinander.«

»Ach, Charlie. Es ist so viel passiert, während du weg warst. Ich weiß gar nicht, wo ich anfangen soll. Aber sag du erst mal: Ist Josie auch da?«

»Sie ist oben und schläft«, Carls Stimme wurde zärtlich. »Sie ist erschöpft von dem langen Flug.« Wally richtete sich auf. »Und du? Hast du nichts Besseres zu tun, als gleich wieder den Laden in Betrieb zu nehmen?«

»Er hat mir gefehlt. Drüben in Kanada habe ich kaum ans Café gedacht, aber als wir gestern hier ankamen …« Sein Gesicht nahm einen entrückten Ausdruck an. Dann drehte er den Kopf zu Wally. Obwohl er sie ansah, hatte Wally den Eindruck, als blickte er geradewegs durch sie hindurch. Nach ein paar Sekunden ging ein Ruck durch seinen Körper, er richtete sich auf und sagte: »Jetzt zu dir. Es stimmt doch irgendetwas nicht.«

»Wohl wahr. Mein ganzes Leben ist mir um die Ohren geflogen. Meine Mutter hat gestern geheiratet. Gestern …«, Wally rieb sich das Kinn. »Es ist alles so unwirklich. Ines, eine Freundin von Della, ist Weihnachten gestorben – Drogen –, die haben wir gestern beerdigt. Ja, auch gestern. Ich rauche nicht mehr, was eine grauenhafte Prüfung für mich ist. Außerdem hatte ich mir fest vorgenommen, nicht mehr zu trinken. Wie fest, siehst du ja.«

Sie blinzelte Carl kläglich an. »Ich mache mir große Sorgen um Della. Und ich werde mich von Dave trennen.«

»Was sagst du?«, rief Carl. »Das kann nicht dein Ernst sein. Ihr wollt doch heiraten!«

»Ja, *wollten* wir. Am neunzehnten Februar, und du solltest mein Trauzeuge sein. Aber seit gestern Nacht …« Wally schloss die Augen und legte den Kopf in den Nacken. »Ich ziehe heute Abend erst mal zu Alwa … Und dann werde ich mir eine Wohnung suchen … Um die Wahrheit zu sagen: Ich bin kreuzunglücklich.«

»Hat Dave dich etwa betrogen?«

»Er hat.«

»Wally –«

»Ja, Charlie. So is des Lebbe.« Wally kippte den Jägermeister und blickte auf die Uhr.

»Oh Gott! So spät schon? Ich habe um zwei einen Termin in Bonames. Es ist zum Verrücktwerden. Nie habe ich Zeit. Noch nicht einmal mit meinem besten Freund kann ich mich in Ruhe unterhalten.« Sie umarmte Carl. »Sorry, ich komme vielleicht später noch einmal. Wenn nicht, sehen wir uns am Wochenende. Ich rufe auf alle Fälle heute Abend von Alwa aus an.« Wally stand auf. »Jetzt weiß ich wieder nichts von dir. Aber jedenfalls freue ich mich auf Josie. Hauptsache, sie ist bei dir. Lieber guter alter Charlie.« Sie beugte sich über ihn und gab ihm einen Kuss.

Carl sah dem davonfahrenden Wagen nach, bis der sich im Verkehr verloren hatte.

42. DELLA SASS IN WALLYS ZIMMER AUF DEM BETT

und beobachtete ihre Mutter mit wachsendem Unbehagen. Wally schoss zwischen Schrank und Bad hin und her und stopfte willkürlich Unterwäsche, Kleidung und Kosmetikartikel in ihre Reisetasche.

»Dass ich gehe, habt ihr euch selbst zuzuschreiben«, erklärte sie aufgebracht. »Wenn es schon in der Familie nicht möglich ist, sich zu vertrauen, wo soll man dann vertrauen können?« Wally baute sich vor Della auf, stemmte die Hände in die Hüften und starrte herausfordernd auf sie herab.

Della schüttelte beklommen den Kopf. »Mama, du kannst uns doch nicht einfach –«

»Na bravo!« Wally begann wieder hin- und herzurennen. »Jetzt bin ich auf einmal wieder die Mama. Und das heißt, ich kann nicht einfach auch mal das tun, was *ich* will. Nein, die Mama hat gefälligst da zu sein. Egal wie. Egal was. Weißt du was, Della? Du bist erwachsen, das betonst du ja so gerne. Dann kümmere *du* dich um deine Geschwister! Mach Frühstück für alle. Und Abendbrot. Kleb Pflaster auf blutende Knie. Tröste. Guck nach den Schularbeiten. Sorge für einen vollen Kühlschrank. Führe Gespräche, in denen du keinen Deut weiterkommst, obwohl dir nichts mehr am Herzen liegt als das Wohlergehen aller. Lass dir deine Bemühungen mit lapidarem *Ach-nichts* belohnen. Steh da wie ein Idiot. Nein!« Wally zerrte den Reißverschluss ihrer Tasche zu. »Ich hab die Faxen dicke. Jetzt könnt ihr mal sehen, wie ihr ohne mich klarkommt. Ich bin nicht euer Hampelmann, der bereitwillig mit den Armen rudert, wenn ihr das entsprechende Strickchen zieht.«

»Hast du Günter zurückgerufen?«, fragte Della zaghaft. »Der hat dreimal versucht –«

»*Günter*«, giftete Wally, »Günter kann mir gestohlen bleiben. Ich gehe jetzt. Herr Kabbelau wartet schon seit einer halben Stunde unten im Auto auf mich. Sag Dave, ich – ach was, sag gar nichts.« Wally schulterte die Tasche.

»Wohin gehst du? Wo kann ich dich erreichen?«

»Auf dem Handy. Aber tut mir einen Gefallen: Versucht einfach mal, ohne mich zurechtzukommen. Gebt mir einfach mal die Chance, für mich zu sein.«

»Wieso sprichst du eigentlich dauernd im Plural mit mir?«, Dellas Stimme wurde aggressiv, »wenn du Trouble mit Dave hast, musst du das nicht an mir auslassen.«

»Danke für den Hinweis!« Wally drehte sich um und stampfte die Treppe hinunter. Die Haustür schlug mit lautem Vorwurf ins Schloss.

Günter hatte während des Tages mehrmals auf Wallys Handy angerufen, aber immer nur Herrn Kabbelau erreicht, der jedes Mal versicherte, er habe es der Gräfin ausgerichtet, mehr könne er nicht tun. Er hatte bei Wally zu Hause angerufen, aber nur mit Della gesprochen, die ihn wiederum auf Wallys Handy verwies. Er hatte Dave im Atelier angerufen und nur dessen Assistenten erwischt. Auch hier hatte er die Bitte um einen Rückruf hinterlassen, der jedoch ausblieb. Offensichtlich wich man ihm aus. Er ärgerte sich. Gleichzeitig spürte er aber auch eine momentane Erleichterung, denn er fürchtete sich vor dem von Margarete für nötig gehaltenen Gespräch mit Wally und Dave. Er fürchtete sich auch vor Margarete. Er hatte keine Ahnung, was mit ihm los war. Und all das verunsicherte ihn zutiefst. Er musste jetzt bei Margarete anrufen und ihr mitteilen, die Sitzung mit Dave und Wally könne nicht stattfinden. Jedenfalls nicht heute Abend. Er hatte schon den Hörer in der Hand, legte ihn aber wieder zurück. Therapeuten sind auch nur Menschen. Er stützte den Arm auf und umschloss Mund und Nase mit der Hand. Mit Daumen und Zeigefinger drückte er seine Nasenflügel zusammen, atmete tief aus und lauschte nachdenklich den dabei entstehenden schmatzenden Geräuschen. Musste er mit Mitte fünfzig feststellen, seinem Beruf nicht gewachsen zu sein? »Ich bin kein Paartherapeut«, murmelte er in seine Hand. Das klang seltsam. »Ich bin kein Paartherapeut«, wiederholte er etwas lauter. Dann nahm er die Hand von seinem Gesicht und sagte, diesmal laut und vorwurfsvoll, zu der Fotografie von Wilhelm Reich an der gegenüberliegenden Wand: »Ich bin einfach kein Paartherapeut!«

Sexualökonomie. Ha! Frei ausgelebte Sexualität verhindert körperliche Verspannungen? Günter knetete mit beiden Händen seine Schultermuskulatur. Auch sein rechtes Bein schmerzte. Reich hatte geirrt, und Margarete hatte recht: Sex war tatsächlich nur dazu angetan, das Leben unnötig kompliziert zu machen. Sie und er waren das beste Beispiel dafür. Als sie es nicht oder nur äußerst selten getan hatten, weil Margarete nicht wollte, hatte es Probleme gegeben, da sie sich verweigert hatte, und nun gab es Probleme, weil sie überraschend oft danach verlangte. Wieso schuf gerade Margarete diese Verwirrung? Warum schien sie auf einmal so viel Wert darauf zu legen, ihn zum Bediener ihrer plötzlich erwachten fleischlichen Gelüste zu küren? Und wieso fühlte er sich, da sie es taten, genauso unterlegen wie zu den Zeiten, da sie es nicht getan hatten?

Er konnte es so oder so drehen, das Ergebnis war: alles wegen Sex. Auch die aktuellen Probleme von Dave und Wally hatten damit zu tun. Sie wollte noch ein Kind – er hatte sich sterilisieren lassen. Und als dieses Problem noch nicht akut gewesen war, hatte Wally oft genug geklagt, sie fühle sich von Dave nicht wirklich begehrt. Wenn er es genau betrachtete, dann reduzierten sich die Probleme *aller* seiner Klientinnen auf Sex. Und die der vereinzelten männlichen Patienten auch. Zu wenig Sex. Zu viel Sex. Sex mit der oder dem Falschen. Sexuelle Unvereinbarkeiten. Unbefriedigender Sex. Gar kein Sex. Sogar das Drama seines eigenen Lebens – jedes Lebens, ob dramatisch oder nicht – war das Ergebnis von Sex. Dagegen war ja prinzipiell nichts einzuwenden, damit wurde der Fortbestand der Art gesichert. Problematisch wurde das Ganze durch den anerzogenen moralischen Überbau, aus dem sich Ansprüche jedweder Art ableiten ließen. Lachse pflanzten sich fort und starben danach, ohne zu klagen. Fort*pflanzen*. Das war das Stichwort schlechthin. Hatte man je einen Steckling über seine problematische Elternbeziehung lamentieren gehört? Oder eine sich teilende Tulpenzwiebel? Günter hielt mit dem Kneten inne und schmunzelte. Was er hier gerade trieb, war wohl eine Art gedanklicher Übersprungshandlung. Putzbewegungen zur Klärung seiner Gehirnzellen. Er konnte Margarete nicht ausweichen. Er musste zu ihr hinfahren, um ihr zu sagen, ihr gut gemeintes Vermittlungsgespräch könne nicht stattfinden. Dann könnte er auch gleich mit ihr die Ergebnisse seiner Überlegungen diskutieren. Seine Fort*pflanzungs*theorie war vielleicht dazu angetan, die ganze Situation zu entkrampfen. Zumindest was ihn betraf. Er hatte nicht den Eindruck, Margarete wäre auch nur im Entferntesten verkrampft. Und vielleicht ergab sich dabei sogar endlich die Gelegenheit, Margarete zu vermitteln, warum ihm seine Mutterbeziehung immer noch und immer wieder aufs Neue zu schaffen machte.

Alwa hatte geduldig zugehört. »Rede dir erst mal alles von der Seele«, hatte sie zu Anfang gesagt. »Erzähle einfach drauf los, Wally. Ich werde einhaken, wenn ich das Gefühl habe, etwas nicht zu verstehen.«

Jetzt schwieg Wally erschöpft. Sie hatte weit ausholen müssen, um Alwa auf den neuesten Stand zu bringen. Alwa sah sie mit ihren großen hellen Augen freundlich und ein wenig versonnen an.

»Ich verstehe dich sehr gut«, sagte sie. »Auch ich bin derzeit mit dem Thema Kinderkriegen beschäftigt.«

Wally, die im Schneidersitz auf dem Sofa saß, blickte von ihren Händen auf, die zwischen ihren Beinen lagen. »*Du?*«, fragte sie, als sei diese Vorstellung abstrus.

Alwas Gesicht verschloss sich. »Auch andere Frauen sind Anfang vierzig«, entgegnete sie.

»Ach, so meinst du das, verstehe.« Wally klappte die Oberschenkel zusammen. Sie legte die Arme um ihre Knie und nickte mechanisch. Das bezweifle ich, dachte Alwa gekränkt, nahm sich aber sofort zusammen.

»Tut ja auch nichts zur Sache«, sagte sie und wischte sich ihre Enttäuschung mit zwei kurzen, unbestimmten Handbewegungen aus dem Gesicht.

»Was ist eigentlich mit dir und Sebastian?«, fragte Wally. »Ich habe ihn doch hoffentlich nicht vertrieben? Das wäre mir sehr unangenehm.«

»Nein, nein.« Alwa winkte ab. »Ich will kurz repetieren. Wenn ich dich richtig verstanden habe, geht es nicht mehr um die Möglichkeit, ein viertes Kind zu bekommen, sondern darum, dass Dave die Entscheidung bezüglich seiner Sterilisation ohne dein Einverständnis getroffen hat. Richtig?«

»Im Prinzip schon. Natürlich *muss* ich kein viertes Kind haben, aber stell dir nur mal vor, ich wäre nicht dreiundvierzig, sondern dreiunddreißig.« Wieder fühlte Alwa sich getroffen. Patricia war dreiunddreißig. Alwa hatte den ganzen Tag weder von ihr noch von Sebastian gehört. »Bleib bei den Tatsachen. Du *bist* dreiundvierzig.«

»Schlimm genug«, seufzte Wally. »Ich spiele mit dem Gedanken, mich unters Messer zu legen. – Kleines Gesichtslifting«, fügte sie hinzu, als sie Alwas fragenden Blick sah.

Alwa kräuselte die Stirn. »Mit oder ohne Daves Einverständnis?«

»Was hat Dave damit zu tun? – Ach, darauf willst du hinaus! Verstehe. Nee, nee ...« Wally ergriff die neben ihr liegende Decke und begann, mit den Fingerspitzen deren Fransen zu kämmen. »Das sind zwei ganz verschiedene Schuhe. Ein Lifting macht mich schließlich nicht impotent.«

»Ist Dave impotent?«

»Im medizinischen Sinne schon.«

Alwa akzeptierte diese Antwort, wie sie war. Sie wollte nicht streiten. Weder über die Definition von Impotenz noch über die Risiken einer Schönheitsoperation. Nach allem, was sie vorhin gehört hatte, tat Wally ihr Leid, auch wenn sie sich gerade noch über sie geärgert hatte. »Wir wollen versuchen, Daves Beweggründe nachzuvollziehen. Vielleicht hast du selber irgendeine Idee, warum er sich sterilisieren ließ«, sagte sie.

Wally senkte den Kopf und begann Zöpfchen in die zuvor akribisch geordneten Fransen zu flechten. »Er wollte sich rächen«, sagte sie leise.

»Rächen? Wofür?«

»Für Lilli.«

»Verstehe ich nicht.«

»Ach, Alwa! Ich musste Dave doch förmlich zu seinem Glück zwingen. Ich musste ihn wochenlang belagern, bis er das erste Mal mit mir ausgegangen ist. Ich musste ihn kunstvoll verführen, damit er endlich mit mir schlief. Dave war ein ganz schön harter Brocken. Und dann«, sie zupfte die Zöpfchen wieder aus der Decke, »habe ich eben alles darangesetzt, schwanger zu werden.«

»Heimlich?«

»Was heißt heimlich? Ich wollte ein Kind von ihm. Nicht, um ihn damit einzufangen, sondern für mich. Frei von Verpflichtungen für ihn. Die beiden anderen Kinder ziehe ich ja auch ohne ihre Väter groß. Ich wusste also, worauf ich mich einließ.«

»So kann man das natürlich sehen. Ich bin allerdings der Meinung, auch Väter haben ein Recht auf ihre Kinder. Und die Kinder ein Recht auf ihre Väter.«

Alwas Blick wurde unruhig. »Kannst du das mal lassen?«, fragte sie.

»Was lassen?«

»Dieses Gefummel mit den Fransen. Es macht mich nervös.« Was dich nervös macht, liebe Alwa, sagte sie zu sich, ist nicht das Gefummel, sondern der Inhalt dieses Gesprächs. Du hast mit Sebastian auch nichts anderes vorgehabt als Wally mit Dave: Du wolltest ein Kind von ihm. Hast dir sogar ernsthaft Gedanken über seine Qualitäten als Samenspender gemacht. Nun kehrt das Thema auf diese Weise zu dir zurück und zwingt dich, deinen Kopf zu sortieren.

»Entschuldige«, sagte Wally. Sie schob die Decke zur Seite. »Das ist doch das Problem der Männer schlechthin. Sie wissen nie genau, ob sie tatsächlich die Väter ihrer Kinder sind. Solange sie glauben, die Kinder wären *ihre* Kinder, ziehen sie sie groß. Nur wenn sich herausstellt, ihre Kinder sind *gar nicht* ihre Kinder, geht das Theater los. Es sei denn, sie wissen von vornherein, dass sie fremde Kinder großziehen. So wie Dave bei Della und Max.« Als Alwa nichts erwiderte, fuhr Wally fort: »So ist die ganze patriarchalische Gesellschaft doch erst entstanden. Solange die Beziehung zwischen dem Mann als Samenspender (Alwas Augenlider zuckten) und Gebären nicht entdeckt war, wurden die Frauen verehrt, weil sie die göttliche Gabe hatten, Leben zu reproduzieren. Sex war so normal wie Essen und Trinken. Jeder schlief mit jedem. Keiner fand was dabei. Es müssen herrliche Zeiten gewesen sein.«

»Du kommst vom Thema ab.«

»Nein. Ich nähere mich gerade erst dem eigentlichen Thema. Wo war ich?«

»Bei der göttlichen Gabe der Frauen. Und den Samenspendern, die offenbar eine entscheidende Schwachstelle in diesem System gefunden haben. Sonst *hätten* wir ja wohl kein Patriarchat.« Alwa fragte sich, warum sie auf einmal so eine heftige Aggression gegen Wally empfand.

Wally lachte auf, sie spürte Alwas Gereiztheit nicht oder wollte sie nicht zur Kenntnis nehmen. »Erst als der Mensch zu siedeln begann und es enger wurde auf der Welt«, fuhr sie fort, »machten sich die Männer auf, um neues Land zu erforschen, nötigenfalls auch zu erobern. Der Mann wurde kriegerisch. Und als die Kriege und Beutezüge immer weiter ausgedehnt wurden und entsprechend länger dauerten, begriffen die Männer eines Tages, wenn sie lange genug – länger als neun Monate«, Wally kicherte und nickte Beifall heischend, »von zu Hause weg waren, gab es keinen Nachwuchs mehr. Von da an wurde der Spieß umgedreht. Nach dem Motto: Du kannst zwar Leben reproduzieren, aber ohne mich läuft gar nichts. Damit begann die Unterdrückung der Frau. Der Mann wollte sich seiner Frau sicher sein, denn es ging um *seine* Kinder. Der Keuschheitsgürtel wurde erfunden. Die Einehe, die Heimlichkeiten und so weiter. Also das ganze Dilemma, unter dem wir heute alle leiden. Wenn du mich fragst: Das war die zweite Vertreibung aus dem Paradies. Baum der Erkenntnis, du weißt schon.«

»Interessante Theorie. Sie hilft uns aber heute nicht weiter. Wir leben jetzt in einer Zeit, in der die Keulen nicht mehr geschwungen werden.«

»Aber sicher werden sie noch geschwungen, sie sehen nur anders aus.«

»Zurück zu dir und Dave. Du willst dich doch nicht ernsthaft von ihm trennen?«

»Das weiß ich nicht. Die Vorstellung, mich für den Rest meines Lebens an einen Kastraten zu binden, behagt mir jedenfalls nicht.«

»*Kastraten* ...!«

»Ist doch wahr! Wenn ich Dave heirate, heißt das automatisch, auf jedes weitere Kind zu verzichten. Vielleicht will ich ja auch gar keins mehr, aber die Vorstellung, darauf verzichten zu *müssen*, passt mir nicht. Und im Übrigen war, nein, *ist* diese heimliche Sterilisation – ich hasse schon allein dieses Wort – ein Vertrauensbruch mit weitreichenden Konsequenzen. Auf dieser Basis kann man keine funktionierende Beziehung aufbauen.«

»Hm«, machte Alwa. »Wie lange ist der Eingriff her?«

»Gut fünf Jahre.«

»Und ihr habt in dieser Zeit keine Beziehung aufgebaut …« Alwas Feststellung klang ironisch.

»Doch, schon, aber –« Wally brach ab.

»Wie hat Dave damals auf deine Schwangerschaft reagiert?«

»Er war entsetzt. Hat immer wieder beteuert, er hätte das nicht gewollt. Er wolle prinzipiell keine Kinder haben.«

»Weißt du, warum?«

»Er hatte eine grauenhafte Kindheit. War selbst ein ungewolltes Kind ohne Vater. Armut. Not. Kranker Bruder. Kränkelnde Mutter … Da kam einiges zusammen.«

»Das erklärt seine Haltung. In der Regel gibt es auf solche Kindheitserfahrungen zwei Reaktionsmuster: Entweder man beschließt, alles besser zu machen, oder aber dem Problem von vornherein auszuweichen. Seine Konsequenz war wohl die Letztere.«

»Nein, beides trifft zu. Er liebt Lilli. Ist ja sogar verrückt nach dem Kind. Und er liebt Max und Della. Er hat sogar mal gesagt, wenn ich ihn jemals verließe, würde er dafür kämpfen, alle drei Kinder behalten zu können. Natürlich würde kein Familienrichter das mitmachen. Aber das hat er nicht nur so dahingesagt.«

»Hat er damals eine Abtreibung von dir gefordert?«

»Nicht mit Worten. Aber seine Reaktion war eindeutig. Er wollte während der Schwangerschaft weder mit noch bei mir schlafen. Und wenn er es doch tat, bekam er, und dabei konntest du quasi zusehen, Pusteln und Bläschen am ganzen Körper. Seine Abwehr war offensichtlich. Da brauchte es keine Worte mehr.«

»Und in dieser Zeit hat er sich sterilisieren lassen?«

»Ja.«

»Wollte er denn die Verantwortung für das Kind übernehmen?«

»Die Frage kann ich, ehrlich gesagt, nicht beantworten. Ich habe ihn ja von jeder Verpflichtung freigesprochen. Genau genommen habe ich es ihm sogar unmöglich gemacht. Wobei ich natürlich die Hoffnung hatte, es würde kommen, wie es dann kam: Als Lilli da war, war er schlagartig ein anderer Mensch. Er war hingerissen von seiner Tochter, hat sofort ein Haus für uns alle gesucht. Und auch seine Allergie war von einem Tag auf den anderen verschwunden.«

»Mit Lillis Geburt oder durch die Sterilisation?«

Wally blickte auf. »Ich habe das immer mit Lillis Geburt in Zusammenhang gebracht«, sagte sie zögernd. »Aber du hast recht. Es könnte natürlich auch das Ergebnis der Sterilisation gewesen sein.«

»Hast du inzwischen mit ihm gesprochen?«

»Meinst du seit gestern Nacht?«

»Ja.«

»Nicht wirklich. Ich habe mich nur heute Morgen im Auto, als wir nach Heddernheim zurückfuhren, furchtbar darüber aufgeregt, jahrelang mit einer Spirale herumgelaufen zu sein, obwohl das gar nicht nötig war.«

»Er hat dich eine Spirale tragen lassen?« Alwa richtete sich auf. Ihre Stimme wurde scharf, ihr Blick stechend. »Das ist ja wohl das Letzte!«

Wallys Rücken versteifte sich. »Ich habe ihm das mit voller Absicht verschwiegen«, sagte sie in einem Ton, der in Alwa das Bild einer kampfbereiten Löwin entstehen ließ. »Aber jetzt, da er es weiß, tut es ihm furchtbar Leid, das hat er mehrmals betont.«

Alwa stieß verächtlich die Luft durch die Nase und lehnte sich zurück. Wally griff nach der Wolldecke.

»Ich passe«, sagte Alwa nach ein paar Minuten. »Das ist eine verfahrene Kiste, und mir fehlen im Moment die Worte. Wie können zwei erwachsene Menschen zusammenleben, gemeinsam Kinder großziehen und ein derartig zentrales Thema aus ihrer Beziehung ausklammern?«

Jetzt ging Wally in die Offensive. Sie beugte sich vor. »Schon mal was von Liebe gehört?«, fragte sie laut. »Dave hat sich damals sterilisieren lassen. Okay. Das war sein gutes Recht, wir hatten ja noch keine wirkliche Beziehung miteinander. Er war mir keine Rechenschaft schuldig. Und als wir dann eine Beziehung hatten, hat er es mir verschwiegen, weil er mich schonen wollte …«

»Schonen nennst du das, tss«, unterbrach Alwa sie. »Ich nenne es Feigheit.«

»Nenn es, wie du willst! Ich ließ mir die Spirale legen, weil ich mit drei Kindern genug um die Ohren habe. Und ich habe auch nicht darüber gesprochen, weil ich wiederum Dave schonen wollte, ich wusste ja, wie heikel das Thema ist.« Die Decke bekam wieder Zöpfchen. »Dave kann keine Kinder mehr zeugen«, fuhr Wally fort. »Ansonsten ist alles in Ordnung bei ihm. Das mit dem vierten Kind war eh eine Schnapsidee. Quasi eine Trotzreaktion auf die Heirat meiner Mutter. Günter hat mir das deutlich gemacht. Mit Della habe ich Sorgen genug, und wer weiß, was mich bei Max und Lilli noch erwartet. Was also soll ich mit einem vierten Kind? Im Grunde kann ich froh sein, dass ich mir jetzt über Verhütung keine Gedanken mehr machen muss und auch keine Spirale mehr brauche.«

Alwa seufzte resigniert. »Wozu dann die ganze Aufregung?«, sagte sie müde.

»Ich bin eben sehr impulsiv in meinen Reaktionen und –«, Wallys Stimme wurde wieder sanft, »unser Gespräch hat mir geholfen, die Dinge zu klären, Alwa. Es war sehr gut, die ganze Sache auch mal von Daves Standpunkt her zu betrachten.«

»Und was willst du nun machen?«

»Was meinst du?«

»Willst du heim? Mit ihm reden? Ihm Absolution erteilen?«

»Nein, ich bleibe heute Nacht trotzdem hier, wenn ich darf. Es wird allen guttun, wenn sie mal sehen, wie es ohne mich ist.« Wally stand auf, setzte sich aber gleich wieder hin. »Weißt du was«, sagte sie. »Ich möchte *dich* als meine Trauzeugin. Ich hatte zwar Carl vorgesehen, aber der kann genauso gut Daves Zeuge sein, die beiden sind ja auch gut befreundet. Und du hast mir eben wunderbar den Kopf zurechtgerückt und quasi meine Ehe gerettet, da bleibt dir gar nichts anderes übrig, als Ja zu sagen. *Bitte*, Alwa!« Alwa nickte.

Ist das Liebe, fragte sie sich, nachdem Wally im Gästezimmer verschwunden war. Kann das Liebe sein, wenn man sich gegenseitig schont, indem man sich Wahrheiten von solcher Tragweite verschweigt?

Alwa war unzufrieden mit dem Verlauf des Gespräches und unzufrieden mit sich selbst. Wegen ihres schwankenden Standpunkts. Zu Anfang, während Wally erzählt hatte, war sie auf ihrer Seite gewesen, dann war sie auf Daves Seite umgeschwenkt, dann wieder auf Wallys. Und zum Schluss hatte sie jeden Standpunkt verloren. Das Thema betraf sie selbst zu direkt und noch dazu auf verschiedenen empfindlichen Ebenen. Da war zum einen ihr Alter. Bald dreiundvierzig! Sie war beruflich erfolgreich, aber privat hatte sie keine

Perspektive. Wally machte aus dem vierten Kind ein Drama, obwohl sie schon drei hatte. Sie hatte keins, und das war Manuels Schuld. Nein, Schuld gab es im esoterischen Sinne nicht. Und wenn, dann war es ihre eigene. Sie hatte zwei Jahrzehnte ihren Kinderwunsch verleugnet. Zum anderen war sie versucht gewesen, Heimlichkeiten, die sich um das Thema Kinderkriegen rankten, zu verteidigen, weil sie sich selbst in diesem Punkt nicht ganz korrekt fand. Zu allem Überfluss beneidete sie Wally. Um die Kinder und um Dave. Vor allem aber um die Unbekümmertheit, mit der Wally ihre Meinungen nach Bedarf ändern und zu neuen Überzeugungen machen konnte, die ihr genauso aus dem Herzen kamen wie die, die kurz zuvor noch Gültigkeit gehabt hatten. Trotzdem, und das war das Verblüffende, war Wally dabei ehrlich. Vermutlich ehrlicher als sie, Alwa, mit ihrem rigiden Bedürfnis nach Stetigkeit, mit ihren festgefügten Ansichten, ihrer Prinzipienreiterei. Wally war von der Charakterstruktur her Optimistin. Sie lebte das Hier und Jetzt. Eine Gottesgabe, wie Alwa fand. Wally an ihrer Stelle würde sicherlich keine Sekunde zögern, die Beziehung zu Sebastian fortzusetzen und ein Kind von ihm zu bekommen. Sie würde sich nicht mit Überlegungen belasten, was in fünfzehn Jahren sein mochte, sondern einfach ihren Wünschen und Gefühlen folgen. Alwa hatte plötzlich das verzweifelte Gefühl, nie ihr eigenes Leben gelebt zu haben. Im Grunde war sie derselbe Typ Mensch wie Wally: spontan, emotional, offen. Sie hatte sich das alles mühsam abtrainiert. Wegen Manuel. Weil sie sich ständig an ihm orientiert hatte. Weil sie ihm um jeden Preis hatte gefallen wollen. Es war immer ihr Hauptmotiv gewesen, Manuel zu beweisen, sie wäre die Frau, die er lieben konnte. Sogar die Wahl ihres Studiums hatte sie dem Motiv untergeordnet, richtig zu sein. Sie war doch nicht aus Überzeugung Juristin geworden, sondern weil sie geglaubt hatte, sie könnte Manuel damit imponieren, und weil sie gehofft hatte, dadurch zu lernen, ihre Emotionalität ihrem Kopf unterzuordnen – eine von Manuels Lebensmaximen. Sie war so ein munteres, optimistisches, selbstbewusstes und künstlerisch begabtes Kind gewesen, als sie ihn kennengelernt hatte. Sie war dazu prädestiniert gewesen zu fliegen. Und dann hatte sie sich die Flügel stutzen lassen, nein, schlimmer: hatte sich die Flügel in vorauseilender Folgsamkeit selbst gestutzt. Aber wie! Und jetzt verschanzte sie sich hinter Prinzipien, die nicht ihre waren, weil sonst ihr ganzes Leben infrage gestellt wäre. Wenn sie ehrlich war, dann war ihr Faible für Esoterik und Astrologie nur der Versuch, die Nüchternheit ihres Berufs und ihrer Lebensführung auf irgendeine Weise (pseudo-)wissenschaftlich und (scheinbar) rational zu kompensieren.

Alwa fühlte sich elend. Sie hatte Wally keinen vernünftigen Rat geben können. Wie auch? In ihrem eigenen inneren Chaos, das sie so sorgfältig verdrängte, hatte sie sich selbst mindestens zwanzig Jahre lang verleugnet. Aber, beruhigte sie sich, Ratschläge sind immer gut für den, der sie gibt. Sie hatte zumindest ihre Aufgabe als Sparringspartner für Wally erfüllt. Und warum sollte nicht Wally bei einer anderen Gelegenheit das Gleiche für sie tun? Es war an ihr, es zuzulassen. Wenn sie es denn einmal zulassen konnte. Sie meinte ja immer, alles allein zu können und besser zu wissen. Das war genauso zwanghaft. Sie überlegte, ob sie noch einmal mit Wally sprechen sollte, entschied sich aber dann, das Gespräch auf den nächsten Morgen zu verschieben. Stattdessen nahm sie das Telefon und wählte Günters Nummer. Er meldete sich nicht und hatte – wie immer – seinen Anrufbeantworter nicht angestellt. Verflixt noch mal, dachte Alwa, was ist das für ein Therapeut, der ständig unerreichbar ist?

Die selbstironische Grundstimmung, mit der Günter bei Margarete angerückt war, hatte es Margarete relativ einfach gemacht, ihn zuerst seelisch und dann auch körperlich zu entkrampfen. Sie lagen auf dem Futon. Günter hatte seinen Kopf an Margaretes weichen Busen gelehnt. Flori lag auf Margaretes Bauch und schnurrte, als gälte es, einen Wettbewerb zu gewinnen.

»Du bist der wahre Meister im Leben«, sagte Günter und streichelte sie. Die Katze blinzelte ihn träge an. Zu dem dunklen gleichmäßigen Grundschnurren gesellte sich ein etwas helleres, rhythmisch ein- und aussetzendes Knattern. Floris Körper hob und senkte sich mit jedem Atemzug Margaretes. Margaretes Haut war fast so weiß wie Floris Brustfell, das über der kleinen Nase in Form eines Ausrufungszeichens auslief und am Kinn von einem dunklen Fleck akzentuiert wurde. Die Pfötchen hatte Flori akkurat gegeneinander geklappt. Ihre Schwanzspitze schlug sachte zwischen Margaretes Schenkeln hin und her.

»Wie geht's dir jetzt?«, fragte Margarete.

»Hervorragend«, erwiderte Günter.

»Keine Selbstzweifel mehr?«

»Im Moment nicht.«

»Und die Sinnkrise?«

»Ach Gott, ja …«

»Bleibt noch deine Mutter.«

Günter drehte sich auf den Rücken und stopfte sich ein Kissen in den Nacken. Er betrachtete seinen Körper, der neben Margarete beklagenswert schmächtig wirkte.

»Eigentlich ein Jammer, dass du keine Kinder hast, Margarete«, sagte er. »Du bist –«

»Ich habe doch dich«, unterbrach Margarete ihn lachend. Ihr Bauch schwankte. Flori sprang beleidigt weg. Günters Bein zuckte.

43. CARL STAND AM HERD. JOSIE SASS IM BADEMANTEL auf einem Stuhl am Küchentisch. Jetzt zog sie die Beine an, umschlang sie mit den Armen und legte ihr Kinn auf die Knie. »Es ist eigenartig, Carlos«, sagte sie. »Ich fühle mich so vertraut mit allem, als hätte ich immer schon hier mit dir gelebt.«

Carl nickte, während er zwei Steaks in die Pfanne legte. Das Öl zischte laut auf. Er schüttelte die Salatblätter aus der Seihe in die bereitstehende Schüssel und mischte sie vorsichtig mit dem Salatbesteck. »Es geht mir genauso«, sagte er. »Wobei es für mich einfach ist, mich so zu fühlen. Ich bin hier seit zehn Jahren zu Hause. Für dich ist alles neu. Deutschland, Frankfurt, die Wohnung, das Café … Eigentlich alles außer mir, obwohl ich mich in den sechzehn Jahren wahrhaftig auch verändert habe.«

»Für mich nicht«, erwiderte Josie. »Wenn ich dich anschaue, sehe ich genau denselben Mann wie damals, als ich dich traf. Du hast dich weniger verändert als ich.« Sie zog eine Haarsträhne zum Knie und lachte trocken auf.

Carl wendete die Steaks. »Ich finde, du hast nie besser ausgesehen«, sagte er. »Deine dunkle Haut, die wunderschönen blauen Augen und darüber diese weiße Aureole …«

»Nun übertreib mal nicht«, wehrte Josie ab. »Du musst mich nicht heiligsprechen. Ich habe genug angerichtet. Ob Pago meinen Brief inzwischen bekommen hat?«

»Hm.« Der Gedanke an Pago war Carl unangenehm. Er erinnerte sich deutlich an die Verzweiflung in dessen Stimme. Er schnitt Weißbrot auf, nahm die Steaks aus der Pfanne und legte sie auf die Teller. »Komm, lass uns essen.«

»Ich sollte nicht darüber sprechen«, sagte Josie, nachdem sie ein paar Bissen zu sich genommen hatte. »Es wird dich nur belasten.«

»Wir müssen darüber reden«, erwiderte Carl. »Ich denke auch an ihn. Er tut mir Leid. Obwohl – egoistisch gesehen, sage ich mir, es ist ausgleichende Gerechtigkeit. Habe ich ihm Leid getan? Ich habe ihm damals die Pest an den Hals gewünscht. Andererseits hätte er nicht in unsere Beziehung einbrechen können, wenn sie wirklich in Ordnung gewesen wäre. Und die Frage, was zwischen uns nicht gestimmt hat, hat mich lange beschäftigt. Sie tut es jetzt noch, wenn ich ehrlich bin.«

Josie gab keine Antwort. Wie sollte sie Carl etwas erklären, das sie sich selbst nicht erklären konnte? Sie war mit Carl glücklich gewesen – bis Pago kam. Die seltsame Unruhe, unter der sie manchmal gelitten hatte, das Gefühl, etwas zu suchen, von dem sie nicht wusste, was es war, die Ahnung, irgendetwas Wichtiges noch nicht erledigt zu haben, hatte sie immer wieder auf den gleichförmigen Alltag auf der Ranch zurückgeführt. Auf Kauai und sogar in den vergangenen Tagen in Kanada war ihr noch einleuchtend erschienen, dass ihre Seele Pago als Bruder erkannt hatte, so wie die *kahuna* es erklärt hatte, aber jetzt in Frankfurt wirkte es irgendwie schräg. Verschroben. Sie hatte das Zusammensein mit Pago von Anfang an als Ausnahmezustand erlebt. Sie war sich dessen nur nie bewusst gewesen. Vielleicht hatten die vielen Reisen, das Nicht-Sesshaftwerden, die Intensität ihrer Beziehung trotz der nicht mehr stattfindenden Sexualität das zu erkennen verhindert.

»Was fühlst du, wenn du an Pago denkst?«, unterbrach Carl ihre Gedanken.

Josie zögerte einen Augenblick. Sie räusperte sich. »Trauer«, sagte sie dann. »Aber auch Erleichterung … Wehmut … Dankbarkeit … Schuld … eine Mischung aus allem. Aber ich bin davon überzeugt, Pago wird, wenn er meinen Brief liest, sofort verstehen – falls er es nicht sowieso schon längst weiß, was ich eigentlich glaube –, warum wir zusammenkamen und so lange zusammengeblieben sind, obwohl wir nicht mehr miteinander schliefen. In jeder normalen Mann-Frau-Beziehung wäre unter solchen Bedingungen ein friedliches Zusammenleben auf Dauer unmöglich gewesen. Es hätte Fragen, Vorwürfe, Eifersuchtsszenen, endlose Diskussionen gegeben. Und irgendwann die Trennung. Unsere Beziehung hingegen blieb liebevoll und harmonisch.«

»Ich habe nach wie vor Schwierigkeiten mit der Bruder-Schwester-Theorie, Josie. Obwohl sie so verführerisch einleuchtend wirkt. Fast zu einleuchtend, wie ich finde. Deshalb bin ich skeptisch. Aber ich habe kein Recht, mich auf einen rein rationalen Standpunkt zurückzuziehen. Die Umstände deiner Geburt sind Grund genug, scheinbar Unmögliches als Realität zu akzeptieren.«

»Die Umstände meiner Geburt würde ich sehr gerne endlich vergessen können«, entgegnete Josie heftig. »Die Umstände meiner Geburt sind wie ein Fluch. Sie verfolgen mich, seitdem ich denken kann. Es ist nicht witzig, als medizinisches Phänomen begutachtet, bestaunt und registriert zu werden. Es ist auch nicht witzig, sich für den Tod seines Vaters verantwortlich zu fühlen. Genauso wenig witzig ist es, wenn du alle paar Monate auf einem Operationstisch liegst, deinen Körper verabscheust, weil er dir immer wieder zeigt, du kannst die Umstände deiner Geburt nicht abschütteln und weil er mit jedem Eingriff hässlicher wird. Ich war in meiner Familie immer ein Außenseiter. Meine Schwestern haben mich misstrauisch beäugt, ich glaube, sie hatten sogar Angst vor mir. Meiner Mutter war ich unheimlich. Meine Großmutter hat mich zum Schicksalsträger erklärt und damit möglicherweise eine Art *self-fulfilling prophecy* in Gang gesetzt. Ich hatte nie so etwas wie familiäre Geborgenheit. Pago war der erste Mensch, der mir dieses Gefühl gab. Darum liebe ich ihn. Jetzt schau nicht so gequält! Pago *ist* mein Bruder. Da magst du so viele rationale Argumente auffahren, wie du willst. Ich verstehe deine Schwierigkeiten, das zu akzeptieren, aber wenn du meine Tatsachen nicht anerkennst, hat das alles keinen Sinn. Dann war es ein Fehler, dass wir uns wiedergetroffen haben und ich jetzt hier bin.«

»Habe ich dir etwa keine Geborgenheit gegeben?«, fragte Carl.

»Du bist mein Mann. Ich begehre dich.«

»Du meinst …«

»Ja, genau das meine ich: Geborgenheit sollten wir uns für spätere Zeiten aufheben. Vielleicht wären wir heute bereits in diesem abgeklärten Gefühlsstatus, wenn ich Pago nicht getroffen hätte. Vielleicht säßen wir dann hier oder in Kanada und würden uns friedlich die Hand halten. Aber jetzt, Carlos, will ich mit dir ins Bett.«

3. Teil

44. ALWA ERWACHTE MIT EINEM WÜRGENDEN GEFÜHL im Magen. Sie sprang aus dem Bett und schaffte es gerade noch ins Bad, wo sie sich heftig erbrach. Lange kniete sie vor der Toilettenschüssel. Dann erhob sie sich schwerfällig, stützte sich mit beiden Händen auf das Waschbecken und starrte ihr bleiches Gesicht im Spiegel an. Erschöpft ließ sie sich auf den Badewannenrand fallen. Wieso habe ich mich übergeben, fragte sie sich und stutzte.

Ich habe mich *über-geben*?

An wen?

An was?

Und was zum Teufel ist mit dieser hintersinnigen Redewendung gemeint?

»*Zum Teufel*«, flüsterte eine Stimme ihr zu.

»Moment mal«, sagte sie laut, und im selben Augenblick traf die Erkenntnis sie wie ein Blitzschlag: Sie war schwanger. »Grundgütiger Himmel!«, entfuhr es ihr. Alwa raffte sich auf. Sie beugte sich über das Waschbecken, spülte den Mund aus und schöpfte sich kaltes Wasser ins Gesicht. »Gratuliere, Alwa Möwes«, sagte sie zu ihrem Spiegelbild, während sie sich abtrocknete. »Jetzt hast du den Salat. Du bist schwanger. Und den Vater deines Kindes hast du großzügig an eine andere abgetreten. Klasse gemacht, Frau Anwältin! Wirklich ganz klasse! Und nun?«

»Wally«, rief sie klagend. »Wallyyy …!«

Keine Antwort. Alwa stürmte ins Gästezimmer. Es war leer. Die Bettwäsche abgezogen und ordentlich zusammengelegt. Auf dem Kopfkissen lag ein Blatt Papier: *Danke für alles. Du bist ein Schatz!*

Wally war fort. Alwa sank vor dem Bett zu Boden. »Mama«, schluchzte sie theatralisch und umarmte einen Bettpfosten. Plötzlich sah sie sich von oben und lachte düster auf. »Okay, Mama«, sagte sie in das leere Zimmer hinein. »Bevor du hier komplett hysterisch wirst, besorgst du dir einen Schwangerschaftstest. Wahrscheinlich hast du schlecht geträumt. Selbsterkenntnisse, so wie die von gestern Nacht, sind sicher dazu angetan, unerwartete Übelkeiten zu erzeugen.«

Sie zog sich hastig an und machte sich, obwohl sie genau wusste, sie würde nur bestätigt finden, wessen sie sich bereits absolut sicher war, auf den Weg in die Apotheke.

45. »ALLES WIEDER IN ORDNUNG, CHARLIE«, SAGTE Wally. »Es bleibt bei der Hochzeit am neunzehnten Februar. Ich habe allerdings eine kleine Änderung vorgesehen. Ich möchte Alwa zu meinem Trauzeugen machen und dich zu Daves.«

»Mir ist alles recht«, Carl seufzte erleichtert. Er zögerte einen Moment und setzte dann hinzu: »Hat Dave dich wirklich betrogen?«

»Es ist keine andere Frau im Spiel, wenn du das meinst. Es ging um eine andere Art von Betrug. Aber das erzähle ich dir irgendwann in einer ruhigen Stunde. Das Thema ist zu delikat. Immer wenn zwei halbwegs erwachsene Menschen sich zusammentun, prallen eben auch zwei verschiedene Vorstellungen aufeinander. Die perfekte Symbiose findet nur in unseren Köpfen statt. Glück stellt sich immer dann ein, wenn du nichts erwartest, sondern die Dinge nimmst, wie sie sind. Na ja – egal. Sei so lieb, und mach mir einen Milchkaffee. Und dann könntest du mir zur Abwechslung von dir erzählen. Ich platze vor Neugier.« Wally blickte ihn erwartungsvoll an.

Carl ging hinter den Tresen und setzte die Kaffeemaschine in Gang. »Ich glaube, ich habe es«, sagte er.

»Was?«

»Das Glück, von dem du eben sprachst.«

»So schön?«

»Es ist überwältigend.«

»Ach, Charlie! Ich freue mich so für dich. – Und wann lerne ich Josie kennen?«

»Komm doch mit Dave nach Feierabend auf einen Wein zu mir – äh – zu uns. Meine Mutter kommt zwar auch, aber sie ist am Abend bei Frau Ernert eingeladen.«

»Die kennen sich?«

»Sie haben sich Weihnachten ganz zufällig im Harz kennengelernt und Freundschaft geschlossen.«

»Tja-ja«, sagte Wally. »Man kann seinem Schicksal eben nicht ausweichen. Da müssen sie sich *zufällig* im Harz begegnen, obwohl sie sich hier viel eher hätten kennenlernen können. Aber heute Abend kann ich nicht. Ich muss erst mal mit Dave reden. Unsere Krise ist zwar beseitigt, aber bisher nur in meinem Kopf.«

Carl nickte. »Das ist typisch für dich«, sagte er lächelnd. »Immer *one step ahead.*«

»Aber morgen Abend, Charlie ... Ach nein, geht auch nicht. Da ist Elternabend. Am Freitag?« Jetzt schüttelte Carl den Kopf. »Am Freitagabend gehe ich mit Josie und meiner Mutter in die Alte Oper. Bleibt nur der Samstag. Und da seid ihr sowieso eingeladen.« Wally griff nach der Tasse. Sie senkte die Nasenspitze in die aufgeschäumte Milch. »Machst du ein Fest?«

»Nichts Großes. Ich dachte an einen kleinen Umtrunk am frühen Abend hier im Café, damit Josie euch alle kennenlernen kann. Und vice versa.«

»Und wer wird alles kommen?«, fragte Wally neugierig.

»Du und Dave. Della natürlich auch, wenn sie mag. Die Möwe und ihr Verehrer. Frau Ernert. Meine Mutter. Jürgen und Jürgen. Moritz. Isolde. Ich dachte auch –«

Seine Aufzählung wurde von Herrn Kabbelau unterbrochen. »Ich will wirklich nicht stören, aber wir müssen los, Frau Gräfin«, sagte er devot. Dabei wedelte er mit dem linken Arm und ließ seine schwere Armbanduhr schlackern.

»Ich komme gleich. Trinke nur schnell meinen Kaffee aus«, erwiderte Wally. Theodore Kabbelau zog sich mit kleinen Verbeugungen aus der Tür zurück.

»Wenn er so weitermacht, wird er demnächst noch vor mir auf die Knie fallen.« Wally grinste.

»Wolltest du dich nicht wegen seiner Undurchsichtigkeit von ihm trennen? Und was macht eigentlich dein Führerschein?«, fragte Carl.

»Ich brauche ihn halt, und er ist ja auch immer sehr nett und höflich zu mir. Und was meinen Führerschein angeht: Frag mich besser nicht«, seufzte Wally. »Alwa kümmert sich darum. Im Übrigen ist es sehr angenehm, chauffiert zu werden. Auch die kleinen Handreichungen, die Herr Kabbelau mir andient, gefallen mir. Ich fange allmählich an, die meiner Herkunft entsprechenden Privilegien zu genießen.« Obwohl sie sich bemühte ironisch zu klingen, spürte Carl den Kern Wahrheit in ihrer Aussage. »Außerdem«, setzte Wally hinzu, »kann ich in der Zeit, in der ich nicht selbst fahre, Dinge erledigen, für die sonst immer das Wochenende draufgeht. Abrechnungen vorbereiten, Telefonate führen – gesegnet sei die Erfindung des Handys –, Steuerunterlagen prüfen etc. Ich komme sogar dazu, mal ein Buch zu lesen. Ich denke ernsthaft darüber nach, ob ich mich nicht dazu aufraffen sollte, doch noch mein Medizinexamen nachzuholen. Da ich die Idee mit dem vierten Kind zu den Akten gelegt habe und Lilli demnächst in die Schule kommt, wäre das eigentlich realisierbar.«

Carl nickte zustimmend, obwohl er sich wunderte. Auf einmal doch kein viertes Kind? Was hatte diesen Sinneswandel herbeigeführt? Vielleicht war die Krise in der Beziehung zu Dave doch schwerwiegender, als sie zugab.

Wally erhob sich. »Es ist wie immer«, sagte sie. »Der Job ruft. Bin gerade dabei, einen Landwirt bei Usingen von der Notwendigkeit eines Freilandkonzeptes für seine Legehennen zu überzeugen, und berate ihn bei der Umstellung der malträtierten Geschöpfe. Bei so einer Perspektive macht mein Beruf richtig Spaß, sage ich dir.« Wally lachte. »Apropos Eier. Della gibt seit neuestem vor, Veganerin zu sein. Sie isst nur noch Salat und Gemüse. Keine Butter, keine Milch, keinen Käse. Überhaupt ist dieses Kind in letzter Zeit sehr seltsam. Waren wir alle auf der Schwelle zum Erwachsenwerden so? Als Max gestern fragte, warum Della sich weigert Käse zu essen, hat Lilli im Brustton der Überzeugung geantwortet: Weil der von den Mäusen kommt. Ist das nicht goldig? Aber was quatsche ich mich fest? Ich muss los.«

Carl brachte sie zum Wagen. »Also Samstag. So gegen sechs?«

Wally gab ihm einen Kuss. »Drück mir die Daumen für heute Abend«, rief sie noch, während sie den Sicherheitsgurt anlegte. Die Wagentür fiel ins Schloss.

Carl ging ins Café zurück. Heute Abend, überlegte er, was ist heute Abend? Er nahm die Tasse vom Tisch und stellte sie in die Spülmaschine. Als er sich aufrichtete, betrat Alwa den Raum. »Das war doch Wally, die gerade fortfuhr«, sagte sie. Carl nickte. »Ach, entschuldige, Carl. Erst mal wünsche ich dir ein gutes neues Jahr! So wie ich das sehe, wird es für uns alle ein ganz besonderes Jahr.« Sie lächelte sibyllinisch.

»Du siehst gut aus«, sagte Carl. »Irgendwie weicher als sonst. Macht das die Liebe?«

»Im Endeffekt könnte man sagen: ja. Man könnte aber auch sagen, ich habe ein Weihnachtsgeschenk bekommen, das mir noch lange Freude machen wird.« Alwas Lächeln wurde noch eine Spur breiter. Ihre Augen glänzten. »Ich hatte eigentlich nicht damit gerechnet, dich hier anzutreffen«, fuhr sie fort. »Ich wähnte dich noch in Kanada. Ist alles in Ordnung? Was macht deine Frau?«

»Du wirst sie am Samstag kennenlernen«, entgegnete Carl. »Espresso?«

»Ja, bitte.« Alwa lehnte sich gegen den Tresen. »Du hast sie also mitgebracht. Wie schön!« Alwa war, wie zuvor auch Wally, an diesem späten Vormittag der einzige Gast. »Meine unbestimmte Zettelbotschaft an der Tür wird schuld daran sein«, hatte Carl Josie erklärt. »Ja, sie ist hier«, sagte er.

»Wie lange bleibt sie?«, fragte Alwa.

»Ich hoffe, für immer.«

»Für immer ...«, wiederholte Alwa und verankerte ihren Blick in der Wand hinter dem Tresen. Der Satz ihrer Mutter drängte sich in ihre Gedanken: Ein spätes Glück kann auch sehr schön sein. Für Carl schien er zu stimmen. Sie unterdrückte den spontanen Wunsch, Carl von ihrer Schwangerschaft zu erzählen. Es war nicht fair, darüber zu reden, bevor sie mit Sebastian gesprochen hatte. *Sebastian*. Ganz unvermutet stieg Ärger in ihr hoch. Er hatte sich nicht bei ihr gemeldet. Genauso wenig wie Patricia. Sie war schwanger, und die beiden amüsierten sich miteinander. Alwas Miene verfinsterte sich. Sie streute viel zu viel Zucker in ihren Kaffee und rührte ihn energisch um. Sie spürte Carls forschenden Blick auf sich ruhen. »Was ist am Samstag?«, versuchte sie abzulenken.

»Ich mache für Josie einen kleinen Begrüßungsumtrunk. Ihr kommt doch?«

»Wer *ihr*?«, fragte Alwa mit leicht gereiztem Unterton.

»Du und Sebastian.« Carl strich sich über den Kopf. Irgendwas stimmte auch bei Alwa nicht, obwohl sie eben noch so gelöst ausgesehen hatte. Alwa rührte immer noch grimmig in der Tasse herum und starrte ins Leere. »Alwa …?«, fragte Carl vorsichtig.

Alwa schrak auf. »Ja, ja, ich weiß: Es hat sich schon mal einer totgerührt.« Sie lachte trocken, klopfte den Löffel am Tassenrand ab und legte ihn klirrend auf die Untertasse. »Wieso mir dieser dämliche Spruch einfällt, weiß ich auch nicht.« Sie nahm einen Schluck Kaffee.

Carl ging um den Tresen herum auf sie zu. Er wollte sie in den Arm nehmen, entschied sich aber dagegen. Alwas Körperhaltung signalisierte Abwehr. »Komm, wir setzen uns«, sagte er stattdessen. Er nahm ihre Tasse und trug sie zu einem Tisch. Alwa folgte ihm. Eigentlich habe ich niemanden, mit dem ich reden kann, schoss ihr durch den Kopf. Wenn Sebastian und Patricia wirklich miteinander … Ich mache mich doch lächerlich. Wally ist vollauf mit ihren eigenen Problemen beschäftigt. Carl sonnt sich in seinem wiedergefundenen Glück. Meine Mutter …? Sie wird die Letzte sein, mit der ich über meine Schwangerschaft rede. *Ein Kind, Alwa? In deinem Alter? Von einem Mann, der dein Sohn sein könnte?* Ich habe alles falsch gemacht in meinem Leben, überlegte sie. Anstatt mich mit den Fakten auseinanderzusetzen, habe ich alles, was ich tat, im Hinblick auf Manuel getan. Es durfte keinen Bereich in meinem Leben geben, der durch jemand anderen besetzt wurde. Nicht einmal Freundschaften habe ich zugelassen. Alles habe ich freigehalten für ihn. Wie bescheuert war ich eigentlich? Sie seufzte. Brachte das Kind in ihrem Bauch sie endlich zur Besinnung? Ging das Schicksal so hintersinnig vor? Bekam sie das Kind, das in ihrer Vorstellung nur mit Manuel möglich gewesen war, von einem Mann, mit dem sie eigentlich nicht mehr verband als Sympathie und körperliche Anziehung, damit sie ihre große Liebe als das erkannte, was sie immer gewesen war: eine Illusion? Tief in ihrem Inneren war sie der Überzeugung gewesen, nie aufhören zu dürfen, an Manuel festzuhalten. Sie hatte geglaubt, eines Tages für alles, worauf sie verzichtet und was sie gegeben hatte, belohnt zu werden. Es war ihr nie in den Sinn gekommen, in der Gegenwart nach dem zu verlangen, was sie brauchte. Weil sie selbst noch ein Kind gewesen war, als sie sich in ihn verliebt hatte? Weil ein Kind sein Leben automatisch in die Zukunft projiziert?

Besonders eins, dessen Begehren sich auf einen bereits erwachsenen Mann richtet? Nun wurde sie Mutter, und es wurde Zeit, sich endlich und endgültig von Manuel zu verabschieden. Warum war sie denn auch durch Wally mit dem Thema Kinderkriegen konfrontiert worden? Vielleicht deshalb, weil sie von Wallys Pragmatismus lernen sollte. Wally setzte sich mit den Realitäten auseinander und verlor sich nicht in Hirngespinsten. Und wenn, dann waren es Spinnereien, die sie auch als solche erkannte. Wally erlaubte sich spielerische Ausflüge, um nach dem Spiel wieder zu den Fakten zurückzukehren. Sie, Alwa, bekam ein Kind. Das war die Realität, mit der sie die nächsten zwanzig Jahre oder länger beschäftigt sein würde. Plötzlich war sie sich hundertprozentig sicher: Das Kind bedeutete die endgültige Abnabelung von Manuel. Spätestens bei seiner Geburt würde es Tatsachen schaffen, die bewiesen, dass sie ihr eigenes Leben lebte. Sie war endlich frei. Bei dieser Erkenntnis begann Alwa zu lächeln. »Entschuldige, Carl«, sagte sie. »Ich war mit meinen Gedanken ganz woanders. Also am Samstag, sagst du? Klar kommen *wir*. Und jetzt trinken wir ein Gläschen Champagner! Ich habe einen Grund zum Feiern.«

Carl zögerte einen winzigen Augenblick, bevor er aufstand. Er spürte, er würde Alwa enttäuschen, wenn er jetzt Nein sagte. Er hatte sie in den vergangenen Minuten genau beobachtet und fragte sich, was wohl gerade in ihr vor sich gegangen war. Wie schon oft war er fasziniert von ihrem Gesicht, in dem sich nacheinander so viele verschiedene Empfindungen gespiegelt hatten. Jetzt sah sie wieder ganz gelöst aus. Er nahm die Gläser und ging zum Tisch zurück. Kaum hatten sie sich gesetzt, ging die Tür auf. Patricia stand auf der Schwelle. Sie sah von Carl zu Alwa und errötete. Dann lachte sie auf. »Guten Morgen, guten Morgen«, flirrte sie. »Da komme ich ja genau im richtigen Moment. Gibt's was zu feiern? Gute Neuigkeiten? Darf ich mich setzen?« Die letzte Frage war unnötig, denn sie saß bereits. Sie streifte ihren lässigen Trenchcoat ab und drapierte ihn auf der Sitzbank. Er war von oben bis unten mit Nerz gefüttert, registrierte Alwa. Gerupftem Nerz allererster Güte. Darunter trug Patricia einen dunkelgrünen Overall aus Seide mit einem miederbreiten Nappaledergürtel, auch dunkelgrün, fast schwarz. Und Stiefeletten. Ebenfalls Nappa. Ebenfalls schwarzgrün. Wo bitte kriegt man so was, fragte Alwa sich. Schimmerten nicht sogar Patricias Haare heute grünlich? Jedenfalls erzeugte Patricias Erscheinung in ihr das niederschmetternde Gefühl, unsichtbar zu werden. Alwa rückte ein Stück zur Seite. Was wie eine einladende Geste hätte wirken können, wirkte abweisend, fand Carl. Während er ein Glas für Patricia einschenkte, schüttelte die ihre Haare zurecht und brachte aus den Tiefen ihrer Umhängetasche (schwarz oder grün? Alwa war sich nicht sicher) ein Päckchen Zigaretten und ein goldenes Feuerzeug zum Vorschein. Ein teures Plopp erklang, nachdem Patricia eine Zigarette in Brand gesteckt hatte. Wieder wurden die Haare geschüttelt und mit den Fingern kunstvoll durcheinandergebracht.

Alwa saß stocksteif auf der Bank. Genauso stocksteif wie vor ein paar Wochen, als sie mir zuliebe an Patricias Tisch umgezogen ist und die beiden sich kennengelernt haben, dachte Carl. Vor ein paar Wochen … Es war alles wirklich noch nicht lange her und trotzdem kam es ihm vor, als wären Ewigkeiten vergangen.

Das Telefon summte. Carl griff zum Hörer. »Okay, Josie«, sagte er, nachdem er einen Moment zugehört hatte. »Bin in zwei Minuten oben.«

Er brachte ein Glas Champagner für Patricia an den Tisch. »Sorry«, sagte er. »Ich gehe mal kurz nach oben. Josie braucht mich. Meine Frau«, fügte er hinzu, als er Patricias fragenden Blick auffing. »Sollten Gäste auftauchen, ich bin gleich wieder da.«

»Geh nur«, erwiderte Patricia. »Wir machen das schon. Wir kennen uns ja aus, nicht wahr, Alwa?« Sie sah Alwa hoffnungsvoll an. Alwa reagierte nicht. Patricia wurde zum zweiten Mal rot. Da stimmt auch was nicht, sagte sich Carl, während er die Treppe zu seiner Wohnung hinaufstieg. Es scheint, als wären alle hier in Frankfurt ein bisschen durcheinander geraten. Oder kam ihm das nur so vor, weil seine Welt dank Josie auf einmal wieder heil war und er jede kleinste Irritation spürte wie ein Seismograph?

»Du bist sauer auf mich«, sagte Patricia zu Alwa.

Alwa machte eine abfällige Handbewegung. »Kann ich?« Sie deutete auf die Zigarettenschachtel.

»Logo.« Patricia griff eilfertig nach dem Feuerzeug.

Alwa steckte sich die Zigarette in den Mund, schob aber Patricias Hand beiseite. »Ich rauche kalt«, sagte sie schroff.

»Du *bist* sauer auf mich«, wiederholte Patricia. »Und ich fürchte, zu Recht.« Sie schlug die Augen nieder und perfektionierte die Krempelung ihres linken Ärmels. Die Zigarette wippte in ihrem Mundwinkel.

»War's wenigstens schön?« Alwa blies imaginären Zigarettenqualm in den Raum.

»So schön wie etwas sein kann, für das man am nächsten Morgen im Erdboden versinken möchte«, erwiderte Patricia. Der rechte Ärmel wurde zurechtgezupft. »Wirklich, Alwa, mir ist das alles furchtbar unangenehm.«

»Muss es nicht«, sagte Alwa. »Es wäre ja auch alles in Ordnung, wenn es nicht eine entscheidende Komplikation gäbe.«

»Was für eine Komplikation?«, fragte Patricia.

»Habt ihr ein Gummi benutzt?«

Patricia erstarrte. Sie nahm die Zigarette aus dem Mund und legte sie in den Aschenbecher. »Was willst du damit sagen?« Sie wurde zum dritten Mal rot.

»Also habt ihr nicht.« Alwa genoss Patricias Verwirrung mit einer ihr selbst ungewohnten Boshaftigkeit. Ihre Frage hatte bei Patricia wohl nicht den naheliegenden Gedanken an eine Schwangerschaft, sondern an Aids ausgelöst. Nicht beabsichtigte, aber gute Pointe. Die konnte jetzt erst mal eine Weile zappeln. »Ist das in heutigen Zeiten nicht sträflicher Leichtsinn?«, fuhr sie fort. Was sagte sie da? Ihr Herz begann zu hämmern. Hatte *sie* sich geschützt? Nein, sie war mit Sebastian in die Federn gesunken, ohne überhaupt an *irgendwas* zu denken. Ohne *irgendwas* von dem Knaben zu wissen, außer dass er jung, bildschön und überaus erotisch war. Und wenn er nun …? Der Gedanke erschien ihr vollkommen absurd. Aber wenn doch? Was war dann mit ihr? Mit dem Kind? Jetzt glühten auch Alwas Wangen.

»Das glaub ich nicht«, sagte Patricia und steckte sich noch eine Zigarette an.

»Glaube versetzt bekanntlich Berge, schützt aber vor Torheit nicht«, erwiderte Alwa. War das logisch, was sie da gerade gesagt hatte? Irgendwie erschien ihr der Zusammenhang nicht ganz stimmig. »Kann ich vielleicht auch mal Feuer haben?«, forderte sie brüsk. »Nur weil einer wie ein Engel aussieht, ist er nicht zwangsläufig einer«, erklärte sie, nachdem sie kräftig inhaliert hatte. »Oft genug kommt das Verhängnis *gerade* in Engelsgestalt über einen. Und man sollte doch meinen, einem Profi wie dir könnte so was nicht passieren.« Alwa lächelte mokant. Sie drückte Patricias im Aschenbecher vergessene Zigarette aus.

»Du bist gemein«, rief Patricia. »Das ist einfach nicht fair.«

»*Fair* ... Was ist schon fair? Wart ihr fair?«

»Ich mache gleich morgen einen Test.«

»Und was soll das bringen?« Alwa biss weiter zu. »Sechs Wochen Karenzzeit. Mindestens. Besser sogar drei Monate. Wirklich sicher bist du sowieso erst nach einem Jahr.« Und du auch, Alwa, setzte sie unhörbar hinzu.

»Aber Alwa, du wärst doch nicht, wenn du ...« Patricia hatte die Kontrolle über ihre Stimmbänder verloren.

»Gott, wie naiv bist du eigentlich? Meinst du im Ernst, meine abgelegten Lover wären automatisch mit einer Unbedenklichkeitsgarantie ausgestattet?«

Patricias Blicke verloren sich irgendwo unterhalb der Tischplatte. »Und was machen wir jetzt?«, fragte sie nach einer Weile verzagt.

»Einen HIV-Test, was sonst«, erwiderte Alwa grimmig.

»Aber du sagtest doch eben noch –«

»Patriciaherzchen, bei *mir* sind die sechs Wochen um. Und wenn ich mir morgen Blut abzapfen lasse, dann wissen wir beide in ein paar Tagen mehr als heute. Wenn ich negativ bin, dann hast du gute Chancen, es auch zu sein. Was für den positiven Fall natürlich genauso gilt.«

Patricia sank gegen die Rückwand der Bank. »Ich kann dir gar nicht sagen, wie unangenehm mir das ist«, sagte sie leise. »Aber du hast mich da echt reingeredet.«

»Ich dachte eigentlich, mit dreiunddreißig sei man ein erwachsener Mensch.«

»Na ja –«, setzte Patricia an.

»Sag jetzt bloß nicht *egal*«, fuhr Alwa dazwischen.

»Hör auf mit dem Scheiß! Es stimmt doch. Du hast mir Sebastian angepriesen wie heiße Semmeln. Ich wäre nie von selber auf die Idee gekommen.« Alwa beschloss, noch eins oben draufzusetzen. »Ach nein?«, sagte sie. »Du hast ihn nur ständig angeschleimt.«

»Ich habe ihn angeschleimt?« Patricia saß kerzengerade. »Was soll das heißen?«

»Die errötenden Blicke aus verschleierten Augen, dein zartes Geschnurre, das Kirschmündchen, die entzückende Hilflosigkeit, deine ganze Körpersprache. Dir gingen ja schon die Augen über, als er das erste Mal hier im Café auftauchte. *Frag ihn doch mal, ob er zufällig Rita heißt.* Du hast nur nicht gleich bei ihm landen können, weil Sebastian sich in mich verguckt hat.« Alwa drückte ihre Zigarette aus. »Weiß der Himmel, warum«, setzte sie leise seufzend hinzu.

Patricia, die eben noch aufgebracht gewesen war, weil sie sich von Alwa ungerecht behandelt fühlte, war bei dem letzten Satz gegen ihren Willen weich geworden. Alwa wirkte mit einem Mal sehr verletzt, zusammengesunken, irgendwie geschrumpft.

»Es tut mir wirklich leid, Alwa. Klar fand ich ihn süß, aber so süß nun auch wieder nicht, um ernsthaft …« Patricia schwieg einen Moment. »Ich habe unsere Freundschaft«, fuhr sie fort, »ja, *Freundschaft*«, wiederholte sie, als sie sah, wie Alwa die Augenbrauen hob, »nicht aufs Spiel setzen wollen. Du hast mir wirklich das Gefühl gegeben, es mache dir nichts aus, im Gegenteil, es wäre dir sogar ganz lieb. Nein«, sie unterbrach sich erneut, legte die Fingerspitzen gegen die Schläfen und schloss die Lider, »keine Ausflüchte jetzt, Patricia Müller!« Sie schlug die Augen wieder auf und blickte Alwa fest an. »Die Wahrheit ist: Ich wusste die ganze Zeit, dass du in Bezug auf Sebastian nicht so cool bist, wie du tust. Und trotzdem habe ich mich mit ihm eingelassen. Getreu meiner bisherigen Überlebensstrategie: Körper statt Kopf. Ich habe ja nichts anderes gelernt. Oder nichts anderes lernen wollen. Damit habe ich mich gegen die hoch geschraubten Erwartungen meiner Eltern zur Wehr gesetzt. Damit habe ich meine Ehe intakt halten wollen. Und dann stelle ich fest, ich kann meinen Mann damit gar nicht halten. Offenbar findet er an jeder Straßenecke Sex und –«

»Dein Mann ist ein Arschloch«, sagte Alwa.

Patricia nickte. »Und was für eins! Aber das erzähle ich dir später. Jedenfalls habe ich durch dich erkannt, man kann sehr wohl beides gleichzeitig sein: intelligent *und* erotisch. Ich beneide dich um deine Unabhängigkeit, deinen Erfolg im Job, um deine Souveränität, deine kühle, distanzierte Haltung. Ich beneide auch Wally, die einen

Job managt, drei Kinder und dazu noch einen Mann hat, der sie liebt. Seitdem ich euch kenne, sehe ich, wie konsequent ich mein Leben vermasselt habe.«

»*Self-pity*«, bemerkte Alwa verächtlich.

»Bitte, Alwa, nimm meine Entschuldigung an! Es tut mir wirklich leid.«

Alwa schwieg. Was ist eigentlich los, dachte sie. Ich werde von Selbsterkenntnissen geschüttelt. Carl findet die Liebe seines Lebens wieder. Wally macht eine Krise durch. Und jetzt geht sogar Patricia in sich. Es scheint, als würden wir *alle* plötzlich mit unseren eigentlichen Lebensthemen konfrontiert.

»Es wird am Saturn liegen«, sagte sie.

»Verstehe ich jetzt nicht.«

»Es ist okay, Patricia. Es gehören immer zwei dazu. Sebastian hätte ja auch Nein sagen können.« Sie legte geistesabwesend eine Hand auf ihren Bauch. »Wenn ich es nüchtern betrachte, dann hast du mir sogar geholfen. *Take it easy*. Wir verbuchen die ganze Sache auf das Konto Erfahrung und wenden uns den Dingen zu, die wirklich wichtig sind. Also erstens: Aids-Test. Zweitens: Zukunftsplanung.«

Patricia seufzte. »Jetzt mal ehrlich. Glaubst du wirklich, Sebastian könnte ...?«

Alwa schüttelte den Kopf. »Nein. Aber trotzdem müssen wir uns Gewissheit verschaffen.« Sie warf einen Blick auf ihre Armbanduhr. »Wo bleibt eigentlich Carl? Der ist ja schon seit Ewigkeiten oben bei seiner Frau.«

»Hast du sie kennengelernt?« Patricia schnappte erleichtert nach dem Themenwechsel.

»Äh-äh«, verneinte Alwa kopfschüttelnd.

»Wie spannend! Da läuft dieser Mann, solange ich ihn kenne, als älterer Herr durch die Gegend, und plötzlich meint man, er sei maximal fünfundvierzig. Echt! Carl hat noch nie so gut ausgesehen. Weißt du eigentlich, wie alt er tatsächlich ist?«

»Der ältere Herr ist zweiundsechzig«, sagte Carl.

Patricia fuhr zusammen. »Carl, hast du mich erschreckt«, rief sie. Sie ließ die Hände flattern. Die vierte Welle Blut schoss ihr ins Gesicht. »Gott, ist mir das jetzt peinlich!«

»Das muss dir nicht peinlich sein«, erwiderte Carl. »Das war doch ein wunderschönes Kompliment. Beim letzten Gespräch über dieses Thema war ich deiner Meinung nach höchstens Mitte fünfzig, erinnerst du dich?« Patricia kicherte verlegen.

Alwa fragte sich, wieviel Carl von ihrer Unterhaltung mitbekommen hatte. Sie fühlte sich ertappt.

»Ich gebe das Kompliment gern zurück«, sagte Carl. »Die roten Wangen stehen dir gut. Und dir auch«, Carl sah Alwa an. Alwa blickte wieder auf die Uhr.

»Musst du weg?«, fragte Patricia. Alwa schüttelte den Kopf. Sie hatte kurz überlegt, ob sie schnell in der Praxis ihres Internisten vorbeigehen sollte. Es war aber schon Mittag. Sie würde am späten Nachmittag gehen.

»Also ich für meinen Teil brauche jetzt einen Drink zum Runterkommen«, sagte Patricia. »Carl, machst du mir bitte … einen doppelten Jägermeister auf Eis mit …«

»… Zitrone«, ergänzte Carl. Patricia wollte Jägermeister trinken? Was war hier eigentlich los? Aber er stand auf, ohne sich seine Überraschung anmerken zu lassen. Da entdeckte er Josie.

»*Josie*«, rief Carl und stürmte auf sie zu. Alwa und Patricia wandten die Köpfe. In der Tür, die vom Café zum Hausflur führte, stand eine kleine Frau mit olivfarbenem Teint, weißen Haaren und selbst auf die Entfernung erkennbar blauen, leuchtend blauen, unanständig leuchtend blauen Augen. Carl ging zu ihr, legte den Arm um ihre Schulter und brachte sie zum Tisch. »Josie, das ist Alwa Möwes«, sagte er. »Und das Patricia Müller. Beide sind Stammgäste und Freunde. Alwa, Patricia – das ist Josie, meine Frau.« Er vibrierte vor Besitzerstolz. Josie lächelte. Alwa starrte sie an. »Ich freue mich, Sie kennenzulernen«, sagte Josie in fast akzentfreiem Deutsch und reichte erst Alwa und dann Patricia die Hand. »Carlos hat mir schon viel von Ihnen erzählt«, fügte sie hinzu, als Alwa nickte. »Ich freue mich darauf, alle seine Freunde kennenzulernen.« Während sie sprach, griff sie mit beiden Händen in ihre Haare, drehte sie mit einer schnellen, geübten Bewegung umeinander und ließ sie auf den Rücken fallen, wo der gerade geschlungene Knoten sofort wieder aufsprang. Alwa meinte ein Knistern zu hören. Sie ist nicht mehr die Jüngste, dachte sie. Sie ist ein bisschen zu klein, sie ist ein bisschen zu rundlich, ihre

Nase ist einen Tick zu groß, ihr Mund vielleicht eine Idee zu herrisch, aber sie ist mit Abstand die schönste Frau, die ich in meinem ganzen Leben gesehen habe.

46. UND DIE WÄRMSTE, ERGÄNZTE SIE EINE HALBE Stunde später in Gedanken. Josie war hinreißend. Zwar sprach sie langsam, sehr höflich, fast förmlich, sichtlich bemüht um korrektes Deutsch, aber alles, was sie sagte, sogar die Begrüßungsfloskeln ganz zu Anfang, kamen von Herzen, daran konnte gar kein Zweifel bestehen. Mit heimlicher Genugtuung stellte Alwa fest, wie neben Josie sogar Patricia verblasste. Ja, die schöne Patricia wirkte auf einmal mindestens so fad, wie sie selbst sich neben ihr fühlte. Carl sah das anders. Obwohl sich das Café inzwischen gefüllt und er alle Hände voll zu tun hatte, blickte er immer wieder zu den drei Frauen hinüber, die sich angeregt unterhielten. Es ist unglaublich, dachte er, sie sind Anfang dreißig, vierzig und fünfzig und bei Gott unterschiedlich, trotzdem würde es einem Nicht-Eingeweihten schwerfallen zu sagen, welche attraktiver oder begehrenswerter wäre als die andere. Josie gab das größte Rätsel auf. Alles an ihr war geschmeidig und energiegeladen. Der kompakte Körper, die Gesichtszüge, ihre Bewegungen, ihr Lachen und ihre Mimik ließen trotz der weißen Haare an ein junges Mädchen denken. Neben ihr Alwa. Leise. Zurückhaltend. Schlank. Hochgewachsen. Feingliedrig und durchsichtig. Mit ihren wasserhellen Augen, die heute noch jenseitiger wirkten als sonst. Und daneben Patricia. Grünschillernd von Kopf bis Fuß. In ein Ledermieder gezurrt, das an jeder anderen Frau zweifelhaft ausgesehen hätte, aber Patricias kühle Eleganz unterstrich. Perlmutt und Granit, dachte Carl und war über diese Assoziation verblüfft. Er begriff schlagartig, dass er Alwa bisher falsch eingeschätzt hatte. Die erfolgreiche, nüchterne Juristin war in Wirklichkeit sensibel und zerbrechlich. Und Patricia, die reizende Kindfrau, die in Männern reflexartig Beschützerinstinkte aktivierte, hatte einen knallharten Kern. Es war, als ob Josie, für die ihm kein Klischee einfallen wollte, die Eigen-Art (er verstand diesen Begriff zum ersten Mal in seinem Wortsinn) der anderen beiden Frauen erst richtig zum Vorschein brächte.

Josie, Alwa und Patricia wurden auch von den meisten Gästen verstohlen beobachtet, von einigen sogar ungeniert angestarrt. Die drei merkten davon allerdings nichts. Alwa kam sich vor wie Mowgli beim Anblick der Schlange Kaa. Es fehlte nicht mehr viel, und sie würde in Trance fallen. Sie wusste nicht, was sie mehr faszinierte: die blauen Augen von Josie oder die grünen von Patricia, die heute noch intensiver wirkten als sonst. Liegt sicher an ihrem Outfit. Oder an Sebastians Liebeskünsten, dachte sie, aber dieser Gedanke ließ sie plötzlich kalt. Patricia konnte ihn haben. Als genetischer Erzeuger war er optimal, aber ansonsten taugte er für sie weder als Partner noch als Kindsvater. Das war vielleicht hart, aber richtig. Wallys Äußerungen über Patriarchat und Matriarchat fielen ihr ein. Sie war gestern nicht weiter auf dieses Thema eingegangen, weil es mit dem eigentlichen Inhalt des zu lösenden Problems nichts zu tun hatte. Aber Wally hatte im Grunde recht: In allen Kulturen, ihres Wissens sogar in der Bibel, war ursprünglich das Weibliche – die (Über-) Mutter – als Schöpferkraft nicht nur des menschlichen Lebens verehrt worden. Die Bibelübersetzungen waren erst in einer Zeit entstanden, in der das Matriarchat längst durch das Patriarchat ersetzt worden war; somit also aus männlicher Sicht interpretiert. Immerhin sprach man sogar heute noch von der unbefleckten Empfängnis der Mutter Gottes. Gut, inzwischen hatte man herausgefunden: Männer waren zur Zeugung unerlässlich, besser: ihr Samen war unerlässlich. Während aber bei der Geburt eines Kindes außer Frage stand, wer die Mutter war, konnte die Vaterschaft im Zweifel nur durch einen entsprechenden Test ermittelt werden. So hatte die Natur es eingerichtet. Und so gesehen war es Alwas gutes Recht, erst einmal gründlich darüber nachzudenken, ob und wieweit sie Sebastian in ihr Leben und das Leben des Kindes integrieren wollte. Vielleicht hätte sie diese Überlegungen nicht angestellt, wenn er nicht gleich mit Patricia in die Kiste gehüpft wäre. Wenn sie ehrlich war, dann verletzte es sie eben doch. Ach, sie widersprach sich ja permanent selbst. Aber die Erkenntnis, dass sie Sebastian kennengelernt hatte, als er noch ein Kleinkind gewesen war, war einfach zu ernüchternd. Sie konnte sich nicht vorstellen, ihn jemals wieder als erwachsenen Mann sehen und ernst nehmen zu können. – Die Einsicht traf sie wie ein Keulenschlag. Ihre Schläfen begannen zu pochen, ihr Körper versteifte sich. Natürlich! Daran war ihre Beziehung zu Manuel gescheitert. Sie hatte endlich die Erklärung gefunden: Ihm war es mit ihr ebenso ergangen! Auch er hatte sie nie als erwachsene Frau wahrgenommen, sondern immer die Neunjährige vor sich gesehen. Alwa blies die Backen auf und ließ die Luft langsam und geräuschvoll entweichen. Sie hatte in ihrem unermüdlichen Bemühen, die Frau zu werden, die Manuel haben wollte, einen aussichtslosen Kampf gekämpft. Einen, in dem sie gegen sich selbst angetreten war. Wie absurd! Was für eine Verschwendung von Energie und Zeit! Was für eine Erkenntnis! Sollte Sebastian mit ihr auf ähnlich verlorenem Posten kämpfen? Sie würde noch einmal ausgiebig über diese Sache nachdenken müssen. Natürlich würde Sebastian sich um das Kind kümmern dürfen. Sie hatte nicht das Recht, ihn auf seine Erzeugerschaft zu reduzieren. Sie konnte einen Vertrag aufsetzen, wozu war sie Anwältin, in dem seine Rechte und Pflichten dezidiert festgelegt würden. Alwa schüttelte den Kopf. Diese Gedanken passten gar nicht zu ihr. Sebastian würde dem Kind sicherlich ein sehr guter Vater sein. Er hatte sich nach ihrer Abfuhr mit Patricia getröstet. Ja. Aber sprach das wirklich gegen ihn? Er war eben noch sehr jung und Patricia eine sehr attraktive Frau. Den Mann wollte Alwa sehen, der bei Patricia nicht schwach würde, wurde oder werden würde.

Alwa versuchte, sich wieder auf das Gespräch zu konzentrieren. Ihr Schwindelgefühl nahm zu, je länger sie zwischen Josie und Patricia hin- und hersah. Die Ohrringe, die sie von Tante Hanna geerbt hatte, fielen ihr ein. Sie lagen seit zwei Jahren im Safe der Kanzlei. Ein Paar mit Saphiren und eins mit Smaragden. Zu verspielt und altmodisch für Alwas Geschmack. Sie hatte vorgehabt, sie irgendwann auf eine Auktion zu geben. Jetzt hatte sie eine bessere Idee. Sie würde sich selbst ein Geschenk machen – Mutter zu werden, war ja wirklich Grund genug – und die Steine neu fassen lassen. Ganz schlicht. Ohne jeden Firlefanz. Vielleicht als Anhänger für Kreolen. Sie könnte dann je nach Laune mal das grüne, mal das blaue Paar tragen. Oder noch besser: Sie würde sie mischen. Einen blauen und einen grünen Anhänger zusammen tragen. Der Gedanke gefiel ihr.

Das könnte richtig raffiniert aussehen. So könnte sie auch ein Paar dieser gemischten Stücke für ihre Tochter verwahren, sofern es eine Tochter würde. Was sie ja auch bald wüsste. In ihrem Alter war eine Fruchtwasseruntersuchung angebracht. Obwohl, was brachte das eigentlich? Sie würde dieses Kind unter allen Umständen austragen. Es war ein Gottesgeschenk. Und eine Abtreibung ließ sich mit ihrem Weltbild auf gar keinen Fall vereinbaren. Alwa seufzte leise und legte beide Hände auf ihren Unterleib. Sie war auf einmal ganz sicher, ein Mädchen zu bekommen. Patricias Lachen holte sie in die Gegenwart zurück.

»He, Alwa, du hast eben so selig ausgesehen, als würdest du auf das Christkind warten. Hast du gehört, was Josie gesagt hat?« Alwa verneinte.

»Ich habe ihr gerade erzählt, dass dein Spitzname *Möwe* ist. Und sie sagte, der Name passe zu dir wie der Faust aufs Auge. Ist das nicht komisch?« Alwas Blick verriet Unverständnis.

»Alwa! *Der Faust* aufs Auge. Goethe. Na, klingelt es jetzt?«

Alwa zwang sich zu einem höflichen Lächeln. So witzig wie Patricia fand sie die Verwechslung der Artikel nicht. Josie kam ihr zu Hilfe. Die Spannung zwischen Alwa und Patricia war offensichtlich. »Wirklich, Frau Möwes«, sagte sie. »Der Name ist perfekt. *La gaviota* …«

»Ich heiße Alwa«, sagte Alwa.

»Und ich Josie«, erwiderte Josie.

»Und ich Patricia«, ergänzte Patricia. Das klang in der Abfolge komisch und brachte alle drei zum Lachen.

»Darauf stoßen wir an«, rief Patricia euphorisch. Sie leerte mit einem Schluck das Glas mit dem Jägermeister und schüttelte sich. »Keine Ahnung, was Wally an dem Zeug findet. Selbst auf Eis finde ich es ungenießbar«, sagte sie. »Ich bestelle uns was Anderes. Carl, bitte bring uns eine Flasche Schampus. Die geht auf mich.«

Alwa legte abwehrend die Hand auf ihr Glas. »Für mich nicht mehr.«

»Bitte, Alwa«, bat Patricia. Josie hatte den Eindruck, es ginge sowohl bei Patricias Einladung als auch bei Alwas Ablehnung in Wirklichkeit um etwas Anderes.

»Ich würde mich wirklich freuen, wenn wir ein Glas auf unser

Kennenlernen tränkten«, sagte sie vermittelnd. Diese Formulierung entlockte Alwa ein Lächeln. »Überredet.« Sie nickte Josie zu. Patricias Blick wich sie aus. »Sie sprechen wirklich sehr gut Deutsch, Josie«, sagte Alwa. Jetzt lachte Josie. Abermals griff sie mit dieser unnachahmlichen Geste in ihre Haare.

Aha, dachte Alwa, das macht sie also, wenn sie verlegen ist.

»Ich war Lehrerin und habe in Spanien Deutsch unterrichtet«, erklärte Josie. »Aber ich bin aus der Übung.«

Patricia wartete bis Carl alle Gläser gefüllt hatte. »Willkommen in Deutschland, Josie! Carl … Alwa …« Die Gläser klirrten leise, als sie reihum miteinander anstießen. »Ich würde mich ja gerne einen Moment zu euch setzen«, sagte Carl. »Aber Moritz schafft das nicht allein.«

Er sah nervös auf die Uhr.

»Deine Mutter, Carlos«, sagte Josie. »Wann kommt sie?«

»In einer guten Stunde.«

»Ich habe Hunger«, bemerkte Alwa, »und will jetzt etwas essen. Gibt es heute einen von deinen köstlichen Eintöpfen?«

Carl nickte. »Ich schicke euch den Moritz«, sagte er und ging in die Küche.

Alwa orderte *Irish Stew*. Auch eine von Carls berühmten Spezialitäten. Josie und Patricia schlossen sich an. Sie waren gerade mit dem Essen fertig, als sich die Tür öffnete und Dave das Café betrat. Patricia richtete sich auf. Sie nahm Lippenstift und Spiegel aus ihrer Handtasche und begann ihre Lippen nachzuziehen. Alwa beobachtete sie abschätzig. War das ein Automatismus? Musste Patricia beim Anblick eines Mannes sofort ihre Wirkung überprüfen, oder war sie jetzt hypersensibel und ungerecht? Ihr fiel ein, wie Patricia vor ein paar Wochen schon einmal bei Daves Anblick zu Zuckerwatte geschmolzen war. Alwa fragte sich, wodurch ihre Ambivalenz, fast schon Ablehnung, Patricia gegenüber eigentlich ausgelöst worden war. Bedingt durch die Tatsache, dass Patricia eine Nacht (oder zwei?) mit Sebastian verbracht hatte, obwohl sie, Alwa, ein Kind von ihm bekam? Was beide ja nicht wissen konnten – setzte sie gerechtigkeitshalber hinzu. War es Patricias Vorgeschichte, die sie anfänglich amüsiert hatte, jetzt aber zusammen mit den neueren Entwicklungen und Alwas daraus resultierender persönlicher Betroffenheit (Scheißwort, dachte sie, aber ihr fiel kein besseres ein) ein Bild ergab, bei dem Patricia insgesamt nicht besonders gut abschnitt? War es Patricias wechselnde Einstellung gegenüber ihrem Mann? Oder lag es daran, dass Patricia ihre Ratschläge ignoriert hatte, worüber Alwa sich mehr als einmal geärgert hatte? War Patricia unecht? Hatte Wally mit ihrer Einschätzung recht, die Alwa bisher als Vorurteil abgetan hatte? Auf jeden Fall hatte sich der Eindruck im Laufe der Wochen gehalten: die Einerseits-andererseits-Frau. Die Waage neigte sich jedoch momentan stark Richtung andererseits.

Alwa hörte Carl sagen, Wally sei am Vormittag kurz da gewesen, habe aber nicht in Aussicht gestellt, heute noch einmal hereinzuschauen. Dave wirkte nervös. Es ist nicht gut, dachte sie, hier zu sitzen und mehr über ihn zu wissen, als er weiß, dass ich weiß. Wally und er hatten sehr wahrscheinlich noch keine Gelegenheit gehabt, miteinander zu sprechen, was Daves Nervosität erklären würde.

Carl brachte Dave zum Tisch.

»Josie«, sagte er. »Darf ich dir Dave MacFirley vorstellen? Wallys Lebensgefährte, du weißt … Dave, das ist Josie, meine Frau.«

Josie und Dave gaben sich die Hand.

»Kommen Sie«, Patricia lächelte Dave lieblich an. »Setzen Sie sich zu uns. Wir trinken gerade einen Schluck zu Josies Begrüßung.« Dave zögerte.

»Ja, setzen Sie sich doch«, bat Josie. »Ich freue mich, Sie kennenzulernen, Mister MacFirley.«

»Gut«, sagte Dave. »Für ein paar Minuten.« Er nahm Platz. Patricia zog die Flasche aus dem Kühler. »Ooops«, machte sie, als der Champagner über den Glasrand schäumte. Sie wischte das Glas flüchtig mit dem Zeigefinger ab und übergab es Dave mit anmutig zur Seite geneigtem Kopf. Alle tranken. Dave fragte Josie, seit wann sie in Frankfurt sei. Dann wollte er wissen, wie sie und Carl Weihnachten und Silvester verbracht hatten. Er fragte auch nach der Ranch, vermied es aber offenkundig, persönliche Fragen zu stellen. Josie antwortete langsam und präzise. Carl verschwand in der Küche. Alwa und Patricia beschränkten sich aufs Zuhören.

»Und Sie? Carlos sagte, Sie werden bald heiraten, und er wird – wie sagt man …?«, Josie suchte nach dem richtigen Wort.

»Trauzeuge. Carl wird Wallys *Trau-zeu-ge* sein«, bemerkte Patricia eifrig.

»Carl wird *Daves* Trauzeuge«, korrigierte Alwa. »Ich bin Wallys.« Sie hoffte, Dave würde die Botschaft verstehen. Aber Daves Augen waren trüb geworden. »Nun«, er räusperte sich. »Die Hochzeit ist für den neunzehnten Februar geplant, aber –«, er brach ab. Schade, dachte Alwa, er hat mich nicht verstanden. Sie fühlte sich unbehaglich. Konnte sie Dave irgendwie signalisieren, seine Verunsicherung sei unnötig, ohne ihm zu nahe zu treten?

»Wally fuhr gerade weg, als ich ankam«, sagte sie.

»Mit Herrn Kabbelau«, ergänzte Patricia.

Alwa warf ihr einen vernichtenden Blick zu. Josie hob die Augenbrauen. Die Spannung zwischen den beiden Frauen wäre auch für einen weniger sensiblen Menschen spürbar gewesen. Ob sie Rivalinnen sind, fragte Josie sich. Wenn ja, wird es der Mann – sofern es tatsächlich um einen geht – nicht leicht haben, sich zu entscheiden. Beide sind schön, intelligent, begehrenswert, aber auf plakativ wirkende Art konträr. Und das nicht nur äußerlich.

»Was machen Sie beruflich?«, fragte sie Patricia.

»Ach«, Patricia fuhr sich durch die Haare. »Ich orientiere mich gerade neu. Ich überlege, ob ich nicht noch einmal studieren soll.« Josie ging interessiert auf Patricias Antwort ein und begann, sie in ein Gespräch zu verwickeln. Die Frau ist erstaunlich, dachte Alwa. Sie kriegt so einiges mit hier.

Alwa beugte sich zu Dave. »Es besteht kein Anlass zur Sorge«, sagte sie leise. »Wally war letzte Nacht bei mir.« War es richtig, ihm das zu sagen? Würde er jetzt schlussfolgern, sie wisse Bescheid? Auch über seine Sterilisation? Der Gedanke war Alwa peinlich, weil sie sich vorstellen konnte, wie peinlich dies Dave wäre, und sie bereute, etwas gesagt zu haben. Sie forschte in seinem Gesicht nach einer Reaktion. Aber Daves Gesichtsausdruck war nicht interpretierbar. »Schön«, sagte er nach ein paar Sekunden. Es klang so, als ob er eine Regenpfütze kommentierte.

»Jetzt seht euch doch bloß mal diesen Zombie an«, flüsterte in diesem Moment Patricia und zupfte an Alwas Ärmel. Alwa und Dave blickten auf. Im Türrahmen stand eine junge Frau. Kohlschwarze Augen und schwarze Lippen in einem ansonsten weiß geschminkten Gesicht, die kurzen dunklen Haare zu einem bizarren Gebilde geformt. Sie ließ ein violettes Cape von den Schultern gleiten und blieb auf der Schwelle stehen. Unter dem Cape trug sie einen schwarzen Catsuit. Um die Hüften einen Ledergürtel mit langen Fransen und um Hals und Handgelenke schwarze Ledermanschetten und Metallketten. Ihre Füße steckten in Springerstiefeln. So wie sie dastand, das Kinn trotzig hochgereckt, das größtenteils auf dem Boden liegende Cape nachlässig mit einer Hand haltend, sah sie wie eine seltsame Statue aus.

»Della!« Daves Ausruf klang erleichtert. Er sprang auf und zog Della zum Tisch. »Das ist Della, meine Tochter«, stellte er vor. »Della, das ist Josie, Carls Frau … Alwa Möwes, Wallys Anwältin … Patricia Müller.«

»Es ist ganz entschieden nicht mein Tag heute«, seufzte Patricia. Sie senkte ihren roten Kopf. Die Ketten an Dellas Handgelenken klirrten.

»Was machst *du* hier?«, fragte Dave.

»Ich such die Mama. Und du?«, erwiderte Della.

»Dasselbe.«

Patricia lehnte ihren Kopf an Alwas Schulter. »Hast du das gewusst?«, flüsterte sie.

»Was?«

»Dass sie die Tochter ist.«

»Della ist nicht seine leibliche Tochter, sie stammt aus Wallys erster Ehe.« Missmutig schob Alwa Patricias Kopf weg. Sie hörte, wie Josie Dellas Aufmachung bewunderte. »Sie sehen sehr ungewöhnlich aus«, sagte sie vollkommen sachlich, und Della entgegnete lachend, Josie könne ruhig zugeben schockiert zu sein. Sie sei aber nicht schockiert, erwiderte Josie. Dann habe sie ihr Ziel verfehlt, meinte Della. Es sei ja der eigentliche Sinn ihrer Aufmachung. Josie erwiderte, das könne sie gut verstehen. Sie habe sich früher auch gern den Erwartungen der Erwachsenen widersetzt. Was bei jedem anderen wie Anbiederung gewirkt hätte, klang bei Josie natürlich und glaubwürdig. Das schien auch Della so zu empfinden. Sie begann übergangslos vom Tod ihrer Freundin Ines zu sprechen.

Dave wirkte geistesabwesend. Patricia rauchte und betrachtete angestrengt ihre Fingernägel.

»Seitdem die Ines tot ist«, sagte Della zu Josie, »frage ich mich, ob ich wirklich existiere. Alles ist auf einmal so anders. Ich finde das total krass. Vielleicht spielt sich das ganze Desaster, das ich zurzeit erlebe, nur in meinem Kopf ab. Und wenn es so ist, dann stellt sich doch die Frage, warum ich mir etwas ausdenke, das so kompliziert ist. Ich könnte darüber glatt verrückt werden. Verstehen Sie, was ich meine?« Della, die eben noch gewirkt hatte, als strotzte sie vor Selbstbewusstsein, sank in sich zusammen. Alwa unterdrückte den spontan in ihr aufkeimenden Wunsch, das Mädchen in die Arme zu nehmen. Sie blickte zu Dave. Aber Dave schwieg. Er fühlte sich unbehaglich. Wally und er hatten sich in den letzten Tagen viel zu wenig um Della gekümmert.

Patricia beugte sich vor und legte ihre Hand auf Dellas Arm. »Sie sollten beten«, sagte sie.

»Wie bitte?« Della starrte Patricia ungläubig an.

»Ja«, sagte Patricia ohne jede Ironie. »Beten ist das wirksamste Mittel gegen Sinnkrisen.«

47. JETZT STARRTEN ALLE PATRICIA AN. AUSGERECHnet Patricia, dachte Alwa, ausgerechnet Patricia kommt uns hier mit so einem Spruch.

»Ich rede jetzt nicht von einer speziellen Religion«, fuhr Patricia fort. »Christentum, Islam, Buddhismus. Das Etikett ist nebensächlich. Jede Religion ist letztlich nur ein Rettungsanker, der durch den Zusammenbruch der bikameralen Psyche nötig wurde.«

Alwa japste nach Luft. »Bikamerale Psyche?«, fragte sie entgeistert.

»Hört sich komplizierter an, als es ist«, erwiderte Patricia. »Bikameral – zwei Kammern – damit sind die beiden Gehirnhälften gemeint. Rechte und linke, verstehst du?«

Della nickte. »Und was ist mit denen?«, fragte sie.

Patricia steckte sich eine Zigarette an. »Grob gesagt ist die rechte für Gefühle, Kreativität und Intuitionen verantwortlich und die linke für die Ratio, den mathematischen Verstand, das analytische

Denken. Diese beiden Hälften sind durch einen Balken miteinander verbunden, über den sie sich austauschen und ergänzen. Allerdings nur begrenzt, das ist mit den verschiedensten Experimenten belegt worden. Früher sollen die Gehirnhälften in permanentem Austausch miteinander gestanden haben. Im Laufe der Evolution verkümmerte diese Verbindung, weil die beiden Hälften ihre Funktionen immer mehr spezialisierten. Und mit dieser zunehmenden Spezialisierung hat der Mensch seine Wahrnehmung der Welt immer mehr zerlegt. In eine rationale und eine emotionale Welt. Eine männliche und eine weibliche. Es gilt ja als typisch weiblich, eher intuitiv an Dinge heranzugehen, und als typisch männlich, sachlich zu sein. Den Verstand walten zu lassen. Und der wird im Allgemeinen – jedenfalls in unserem Kulturkreis – höher eingeschätzt als die Intuition, das dürfte uns allen bekannt sein.«

Della sah Patricia fasziniert an. »Und was hat das mit Beten zu tun?«, fragte sie.

»Komm ich gleich drauf«, entgegnete Patricia. »Zunächst hat es mal was mit *Hören* zu tun. Die Theorie besagt, dass der Mensch, solange seine beiden Gehirnhälften noch im direkten Austausch standen, in allem, was er tat, einfach seinen inneren Stimmen folgte, und da die zwar aus der rechten Gehirnhälfte kamen, wo das Hörzentrum sitzt, beide Hälften aber rege miteinander kommunizierten, gab es die Trennung von Ratio und Intuition nicht. Als jedoch im Laufe der Evolution die Gehirnhälften immer mehr zu Spezialisten für ihre jeweiligen Funktionen wurden, übertrug sich die fortschreitende Teilung immer mehr auch auf die Selbstwahrnehmung des Menschen innerhalb der Umwelt. Irgendwann hat er dann kapiert, dass er ein für sich existierendes Wesen ist. Er erkannte, wie mickrig sein kleines Ich in diesem unbegreiflichen Universum ist. Mit dieser Bewusstwerdung begann sein Verhängnis.«

»Und dann kam plötzlich der liebe Gott anmarschiert«, konstatierte Alwa süffisant.

»Nein.« Patricia schüttelte den Kopf. »Der Mensch brauchte zunächst keinen Gott, weil es ja die inneren Stimmen gab, die ihn lenkten und denen er folgte, ohne sie zu hinterfragen. Möglicherweise bezieht sich das Gleichnis von der Vertreibung aus dem Paradies auf genau diesen Vorgang. Der Mensch wurde vertrieben, weil er vom Baum der Erkenntnis aß und nicht mehr auf die innere, die Stimme Gottes hörte. Er war ungehorsam – nicht umsonst haben hören und *gehorchen* dieselbe Wortwurzel – und fiel aus der Gnade. Die linke Gehirnhälfte, die Ratio, übernahm die Herrschaft. Und von da an geriet der Mensch in den Zweifel, den wir heute alle mit uns herumtragen. Wie erklärt sich unser Dasein? Wo kommen wir her? Wo gehen wir hin? Gibt es einen Gott? Unsere westliche Kultur forciert diese Entwicklung, weil mit der Fixierung auf das rechte, das *schöne Händchen*, Erziehung, Unterricht und Ausbildung überwiegend auf das Training der linken Gehirnhälfte abzielen. Ein übler Trick, wenn ihr mich fragt.«

Die Anwesenden schwiegen. Alwa erinnerte sich an Wallys Bemerkung über die Vertreibung aus dem Paradies. Jetzt tauchte also schon wieder ein Thema von gestern auf. Alwa hatte das Gefühl, als hätte jemand ein Netz über sie alle geworfen. Ein Netz, dessen Maschen sich immer enger zogen. Welche Kräfte waren am Werk? Wieso schien auf einmal alles ineinander zu greifen, als führte irgendjemand eine subtile, aber absolut zielgerichtete Regie? Ihre eigene Theorie über den Zugang zu Gott stand, auch wenn sie versucht war, sich gegen Patricias Vortrag aufzulehnen, nicht im Widerspruch zu dessen Inhalt. Das Ganze war von ihr etwas wirr und unsystematisch vorgetragen worden. Außerdem hatte Patricia, Alwas Meinung nach, Fakten und Annahmen auf unzulässige Weise miteinander verknüpft. Aber unterm Strich waren gewisse Teile ihrer Ausführungen bedenkenswert.

Während Alwa noch überlegte, ergriff Patricia erneut das Wort. »Ich habe das jetzt sicher nur sehr unzureichend erklärt«, sagte sie. »Es handelt sich auch um die eher philosophische Theorie eines einzelnen Wissenschaftlers.«

Della nickte eifrig. »Ich hab das, glaube ich, verstanden. Aber ich weiß immer noch nicht, was das mit Beten zu tun hat.«

»Wenn ich Patricia richtig interpretiere, dann meint sie, wir sollten versuchen, durchs Gebet Zugang zu unserer inneren Stimme zu finden«, sagte Alwa zögernd.

»Ja«, sagte Patricia. »Man kann in die Kirche gehen und auf die Knie fallen. Man kann transzendental meditieren oder in eine Kerze starren. Man kann Yoga oder autogenes Training machen. Es gibt viele Möglichkeiten, die linke Gehirnhälfte zugunsten der rechten zurückzunehmen. Hauptsache, es gelingt einem, die rationale Kontrollinstanz für eine Weile auszuschalten.«

»Und du glaubst – Sie glauben –?«, sagte Della.

»Lass uns beim Du bleiben«, sagte Patricia. »Ich bin Patricia.«

»Und ich Della.«

»Und ich bin Alwa.«

»Und ich Josie.«

»Und ich bin Dave«, meldete sich Dave von irgendwo.

»Menschenskind, woher weißt du das alles?« Della rückte näher an Patricia heran. Sowohl Alwa als auch Dave registrierten es mit leiser Eifersucht. Dave fühlte sich ausgeschlossen. Fast überflüssig. Er nahm sich vor, mit Della essen zu gehen, sobald das Problem zwischen Wally und ihm geklärt wäre. Er seufzte unmerklich. *Falls* sich das Problem mit Wally klären ließe.

Patricia machte eine unbestimmte Handbewegung. »Ich habe kürzlich ein Buch darüber gelesen. Ich kann es dir leihen, wenn du willst.«

Della strahlte. »Das muss ich unbedingt meiner Mutter erzählen. Die ist darauf abonniert, Stimmen zu hören. Allerdings weniger ihre inneren als die irgendwelcher Therapeuten. Gerade hat sie wieder einen neuen aufgetan. Einen Kinesiologen. Der soll ihre Festplatte neu justieren.«

»Was ist das?«, fragte Josie. »Ein Computerspezialist?«

Della lachte. »Sowas Ähnliches, Josie. Allerdings einer fürs menschliche Gehirn. Kennst du Wally, meine Mutter?«

»Leider noch nicht. Aber Carlos hat mir schon viel von ihr erzählt.«

»Sie ist ein bisschen irre«, sagte Della. »Aber insgesamt schwer in Ordnung.«

»Sprecht ihr von mir?«, erklang Wallys Stimme.

»Mama«, rief Della aufspringend. »Wir führen gerade eine Wahnsinnsunterhaltung!«

Wally tätschelte Dellas Kopf, ohne ihre Tochter dabei wirklich wahrzunehmen. Stattdessen sah sie Josie an. »Sie sind also Josie«, jetzt strahlte Wally. »Ich freue mich, endlich Carls große Liebe kennenzulernen.« Josie erwiderte ihr Lächeln. »Ich freue mich auch,

Wally. Carlos hat mir so viel von Ihnen erzählt.« Die beiden Frauen reichten sich die Hand. Wally stutzte, als sie in Josies Augen blickte. Sie legte den Kopf schief und die Stirn in Falten. Dann riss sie ihren Blick los und drehte sich um. »Charlie«, rief sie. »Machst du mir einen doppelten wie immer, bitte?« Wally zog einen Stuhl an den Tisch und drängte sich zwischen Josie und Dave. »Puh.« Sie streckte die Beine aus. »Das war vielleicht ein Tag heute. Ich bin total erschossen. Habe die letzten beiden Termine einfach abgesagt. Eigentlich wollte ich nur schnell ein Glas trinken und dann nach Hause. Und nun finde ich die Hälfte meiner Familie hier.« Sie legte ihre Hand auf Daves Oberschenkel. »Wie geht es dir, Darling? Alles in Ordnung?«

Dave räusperte sich. »Ich habe dich gesucht«, sagte er. »Du hattest dein Handy nicht an. Ich –«, er brach ab.

Wally beugte sich zu ihm. »Hat Alwa dir etwa nichts erzählt?«

»Ich konnte doch nicht –«, setzte Alwa an.

»Natürlich konntest du«, sagte Wally und wandte sich wieder an Dave. »Alwa hat mich letzte Nacht zur Vernunft gebracht. Zum Dank wird sie meine Trauzeugin.«

»Das hat sie erwähnt«, sagte Dave.

»Na bitte! Du hast also doch was gesagt, Alwa.«

»Aber nur das.«

»Worüber redet ihr eigentlich?«, mischte Della sich ein.

»Dave und ich hatten eine kleine Krise. Aber jetzt ist alles wieder gut.« Wieder wurde Dellas Kopf gestreichelt, als wäre sie ein Hündchen. Dann sprang Wally auf. »He, guckt mal, wer da kommt!« Alle drehten die Köpfe. Jürgen und Jürgen standen im Türrahmen.

»Hallo, ihr Süßen«, rief Wally und wedelte begeistert mit den Händen. »Macht mal Platz für die Buben«, forderte sie. »Oder besser: Wir rücken noch einen Tisch dazu. Nun kommt schon, ihr beiden!« Jürgen und Jürgen trippelten heran. Tische und Stühle wurden geschoben, Hände geschüttelt, genickt, gelächelt. Schließlich saßen alle.

Wally übernahm die Vorstellung. »Josie, das sind Jürgen und Jürgen, seit Menschengedenken ein Liebespaar. Jürgen und Jürgen, das ist Josie, Charlies Frau.«

Josie wirkte überfordert, reichte aber beiden freundlich nickend die Hand. »Kommt, jetzt stoßen wir auf Josies Heimkehr an. Und auf meine – unsere«, Wally legte ihre Hand wieder auf Daves Oberschenkel, »baldige Eheschließung.«

Carl kam an den Tisch. »Wo ihr schon alle da seid«, sagte er. »Am Samstag ab sechs machen wir einen Umtrunk zu Josies Begrüßung.«

»Hach, ist das schön«, seufzte Jürgen der Kleinere. Keiner hätte sagen können, ob er die Einladung für Samstag meinte oder die momentane Situation.

»Sie sind also Charlies Frau«, sagte Jürgen der Größere.

»Besser Charlies Frau als Charlies Tante«, gackerte Jürgen der Kleinere. Dann versetzte er Della mit wippendem Handgelenk einen federleichten Klaps.

»Dellaschätzchen, du siehst wieder zum *An*-beißen aus. Ist jemand gestorben?«

»Ja«, sagte Della. »Meine beste Freundin.«

Jürgen der Kleinere legte entsetzt eine Hand auf den Mund. »Das ist ja entsetzlich! War sie krank?«

»Drogen«, sagte Wally streng. »Und jetzt lasst das Kind in Ruhe.«

Eine betretene Pause entstand.

Alwa bohrte Löcher in den dunklen Holzboden. Wieso behandelte Wally ihre Tochter so wenig einfühlsam? Warum erschöpfte sich ihr Interesse an Della in Kopftätscheln? Aber Wally hatte Daves Hände genommen und redete besänftigend auf ihn ein. Alwa konnte nicht verstehen, was sie sagte, weil sie sehr leise sprach. Della beugte sich zu Patricia und Josie und erzählte von ihrem Kirchenaustritt. Das sei ihre erste Amtshandlung anlässlich ihrer Volljährigkeit gewesen. Patricia bemerkte, auch sie sei schon lange ausgetreten. Glaube habe nichts mit der Kirche zu tun. Josie stimmte zu. Sie habe gerade ein mystisches Erlebnis hinter sich, sagte sie. Sie sei auf Kauai bei einer *kahuna* gewesen. Das sei eine Seherin. Alwa blickte interessiert auf. Jürgen der Kleinere brach genau in diesem Moment in ein hysterisches Lachen aus, in dem die weiteren Worte Josies untergingen. Alwa entschied zu bleiben und den Platz zu wechseln. Gerade als sie ihren Entschluss in die Tat umsetzen wollte, stand Josie auf und sagte: »Annemarie, da bist du ja.« Sie reichte einer alten Dame, die mit Carl zusammen am Tisch stand, die Hand.

»Ja, da bin ich«, erwiderte die. »Und du auch, wie man sieht.« Das klang nicht besonders freundlich.

»Komm, setz dich zu uns«, bat Josie umso freundlicher.

»Ich weiß nicht – ich denke …« Die alte Dame zögerte.

»Bitte, setz dich, Mutter«, sagte Carl. »Ich kümmere mich gleich um dich.«

»Das ist Frau Thomas, Carlos' Mutter – meine Schwiegermutter«, erklärte Josie.

Frau Thomas kräuselte die Lippen. »Mein Sohn heißt Carl«, sagte sie.

Oh-oh, dachte Alwa. Sie fühlte sich bemüßigt, Josie zu Hilfe zu kommen, und übernahm die Vorstellung der Anwesenden. Bei Dellas Anblick zuckte Frau Thomas zusammen. »Das ist Della, die junge Gräfin von Wanecke«, sagte Alwa schnell. Frau Thomas blickte skeptisch. Sie blickte auch skeptisch, als Alwa ihr Jürgen und Jürgen vorstellte und Jürgen der Kleinere sofort zuckersüß zu zwitschern anfing. Sie sehe ja *der*-maßen gut aus. Man könne ja über-*haupt* nicht glauben, dass sie die Mutter von Carl sei. Die ältere Schwester vielleicht. Aber auch nur ein ganz kleines bisschen älter. Et cetera. Jürgen der Größere legte die Hand auf die Lippen. Jürgen der Kleinere verstummte. Patricia schaltete sich ein. Sie war wohlerzogene Tochter von Kopf bis Fuß. Erkundigte sich nach der Reise. Schimpfte über die Deutsche Bahn. Mutmaßte, diese Reise – von wo kam Frau Thomas? Ach, von Walsrode, von so weit her – sei doch sicher sehr anstrengend für sie gewesen. Nahm ihr Mantel, Schal und Handtasche ab. Rückte die Kaffeetasse zurecht, die Moritz gebracht hatte. Bot Milch und Zucker an. Lächelte. Plauderte. Plauderte über Frankfurt. Das Café. Wie wohl sich alle hier fühlten. Wie wunderbar es Carl gelänge, so viele verschiedene Menschen zusammenzubringen und für viele das Café zu einer Art Ersatz-Zuhause zu machen.

Gleich wird sie ihr die Kaffeetasse zum Mund führen, dachte Alwa. Aber Patricias Initiative trug Früchte. Frau Thomas entspannte sich zusehends. Als Carl an den Tisch trat, um sie nach oben zu bringen, winkte sie ab. »Aber nein, Carl. Ich unterhalte mich gerade so reizend.«

48. ES WAR DUNKEL GEWORDEN. INZWISCHEN SASS auch Frau Ernert in der Runde und berichtete gemeinsam mit Carls Mutter von ihrem überraschenden Kennenlernen im Harz. Wally ergriff diese wunderbare Gelegenheit, um einen ausführlichen Vortrag zum Thema Zufall zu halten. Nichts, aber wirklich gar nichts in dieser Welt sei zufällig, erklärte sie. Das so gern zitierte Zufallsprinzip, das man mithilfe des Würfels zu verdeutlichen suche, führe sich ja selbst ad absurdum, denn eine Zufallsverteilung erhalte man schließlich nur, wenn man beim Würfeln nicht genügend Ausdauer habe. Würfele man aber oft genug, dann ergebe sich eine Normalverteilung. Der Zufall habe also mit Ausdauer und Zeit zu tun. »Wie alles im Leben«, fügte sie ergänzend hinzu. Und Zeit lasse sich der liebe Gott jede Menge, das wolle wohl keiner der Anwesenden bestreiten. Immerhin habe er bis zum Erscheinen des ersten annähernd menschlichen Wesens auf dieser Erde einen Anlauf von etwa fünf Milliarden Jahren genommen.

Die Gäste am Tisch neben dem Piano wollten zahlen. Carl erhob sich. Wally folgte ihm zum Tresen. »Ich finde, du solltest jetzt zumachen, Charlie. Wir feiern heute! Sind ja *zufällig* alle da, die du für Samstag einladen wolltest. Außer Isolde und Sebastian, aber die können wir ja anrufen.« Bevor Carl etwas erwidern konnte, stürzte Wally zum Tisch. »Alle mal herhören«, rief sie. »Charlie und ich haben uns soeben darauf geeinigt, dass Josies Begrüßungsfest heute stattfindet. »Alwa, ruf Sebastian an und sag ihm, er soll sofort herkommen.«

»Aber mein Sohn heißt doch *Carl*. Carl wie sein Großvater«, kicherte Frau Thomas, der das winzig kleine Gläschen, das sie nach kurzem Zieren akzeptiert hatte, sichtlich zu Kopf gestiegen war.

»Nun mach schon, Alwa«, rief Wally. »Man muss die Feste feiern, wie sie fallen. Und zu-*fällig* sind wir alle beisammen. Was liegt da –« Wally brach ab.

»*Günni! Margarete!*«, schrie sie und stürzte zur Tür. »Ich glaub's ja nicht! Was macht *ihr* denn hier?« Wally schleppte Günter und Margarete wie Trophäen zum Tisch.

»Darf ich vorstellen? Günter Döpf, mein langjähriger Therapeut, Guru und Freund. Und das ist Margarete Öpf, seine – na ja – egal. Jedenfalls sind hier der Döpf und die Öpf. Der Döpf ist ein großartiger Therapeut. Und die Öpf ist eine großartige Frau, nicht wahr, Dave?«

Wieder erhob man sich, wurden Stühle herumgeschoben, die Sitzordnung neu arrangiert. »Genial«, sagte Wally, als die Tür hinter den beiden letzten Gästen ins Schloss fiel. »Jetzt sind wir endlich unter uns. Alwa, hast du Sebastian angerufen?«

Alwa gab keine Antwort. Ihr Blick hatte sich an Patricias Hinterkopf festgesaugt. Patricia saß vornübergebeugt und band mit großer Sorgfalt die Schnürsenkel ihrer Stiefeletten auf und zu.

»Und was ist mit Isolde?« Wally wandte sich an Moritz.

»Ich habe ihr auf den Anrufbeantworter gesprochen.«

»Gut. Also«, Wally legte die Arme rechts und links um Günter und Margarete: »Günni und Margarete«, fuhr sie mit der Vorstellung fort. »Dave kennt ihr. Das ist Della, meine Tochter. Jürgen und Jürgen, unser stabilstes Ehepaar. Und Alwa Möwes, meine Anwältin.«

»Angenehm«, sagte Günter grinsend.

»Ganz meinerseits«, erwiderte Alwa ebenfalls grinsend. Dann reichte sie Margarete Öpf die Hand. »Margarete, ich freue mich, dich zu sehen.«

»Nanu«, rief Wally. »Ihr kennt euch?«

»Ja«, sagten Günter, Margarete und Alwa wie aus einem Mund.

»Sowas aber auch! Na ja – egal. Das ist Patricia Müller. Und das«, jetzt klang Wallys Stimme triumphierend, »das hier ist Josie, Charlies lang vermisste Frau. Und hier seine Mutter: Frau Thomas. Und *last but not least* Frau Ernert. Sie wohnt über dem Café und hat einen Sohn, der dir unglaublich ähnlich sieht, Günni.«

»Mein Sohn heißt Günter«, sagte Frau Ernert. Sie schüttelte ihre Löckchen und tätschelte die Hand von Carls Mutter. Wally ging über das scheinbar unmotivierte Gekicher der beiden alten Damen hinweg. »Ich bin sogar mal über ihn hergefallen, weil ich glaubte, er wäre du.«

Frau Ernert lächelte. »Komm, Günter, setz dich zu mir«, sagte sie. Sie klopfte auf den Stuhl neben sich. Günter gehorchte.

Wally kniff ungläubig die Augen zusammen. »Du *bist* der Sohn?«

»Ja«, sagte Günter kleinlaut.

»Und warum dann damals dieses Scheißspiel?«

»Ich habe zwei Söhne. Günter und Eberhard sind Zwillinge«, erklärte Frau Ernert.

Wally warf sich auf ihren Stuhl. »Du hast einen Zwillingsbruder und mir nie etwas davon erzählt?« Sie starrte Günter ungläubig an. Auch Carl war verblüfft. Frau Ernert hatte ihm im Laufe der Jahre sehr vieles aus ihrem Leben anvertraut. Wieso hatte sie ihn nie über das Vorhandensein beider Söhne aufgeklärt? Er erinnerte sich plötzlich daran, wie er sie sogar einmal gefragt hatte, ob ihren Sohn eine Art Krankheit quäle, er wirke das eine Mal so stabil und das andere Mal irgendwie leicht angegriffen. Er hatte diese vorsichtige Formulierung gewählt, weil er Frau Ernert auf keinen Fall zu nahe treten wollte. Trotzdem war Frau Ernerts Reaktion auf seine Frage für ihre sonstige Art ungewohnt brüsk gewesen. Im Sinne von: Das gehe ihn nichts an. Carl erinnerte sich, wie erstaunt er über diese Abfuhr gewesen war. Nun war ihm klar, warum Frau Ernerts Sohn das eine Mal zwar hinkte, dafür aber eher extrovertiert wirkte und das andere Mal in sich gekehrt, fast schon verklemmt. Wie unterschiedlich Zwillinge sich charakterlich entwickeln konnten …

Carl erhob sich. »Ich denke«, sagte er zu Moritz, »wir sollten jetzt etwas zu essen machen.« Wally sprang auf. »Großartige Idee, ich komme mit.« Für einen Menschen wie Wally, die ihr Herz auf der Zunge trug, war es unvorstellbar, ein anderer Mensch, noch dazu einer, mit dem sie sich freundschaftlich verbunden fühlte, dem sie alles, aber auch alles über sich anvertraut hatte, könne ihr so wesentliche Informationen vorenthalten. Sie fühlte sich von Günter regelrecht verraten und brannte darauf, ihrer Empörung Luft zu machen.

49. CARL WÄRMTE DAS RESTLICHE IRISH STEW AUF, Moritz und Wally machten Schnittchen.

»Wusstest du das mit den Zwillingen, Charlie?«, fragte Wally. Sie zog voller Empörung ein Messer aus einem Holzblock und prüfte mit dem Zeigefinger die Schärfe seiner Klinge.

»Nein«, sagte Carl. »Ich habe mich aber auch ab und an gewundert, weil ich den Eindruck hatte, ich hätte es mit zwei verschiedenen Personen zu tun.«

Wally seufzte. »Ich begreife das nicht. Wieso unterschlägt Günter seinen Bruder?«

»Vielleicht sind sie verkracht«, sagte Moritz.

»Das ist doch kein Grund, seine Existenz zu verschweigen! Und wieso heißt Günni Döpf, wenn seine Mutter Ernert heißt? Äußerst seltsam. Alwa benimmt sich auch merkwürdig. Wieso ruft sie ihren Lover nicht an? Und warum schielt sie immer so eigenartig auf die Müllerin? Nur Della ist süß heute, findet ihr nicht? Sie wirkt zum ersten Mal seit Wochen gelöst und friedlich. Aber deine Josie, Charlie ...«, Wally legte das Messer aus der Hand. »Ich kann jetzt wirklich nachvollziehen, warum du von der nie losgekommen bist. So eine schöne und warmherzige Frau! Ich hatte von der ersten Sekunde an das Gefühl, sie zu kennen. Du bist glücklich, gell?« Carl nickte. »Und ich erst«, fuhr Wally fort. »Stell dir vor, ich hätte diesen Blödsinn wahr gemacht und mich von Dave getrennt! Alwa war wirklich Klasse letzte Nacht. Manchmal versaut man sich sein ganzes Leben, nur weil man sich irgendwelchen Prinzipien unterwirft. Und dabei ist das Leben so einfach, wenn man seiner inneren Stimme folgt.«

Moritz sah Wally an. »Das Thema hatte Patricia eben auch am Wickel.«

»Diese Dummschnepfe? Ich kann mir nicht vorstellen, dass die außer Klamotten irgendwas im Kopf hat.«

»Einen IQ von hundertvierzig«, sagte Carl.

»Die doch nicht!« Wally schnaubte vor Entrüstung.

»Doch, Wally. Ich weiß es von Alwa. Patricia ist hochintelligent.«

Wally nahm das Messer wieder auf. Wütend knallte sie Butter auf die Brote. »Pah! Und selbst wenn: Intelligenz zeigt sich auch daran, was man aus ihr macht. Und was die Müllerin macht, ist Show ohne Ende. Heiße Luft. Schischi. Kannst du sie nicht wegschicken, Charlie?«

»Wally! Aus welchem Grund?«

»Schon gut. Schon gut. *But I don't like her.* Und weißt du, was ich glaube? Irgendwas läuft zwischen der und dem Sebastian. Nicht umsonst verhält sich Alwa so seltsam. Die Müllerin ist eine Schlange, wenn ihr mich fragt.«

»Ich finde sie sehr sympathisch«, sagte Moritz. »Sie sieht toll aus, ist hilfsbereit und hat ausgezeichnete Umgangsformen. Und sie kann sehr witzig sein.«

»Verschone mich mit weiteren Lobgesängen«, sagte Wally ärgerlich. »Sie *ist* unaufrichtig und undurchsichtig. Denk doch nur an die Ohrfeige, die sie von meinem Herrn Kabbelau bekommen hat. Zweifellos hat dieser Mann *auch* irgendwelche Leichen im Keller. Aber was hat Frau Müller mit ihm zu schaffen? Wie kommt diese *sympathische, toll aussehende, hilfsbereite Person mit den ausgezeichneten Umgangsformen* an einen Typ wie Theodore Kabbelau? Hä? Das ist doch alles hochgradig suspekt.« Wally fuchtelte mit dem Messer herum. »Außerdem hatte sie vor ein paar Wochen einen ewig langen Termin mit Alwa. Was hat man wohl über Stunden mit einer Anwältin zu bereden? Alwa wollte mir nichts sagen wegen ihrer Schweigepflicht.«

»Nun lass mal gut sein«, sagte Carl. »Erstens geht es uns nichts an. Und zweitens geht es mir wie Moritz: Ich mag sie auch.«

»Ihr werdet schon noch sehen, was ihr von eurer Naivität habt!« Wally stieß das Messer mit der Spitze so vehement in das Holzbrett, dass es zitternd darin stecken blieb. Carl zuckte zusammen, verkniff sich aber einen Tadel. Er fürchtete einen unvorhersehbaren Ausbruch bei Wally. Das würde zu dem Tag passen, der sich anders als üblich gestaltete. Er hätte nicht sagen können, woran sich sein Eindruck genau festmachte, aber für einen harmoniebedürftigen Menschen wie ihn war die latente Spannung förmlich greifbar. Wieviel lieber hätte er Josie seine Freunde in gelösterer Stimmung präsentiert. Alwa benahm sich merkwürdig, da gab er Wally recht. Sie schien geistesabwesend – oder doch eher gereizt? Dave machte ihm Sorgen. Er trank entschieden zu viel. Wieso griff Wally, die Dave gegenüber sonst immer so rigoros war, nicht ein? Carl nahm sich vor, Dave zwar nicht heute, aber doch bald einmal auf das Thema Alkohol anzusprechen. Della, die immer schon eigenwillig und verschlossen gewesen war, verhielt sich einerseits ungewohnt zugänglich, andererseits war sie Carls Meinung nach aber fast schon ein wenig überdreht, wirkte beinahe manisch. Aber auch davon schien Wally nichts zu merken. Jürgen der Kleinere war heute so tuntig wie schon lange nicht mehr, was seinem Freund sichtlich auf die Nerven ging. Carl hoffte, die beiden würden sich nicht in die Haare kriegen. Ihre Auseinandersetzungen konnten in hysterischen Katastrophen enden. Patricia tat zwar unbefangen und fröhlich, aber auch sie kaute an irgendeinem Problem herum, da war Carl sich sicher, und dieses Problem, auch hier stimmte er Wally zu, schien mit Alwa zusammenzuhängen. Günter Döpf kannte er zu wenig, um ihn einschätzen zu können, und die Zwillingsgeschichte machte eine Einschätzung nicht eben leichter. Die Ablehnung, mit der Carls Mutter Josie gegenüberstand, war ungebrochen. Josie tat ihm Leid. Was konnte er tun, um zwischen den beiden Frauen zu vermitteln? Seine Mutter würde Zeit brauchen, um sich auf die neue Situation einzustellen. Die einzigen Personen, die mit sich im Reinen zu sein schienen, waren Margarete Öpf und Moritz. Carl seufzte leise, als er das Tablett bei den Griffen nahm und hinter Wally und Moritz den Gastraum betrat.

Dort hatten sich die Anwesenden indessen neu gruppiert. Am einen Ende der zusammengerückten Tische saßen Margarete, Josie, Patricia und Della, am anderen Ende Alwa, Dave und Günter. Frau Ernert und Frau Thomas saßen mit Jürgen und Jürgen – zwecks intimeren Kommunizierens, wie Jürgen der Kleinere vorgeschlagen hatte – an einem der Vierertische. Jürgen und Jürgen erzählten angeregt von ihrem Loft und beschrieben sehr anschaulich die durchdachte Architektur und Einrichtung ihres *Salons*, ohne jedoch nähere Einzelheiten über dessen Funktion preiszugeben. Frau Ernert und Frau Thomas lauschten interessiert und übten sich, wie jede selbstgefällig für sich befand, in unerschrockener Toleranz. Und so ermuntert berichteten die beiden Schwulen, auch sie spielten mit dem Gedanken, demnächst zu heiraten. Obwohl ihnen das Thema Homosexuellen-Ehe nicht ganz geheuer war, bemühten sich die beiden alten Damen, auch hier vorurteilsfrei und souverän zu erscheinen.

»Zu unserer Zeit war *so etwas* ja vollkommen tabu«, sagte Frau Ernert.

»Es stand sogar unter Strafe«, ergänzte Frau Thomas eifrig nickend. »Paragraph hundertfünfundsiebzig, wenn mich mein Gedächtnis nicht im Stich lässt.«

Zwischen Dave, Günter und Alwa wurde derweil noch einmal Wallys Reaktion auf die Folgen von Daves heimlicher Sterilisation besprochen. Weil sie sich durch Wallys Bemerkungen dazu autorisiert fühlte, berichtete Alwa in Kurzfassung von ihrer Unterredung mit Wally. Je länger sie sprach, desto mehr schien Daves Gemütslage sich zu stabilisieren, obwohl Alwa den Eindruck nicht los wurde, er wäre nicht wirklich bei der Sache. Immer wieder schien sein Blick nach innen zu verschwinden, um sich gleich darauf im Nirgendwo zu verlieren. Und wenn er von sich sprach, vermittelte er den Eindruck, als spräche er über eine Person, die ihm eigentümlich fremd, wenn nicht sogar gleichgültig war; deren Motive er zwar beschreiben, aber nicht nachvollziehen konnte. Alwa fragte sich, wieso Wally ihr Herz an diesen introvertiert und bedenklich depressiv wirkenden Mann verloren hatte, der – und das war ihr auf einmal vollkommen klar – auf eine Frau mit Wallys Temperament wie eine Bremse, wie ein Hemmschuh wirken musste. Sie konnte zum ersten Mal nachvollziehen, wieso Wally ihm gegenüber vor einigen Wochen sogar gewalttätig geworden war. Seine Passivität würde vermutlich das sanfteste Lamm irgendwann aus der Reserve locken. Und ein sanftes Lamm war Wally ja nun nicht gerade. Wieso hatte sie ausgerechnet ihn haben wollen? Und jede Menge Kunstgriffe angewendet, um ihn, wie sie gestern Nacht berichtet hatte, gegen seinen inneren und äußeren Widerstand für sich zu gewinnen? Sogar die angeblichen allergischen Hautreaktionen Daves, die Alwa für ziemlich übertrieben gehalten hatte, erschienen ihr plötzlich glaubwürdig. So eine Art subtilen Widerstands passte zu ihm. Zwar fühlte auch Alwa sich heute Abend in einer eigenartig distanzierten Rolle, gerade so, als wäre sie nur die Zuschauerin in einem Theaterstück. Sie nahm an, dies war ein Ergebnis ihrer ernüchternden Selbsterkenntnis. Vielleicht war es aber auch ein Nebeneffekt ihrer Schwangerschaft. Vielleicht konnte man sich als schwangere Frau gar nicht anders fühlen. Während sie hier saß, teilten sich nicht nur die Zellen des Ungeborenen. Das Wissen um das neue Leben, das in ihr wuchs, erzeugte bei ihr selbst ein Gefühl der inneren Spaltung. Sie war nicht mehr der alleinige Bewohner ihres Körpers. Ein anderer Mensch hatte sich darin eingenistet. Sie nahm sich vor, dieses Thema bei nächster Gelegenheit mit Wally zu besprechen.

Vielleicht hatte die in ihren drei Schwangerschaften ähnliche Gefühle gehabt. Alwa blickte zum anderen Ende des Tisches, wo Patricia, Josie, Margarete und Della saßen. Als wenn sie auf einmal Röntgenaugen besäße, sah sie plötzlich Dellas verletzliches Gesicht hinter der aufgemalten Fassade der Abwehr. Sie fühlte den Wunsch, sich zu ihr zu setzen, sie in den Arm zu nehmen, entschied sich aber dagegen. Sie wollte Dave und Günter gegenüber nicht unhöflich erscheinen und außerdem bei dem *Kind*, wie sie zu ihrem eigenen Erstaunen dachte, auf keinen Fall den Eindruck erwecken, aufdringlich zu sein. Sie war sich auch nicht sicher, ob sie so natürlich mit Della würde umgehen können, wie Josie das vorhin getan hatte. Kinder spürten, wenn Erwachsene sich anbiederten. Alwa wünschte sich, Della würde von sich aus bemerken, sie könnte ihr eine verständnisvolle Freundin sein. Alwa presste die Lippen fest aufeinander. War es wirklich die Schwangerschaft, die ihren Blickwinkel so drastisch veränderte? Wieso fühlte sie sich auf einmal so zu Della hingezogen? Wieso entwickelte sie schon jetzt Muttergefühle und das bei einem Mädchen, das sie kaum kannte? Ging mit der hormonellen Umstellung des Körpers so plötzlich auch eine emotionale Umstellung vor sich? Wenn es tatsächlich so war, dann war es ein weiterer Beleg dafür, warum Männer und Frauen in zwei verschiedenen Welten lebten. Männer wurden durch ihre Hormone zur Zeugung getrieben, bei Frauen kamen die Hormone erst nach der Zeugung richtig zum Zug. Für einen werdenden Vater blieb alles, wie es war. Für eine schwangere Frau änderte sich alles. Sie nahm sich vor, auch dieses Thema mit Wally zu besprechen.

Im Kreis von Margarete, Josie, Patricia und Della wurde auf Dellas Wunsch hin noch einmal das Thema der bikameralen Psyche aufgegriffen. Um Margarete ins Boot zu holen, wiederholte Patricia kurz die wesentlichen Punkte ihres Vortrags. Margarete konnte allerlei befruchtendes Wissen beisteuern, das sie durch das Zusammenleben mit ihrem indischen Meister gewonnen hatte. Ein Meister? Della war fasziniert. Ihre Augen leuchteten. Dann erzählte Josie von ihrem Erlebnis mit der *kahuna*. Sie ging nicht auf konkrete Einzelheiten ihrer Vorgeschichte ein, erwähnte aber ein paarmal ihren Zwillingsbruder, der zwar bei der Geburt gestorben war, in ihrem Leben aus verschiedenen Gründen aber immer noch eine große

Rolle spielte. Della beugte sich vor. Ihr Gesicht wirkte angespannt. »Woran merkt man eigentlich, dass man Zwillinge kriegt?« Alwa horchte auf. Gute Frage, sagte sie zu sich. Woran eigentlich? Vielleicht bekomme ich Zwillinge. Oder sogar Drillinge. Erschrocken schüttelte sie den Kopf. Diese Vorstellung war absurd.

Nachdem alle ihren Hunger gestillt hatten, ergriff Carl sein Glas. »Ich möchte mit euch allen auf Josies Rückkehr anstoßen«, sagte er. »Sechzehn Jahre hat uns das Schicksal getrennt und nun –«

»Ein Schicksal mit Namen Pago«, warf Frau Thomas mit gekräuselten Lippen ein.

»Bitte, Mutter«, sagte Carl.

»Es ist okay, *querido*. Es ist das gute Recht deiner Mutter, skeptisch zu sein. Annemarie«, auch Josie hob ihr Glas. »Ich habe sehr viel wiedergutzumachen. Nicht nur bei Carlos, sondern auch bei dir.« Frau Thomas' Augenlid begann zu zucken, sie vermied aber diesmal die liebgewonnene Namenskorrektur.

Alle beobachteten die kleine Szene. Della, Moritz, Patricia und Jürgen und Jürgen mit Neugier. Wally, Frau Ernert, Margarete, Alwa, Dave und Günter besorgt. Wally befürchtete, der Abend, der so schön angefangen hatte, könnte eine plötzliche Wendung nehmen und in Konflikten enden. Wally wollte aber keine Konflikte. Wally wollte, dass es allen gut ging. Frau Ernert kannte die Bedenken, die Frau Thomas gegen ihre Schwiegertochter hegte. Die beiden Frauen hatten dieses Thema im Harz vorwärts und rückwärts diskutiert. Margarete fand es naheliegend, aus dem, was Josie ihr, Patricia und Della vorhin anvertraut hatte, Rückschlüsse auf das Verhältnis zwischen Josie und ihrer Schwiegermutter zu ziehen. Da war – sofern Josies Rückkehr in Carls Leben nicht nur eine Episode blieb – ihrer Meinung nach noch viel Beziehungsarbeit zwischen den beiden zu leisten. Alwa fühlte massive negative Schwingungen. Dave befürchtete, Wally würde sich – natürlich wie immer aus bester Absicht – in das Verhältnis zwischen Josie und ihrer Schwiegermutter einmischen. Er befürchtete auch, sie würde Intimitäten über Josies Leben ausplaudern. Er blickte zu Carl, der ebenfalls besorgt wirkte, und hoffte, Wally würde ihn nicht mit unbedachten Äußerungen bloßstellen. Günter befand sich wieder in einer dieser diffusen Spannungen, die ihn seit Weihnachten heimsuchten. Er schämte sich, weil er nachvollziehen konnte, dass es für Wally so aussah, als hätte er in Bezug auf seinen Zwillingsbruder ein kindisches Spiel gespielt. Er hatte keine Ahnung, wie er diesen Eindruck wieder korrigieren sollte.

»Ihr alle hier«, fuhr Josie fort, »wisst, nehme ich an, dass ich Carlos vor vielen Jahren wegen eines anderen Mannes – Pago, um den Einwurf meiner Schwiegermutter zu erklären – verlassen habe. Carlos, also *Carl* und ich haben uns nie scheiden lassen.«

»Du kannst das alles nicht auf einmal hintenherum verklären, Josie«, sagte Frau Thomas. »Du bist damals auf und davon und warst sechzehn Jahre spurlos verschwunden. Carl konnte sich gar nicht scheiden lassen, weil er nicht wusste, wo du warst.«

»Annemarie«, warf Frau Ernert ein. »Sie hat doch nicht *dich* verlassen!«

»Du bist niemandem Rechenschaft schuldig, Josie«, sagte Carl.

»Meine Güte«, rief Jürgen der Kleinere. »Lasst sie doch erzählen! Ich finde wahre Lebensgeschichten spannender als jeden Kinofilm.«

50. JOSIE ERZÄHLTE VON IHRER GEBURT. IHREM entstellten Körper. Vom Entsetzen ihres Vaters und seinem daraus resultierenden tragischen Tod. Sie erzählte von der ersten entscheidenden Operation, in der das schockierende Anhängsel an ihrem Bauch entfernt worden war; weswegen sie dort seitdem eine Narbe trug, die wie ein zweiter Bauchnabel aussah. Sie sprach von ihrer Kindheit. Von ihren vergeblichen Versuchen, der Junge zu werden, den die Familie so ersehnt hatte.

Im Café Carl war es still geworden. Jürgen der Kleinere saß mit gesenkten Lidern eng an seinen Partner gelehnt. Ab und zu seufzte er leise. Sein Anblick rief in Alwa Erinnerungen an ihre Kindheit wach; an Sonntagnachmittage, an denen sie in eine Sofaecke gekuschelt der Kinderstunde im Radio gelauscht hatte. Sie erwartete fast, der kleinere Jürgen würde sich gleich den Daumen in den Mund stecken. Wally hatte die Arme um ihre Tochter gelegt. Della schmiegte sich an sie. Sie hatte die Stiefel ausgezogen und die Beine untergeschlagen. Trotz der dramatischen Schminke sah ihr Gesicht jung und schutzlos aus. Margarete saß aufrecht wie ein zuverlässiger Fels zwischen Dave und Günter, die zierlich neben ihr wirkten. Sie neigten sich beide unmerklich in ihre Richtung. Alwa hatte den Eindruck, es fehlte nicht mehr viel und die beiden würden sich an Margaretes üppigem Busen verkriechen. Frau Ernert hielt die Hand von Carls Mutter und drückte sie ab und zu beruhigend. Frau Thomas wirkte erregt. Manchmal, so schien es Alwa, hielt sich Frau Ernert aber auch an Frau Thomas fest. Einige Male schien sie sogar Josie in ihrer Erzählung unterbrechen zu wollen. Dann drückte Frau Thomas wiederum ihr beruhigend die Hand. Carl war nervös. Er blickte von Josie zu seiner Mutter und wieder zu Josie. Zwischendurch schlug er die Augen nieder und mahlte mit den Kiefern. Alwa fühlte sich seltsam bewegt, ungeheuer hingezogen zu Josie und trotzdem immer noch distanziert von allen und allem. Sie sprach unhörbar auf *die Jungs* ein, bat inständig darum, dass keine Zwillinge in ihr wüchsen. Sie bat auch darum, ihrem Kind möge ein Schicksal wie Josies erspart bleiben.

Als Josie auf die Umstände der Operation zu sprechen kam, bei der der Kopf ihres Bruders aus ihrem Unterleib entfernt worden war, hielten alle den Atem an. Della wirkte schockiert. Sie atmete schwer. Wally streichelte sie mechanisch. Ihr Blick hing an Josies Gesicht, als ob sie darin nach etwas suchte. Josie erzählte von ihrer Zeit als junge Lehrerin an einer Schule in Madrid. Wie sehr ihre innere Zerrissenheit sie belastet hatte und dass sie deshalb die Absicht verfolgt hatte, Nonne zu werden. Wally setzte sich plötzlich auf, sie schob ihre Tochter von sich und beugte sich vor:

»Wann war das, Josie?«

»Anfang der Siebzigerjahre.«

»Wie hieß die Schule?«

»*Casa de La Doncella.*«

Wally ließ eine Hand hart auf die Tischplatte fallen. Es klang wie ein Schuss. Alle fuhren zusammen. »Das kann nicht wahr sein!«, Wally schrie vor Erregung. »Josie, wir kennen uns! Wir kennen uns seit achtundzwanzig Jahren. Du warst meine Lehrerin. Du bist Schwester Joanna!«

Josies Blick flackerte. Sie sah Carl Hilfe suchend an.

»Ich habe 1971/72 mit meinen Eltern in Madrid gelebt«, fuhr Wally fort. »Und ich bin in genau diese Schule gegangen.«

»Ich erinnere mich nicht an dich«, sagte Josie zögernd.

»Wie auch?« Wally sprang auf. »Damals war ich fünfzehn, dick, hässlich und furchtbar schüchtern und habe immer versucht, mich möglichst unsichtbar zu machen.« Sie rannte mit auf und nieder fliegenden Armen hin und her.

Alwa musste sich zusammenreißen, um nicht laut loszulachen. War dieser Lachreflex als Übersprungshandlung einzuordnen, weil sich hier und heute eine Verdichtung des Lebens oder besser: *der Leben* dieser (zufällig?) beieinandersitzenden Menschen offenbarte, die Alwas Philosophie auf atemberaubende Weise zu bestätigen schien? Oder war dieser Lachreiz einfach nur die Reaktion auf Wallys aufgeregtes Herumgeflatter, das wie eine überzogene Karikatur des ohnehin schon dämlichen Ententanzes wirkte?

»Ich hatte vorhin sofort das Gefühl, dass ich dich kenne.« Wally machte eine Bewegung, als wollte sie die ganze Welt umarmen. »Wie konnte ich bloß so auf dem Schlauch stehen? Aber Josie und Joanna habe ich einfach nicht miteinander in Verbindung gebracht. Das ist doch unglaublich.« Wally stützte sich auf die Lehne von Carls Stuhl, dann beugte sie sich über seinen Rücken, schlang ihm die Arme um den Hals und rieb ihr Gesicht an seinem. »Jahrelang hast du mir mit deiner Josie in den Ohren gelegen. Hätte ich gewusst, dass Josie Joanna ist, ich hätte … Charlie, Dave, Della, Josie, ihr *alle* – jetzt sagt doch mal was!«

Einen Moment lang war es so still im Café, dass man das leise Keuchen der Kaffeemaschine hören konnte. Dann sprangen alle auf. Josie und Wally fielen sich lachend in die Arme. Jürgen und Jürgen umarmten erst sich und wirbelten dann die beiden alten Damen herum. Frau Ernert kreischte. Frau Thomas stolperte und wäre beinahe hingefallen. Carl zog Wally und Josie an sich. Seine Augen glänzten feucht. Diese beiden Frauen zählten zu den wichtigsten Menschen in seinem Leben und waren sich bereits vor so vielen Jahren einmal über den Weg gelaufen. Und das noch dazu in Spanien. Das konnte man wirklich kaum noch für Zufall halten. Wie oft hatte Wally ihn getröstet, wenn er wieder einmal unter einem der periodisch auftretenden *Josieschübe* gelitten hatte. Wie oft hatte sie ihm auch bei anderen Problemen mit ihrer anpackenden Energie geholfen. Was hätte er in den letzten Jahren ohne Wally gemacht? Und was würde er für den Rest seines Lebens ohne Josie machen? Er zog die beiden Frauen noch enger an sich und drückte seine Nase in Josies Haar. Della weinte laut. Patricia strich ihr mit einer unglaublich sanften Bewegung die zerlaufene Wimperntusche von den Wangen. Dave und Günter küssten Margarete. Moritz kämpfte sich durch die Menschengruppen und lief zum Kühlschrank am Tresen. Nur Alwa stand ein wenig abseits und beobachtete den Aufruhr. Wie konnte Josie nach allem, was sie erlebt hatte, so ausgeglichen und kraftvoll wirken? Sie schüttelte den Kopf. Was war denn das für ein Unsinn? Gerade *wegen* dieser Erlebnisse war Josie, wie sie war. Eine unglaubliche Frau. Eine unglaubliche Geschichte. Alwa fühlte sich aufgewühlt bis auf den Grund ihrer Seele. Sie fühlte tiefe Befreiung und eine Weitsicht, als wäre sie aus jahrzehntelanger Dunkelhaft entkommen. Weil sie, auch wenn es viel zu lange gedauert hatte, endlich verstand, warum ihre Beziehung zu Manuel gescheitert war. Alles hatte auf einmal seine Richtigkeit. Sie war am richtigen Platz. Ihre Freunde waren am richtigen Platz. Das Leben war kein Zufall. Freundschaften waren kein Zufall. Ihre Schwangerschaft war kein Zufall. Sie durfte ihren Ahnungen trauen. Eine heiße Welle fuhr durch ihren Unterleib. Sie schwankte. Dann drehte sie sich um und ging zum Tresen, um dort für einen Moment in den Spiegel hinter den Glasregalen zu blicken. Sie sah ihr Spiegelbild, und zum ersten Mal begriff sie wirklich, was ihr geschehen war. Sie bekam ein Kind! Sie begriff, dass sie sich nach nichts so sehr gesehnt hatte. Sie fühlte sich zum ersten Mal in ihrem Leben komplett.

Nachdem sich die Aufregung gelegt hatte, wurde Josie gedrängt, mit ihrer Geschichte fortzufahren. Josie erzählte, sie habe sich Joanna genannt, weil sie mit dieser Namensänderung und dem Entschluss, ins Kloster zu gehen, ihre Vergangenheit hatte hinter sich lassen wollen. Sie erzählte, sie habe jedoch plötzlich Angst vor den endgültigen Konsequenzen dieses Entschlusses bekommen und ihn wieder verworfen. Stattdessen sei sie zurück nach Chipiona gegangen, um die Pflege der gebrechlichen Großmutter zu übernehmen. Sehr zur Erleichterung ihrer ältesten Schwester, da diese Aufgabe aufgrund traditioneller Gesetze eigentlich deren Pflicht gewesen wäre. Genauso wie die damit verbundene Ehelosigkeit. So habe wenigstens ihre Schwester ein normales Leben führen können und sei überglücklich gewesen, ihren Freund heiraten zu können. Als die Großmutter dann nach vielen Jahren des Siechtums gestorben war, sei Josie zu einer Weltreise aufgebrochen. Einer Reise, die sie schließlich auch nach Kanada geführt habe. Sie erzählte, wie Carl und sie sich kennengelernt, wie sie sich verliebt hatten. Von der Hochzeit. Den friedlichen Jahren mit Carl auf der Ranch. Und dann sprach sie von Pago. Sie sprach schlicht und ehrlich von den Gefühlen, die beide Männer, jeder auf seine Art, bei ihr ausgelöst hatten. Sie beschrieb ihre Zerrissenheit sehr eindringlich, und irgendwann nickten alle. Selbst Frau Thomas. Keiner unterbrach sie mehr. Sie erzählte von ihrem Leben mit Pago. Sie beschrieb, wie aus der starken Anziehung schleichend ein Bruder-Schwester-Verhältnis geworden war. Als sie schließlich auch die Geschichte von der *kahuna* erzählt hatte, die Geschichte also, die zu ihrer Flucht nach Kanada geführt hatte, weil sie nicht zum zweiten Mal zum Verhängnis für einen Bruder werden wollte; als sie erzählte, wie Carl vor Weihnachten auf der Ranch eingetroffen war und sie mit seiner, Mikes und Alices Hilfe ihre Verwirrung hatte klären können, hatte sich der Bogen bis zu ihrer Ankunft in Frankfurt geschlossen. Für einige Minuten spürte jeder auf seine Weise seinen Gedanken und Gefühlen nach. Dann ging ein Ruck durch Frau Thomas' Körper. Ihr Rücken straffte sich. »Josie«, sagte sie. »Vieles von dem, was du jetzt berichtet hast, war mir bekannt, aber bei weitem nicht alles. Vor allem hast du früher nie eine so starke gefühlsmäßige Beteiligung zum Ausdruck gebracht. Du warst kälter, abweisender. Meistens sogar zynisch, wenn ich das einmal so deutlich sagen darf. Du warst mir immer ein wenig unheimlich.«

Josie nickte. »So ging es allen, die meine Geschichte kannten. Und genau deshalb habe ich so getan, als wäre meine Vergangenheit die skurrile Episode im Leben einer anderen Person.«

»Ganz normaler Verdrängungsmechanismus zur Rettung der Identität«, murmelte Günter.

»Josie«, hob Frau Thomas wieder an, »ich verstehe nicht *alles*, was dir passiert ist, aber ich fühle heute zum ersten Mal, wie sehr dich all das belastet hat.«

»Glaubst du wirklich, Pago ist dein Bruder?«, fragte Della. »Glaubst du, sowas ist wirklich möglich?« Die zweite Frage richtete sie an Patricia.

»Ja«, sagte Josie.

»Ja«, sagte Patricia.

»Ja«, sagte auch Alwa. Es ging ihr allmählich auf die Nerven, wie Patricia schon den ganzen Abend ihr Expertentum für Daseins- und Glaubensfragen heraushängen ließ.

»Himmelsack«, rief Della. »Ich komm hierher, weil ich meine Mutter suche –«

»Du hast mich gesucht?«, fiel Wally ihr ins Wort. Ihr Ausdruck schwankte zwischen Hoffnung und Ungläubigkeit. »Warum?«

»Weil ich etwas mit dir besprechen wollte, Mama.«

»Ja, *Babylein*«, Wally strahlte vor Glück, »was denn?«

»Später, Mama«, erwiderte Della. »Ich habe in meinem ganzen Leben noch nie so irre Storys gehört. Erst Patricia mit den inneren Stimmen. Und jetzt Josie mit ihrer Geschichte. Ich habe immer geglaubt, so etwas gäbe es nur in Büchern. Aber«, Dellas Stimme wurde ernst, »sowas ist doch unwahrscheinlich selten. Ich meine das mit Josies verkapptem Zwillingsbruder. So was ist doch eine wahnsinnige Ausnahme, oder, Mama?« Der letzte Satz klang flehend.

»Das kommt vom medizinischen Standpunkt her öfter vor, als man gemeinhin annimmt«, erwiderte Wally ahnungslos. »Bei etlichen Zeugungen kommt es zu Doppel- oder Mehrfachbefruchtungen. Nur merkt keiner was davon, weil der Körper die – sagen wir mal: unnötigen oder überzähligen – Embryonen schnell und unauffällig wieder abstößt oder eben manchmal auch absorbiert. Das geschieht jedoch meistens zu einem sehr frühen Zeitpunkt, und da kann man eigentlich nur von einem Gewebeklumpen sprechen. Aber abgekapselte kleine Kinderköpfe werden schon manchmal bei Bauchhöhlen-OPs gefunden. Sehr selten natürlich, aber es kommt vor. Was Josie allerdings erlebt hat, ist noch nicht einmal mir als medizinisches Fallbeispiel untergekommen.«

Della atmete schwer. Alwa sah sie nachdenklich an. Was bedrückt dieses Kind, dachte sie. Es schreit ja förmlich nach Hilfe. Ich muss irgendwie einen vermeintlichen Grund finden, weshalb ich Della beiseite nehmen kann.

»Nun«, unterbrach Frau Ernert ihre Gedanken. »Ich könnte zu diesem Thema auch etwas beitragen.“

51. FRAU ERNERT WECHSELTE EINEN LANGEN BLICK mit ihrem Sohn. Günter fuhr sich mit der Zunge über die Zähne und legte die Hand an sein rechtes Ohr, als lauschte er auf eine Antwort. Dann sah er seine Mutter an. Er nickte. Frau Ernert räusperte sich und strich dabei mit mechanischen Bewegungen ihren Rock glatt. Dann richtete sie sich auf. »Sie vermuteten vorhin, Günter und ich spielten ein seltsames Spiel, Gräfin von Wanecke.«

»Wally«, sagte Wally. »Ja, tut mir leid. Ich war eben sehr verblüfft, weil Günter nie von seinem Bruder gesprochen hat.«

»Sicher hat Günter nicht darüber gesprochen«, erwiderte Frau Ernert, »weil er und Eberhard kein besonders gutes Verhältnis zueinander haben. Sehr zu meinem Bedauern. Aber ich selbst bin daran nicht unschuldig. Ich würde gern an Frau Josies Geschichte anknüpfen und Ihnen allen etwas von mir erzählen. Natürlich nur, wenn Sie es hören mögen.«

Alle stimmten zu und lehnten sich erwartungsvoll zurück.

»Ich will chronologisch berichten«, fuhr Frau Ernert fort. »Auch wenn ich dazu ein bisschen ausholen muss. Günter und Eberhard kamen zur Welt, als mein Mann im Krieg war und ich schon Monate nichts mehr von ihm gehört hatte. Eine Geburt ohne die moralische Unterstützung des Mannes ist in so ungewissen Zeiten wie denen damals schon schwer genug. Aber dann geschah das Entsetzliche. Ich brachte Zwillinge zur Welt. Nein, bitte unterbrechen Sie mich jetzt nicht! Eine Zwillingsgeburt ist eine schwere Geburt. Natürlich ist auch ein Kaiserschnitt keine leichte Sache, obwohl er heutzutage ja von manchen jungen Müttern sogar gefordert wird, weil sie sich fürchten, ihre Kinder auf normalem Wege zu bekommen. Heute wäre das, was ich damals erlebte, sicher leichter, weil die Medizin ja viel weiter ist. Die Zeiten haben sich in jeder Beziehung so sehr geändert. Ich weiß noch, wie mein Mann –«

»Nicht abschweifen, Mutter«, ermahnte Günter.

Frau Ernerts rechter Mundwinkel zuckte. »Du hast recht, Günter«, sagte sie. »Ich bekam also meine Zwillinge. Ich bekam meine Zwillinge gleichzeitig. Ich will damit sagen … also, es war so …«, sie brach ab und blickte Günter hilflos an.

»Meine Mutter bekam Siamesische Zwillinge. Das will sie sagen«, sagte Günter.

»Siamesische Zwillinge«, echote Wally und nickte zu Dave hinüber.

»Eberhard und ich waren an der Hüfte zusammengewachsen«, sagte Günter. »*Das* will meine Mutter sagen.«

Frau Ernert hatte den Kopf gesenkt. Wieder strich sie ihr Kleid glatt. »Ja«, sagte sie. »Und das in einer Zeit, in der gesunder Nachwuchs alles war, was eine Frau sich wünschte.«

»Besonders die Frau eines Nazis«, warf Günter ein.

»Bitte, Herr Öpf«, sagte Frau Thomas mit flehender Stimme.

»Döpf«, erwiderte Günter. Er verschränkte die Arme vor der Brust. »Ich heiße Döpf. Das ist Frau Öpf.« Er zeigte auf Margarete. Margarete schloss kurz die Augen und schüttelte ihren Kopf besänftigend in Günters Richtung. »Erzählen Sie weiter, Frau Ernert«, bat sie leise.

»Sie können sich meinen Schock vorstellen. Professor Bruckner, der ein enger Freund meines Mannes war, plädierte für eine operative Trennung der beiden Kinder. Er erklärte mir, ich würde mit viel Glück nach der Operation zwei *relativ* gesunde, *relativ* normale Kinder haben. Er klärte mich aber auch über die Risiken auf. Im schlimmsten Fall hätte ich beide Kinder verlieren können, weil lebenswichtige Blutgefäße verletzt werden oder Organe zusammengewachsen sein könnten, deren Trennung unmöglich war. Ich war verzweifelt. Nach einigen Tagen Bedenkzeit folgte ich dem Rat Professor Bruckners. Die Kinder wurden getrennt. Beide waren lebensfähig. Günter hatte allerdings nur eine Niere und trug einen bleibenden Schaden am Hüftgelenk davon. Ich will jetzt nicht im Detail auf meine Gefühle und Ängste eingehen. Ich will auch nicht beschönigen, was ich dann tat, ich habe es oft genug bereut. Ich gab, auch auf Rat Professor Bruckners, das gezeichnete Kind weg. Du kennst deinen Mann, Hilde, hatte er zu mir gesagt, für ihn wird eine Welt zusammenbrechen, wenn er die Wahrheit erfährt, und er wird dich mit in den Untergang reißen. Was tatsächlich geschehen *kann*, hat uns Frau Josies Geschichte eben gezeigt. Aber das soll jetzt keine Entschuldigung sein. Ich präsentierte meinem Mann bei seinem Heimaturlaub nur das gesunde Kind. Die Narbe an Eberhards Körper erklärte ihm Professor Bruckner mit einer Operation, die zur Behebung einer Fehlstellung der Hüfte nötig gewesen sei. So etwas komme bei Säuglingen schon einmal vor. Ich gab also das Kind fort, das mich vermutlich am meisten gebraucht hätte. Das Kind, das ich vermutlich auch am meisten liebte. Aber das mag eine nachträgliche Verklärung sein.«

Frau Ernert sah zu Günter und schwieg. Sichtlich erschöpft. Alle anderen schwiegen auch. Frau Thomas rieb die Hand ihrer Freundin. »Hilde«, sagte sie. »Deine *beiden* Söhne leben. Beiden geht es gut. Vielleicht hast du damals einen Fehler gemacht, aber wer von uns«, sie hob den Kopf und blickte kampfbereit in die Gesichter aller Anwesenden, »wer von uns ohne Schuld ist, der werfe den ersten Stein!«

Niemand rührte sich. Ein paar Minuten verstrichen.

Schließlich war es Della, die mit kaum hörbarer Stimme fragte: »Und was geschah mit Günter?«

Alle Blicke richteten sich auf Günter. Günter saß zusammengesunken auf seinem Stuhl. Er trug einen inneren Kampf aus. Das war deutlich zu sehen. Endlich griff er nach seiner seltsamen kleinen Handtasche. Della erschrak. Er wird jetzt gehen, dachte sie, ich hätte die Klappe halten sollen. Aber Günter zog den Reißverschluss der Tasche auf und nestelte eine Pfeife hervor, die er umständlich zu stopfen begann. Endlich hob er den Blick.

»Ich hatte auch Glück, wenn man so will«, sagte er. Er zündete die Pfeife an, nahm ein paar hastige Züge und legte sie in den Aschenbecher. »Ich wuchs als ziemlich normales Kind in einer ziemlich normalen Familie mit zwei weiteren Geschwistern auf. Erst als ich achtzehn wurde, klärten meine Adoptiveltern mich über meine wahre Herkunft auf. Nachdem ich den ersten Schock überwunden hatte, begann ich, meine richtigen Eltern zu suchen. Ich hatte romantisch verklärte Vorstellungen von ihnen. Sie waren ganz sicher ganz besondere Menschen. Dass ich nicht bei ihnen aufgewachsen war, konnte nur Ergebnis eines tragischen Irrtums gewesen sein. Die

Suche war schwierig, aber ich hatte Erfolg, wie man sieht. Was ich fand, waren eine Mutter und ein Zwillingsbruder. Mein Vater war bereits gestorben. Als ich die wahren Umstände meiner, unserer Geburt erfuhr, war ich tief enttäuscht und voller Hass. Hass auf meine Mutter, auf den Bruder, den verstorbenen Vater, sogar auf meine Adoptiveltern. Meine Mutter war in meinen Augen niederträchtig und feige. Auf meinen Bruder war ich eifersüchtig, weil er mir meine Mutter weggenommen hatte und ich seinetwegen behindert war. Meinen Vater verurteilte ich, weil er meine Mutter indirekt gezwungen hatte, so zu handeln, wie sie es tat. Meine Adoptiveltern fand ich hinterhältig, obwohl die nun wirklich alles für mich getan hatten. Ich gebärdete mich allen gegenüber unversöhnlich. Ich weigerte mich, weiter bei meiner Adoptivfamilie zu leben, ich weigerte mich, meine Mutter und meinen Bruder näher kennenzulernen. Ich verweigerte über dreißig Jahre den Kontakt zu allen.«

Während er sprach, hatte Günter die Augen fest in eine Ecke des Raums geheftet. Jetzt brach er ab. Sein Blick suchte den von Margarete. Margarete erwiderte ihn fassungslos. Ihr Busen wogte.

»Ja«, fuhr er fort, »ich habe meinen Hass und mein Selbstmitleid dreißig Jahre lang kultiviert. Erst vor wenigen Jahren habe ich zu meiner Mutter und meinen Adoptiveltern wieder Kontakt aufgenommen. Es fiel mir leicht, mich mit meinen Adoptiveltern auszusöhnen. Meiner Mutter und meinem Bruder gegenüber habe ich jedoch meine Ressentiments nie wirklich aufgegeben. Erst vor ein paar Tagen begann mir allmählich zu dämmern, wie verbohrt und selbstgerecht ich war. Den Anstoß dazu gaben Wally und Margarete, beide vermutlich, ohne es zu wissen, und unabhängig voneinander. Mir ist klar geworden, warum ich schließlich Therapeut wurde. Ich habe mich oft darüber beklagt, fast ausschließlich weibliche Klientinnen zu haben, dabei war ich es in Wahrheit, der von Frauen therapiert wurde, der Frauen suchte. Auch *meine Mutter* war einmal eine junge Frau, die aus seelischer Not gehandelt hat. Heute verstehe ich das. Wally, Margarete, Mutter, das klang jetzt alles sicherlich sehr theatralisch, das tun Selbsterkenntnisse in Form von Bekenntnissen meistens, aber wie auch immer: Nun ist es heraus.«

Günter griff wieder nach seiner Pfeife. Frau Ernert wischte sich ein paar Tränen weg und sagte: »Danke, mein Junge.« Frau Thomas schnäuzte sich ausgiebig in ein zart besticktes Taschentuch. Margarete lächelte wie eine Sphinx. Wally grinste:

»Achtzig Prozent aller Feuerwehrleute sind insgeheim Pyromanen«, rief sie fröhlich. »Der größte Teil der Polizisten hat angeblich ein hohes kriminelles Potenzial. Alle Welt kompensiert auf diese und jene Weise. Warum sollte es Therapeuten anders gehen? Therapeuten sind auch nur Menschen. Und du, lieber Günni, bist ein hervorragender Therapeut. Da ist die eigentliche Antriebsfeder ziemlich schnuppe, finde ich. Trinken wir auf die versammelte Frauen-Power und auf die wenigen Männer, die zur Selbsterkenntnis in der Lage sind!«

52. WALLYS WORTE WIRKTEN SO BEFREIEND, ALS hätte sie den Deckel eines Dampfkochtopfs gelüftet. Alle stießen kleine Seufzer und Bemerkungen wie »Na dann«, »Auf die Frauen«, »Auf die Dinge des Lebens« und »Wie gut, dass wir hier alle zusammen sind« aus, hoben ihre Gläser und begannen, reihum miteinander anzustoßen. Ein totales Durcheinander entstand. Man erhob sich ganz oder halb, beugte sich vor, setzte sich wieder, erhob sich erneut. Die Hände mit den Gläsern wurden zum Anstoßen ausgestreckt und lachend wieder zurückgezogen, um drohende Kollisionen zu vermeiden. Man umarmte sich, klopfte Schultern, verteilte Knüffe, drehte sich hierhin und dorthin. Endlich hatte jeder mit jedem angestoßen, alle hatten Brüderschaft getrunken und saßen nun wieder.

Ich könnte Wally küssen, dachte Alwa. Sie hat eine Gabe, den Dingen die Dramatik zu nehmen, die einfach begnadet ist. Jeder andere von uns hätte sich veranlasst gefühlt, diese schwerwiegenden Bekenntnisse genauso schwerwiegend zu kommentieren. Aber Wally schüttelt Schwerwiegendes einfach ab wie ein nass gewordener Hund das Wasser in seinem Fell.

Josie, Günter, Frau Ernert und Frau Thomas bildeten an einem Kopfende der zusammengerückten Tischreihe eine Phalanx. Sie hatten die Köpfe zueinander gebeugt und diskutierten die Parallelen von Josies und Günters Geburt.

Margarete hatte Wally in ein Gespräch über Männer im Allgemeinen und Therapeuten im Besonderen verwickelt. Sie vermieden beide, direkt über Günter zu reden, taten es aber im Grunde mit jedem Satz und genossen es.

Della, die eine merkwürdige Scheu fühlte, sich in das Gespräch zwischen Josie und Günter einzumischen, sprach auf Patricia und Carl ein. Ihr Gesicht glühte, sie wirkte angespannt und fahrig. Sie löcherte Carl mit Fragen zu Josies Erlebnissen, war aber bei jeder Antwort schon bei der nächsten Frage. Dann bestürmte sie Patricia mit der Bitte, ihr mehr über die Hintergründe ihrer Gebetsstimmentheorie – so Dellas Bezeichnung – zu erzählen. Wollte von Carl plötzlich wissen, wie er zu Drogen stehe und ob er eigene Erfahrungen damit habe. Erzählte selbst wieder vom Tod ihrer Freundin Ines. Sowohl Wally als auch Alwa blickten immer wieder verstohlen zu ihr hinüber. Beide mit dem Eindruck, sie sei unangemessen erregt. Alwa brannte darauf, Della näher zu kommen, Patricias Theorien mit ihrer sehr viel fundierteren Sichtweise der Dinge gerade zu rükken, vor allem aber das Mädchen zu beruhigen, und wartete auf eine Gelegenheit, das Gespräch mit Dave zu einem höflichen Abschluss bringen zu können, um sich dann endlich in die Gruppe von Patricia, Della und Carl zu integrieren.

Wally, die Della zu gern auf ihr Problem angesprochen hätte, nahm sich vor, es später zu Hause zu tun. Ganz egal, wie spät es auch werden würde. *Das Kind hatte sie gesucht.* Della schien endlich bereit, ihre Panzerung aufzugeben. Mit ihrem nächtlichen Fernbleiben hatte sie allen klargemacht, dass sie nicht immer zur Verfügung stand, und das schien endlich Erfolg zu zeitigen.

Jürgen und Jürgen schnatterten Moritz an und überboten sich gegenseitig im Hervorkramen von Geschichten über seltsame Geburten und Todesursachen, die sie irgendwo und irgendwann gelesen oder gehört hatten.

Die Atmosphäre lockerte sich. Der Geräuschpegel stieg. Nach einer halben Stunde suchte Alwa nach einer Gelegenheit, sich aus der Sackgasse zu befreien, in der sie sich im Gespräch mit Dave festgefahren hatte. Er war inzwischen ziemlich angetrunken und stellte ihr immer wieder aufs Neue Fragen, die sie bereits erschöpfend beantwortet hatte. Sie ärgerte sich, weil sie aufgrund ihrer eigenen

Nüchternheit überdeutlich wahrnahm, wie die Wirkung des Alkohols bei den anderen langsam zum Verlust der rationalen Kontrolle führte. Außer ihr schien keiner der Anwesenden die Zusammenhänge zu erkennen, die, ja, sie empfand es so, Ruhe und Ehrfurcht verlangten. Sie hatte keine Lust mehr, höflich zu sein. Sie überlegte erneut, ob sie sich ein Taxi bestellen sollte, um nach Hause zu fahren. Aber irgendetwas ließ sie zögern. Vielleicht war es Della. Della, die, wie sie von Wally wusste, kürzlich verkündet hatte, Veganerin zu sein, und die vermutlich wegen ihrer Ernährungsumstellung genauso wie Alwa ein Wasser nach dem anderen trank. Aber da war noch irgendetwas anderes mit dem Mädchen. Bevor sie ging, wollte Alwa unbedingt eine Gelegenheit finden, in Ruhe mit Della zu reden. Sie beantwortete noch einmal kurzangebunden eine von Daves wiederkehrenden Fragen. Dann richtete sie sich auf und rief: »Gibt deine Küche noch was Essbares her, Carl? Kann ich mal schauen? Kommst du mit, Della?«

»Was?«, fragte Della, aus irgendeiner Überlegung auftauchend.

»Alwa will in die Küche, etwas zu essen machen und fragt, ob wir ihr helfen«, sagte Patricia. Sie stand auf.

»Ach so«, erwiderte Della. »Klar.«

»Wie wär's mit einem schönen starken Kaffee?«, rief Wally. »Ich glaube, den könnten alle hier gebrauchen. Moritz, übernimm du das, dann helfe ich Alwa und Della in der Küche.«

Alwa wollte protestieren – sie wollte weder Patricia noch Wally dabei haben – da meldete sich Jürgen der Größere. »Aber wir können doch *auch* in der Küche helfen«, sagte er.

»Ihr bleibt, wo ihr seid, und kümmert euch um die beiden Mütter«, bestimmte Wally. »*Ich* gehe mit.«

»Nein«, sagte Carl. »Du setzt dich jetzt mal zu Dave. Schließlich seid ihr meine Gäste.«

Jetzt stand Josie auf. »Carlos hat recht«, sagte sie. »Ich gehe mit. Moritz und Carlos kümmern sich um die Getränke. Ein Kaffee wird allen guttun.«

»Ich kann auch mal was machen«, sagte Margarete und erhob sich.

»So weit kommt es noch«, sagte Wally und drückte sie auf ihren Stuhl zurück. »Wenn wir so weitermachen, können wir das Fest ja gleich in der Küche feiern. Josie hat die Aufgaben verteilt. Also keine Diskussionen mehr!« Sie nahm ihr Glas und robbte sich über die Bank an Dave heran.

Alwa war enttäuscht, als sie mit Josie, Patricia und Della die Kühlschränke inspizierte. Jetzt war wieder eine Chance vertan, allein mit Della zu reden. Della hatte sich sogar bei Patricia eingehakt, als sie zur Küche gegangen waren. Sie schien sich aus nicht nachvollziehbaren Gründen besonders zu Patricia hingezogen zu fühlen. Alwa spürte, dass ihr das ganz und gar nicht passte.

»Würstchen, Thunfisch, Rindfleisch«, Della schüttelte sich. »Eier, Käse, Quark. Das Übliche.«

»Komm«, sagte Alwa. Sie streckte Della die Hand entgegen. »Wir schauen mal in der Kammer, ob wir Gemüse finden.«

»Du isst kein Fleisch?«, fragte Josie.

»Äh-äh«, machte Della. »Gar keine tierischen Produkte.«

»So konsequent?«

»Hm.« Della nickte.

»Wir könnten eine Minestrone machen, was meinst du, Josie?«, sagte Alwa, während sie einen großen Korb mit Gemüse heranschleppte.

»Oh ja«, rief Della. »Sagt mir, was ich tun soll!«

»Dann übernehme ich den Salat«, sagte Patricia. »Gebt mir mal die Sachen rüber.«

»Und ich mache Würstchen heiß und kümmere mich um die Brote«, ergänzte Alwa.

»Wolltest du selber nie Kinder haben, Josie?«, fragte Della, während sie nach Josies Anweisungen das Gemüse putzte. »Ich meine … ich könnte es verstehen … bei dem, was du erlebt hast.«

»Ich hätte gerne welche gehabt«, erwiderte Josie. »Aber es hat nie geklappt. Hängt wohl mit meinem Hormonhaushalt zusammen. So ganz normal war der nie.«

»Vielleicht ist es aber auch eine seelische Reaktion gewesen«, meinte Alwa. »Hast du dich jemals deswegen durchchecken lassen?«

»Nein«, antwortete Josie. »Ich hatte einfach irgendwann genug von Ärzten.«

»Das kann ich verstehen«, seufzte Della.

»Was ich dir die ganze Zeit erzählen wollte«, Patricia wandte sich an Alwa. »Mein Mann hat gestern –«

»*Nicht jetzt*, Patricia!« Alwa schnitt ihr das Wort ab.

»Ich dachte, es interessiert dich.« Patricia drehte sich beleidigt um und begann lautstark Radieschen auf einem Holzbrett zu zerhacken.

»Klar interessiert es mich«, lenkte Alwa ein. »Aber heute sollten wir nur über Anwesende reden. So wie ich das sehe, sind wir damit hinreichend beschäftigt.«

»Wohl wahr«, wieder seufzte Della. »Ich find's absolut irre, dass Carl und Josie nach so wahnsinnig langer Zeit und in dem Alter … also –«, sie räusperte sich in dem Gefühl, einen Fauxpas begangen zu haben, und wandte sich an Josie. »Ich find's irre, dass ihr euch immer noch liebt. Wie lange wirst du in Frankfurt bleiben?«

»So lange, wie Carlos hier ist.«

»Und was ist mit deinem Pago?«, fragte Della.

»So wie ich das sehe, gehört der auch zu den Abwesenden«, erklärte Patricia spitz.

Josie lachte ein bisschen traurig. »Patricia hat recht. Ich werde mich mit ihm auseinandersetzen müssen, aber nicht heute.«

Alwa fischte mit einer Gabel ein Würstchen aus dem siedenden Wasser. Sie tauchte es in den Senftopf und biss ein Stück ab. »Ich glaub, mir wird schlecht«, sagte Della und stürzte aus der Küche. Alwa unterdrückte den Wunsch, hinter ihr herzulaufen.

»Was hat sie denn?«, fragte Patricia. »Soll ich mal nachsehen? Vielleicht braucht sie Hilfe.«

»Lass sie in Ruhe«, zischte Alwa.

»Sie ist ein ungewöhnliches Mädchen«, sagte Josie nachdenklich. »Aber sie wirkt so *confusa*.«

»Ich glaube, sie ist überfordert«, sagte Alwa. »Es ist sicher nicht ganz leicht für sie mit Wally. So schön das einerseits ist, eine unkonventionelle Mutter zu haben, so schwer ist es vermutlich andererseits. Vielleicht sehnt sie sich einfach nach mehr Nestwärme und Geborgenheit. Ach, ich weiß es auch nicht. Jedenfalls ist das alles, was wir heute gehört haben, mit Sicherheit für ein Kind nur schwer zu verkraften. Und dann du noch mit deiner bikameralen Psyche, Patricia.«

»Das ist doch ein ganz anderes Thema«, sagte Patricia.

»Eben. Es sind zu viele Themen. Und alle bewegen sich in Bereichen, die man von Kindern fernhalten sollte.«

»Jetzt spinnst du aber«, erwiderte Patricia. »Du gackerst hier auf einmal herum wie eine Glucke. Della ist neunzehn. Und dieses *Kind* hat einschlägige Drogenerfahrungen, das hat sie Carl und mir vorhin selbst erzählt.«

»Und welche Erfahrungen hattest du in dem Alter?«, entgegnete Alwa bissig.

»Jetzt wirst du unlogisch, meine gute Alwa«, sagte Patricia.

»Ich bin nicht deine gute Alwa«, fauchte die.

Della kam in die Küche zurück. Sie hatte sich das Gesicht gewaschen. Ihr Teint wirkte rosig. »Alles in Ordnung mit dir?«, fragte Alwa. Della nickte. »Dein Typ ist da«, sagte sie.

»Wessen Typ?«, fragte Alwa unnötigerweise.

Patricia war blass geworden. Sie mischte mit mechanischen Bewegungen den Salat.

»Der ist ja wirklich fast zu schön, um wahr zu sein. Aber auch noch ziemlich jung, oder?«, sagte Della. Sie zupfte ein Salatblatt aus der Schüssel und stopfte es sich in den Mund. »Hm«, machte sie. »Warum bringt der Mensch Tiere um, wenn es so köstliche Pflanzen gibt?«

»Pflanzen haben auch Seelen«, sagte Patricia.

»Verschone uns mit weiteren Theorien«, sagte Alwa.

»Das sind keine Theorien«, beharrte Patricia. »Pflanzen haben ein Nervensystem und empfinden Schmerzen, ja, sogar Angst. Das haben Untersuchungen bewiesen.«

»Echt?«, rief Della.

»Hört jetzt auf!«, sagte Alwa. »Natürlich haben Pflanzen ein Nervensystem. Aber von irgendwas müssen wir uns schließlich ernähren. Das hat die Natur so eingerichtet. Außerdem haben wir nicht aus Zufall das Gebiss von Allesfressern.«

»Evolution«, sagte Patricia. »Früher war der Mensch ein Sammler. Er wurde erst ziemlich spät zum Jäger. Brauchen tun wir das Fleisch jedenfalls nicht. Seht euch doch bloß Elefanten und Wale an.«

»Was ist damit?« Della sah Patricia erwartungsvoll an.

»Elefanten fressen Grünzeug und Wale ernähren sich von Plankton.«

»Plankton besteht auch aus Lebewesen«, sagte Alwa barsch. Sie fühlte eine leise Panik in sich aufsteigen. Wie sollte sie sich verhalten? War sie souverän genug, ins Café hinüberzugehen, Sebastian zu begegnen und gleichzeitig zu wissen, dass er und Patricia …? Für einen Moment blitzte das Bild ineinander verschlungener Körper vor ihr auf. Wie absurd das Ganze war! Sie war schwanger, und der ahnungslose Vater ihres Kindes war gleichzeitig der Liebhaber von Patricia. Die Tür zum Café erschien Alwa wie eine Schleuse, die das Jetzt von der Zukunft trennte. So, als würde sie in dem Moment, in dem sie dort hineinging, eine Entscheidung über ihr Leben treffen, die nicht mehr rückgängig zu machen war. Sie spielte einen winzigen Moment mit dem Gedanken, unauffällig durchs Treppenhaus zu verschwinden, verwarf ihn aber sofort wieder. Das wäre eine feige Flucht. Außerdem lag ihre Handtasche mit Schlüsseln, Geld und Handy im Café.

Sebastian sprang auf, als Josie, Alwa, Patricia und Della die vollgepackten Tabletts ins Café balancierten. Er stürmte auf Alwa los und wollte ihr die Last abnehmen. Alwa schüttelte abwehrend den Kopf. Sie schob das Tablett auf den Tresen. Aus den Augenwinkeln beobachtete sie, wie auch Patricia Sebastians Hilfe ablehnte. Patricia hatte schon wieder einen roten Kopf. Genauso wie Sebastian, der sehr jung und sehr unsicher wirkte. Plötzlich tat er Alwa Leid. Sie drehte sich um. »Josie hat eine köstliche Gemüsesuppe gezaubert«, rief sie. »Außerdem gibt es Würstchen, Salat und belegte Brote.«

Nachdem die Gesellschaft sich mit Essen versorgt hatte, arrangierte sich eine neue Sitzordnung. Wally und Günter saßen am einen Kopfende mit Jürgen und Jürgen. Dave, Margarete, Carl und Josie am anderen. Patricia saß zwischen Moritz und Carl. Neben Carl saß Della und neben Della Frau Thomas. »Ohne Schminke siehst du ganz entzückend aus, mein Kind«, sagte Frau Thomas.

»Ja«, antwortete Della. »Aber manchmal brauche ich die Bemalung. Man kann sich wunderbar dahinter verstecken. Haben Sie sich früher nie geschminkt?«

»Ach«, sagte Frau Thomas, »ein bisschen Puder vielleicht und einen Hauch Lippenstift. Die Zeiten waren anders.«

»Wie alt sind Sie eigentlich?«, fragte Della kauend.

»Fünfundachtzig«, erwiderte Frau Thomas.

»Ist ja irre«, sagte Della. »Sie haben sicher eine Menge erlebt in Ihrem Leben.«

»Kann man so sagen. Aber jetzt streichen wir mal das *Sie*, Kind! Ich heiße Annemarie.«

»Ich kann doch nicht so einfach …«

»Du kannst. Versuche es einfach mal.«

»Also gut«, Della reckte das Kinn, »Annemarie.« Sie kicherte. »Wie alt warst du, als du Carl gekriegt hast?«

»Dreiundzwanzig. Aber Carl war mein drittes Kind. Das erste habe ich mit knapp zwanzig bekommen.« Frau Thomas neigte sich zu Della. »Ich *musste* heiraten«, sagte sie leise, »ein uneheliches Kind zu bekommen war in der damaligen Zeit ein schweres moralisches Vergehen. Also verrat mich nicht! Auch nicht gegenüber Carl und Josie.« Sie lachte verschmitzt. Della nickte eifrig. Dann rückte sie enger an Frau Thomas heran. »Annemarie«, sagte sie. »Darf ich dich noch was fragen?« Jetzt nickte Frau Thomas. Sie und Della begannen zu flüstern.

Alwa starrte wie hypnotisiert auf Sebastians Bein, mit dem er seit Minuten rhythmisch herumfederte. Sie bemühte sich, darüber hinwegzusehen, aber es gelang ihr nicht. Im Gegenteil: Je länger dieses Federn ging, desto mehr störte es sie. Sie beugte sich vor. »Günter«, sagte sie laut. »Gibt es eine psychologische Erklärung für Beinwippen?«

Sebastians Bein kam schlagartig zur Ruhe. »Was meinst du?«, fragte Günter.

»Ich meine dieses Phänomen, das ich bisher nur bei Männern beobachten konnte. Kaum sitzen sie irgendwo an einem Tisch, fangen sie an mit einem, manchmal sogar mit beiden Beinen so komisch herumzufedern. Schau, so!« Alwa machte die Bewegung nach.

»Wie recht du hast«, rief Wally. »Ich habe mich das auch schon oft gefragt. Es kann einen auf die Palme bringen. Man könnte ja meinen, sie machen das, wenn sie nervös sind. Aber wenn es so wäre, dann wären fast alle Männer fast immer nervös. Oder hat das was mit männlichem Imponiergehabe zu tun? Wenn ja, ist es ausgesprochen blöd. Denn mir imponiert es nicht. Keiner Frau.«

»Vielleicht ist es die ständige Bereitschaft zur Flucht und somit ein Relikt aus der Vorzeit«, sagte Margarete grinsend. »Vielleicht stehen Männer sozusagen immerzu in den Startlöchern, um abhauen zu können. Vielleicht will das männliche Geschlecht gar nicht sitzen oder, wenn es schon sitzt, nicht in die Gefahr geraten, sitzen zu bleiben?« Sie gluckste vor Vergnügen und war kurz davor, ihre übliche Contenance zu verlieren.

»Ich *bin* nervös«, sagte Sebastian unerwartet. Patricia warf ihm einen kurzen Blick zu, der alles bedeuten konnte. Dann senkte sie wieder den Kopf und wischte mit einem Stück Brot andächtig auf ihrem blitzsauberen Teller herum.

»Okay«, sagte Alwa tief Luft holend. »Vielleicht gehört das nicht hierher. Vielleicht sollte ich lieber den Mund halten, aber ich möchte jetzt auch eine Geschichte erzählen.«

»Wunderbar«, rief Wally. »Erzähle!«

»Ja, erzähl, Alwa«, rief auch Jürgen der Kleinere. »Wir *liiieben* Geschichten!« Alwa richtete ihren Blick fest auf Patricia. »Ich bekomme ein Kind von Sebastian«, sagte sie. »Und das ist auch schon alles.“

53. PATRICIA ENTGLEISTEN DIE GESICHTSZÜGE.

Sebastian wurde erst blass, dann rot, und dann begann er zu strahlen. Wally blickte mit offenem Mund von Alwa zu Sebastian, von Sebastian zu Patricia und von Patricia wieder zu Alwa. Jürgen und Jürgen grinsten breit. Dave stierte mit einem unsäglich kläglichen Ausdruck in sein leeres Glas. Günter nahm seine Pfeife und klopfte damit laut auf den Rand des Aschenbechers. Margarete bat um eine Zigarette, die Patricia ihr geistesabwesend reichte. Carl lächelte versonnen. Josie sah aus wie ein lebendig gewordenes Fragezeichen. Moritz überlegte, ob er aufgrund dieser Neuigkeit für Getränkenachschub sorgen sollte. Frau Ernert nickte vor sich hin wie ein Wackeldackel auf einer Autoablage. Frau Thomas versetzte Della einen kleinen Knuff, die fuhr zusammen. Sie starrte erst Alwa und dann ihre Mutter an.

»Ich auch«, flüsterte sie tonlos.

»Lauter, Kind!«, sagte Frau Thomas.

»Ich auch«, wiederholte Della. Alle Köpfe fuhren zu ihr herum.

»*Wie bitte?*«, rief Wally. »*Du bekommst auch ein Kind von Sebastian?*« Sie sah ihre Tochter entgeistert an und tastete vergeblich nach Daves Hand. Della kicherte abwehrend. »Mama«, sagte sie. »Doch nicht von Sebastian!«

»Ja, von wem denn *dann?*« Wallys Frage klang, als hielte sie für ausgeschlossen, es könnte außer Sebastian irgendeinen weiteren zeugungsfähigen Mann geben. Margarete schaltete sich ein. »Eins nach dem anderen«, sagte sie.

»Was heißt hier eins nach dem anderen?«, fuhr Wally sie an. »Ich will wissen, von wem dieses Kind ein Kind bekommt!«

»Ich werde bald zwanzig«, sagte Della.

»Gib mir eine Zigarette«, sagte Wally zu Patricia.

»Du sollst nicht rauchen, Mama!«

»Na klasse! Du kriegst ein Kind, und ich soll nicht rauchen. *Du* solltest nicht rauchen, meine liebe Della!«

»Aber ich rauche doch gar nicht«, erwiderte Della mit verzagter Stimme. Wally begann zu weinen. Alle sahen sie hilflos an. Keiner wagte den Mund aufzumachen.

»Das ist doch nicht so schlimm«, sagte endlich Frau Thomas. »Ich war auch neunzehn, als ich das erste Mal schwanger war. Ich *musste* sogar heiraten.« Während sie Wally ein Taschentuch reichte, wechselte sie einen Blick mit Carl. Wallys Gesicht verschwand im Taschentuch, ihre Schultern zuckten. »Ich weine wegen etwas anderem«, erklärte sie schluchzend.

»Also, wenn es Sie erschreckt, in Ihrem Alter schon Großmutter zu werden«, sagte Frau Ernert »Ich finde das wirklich nicht tragisch. Ganz im Gegenteil. Da haben die drei Generationen doch wenigstens etwas voneinander.«

»Ich wollte Mutter werden und nicht Großmutter«, schniefte Wally in ihr Taschentuch.

»Das verstehe ich jetzt nicht«, erwiderte Frau Ernert.

»Was ist daran so schwer zu verstehen?«, rief Wally. »Ich hätte auch gerne noch ein Kind.«

»Ach so«, sagte Frau Ernert. »Und was spricht dagegen?« Wally begann erneut zu weinen. Frau Ernert schwieg verwirrt. Dave legte so vorsichtig seinen Arm um Wally, als befürchtete er, er könnte sich an ihr verletzen.

»Ich komme ja gar nicht mehr zur Besinnung«, schluchzte Wally.

»Wally«, jetzt tätschelte Jürgen der Kleinere ihr quer über den Tisch die Hand. »Margarete hat recht. Wir sollten eins nach dem anderen besprechen. Das hilft. Also erst mal Alwa und Sebastian. Ich gratuliere! Wann soll die kleine Möwe denn flügge werden, Alwa?«

»Mein Gott, Jürgen«, stöhnte Alwa. »Benimm dich doch *ein Mal* wie ein ganz normaler Mensch!«

»Aber ich bin kein ganz normaler Mensch«, kicherte der.

Sebastian, der die ganze Zeit mit seligem Lächeln vor sich hingeglotzt hatte, rutschte von seinem Stuhl. Er ließ sich vor Alwa auf die Knie sinken. »Alwa«, sagte er. »Willst du mich heiraten?«

Alwa lachte hysterisch auf. »Hör auf mit dem Blödsinn, Sebastian«, sagte sie.

»Mir ist das vollkommen ernst«, sagte Sebastian.

»Hätte ich doch bloß nichts gesagt«, seufzte Alwa.

»Ich bin froh, dass du was gesagt hast«, sagte Della. Jetzt fing auch sie zu weinen an. »Ich hätte mich nie getraut, wenn du nichts gesagt hättest«, brachte sie unter Schluchzen hervor.

»Gib meine Beine frei, Sebastian!«, befahl Alwa. »Ich muss mich um das Kind kümmern.«

»Nein«, protestierte Wally. »*Ich* kümmere mich um Della. Sie ist *mein* Kind.«

»Jetzt ist aber Schluss mit dem Theater!«, rief Margarete streng. »Alwa bekommt ein Kind. Das ist offenbar eine Überraschung für Sebastian. Aber die beiden sind alt genug, um das untereinander auszumachen. Und du hältst dich da auch raus!«, herrschte sie Patricia an, als die zu sprechen ansetzte. »Wally, nimm dich zusammen! Und jetzt zu dir, Della. Bist du sicher, dass du schwanger bist?« Della nickte.

»Gut. Okay. Weißt du, wer der Vater ist?«

Wieder nickte Della.

»Gut. Okay. Wollt ihr heiraten?«

»Um Gottes willen!«, rief Wally.

»*Wally*«, sagte Margarete. »Della – was ist?«

»Nein, nein«, stammelte Della. »Ich will nicht heiraten.«

»Gut. Okay. Dann –«

»Wer ist der Vater?« Wally stand jetzt drohend über Della.

»Jens«, antwortete Della kaum hörbar.

»*Wer?*«

»Jens.«

»Jens«, echote Wally. »Also der Freund von Ines.«

»Die Ines ist tot«, sagte Della.

»Hm«, Wally war sichtlich verwirrt. Sie ließ sich neben Della auf die Bank fallen und dachte einen Augenblick nach. »Also Jens ist der Vater«, sagte sie dann. »Weiß er es?«

Della schüttelte den Kopf.

»Liebst du ihn?« Della schüttelte wieder den Kopf.

»Gut. Okay«, sagte Wally. Irgendjemand kicherte. Wally blickte verständnislos in die Runde. »Was gibt's da zu lachen?«, blaffte sie.

»Es ist nur – Margarete hat – *Gut* – *Okayiii* –«, Jürgen der Kleinere presste das letzte Wort heraus, als wenn er in einer Zentrifuge geschleudert würde, dann gluckste und fiepste und zuckte er, gickelte und keuchte und schnappte nach Luft. Sein Freund klopfte ihm den Rücken. Auch er begann zu zucken. Dann fing Frau Ernert an. Und dann Frau Thomas. Eine Sekunde später fiel Josie ein. Carl schloss sich an. Günter, Dave, Moritz, Margarete, Wally, Della, Patricia, Alwa und Sebastian hielten sich noch eine Weile tapfer, wehren konnten aber auch sie sich nicht mehr und begannen hemmungslos zu lachen.

Nach zwei Minuten immer wieder aufs Neue aufwallenden Gelächters lehnten sich alle erschöpft zurück. »Mein Gott, mein Gott«, keuchte Wally. »Das kann man doch alles nicht mehr als normal bezeichnen.« Jürgen der Kleinere drehte ganz langsam seinen Kopf von links nach rechts und von rechts nach links, und alle brüllten zum zweiten Mal los.

54. CARL GRIFF NACH JOSIES HAND. SIE WAR WARM und ein wenig feucht. Carl schluckte. Josie lächelte ihn an. Tiefe Zärtlichkeit durchströmte ihn. Seine Gedanken wanderten zurück zu dem Tag im November 1998, an dem, so schien es ihm heute, alles begonnen hatte. Carl ließ seinen Blick über die Anwesenden streichen. Wally saß zwischen Della und Dave. Beide lehnten sich an sie. Es wirkte wie eine Metapher. Zum ersten Mal erkannte Carl, dass Wally nicht nur die Verantwortung für ihre Kinder trug, sondern auch für Dave. Della schmiegte sich fest an ihre Mutter. Sie sah aus, als wäre sie gerade erst dreizehn geworden. Carl war klar, wer sich in ein paar Monaten für ein weiteres Menschenkind verantwortlich fühlen würde. Della ganz bestimmt nicht. Wally hatte absolut recht, als sie vorhin gefordert hatte, sie wolle wissen, von wem dieses Kind ein Kind bekomme. Die Rollen waren verteilt. Wie gut, dass Wally von der Idee Abstand genommen hatte, selbst noch ein Kind zu bekommen. Carl suchte Wallys Blick. Wally schenkte ihm ein liebevolles Lächeln, in dem eine Spur von Traurigkeit lag. Carl nickte ihr zu. Seine Mutter hatte den Arm um Josie gelegt. Die beiden wirkten zufrieden und glücklich. Ein Bild, das auch ihn glücklich machte. Frau Ernert saß nun zwischen ihrem Sohn Günter und dessen Freundin Margarete. Auch diese drei vermittelten einen harmonischen Eindruck. Patricia, die links von Alwa saß, rauchte. Ihr Gesicht war, wie schon fast den ganzen Tag, von einer leisen Röte überzogen. Immer wieder fuhr sie sich durch die Haare, rieb sich mit dem abgeknickten Daumen der zigarettehaltenden Hand die Oberlippe oder zupfte an ihrer Kleidung herum. Jürgen und Jürgen saßen, beide mit einem leicht debilen Lächeln und kaum merklichem Kopfnicken, friedlich nebeneinander. Moritz schien relativ ungerührt. Er schenkte nach. Rechts neben Alwa saß Sebastian. Seine Hand ruhte ein wenig zaghaft auf Alwas Oberschenkel. Alwa hatte die Arme vor der Brust verschränkt. Sie betrachtete Sebastians Hand, als sähe sie ein exotisches Tier. Carl lehnte sich zurück. Er senkte die Lider und fasste die Ereignisse in Gedanken zusammen. *»Der Saturn trennt, was nicht zusammengehört, und bringt zusammen, was beieinander sein soll.* Mit diesen oder ähnlichen Worten hat Alwa vorweggenommen, was heute geschehen ist. Was mich angeht, hat sich diese Vorhersage auf unglaubliche Weise erfüllt. Josie sitzt neben mir, und ich bin so glücklich wie nie zuvor in meinem Leben, obwohl ich dabei auch eine gewisse Wehmut spüre. Ist es mein fortgeschrittenes Alter, das mich so empfinden lässt? Das Wissen um die eigene Vergänglichkeit? Liebe und Glück sind keine Privilegien der Jugend. Liebe und Glück sind unabhängig von Alter und Zeit. Es scheint sogar, als ob man beides erst im Alter in seiner ganzen Fülle und Tiefe erfassen könnte. Und trotzdem schwingt etwas mit, was sich wie Traurigkeit anfühlt. *Das Leben macht mollig*. Heute verstehe ich Wallys Bemerkung zum ersten Mal in ihrer vollen Bedeutung. Ich verstehe auch, warum mich in Moll komponierte Musikstücke immer schon besonders angesprochen haben. Tiefgang, Sanftheit, Wärme und ein Quäntchen ungestillte Sehnsucht schwingen darin mit. Aber wie kann Wally, die doch erst Anfang vierzig ist, um dieses Gefühl wissen? Ich bewundere sie, weil sie neben ihren eigenen Problemen stets ein offenes Herz für andere hat. Weil sie da ist, wenn man sie braucht. Weil ihr Optimismus auch in der schwierigsten Situation nicht kleinzukriegen ist. Man muss verdammt viele Antworten parat haben, wenn man für drei Kinder und einen Mann die Verantwortung trägt. Und Alwa? Ganz glücklich wirkt sie nicht. Zwar hat sie Sebastians Heiratsantrag nicht grundsätzlich abgelehnt, aber ich kann mir die beiden beim besten Willen nicht als Ehepaar vorstellen. Sebastian ist ein netter Kerl, aber einfach zu jung für Alwa. Und Alwa ist selbstständig genug, ein Kind auch ohne Mann großzuziehen. Obwohl ich erst heute begriffen habe, wie verletzbar und weich sie hinter ihrer Fassade der kontrollierten Rechtsanwältin in Wirklichkeit ist. Eigentlich haben fast alle heute ihre Fassaden eingerissen und Geheimnisse gelüftet, geradeso als hätte die zufällige«, Carl musste grinsen, »Zusammenkunft katalysatorische Wirkung. Ich bin zwar kein Fachmann in psychologischen Dingen, aber ein Prozess wie der heutige ist vermutlich nur mit dem Phänomen der Gruppendynamik zu erklären. Günter wird mir in diesem Punkt sicherlich recht geben. Wodurch ist dieser Prozess eigentlich konkret ausgelöst worden? Durch die eigentümlichen Spannungen zwischen Alwa und Patricia, die schon mittags spürbar gewesen sind? Durch das fast gleichzeitige Auftauchen von Dave und Della, die beide – wie konnte es auch anders sein? – nach Wally gesucht haben? Durch das zufällige Hereinschneien von Günter Döpf und Margarete Öpf? Durch die zufällige Begegnung meiner Mutter mit Frau Ernert im Harz? Durch Patricias philosophischen Vortrag, mit dem sie eine neue und überraschende Seite von sich offenbart hat? Oder liegt es tatsächlich am Saturn? Kann man seine Wirkung einfach von der Hand weisen, wenn selbst die FAZ ihn für erwähnenswert hält?« Er schüttelte den Kopf. »Nein, der Auslöser für alles, was heute hier gebeichtet wurde, ist Josie. Josie, die so offen über ihre intimsten Erlebnisse und Gefühle gesprochen hat, als befände sie sich im Kreis langjähriger und eng vertrauter Freunde. Es war Josies Mut, der auch alle anderen ermutigt hat. Mut zur Ehrlichkeit, Mut, zu sich zu stehen und authentisch zu sein – das ist es, worauf es im Leben ankommt. Wie hat Arthur Schnitzler einmal geschrieben? *Die reinigende Kraft der Wahrheit ist so groß, dass schon das Streben nach ihr ringsum eine bessere Luft verbreitet* … Die Duplizitäten und Koinzidenzen der individuellen Erlebnisse sind auf jeden Fall ungewöhnlich. Alles wirkt teilweise irritierend miteinander verknüpft. Die Begegnung von Wally und Josie vor so langer Zeit ist genauso merkwürdig wie die von Alwa und Sebastian. Aber solche Gegebenheiten gehören zum Leben. Für Hilde Ernert war es naheliegend, von Josies Geschichte den Bogen zu ihren Siamesischen Zwillingen Günter und Eberhard zu schlagen. Und von den Geschichten dieser lange zurückliegenden Geburten war der Weg zu den demnächst bevorstehenden nicht mehr weit. Alwas Eingeständnis hat Dellas Bekenntnis initiiert. Wie erleichtert sie wirkte, als es endlich heraus war! Wie gut, dass Wally den Wunsch nach einem vierten Kind – was auch immer der Auslöser für diese Entscheidung gewesen sein mag – schon aufgegeben hatte, bevor sie von Dellas Schwangerschaft erfuhr. Sie wird demnächst genug mit ihrem ersten Enkelkind zu tun haben. Auch das macht plötzlich Sinn und erscheint mir mit einem Mal nicht mehr zufällig … Am meisten aber freue ich mich über die Versöhnung zwischen meiner Mutter und Josie. Ich bin ein glücklicher Mann mit einer wunderbaren Frau, einer großartigen Mutter und bemerkenswerten Freunden.«

Händeklatschen drang an Carls Ohr. Erschrocken blickte er auf. Wally strahlte ihn an wie die leibhaftige Sonne. Della, Hilde Ernert und Annemarie Thomas schnieften. Josie, Günter, Margarete, Alwa und Moritz nickten. Patricia lächelte. Nur die Gesichter von Dave und Sebastian wirkten verschlossen.

»Carlos«, sagte Frau Thomas. »Das war eine wundervolle Rede.«

Irgendjemand kicherte. »Was gibt's denn da zu lachen?«, fragte Frau Thomas.

»Annemarie«, quietschte Jürgen der Kleinere. »Du hast gerade *Carlos* zu Carl gesagt.«

»Nun ja«, Frau Thomas gluckste ein paarmal, fing sich aber gleich wieder. »Ob Carl, Charlie oder Carlos«, sagte sie mit würdevoll erhobenem Kinn. »Ich bin froh, dass ich das noch erleben durfte.«

Carls Verlegenheit ging in einem weiteren Alle-stoßen-mit-allen-an-Spektakel unter.

55. »KINDER, KINDER«, SAGTE WALLY, ALS ALLE SICH wieder einigermaßen gefasst hatten. »Wer denkt sich so etwas aus? Das ist ja wirklich filmreif. Und wenn ich nicht selber eine tragende Rolle in diesem Drehbuch spielte, ich würd's ja nicht glauben. Deine Mutter hat recht, Charlie, das *war* eine wunderbare Rede. Du hast alles auf den Punkt gebracht. Und dieser Satz mit der Wahrheit ist einfach großartig. Findet ihr nicht? Na ja – egal. Ich könnte, ehrlich gesagt, noch die ganze Nacht hier sitzen bleiben, aber morgen liegt wie immer ein anstrengender Tag vor mir. Was haltet ihr davon, wenn wir jetzt langsam zum Schluss kommen? Wir könnten uns ja am Samstag, so wie eigentlich beabsichtigt, wieder hier treffen und unseren gruppendynamischen Prozess fortsetzen«, sie grinste von Carl zu Günter. »Oder fehlt noch eine Geschichte?«

Patricia setzte sich auf. Sie wechselte einen Blick mit Sebastian. Sebastian rang sich ein kleines Lächeln ab. Er nickte. Alwa beobachtete es besorgt.

»Ja«, sagte Patricia.

»Patricia!«, rief Alwa warnend.

»Lass sie doch«, sagte Wally. »Solange sie uns nicht auch noch ein Kind von Sebastian servieren will …« Wally ließ sich erwartungsvoll zurücksinken und Dave mit ihr, denn er lehnte sich schon wieder bei ihr an.

Patricias und Alwas Blicke trafen sich. »Vielleicht sollte ich wirklich lieber den Mund halten. Aber warum eigentlich, nachdem sich fast alle hier heute zu ihren Wahrheiten bekannt haben?«

Alwa schloss für einen Moment die Augen. Wally hat recht, dachte sie, Patricia *ist* eine Schlange. Wenn sie das jetzt zum Besten gibt, dann kann sie sehen, wo sie mit ihrem Mann, ihrer Scheidung und ihren kriminellen Machenschaften bleibt. Dann ist sie für mich gestorben. Und anhören werde ich mir das auf keinen Fall. Alwa wollte sich erheben, sie wurde aber von Sebastian daran gehindert.

»Was soll das?«, fauchte sie und versuchte ihn von sich zu stoßen. Aber da begann Patricia auch schon zu sprechen.

»Es war einmal ein edler Graf«, sagte sie im Ton einer Märchenerzählerin.

Was kam denn jetzt? Alwa beugte sich vor. »Ein Graf«, fuhr Patricia fort, »der so schön und reich und intelligent war, dass alle Edelfrauen im Lande sich vor Sehnsucht nach ihm verzehrten.« Jetzt wurde sie ernst. »Also, es geht um meine Mutter, eine geborene von Löwenstein ...« Patricia machte eine erwartungsvolle Pause und fügte, als keine Reaktion kam, ein wenig spitz hinzu: »Der Name sagt dir ja nichts, Wally, oder?«

»Natürlich sagt er mir was«, entgegnete Wally gleichmütig. »Wieso fragst du?«

»Als wir vor ein paar Wochen über meine Großtante sprachen, *Lucie* von Löwenstein, warst du anderer Meinung.«

»Das kann nicht sein.« Wally wehrte energisch ab. Daves Kopf rutschte von ihrer Schulter. »Patricia hat recht«, sagte er zum Erstaunen aller auf einmal hellwach. »Du warst Abwehr pur, als sie kürzlich ihre Tante erwähnte.«

Wally lachte kurz auf. »Na ja – egal. Vermutlich hatte ich keine Lust, irgendwelche Adelsstammbäume aufzudröseln. Wenn du darauf erpicht bist, Patricia, solltest du dich mit meiner Mutter unterhalten. Die ist bei diesem Gesprächsthema ausgesprochen ergiebig. Gut, dass sie nicht hier ist.« Wally ließ ihren Blick Beifall heischend in die Runde schweifen. »Meine Mutter hat nämlich vor zwei Tagen einen Bürgerlichen geheiratet, müsst ihr wissen. Und weil sie eine altmodische Person ist, hat sie doch wahrhaftig auf ihren geliebten Titel verzichtet. Und aus der Gräfin von Wanecke wurde eine Frau

Klagenberger. Ich finde, jetzt hat sie, was sie verdient. Nomen est omen. Mir bleibt dieses Schicksal zum Glück erspart. Dave wird nämlich meinen Namen annehmen.«

»Kann man denn als Mann einen Titel anheiraten?«, fragte Frau Ernert interessiert. »Ich habe geglaubt, Adel wurde den Männern früher aufgrund besonderer Verdienste verliehen.«

»Graue Vorzeit, Hilde«, erwiderte Wally lässig abwinkend. »Aber Patricia wollte uns ja irgendwas von ihrer Tante erzählen. Nun schieß schon los, Patricia!«

»Von meiner *Mutter*«, korrigierte Patricia. »Wir kamen nur auf meine Großtante, weil meine Mutter eine geborene von Löwenstein ist und –«

»Na ja – egal«, fuhr Wally dazwischen. »Auch in deinen Adern fließt also blaues Blut. Das haben wir nun alle erschöpfend zur Kenntnis genommen. Und weiter?«

»Mama«, sagte Della. »Warum bist du so gehässig?«

»Ich bin nicht gehässig. Ich will nur langsam wissen, worauf Patricia hinauswill.«

»Dann lass sie doch endlich zu Wort kommen«, knurrte Dave.

»Ist ja schon gut«, maulte Wally. »Also bitte, Patricia. Deine Geschichte. Wir wollen ins Bett.«

»Wir sind Schwestern … also Halbschwestern natürlich.«

»Und?«, Wally zupfte gelangweilt ein paar Flusen von ihrem Pullover.

»Walburga«, sagte Dave. »Hörst du eigentlich zu?«

Wally rollte die Wollfasern zu einer Kugel zusammen und schnipste sie in den Aschenbecher. »Natürlich höre ich zu. Aber … WAS?«, jetzt schrie sie fast. »Willst du etwa damit andeuten, deine Mutter und mein Vater –?«

»Ja«, sagte Patricia.

»Nein!«, rief Jürgen der Kleinere.

»Das geht zu weit«, sagte Wally. Sie versuchte Patricia niederzustarren. Aber Patricia hielt ihrem Blick stand. Wally schüttelte abwehrend den Kopf. »Dave«, murmelte sie kläglich. »Sag was! Mach was! Hilf mir!«

»Wir sollten uns erst mal Patricias Geschichte anhören«, sagte Dave.

»Ach«, Patricia steckte sich eine Zigarette an und inhalierte tief. »Ich habe selber erst sehr spät davon erfahren. Mein Stiefvater hat mich adoptiert, als er meine Mutter geheiratet hat. Da war ich zwei, und ich bin genauso wie Günter in dem Glauben aufgewachsen, ich sei sein leibliches Kind. Meine Mutter hatte eine heimliche Liaison mit dem Grafen von Wanecke. Und ich bin das Ergebnis.«

Alwa begann schallend zu lachen. Sie warf sich auf ihrem Stuhl vor und zurück. Alle Köpfe drehten sich zu ihr.

»Entschuldigt bitte.« Nachdem Alwa sich ein wenig gefangen hatte, wischte sie sich japsend ein paar Tränen aus den Augenwinkeln. »Aber das ist jetzt wirklich die absolute Krönung des Ganzen. Wally und Patricia Schwestern. Ausgerechnet Wally und Patricia!« Wieder wurde ihr Körper von einer Lachsalve geschüttelt. Endlich schienen auch die anderen zu begreifen. Allen voran Della. »He«, sie warf Patricia die Arme um den Hals. »Dann bist du ja meine Tante! Wie geil!«

»Langsam«, sagte Wally. »Wie alt bist du, Patricia?«

»Dreiunddreißig.«

»Also Jahrgang 1965. Na bitte!« Wally triumphierte. »Januar 1965 sind wir für ein Jahr nach Paris gezogen. Fehlanzeige. Mein Vater *kann* gar nicht dein Vater sein.«

»Zwischen Zeugung und Geburt liegen meines Wissens nach neun Monate«, entgegnete Patricia. Wally benagte ihre Unterlippe. »Und wenn schon«, sagte sie. »Das beweist immer noch nichts.«

»Also, wenn ich mal etwas sagen darf«, meldete sich Frau Ernert bescheiden. »Ich finde, ihr beide habt durchaus eine gewisse Ähnlichkeit. Der Mund. Die Kinnpartie. Eigentlich der gesamte Gesichtsschnitt, wenn man genau hinsieht. Das kräftige Haar. Nun ja ... die Haarfarben sind verschieden und auch die Augenfarbe, aber ...«

»Was meine Augen betrifft –«, Patricia senkte den Kopf und fuhr sich mit schnellen Handbewegungen über die Augen. »Voilà, hier sind sie!« In ihrer geöffneten Handfläche lagen zwei hauchdünne grüne Scheibchen.

»Was ist das?«, fragte Frau Ernert.

»Das Geheimnis der Froschkönigin«, rief Jürgen der Kleinere und klatschte vor Begeisterung in die Hände. »Grüne Kontaktlinsen!«

Alle Blicke wanderten jetzt von Patricia zu Wally und von Wally zu Patricia. »Verblüffend«, sagte Carl. »Absolut verblüffend. Wenn man sich jetzt noch rötliche Haare dazu denkt …« Alle nickten zustimmend. »Und *deine* Augen, Josie«, fragte Frau Ernert. »Sind die etwa auch falsch?« Josie lachte. »Nein, Hilde«, sagte sie.

Wally kniff die Augen zusammen und sah Patricia einige Sekunden lang forschend an. Dann ging ein breites Grinsen über ihr Gesicht. Sie streckte Patricia die Hand entgegen. »Komm mit«, sagte sie.

Patricia erhob sich zögernd. »Wo willst du denn hin?«, fragte sie.

»Nun komm schon!« Wally dirigierte Patricia energisch Richtung Treppe und verschwand mit ihr im Untergeschoss. Alwa blickte den beiden nach. Nun war klar, warum Patricia immer herumgezickt hatte, wenn Wally leibhaftig in Erscheinung getreten oder aus irgendwelchen Gründen die Sprache auf sie gekommen war. Die plötzlichen Eifersuchtsausbrüche, die ganzen abfälligen Bemerkungen und ständigen Sticheleien waren auf einmal verständlich. Im Nachhinein war es erstaunlich, dass Patricia ihr Geheimnis so lange für sich behalten hatte. Alwa fragte sich, was Wally wohl gerade mit Patricia machte. »Hach«, flötete Jürgen der Kleinere in ihre Gedanken hinein. »Was machen denn die beiden Mädels? Sie werden sich doch hoffentlich nicht streiten? Wo sie doch *beide* so zauberhaft sind. Und so *eigenwillig*. Jede auf ihre Art. Natürlich ist Wally geschockt. Aber ich gebe zu, wir alle haben das Fräulein Müller –«, er kicherte halb boshaft, halb scherzhaft, »– immer nur nach den Äußerlichkeiten beurteilt. Ich finde, eigentlich ist sie richtig patent. Was sagst du dazu, Sebastian? Du hast ja schon seit *Stunden* den Mund nicht mehr aufgemacht.«

Sebastian rang sich ein gequältes Lächeln ab. Ja, dachte Carl, Jürgen übertreibt natürlich wie immer, aber im Prinzip hat er recht. Vermutlich habe ich Sebastian mit meinen unbeabsichtigt laut geäußerten Überlegungen in Bezug auf sein Alter verletzt.

Alwa schien erst jetzt zu sehen, wie geknickt Sebastian dasaß. Sie legte eine Hand auf seinen Oberschenkel.

»Auch Sebastian und ich kennen uns bereits aus einem früheren Leben«, sagte sie.

Della lachte auf. »Wie – was heißt das?«

»Sebastian und ich sind uns vor über zwanzig Jahren auf Mallorca begegnet. Da war ich neunzehn. Ich war mit meinem damaligen Freund da und Sebastian mit seinen Eltern. Er war damals allerdings erst knapp drei. Wir haben es Heiligabend anhand meiner Urlaubsfotos festgestellt.«

»Ist ja irre«, staunte Della. »Und das habt ihr nicht gewusst, bevor ihr –? Sie biss sich verlegen auf die Lippe. »Ich schon«, sagte Sebastian. »Ich wusste es im selben Moment, in dem ich Alwa hier im Café traf.«

»Und jetzt kriegt ihr ein Kind!« Della lachte auf, bevor sie hinzufügte: »In welchem Monat bist du eigentlich, Alwa?« Alwa zögerte einen Moment mit ihrer Antwort. »Ich werde wohl eine kleine Löwin bekommen«, sagte sie leise.

»*Wir*«, warf Sebastian ein.

Della überlegte. »Also im August«, sagte sie dann. »Genau wie ich.« Sie griff nach Alwas Hand. »Ich habe ziemlichen Schiss davor, ehrlich gesagt.«

»Das ist nicht nötig, mein Kind«, sagte Annemarie Thomas. »Kinderkriegen ist die normalste Sache der Welt.«

»Du bist vielleicht gut«, rief Della. »Nach allem, was ich heute hier gehört habe, habe ich eher das Gefühl, das ist ein …«

Patricias silberhelles Lachen erklang. Della warf den Kopf herum. Wally und Patricia kamen Arm in Arm zum Tisch. »Die Sache ist geklärt«, sagte Wally. »Della, du hast tatsächlich eine neue Tante. Und du, Dave, hast bald eine Schwägerin. Ein Zweifel ist ausgeschlossen.«

»Habt ihr etwa auch zwei Bauchnäbel?«, rief Jürgen der Kleinere und schlug sich kichernd die Hand vor den Mund. »Nee«, lachte Wally übermütig. »Nur dasselbe Muttermal an einer äußerst delikaten Stelle und je einen der berühmten Waneck'schen Winkelzehen. Ich links, Patricia rechts.« Zufrieden zog sie Patricia noch enger an sich.

Wally ist wirklich ein Chamäleon, dachte Alwa. Ihre Fähigkeit, die Dinge des Lebens so zu nehmen, wie sie sind, quasi (sie grinste in sich hinein) von einer Sekunde zur anderen umschalten zu können, ist phänomenal. Eben schien es noch, als ob sie Patricia am liebsten erwürgt hätte, und jetzt hält sie sie im Arm, als wäre sie schon immer ihre Lieblingsschwester gewesen.

Patricia ihrerseits strahlte. »Kannst du dich erinnern, wie perplex ich war, als ich kapiert habe, dass Wally Wally ist?« Sie richtete ihre Frage an Alwa. »Und ob!«, erwiderte Alwa.

»So, Leute«, rief Wally. »Jetzt brauche ich aber wirklich eine Zigarette. Und noch ein letztes Glas. Aber dann ist für mich endgültig Feierabend. So gern ich noch weitermachen würde.«

»Mama«, meldete sich Della. »Du hast was verpasst. Weißt du, was wir inzwischen erfahren haben? Alwa und Sebastian kennen sich schon seit über zwanzig Jahren. Sie haben sich auf Mallorca getroffen. Aber Sebastian war damals erst drei.«

»Nee, ne?«, sagte Wally. Sie warf sich auf Carls Schoß. »Charlie, Charlie, ich glaube, du bist ein Magier! Schließlich bist du derjenige, der uns alle hier zusammengebracht hat. Hättest du dein Café nicht, wir alle hätten uns doch mit Sicherheit niemals wiedergetroffen oder kennengelernt. Macht das alles dein Saturn, Alwa?«

Endlich war Alwas große Stunde gekommen. Sie überlegte einen Moment. Dann holte sie einen Stift aus ihrer Handtasche und bat Carl um ein Blatt Papier. »Ich habe eine ganz eigene Theorie«, sagte sie. »Im esoterischen Weltbild heißt es: oben wie unten und unten wie oben. Innen wie außen. Außen wie innen. Oder: Jede Erscheinung im Makrokosmos hat eine Entsprechung im Mikrokosmos und umgekehrt. Ich werde jetzt versuchen, den Kosmos des Café Carl zu analysieren.«

»Geil«, sagte Della. Und Alwa freute sich. Endlich kam auch sie einmal in den Genuss von Dellas Aufmerksamkeit. Sie rief sich die Konstruktion, die sie in der friedlichen Kiffnacht entwickelt hatte, ins Gedächtnis zurück, sandte ein kleines Stoßgebet zu *den Jungs* und bat sie, ihr auch jetzt und hier die Hand zu führen. Sonst würde sie sich furchtbar blamieren. »Jeder von uns hat in diesem Kosmos einen bestimmten Platz. Ich hoffe, es wird mir gelingen, die jeweiligen Beziehungen der einzelnen Personen untereinander bildlich darzustellen.« Alle sahen Alwa aufmerksam zu. Sie schrieb Namen aufs Papier und zog Linien. Das dauerte eine ganze Weile, in der niemand ein Wort sagte. Endlich begann Alwa zu lächeln. »So«, sagte sie zufrieden. »Das ist es.« Sie hielt das Blatt in die Höhe. »Die Älteren unter uns«, kurzer Seitenblick auf Sebastian, »wissen aus eigener Erfahrung, wie sich das Leben im Laufe der Jahre auf eine merkwürdige Weise verdichtet. Wenn man jung ist, schließt man mit vielen Menschen spontane Freundschaften. Mit zunehmendem Alter tut man das immer weniger spontan. Man wird wählerischer. Der Kreis wird kleiner. Aber dann stellt man oft fest, die wenigen Menschen, mit denen man zu tun hat, sind auf irgendeine geheimnisvolle Weise miteinander verbunden. Es scheint fast so, als ob man in seinem Leben genau da ist, wo man aufgrund einer Vorsehung sein soll. Ich habe schon neulich die verblüffende Feststellung gemacht, und da gebe ich dir vollkommen recht, Wally: Carl ist eine Art zentrale Schaltstelle für uns. Wie zentral seine Funktion ist, habe ich allerdings erst heute im vollen Ausmaß begriffen; seitdem wir alle unsere Geschichten erzählt haben. Hier hat ja eine rasante Verdichtung stattgefunden. Bei diesen ganzen Verwicklungen und Verstrickungen wird ja wohl keiner mehr von Zufall sprechen.«

Wally nickte lebhaft. »Aber jetzt zu den Einzelheiten«, fuhr Alwa fort. »Wir haben es mit vier Gruppen zu tun, die in sich ihren eigenen Kosmos bilden, also unsere Mikrokosmen. Einer besteht aus Josie, Carl und seiner Mutter. Dann haben wir Wally, Dave und Della. Des Weiteren Sebastian, Patricia und mich. Und schließlich noch Günter, Margarete und Günters Mutter. Eigentlich ganz einfach. Und alle zusammen ergeben unseren Makrokosmos, in dem die Mikrokosmen zueinander in Verbindung stehen. Seht hier …« Alwa hielt das Blatt vor ihre Brust. »Josie und Carl, insbesondere Carl natürlich, haben eine Verbindung zu allen. Günter und Margarete sind sowohl mit Wally als auch mit mir befreundet. Wally und ich sind befreundet und haben auch geschäftlich miteinander zu tun. Josie und Wally waren Lehrerin und Schülerin. Wally, Dave und Della ist klar. Wally und Patricia sind Halbschwestern. Della ist Patricias Nichte. Ich habe mit Sebastian zu tun«, sie grinste, »und mit Patricia, die wiederum etwas mit Sebastian zu tun hat. Was, wollen wir jetzt nicht weiter vertiefen. Annemarie und Hilde, die beiden Mütter, nehmen eine ganz besondere Stellung ein. Hier, so einfach ist das alles.« Alwa schob das Blatt in die Mitte des Tisches und lehnte sich zufrieden zurück.

Alle beugten sich über die Zeichnung und studierten sie.

»Ich sehe ein Haus in der Mitte«, sagte Carl.

»Und ich einen Diamanten«, sagte Josie.

»Für mich sieht es aus wie ein Schweinchen auf der Leiter, dieses Spiel mit den Bindfäden«, sagte Hilde Ernert.

»Für mich wie ein Brummkreisel«, sagte Annemarie Thomas.

»Ich sehe eine Armbrust«, sagte Günter.

»Und ich einen Tarnkappenbomber«, meinte Margarete.

»Für mich ist das quasi ein Drache«, sagte Wally.

»Otto Lilienthal«, sagte Patricia.

»Ich finde, es sieht aus wie eine Fledermaus«, sagte Della. »Alwa, du bist genial!«

»Ich sehe eine Möwe«, sagte Sebastian.

»Ich denke, es ist –«, begann Jürgen der Größere und Jürgen der Kleinere beendete den Satz: »– eine kleine Möwe mit gespreizten Flügeln, die bald fliegen kann. Aber …«, er räusperte sich. »Wo sind denn Jürgen und ich geblieben?«

»Ihr?«, Wally dehnte das Wort genüsslich und ließ den Kopf kreisen. »Ihr habt euren eigenen Kosmos und der ist, wie wir alle wissen, sowieso nicht ganz normal.«

»Na ja –«, setzte Jürgen der Kleinere an.

»Egal!«, riefen alle im Chor.

Gabriele Seynsche ist Diplom-Psychologin und arbeitete viele Jahre in Marketing und Werbung. Nach einer Ausbildung zur Hypnotherapeutin und einem intensiven Studium der Neurowissenschaften machte sie sich 2003 als Psychotherapeutin und Mental-Coach in Frankfurt selbständig.
»Café Carl« ist Gabriele Seynsches Debüt-Roman – die Fortsetzung folgt!

Weiter Informationen zu unserem Verlagsprogramm finden Sie im Internet unter

www.dielmann-verlag.de

Selbstverständlich senden wir Ihnen gerne auf Wunsch auch Informationen über unsere Bücher und Einladungen zu unseren Veranstaltungen zu:

neugier@dielmann-verlag.de

Bleiben Sie neugierig!